MARIANNE BERGLUND

Der Sommernachtsmörder

Buch

Mittsommernacht – Zeit der romantischen Freudenfeuer, der ausgelassenen Feier von Leben und Liebe. So hatte Evelina sich das zumindest vorgestellt, als sie sich mit Sjögren, dem neuen Mann an ihrer Seite, zu einem Mittsommerfest aufs Land aufmachte. Doch das Fest endet mit einer herben Enttäuschung: Von einem kurzen Spaziergang kehrt Sjögren nicht mehr zurück, lässt sie einfach im Stich. Wütend und enttäuscht kehrt Evelina allein in die Stadt zurück. Den neuen Freund hat sie abgeschrieben.

Wenig später wird Kommissarin Eva-Britt Bixe zu einem ausgebrannten Friseursalon gerufen, dessen Besitzer tot in den Trümmern liegt. Alles deutet auf Brandstiftung hin, und tatsächlich ergibt die Obduktion, dass der Brand offensichtlich gelegt wurde, um ein weitaus größeres Verbrechen zu vertuschen: Der Friseur war schon tot, als sein Geschäft in Flammen aufging, erschlagen mit einem stumpfen Gegenstand. Als sich das Verbrechen in der Stadt herumspricht, meldet sich Evelina – denn bei dem Ermordeten handelt es sich um niemand anderen als um ihren vorgeblich treulosen Freund Sjögren.

Was ist ihm in der Mittsommernacht widerfahren?

Eva-Britt Bixe ermittelt – und gerät in den Sog eines grausamen Rachefeldzuges …

Autorin

Marianne Berglund wurde 1960 in Skåne geboren. 1989 debütierte sie mit dem Roman »Grusvägsmilen«, dann folgte mit »Nebel über dem Fluss« ihr erster Kriminalroman und sorgte international für großes Aufsehen. »Der Sommernachtsmörder« ist der zweite Band der erfolgreichen Serie um Kommissarin Eva-Britt Bixe.

Von Marianne Berglund bei Goldmann lieferbar:

Nebel über dem Fluss. Roman (45276)

Marianne Berglund

Der Sommernachts-mörder

Roman

Aus dem Schwedischen
von Gabriele Haefs

GOLDMANN

Die Originalausgabe erschien 2004
unter dem Titel »Repan«
bei Wahlström & Widstrand

Umwelthinweis:
Alle bedruckten Materialien dieses Taschenbuches
sind chlorfrei und umweltschonend.

1. Auflage
Deutsche Erstausgabe Februar 2005

Umschlaggestaltung: Design Team München
Umschlagfoto: zefa/J. Jaemsen
Satz: deutsch-türkischer fotosatz, Berlin
Druck: GGP Media GmbH, Pößneck
Titelnummer: 45416
TH · Herstellung: Sebastian Strohmaier
Made in Germany
ISBN 3-442-45416-6
www.goldmann-verlag.de

Sie wurde von einem überaus störenden Geräusch geweckt, riss die Augen auf und fragte sich, was in aller Welt das sein mochte. Drehte sich auf ihrem Kissen um und starrte in die Nacht, die um diese Jahreszeit gar keine war, sondern nur ein fahler Grauton. Der Wecker zeigte 0.02. Das Zimmer lag in einen milchweißen Schimmer gebadet, und die Möbel schienen wie auf Wasser friedlich auf und ab zu wogen. Es war ein Scharren, was sie geweckt hatte, und es kam vom Fenster her. Eine Fliege, eine nachtaktive Fliege. Ab und zu stand die Welt eben Kopf.

Kommissarin Eva-Britt Bixe reckte sich, rieb sich so gut es ging den Schlaf aus den Augen, strich sich die Haare aus der Stirn, schlug die dicke Decke beiseite und stand widerwillig aus dem Bett auf. Verdammtes Insekt. Der Teppichboden kitzelte unter ihren Füßen, sie glaubte, jeden Knoten und jede Schlinge darin spüren zu können. Man registrierte alles so viel deutlicher, wenn man eine Weile geschlafen hatte, der erste Schlummer hatte alle Eindrücke vom Vortag weggespült. Die Fliege brummte hin und her, ein großer schwarzer Klumpen, gutes Vogelfutter. Sie öffnete das Fenster, der Duft von feuchtem Gras und nasser Erde schlug ihr entgegen. Der Baum stand wie sein eigener Schatten unten im Hof, es hatte geregnet, Tropfen hingen an der Fensterscheibe.

Wie mit Wasser verdünnte Milch, ein Spritzer Honiggelb über dem Rasen dort unten. Schwebende Elfen über einem grünweißen Weiher. Die Blätter mit den glänzenden Tropfen hingen ganz still da. Nur die Fliege zog mit ihrem Hubschrauberdröhnen nichts ahnend in die Welt hinaus, um sich dort auffressen zu lassen.

Eva-Britt Bixe zog das Fenster wieder zu, schloss es aber nicht ganz. Sie wollte den Duft von draußen behalten, ihn mit sich in den Schlaf nehmen. Plötzlich schrie ein Vogel, Blätter raschelten, dann wurde alles wieder still. Vielleicht hatte er die Fliege entdeckt, einen richtigen Leckerbissen, der geradewegs in seinen Schnabel flog.

Sie gähnte, kroch unter die Decke, stapelte die Kissen zurecht und machte es sich bequem. Schmiegte die Wange an den weichen, kühlen Stoff. Mittsommernacht, dachte sie. Um diese Zeit war der Campingplatz am Oststrand das pure Chaos, und in der Stadtmitte fand eine Seeschlacht statt. Im Moment war ihr das allerdings egal, sie hatte dienstfrei, und zum ersten Mal seit Wochen konnte sie sich ein ganzes Wochenende lang ausruhen, einfach nur ausruhen. Sie versuchte, noch eine Weile wach zu bleiben, um diesen Zustand wirklich auszukosten. Das eintönige Tropfen, das von draußen zu hören war, und das sie in normalen Fällen um den Verstand gebracht hätte, wirkte jetzt beruhigend. Bald würde die Dämmerung am Fenster hochwandern. Der Mittsommertag erwachte immer noch einmal zum Leben, ehe er einschlief. Draußen geschah alles Mögliche, doch Eva-Britt Bixe wollte nur schlafen, die Stunden des Wochenendes lagen vor ihr wie eine Unendlichkeit, sie reckte sich noch einmal genüsslich im Bett und schlief dann ein, die Wange tief in ihr Kissen gebohrt. Sie hatte den Telefonstecker herausgezogen, das Mobiltelefon ausgeschaltet. Nicht ein einziges Klingeln sollte sie wecken dürfen.

Die Hütte

1

Der Stein war grau, kompakt und schwer, lag aber seltsam leicht in der Hand. Er war aus der Mauer gefallen, vor einen der alten Apfelbäume.

Der Stein hatte dort gelegen, und sie hatte das als Zeichen aufgefasst. Er hatte auf sie gewartet, war vor langer Zeit von seinem Platz gekullert und hatte ebenso lange darauf gewartet, dass sie kam und ihn aufhob. Die Zeit wusste es, die Zeit lag in Schichten aufeinander und wusste, wann der richtige Augenblick gekommen war, sie wusste, worauf sie gewartet hatte.

Jetzt ruhte der Stein sicher und glatt in ihrer Hand.

Als sie zurückgekommen war, hatte sie seine Umrisse gesehen. Schon vom Weg her hatte sie ihn auf der Veranda bemerkt, geschützt vor dem Regen, unter dem Vordach. Sie hatte gestaunt und hatte Angst gehabt, mit keinem Gedanken hatte sie die Möglichkeit in Betracht gezogen gehabt, dass er immer noch dort sein könnte. Und deshalb hatte sie den Stein aufgehoben. Diesmal sollte er sie nicht hindern können. Sie würde ihm zuvorkommen.

Schweigend ging sie jetzt über das Gras. Noch immer tat es ihr überall weh, ihr Mund brannte und schmeckte nach Blut. Es würde lange dauern, bis dieser Geschmack verflogen war. Der Regen prasselte auf den Boden. Die Wolken hatten sich geöffnet, ein Spalt klaffte dazwischen. Durch diesen Spalt jagten die Blitze. Bestimmt konnte er nichts hören. Er würde sie nicht bemerken, diesmal nicht.

Er hatte Schutz auf der Veranda gesucht. Als der Regen herunterprasselte und das Gewitter sich genau über seinem Kopf befand, war sein Blick plötzlich und wie von der Vorsehung geleitet auf die Hütte gefallen, die an die fünfzig Meter von ihm entfernt stand.

Jonas Sjögren hatte beschlossen, zu Fuß nach Hause zu gehen. Was für eine idiotische Idee, dachte er jetzt, als er ein wenig atemlos auf der fremden Veranda stand und hörte, wie der Regen auf das Dach trommelte. Vorhin, als er das Fest verlassen hatte, hatte er sich auf diesen Spaziergang fast gefreut. Er war ein wenig wirr im Kopf gewesen, vielleicht deshalb.

Mittsommer. Einmal im Jahr kam dieser Tag mit seiner ganz eigenen Magie. Obwohl er selber eher fand, es sei ein Abend wie jeder andere – nur ein wenig heller, aber schließlich gab es viele helle Abende. Noch war viel von diesem Sommer übrig, der bisher schon schrecklich heiß gewesen war, auch wenn sich ausgerechnet an diesem Abend dunklere Wolken am Himmel zeigten. Ein graulila Deckel über den Tannenwipfeln in der Ferne. Er hatte jemanden darüber klagen hören, als er vor das Haus gegangen war, um sich eine Zigarette anzuzünden. Und dann hatte plötzlich der Gastgeber neben ihm gestanden. Hatte einfach nur dagestanden und ihn wütend angestarrt.

»Was zum Teufel machst du denn hier?«, hatte er gefragt, dieser Gastgeber, den er überhaupt nicht kannte. Mit einer polternden, unangenehmen Stimme.

Und Jonas Sjögren war hilflos gewesen, stumm und ratlos. Ein nachlässig abgestelltes Glas rollte lautlos durch das Gras, etwas Trinkbares versickerte im trockenen Boden, etwas Goldgelbes, Glitzerndes.

»Mach, dass du wegkommst, klar?«

In einer Mittsommernacht war alles möglich. Zauber und Magie und Elfen über dem Wasser. Was für ein Unsinn. Er hatte die Kippe ins Gras geworfen, die Hände in die Taschen gebohrt und war gegangen, während er die Augen des Mannes im

Nacken spürte. Nein, hier wollte er nicht bleiben. Der Kies knirschte freundlich unter seinen Schuhen. Ein Spaziergang mitten in der Nacht würde seinen Kopf auslüften, diese kleine Wanderung, die er in einer guten Stunde hinter sich bringen könnte. Ein Spaziergang, nichts weiter, kein Problem. Er war ein gesunder, durchtrainierter Mann.

Die Nacht war hell und warm, der Wald duftete würzig und das Schweigen zwischen den hohen Bäumen erschien ihm als willkommener Kontrast zu dem Lärm des Festes, das er eben verlassen hatte. Gesichter, Lachen und Parfümgeruch, Gläser, die achtlos abgestellt wurden, auf Tischen, auf dem Boden, auf dem Kiesweg unterhalb der Treppe, wo sie in der nie ganz schwarzen Nacht geraucht hatten.

Aber dann hatte, wie gesagt, der Regen eingesetzt. Zuerst hatte er gedacht, er könne einfach weitergehen, auf das Wetter pfeifen und hoffen, dass es nicht schlimmer werden würde. Eine alberne Hoffnung. Denn die Tropfen wurden stärker, bald war der Donner zu hören, ein leises Grollen, und dann gab es nur noch Wasser, Licht und Krach. Er rannte los, der Regen peitschte auf den Kies. Aus den Wolken wurden in ununterbrochener Folge scharfe Blitze geschleudert.

Und da hatte er die Hütte entdeckt. Die schwarzen Augen der Fenster hatten ihn aufgefordert, dort Schutz zu suchen. Hier bist du in Sicherheit, sagten sie, hierher kommt der Regen nicht, hierher kommt gar nichts. Es war wie eine Eingebung, dachte er, als habe dieses Häuschen auf ihn gewartet, oder als habe das Gewitter den schlimmsten Donner zurückgehalten, bis er die Ecke erreicht hatte, von der aus das Haus zu sehen war. Wundergläubige hätten jetzt wohl gesagt, das hier sei vorherbestimmt gewesen, alles gehöre in einen großen Zusammenhang. Beseelte Dinge, Steine und Bäume, das Wesen der Natur, das sich in dieser Mittsommernacht manifestierte, in der alles passieren konnte. Er selbst fand, er habe einfach ein Schweineglück gehabt.

Vor der Tür der Hütte lag eine offene Veranda. Auf dem Boden standen einige Pelargonien und ein mit Kippen gefüllter Aschenbecher. Scheinbar alles normal – doch etwas stimmte hier nicht, es stimmte ganz und gar nicht, und plötzlich und ohne Vorwarnung traf ein betäubender Schlag seinen Hinterkopf. Er verlor das Gleichgewicht und stürzte zu Boden. Als er die Augen wieder öffnete, schob sich ein schwarzer Vorhang vor seine Blicke. O verdammt, er war doch nicht allein, jemand hatte sich von hinten unbemerkt an ihn herangeschlichen. Er presste die Handflächen auf die groben Bretter und versuchte, sich hochzustemmen. Bis ein weiterer Schlag seinen Hinterkopf traf, und diesmal tat es so weh, dass er einige Sekunden lang nicht mehr wusste, wo er sich befand und warum. Als er diesmal die Augen öffnete, war das Licht verschwunden. Nichts war da, alles war leer, er sah nichts. Seine Finger fühlten sich an wie gelähmt. Als habe er keinerlei Gewalt mehr über sie. Und das Seltsamste von allem war, dass der Schmerz, den er zuerst im ganzen Kopf verspürt hatte, jetzt verflogen zu sein schien.

Er wollte schreien, konnte es aber nicht, und wer hätte ihn hören sollen? Vor seinem inneren Auge flackerte ein vages und bleiches Bild auf. Er sah, wie er vorhin noch über einen Weg gegangen war, wie seine Beine sich bewegt hatten. Es war ein schöner, kurvenreicher Weg gewesen, mit gröberem Kies in der Mitte, feinerem außen, Gras am Rand, dahinter Tannen. Kilometer von strömendem Regen. Ein Blitz hatte den Himmel erleuchtet, und der Donner war wie Steine durch den Wald gerollt. Ja, daran erinnerte er sich. Auch wenn das Bild verschwommen war und alles schon eine Ewigkeit zurückzuliegen schien, obwohl es doch nur wenige Minuten her sein konnte.

Er merkte, dass er auf dem Bauch lag, in einer seltsam verkrümmten Haltung, die Arme starr und unbeweglich. Er versuchte nicht mehr, sich aufzurichten. Ein Gewicht schien sich auf ihn gelegt zu haben, und das Letzte, was er noch wahrnahm, war ein langes, tiefes Grollen. Dann verschwand auch dieses Geräusch, und alles wurde so still, wie es das nur nach dem Sturm sein kann, wenn die Gewitterwolken wie graue Fetzen über den Himmel gezogen sind, in einer stillen Mittsommernacht, in der alles möglich ist, noch dazu, ohne dass man weiß, warum.

☆

Evelina Palm saß rauchend auf dem Sofa. Ungeduldig, die Zigarette zwischen zwei Fingern. Fast hätte sie sie auf dem Boden ausdrücken mögen, wenn es hier nicht so elegant und ordentlich gewesen wäre. Aber eigentlich war ihr das schnurz. Und ihr Boden war es schließlich auch nicht. Also ließ sie die Kippe fallen und trat sie mit ihrer Sandale aus. Ein schwarzer Fleck zeigte sich auf dem hellen Holz.

Sie war als Letzte übrig geblieben. Die anderen Gäste hatten sich einer nach dem anderen verzogen. Eigentlich hätte sie es ihnen nachtun sollen. Eigentlich hätte sie sogar überhaupt nicht herkommen dürfen, aber niemand hatte doch voraussehen können, dass der Abend zu einem solchen Fiasko werden würde.

Ja, verdammt, dachte sie. Was für ein tolles Scheißmittsommerfest!

Im Haus war es jetzt verhältnismäßig still, während sie hier in dieses sicher viel zu teure Sofa versunken saß. Bosse verkaufte Bilder wie andere Leute Gummibärchen. Immer malte er sie von derselben Stelle aus, im Obergeschoss, mit Aussicht auf See und Wald. Im Moment war Annie dort oben, ihre Schritte waren zu hören, rasch und wütend, auf dem alten Dachboden, wo ein Stück Dach entfernt und auch ein Fenster ersetzt worden war, damit es jedes Mal dasselbe Motiv sein konnte. Nicht die geringste Variation gebe es auf seinen Bildern, sagten manche. Nuancen, meinten die eher Wohlwollenden. Ein ständiges Spiel mit Farbtönen, so, wie auch die Natur sich veränderte, langsam und schrittweise. Er selbst schien sich um die Kommentare der anderen nicht zu scheren, so lange er seine Werke für viel größere Summen verkaufen konnte, als sogar die Wohlwollenden für angemessen erklärten. Jetzt saß er ihr gegenüber und zog gierig an seiner Pfeife. Und oben im Obergeschoss lief, wie gesagt, Annie hin und her, mit Schritten, die die Dachbretter lauter als sonst knacken ließen. Evelina hätte gern gewusst, warum Annie so böse war. Warum sie und Bosse sich diesmal gestritten hatten.

»Du hast ihn doch nicht gesehen, oder?«, fragte Evelina und schaute mürrisch zu Bosses mit Pantoffeln bekleideten Füßen hinüber, die lässig auf dem Tisch lagen. Bei dieser Hitze!

»Hätte ich ihn sehen sollen?«

Schlaffe müde Augenlider, Worte, die zähflüssig aus seinem Mund tropften. Dazu ein Lächeln, aber das galt nicht ihr, sondern ihm selbst. Er lächelte immer auf diese Weise in sich hinein.

»Was ist denn so komisch?«

Evelina konnte sich die Frage nicht verkneifen.

»Dass du auf einen Trottel wartest, der gar nicht da ist.«

»Er ist mit mir hergekommen, und jetzt ist er verschwunden.«

»Du solltest deine Typen sorgfältiger aussuchen, Evelina.«

»Im Moment habe ich nur einen Typen, und zwar diesen.«

»Das ist aber eine schlechte Wahl.«

Jetzt lächelte er wieder, und diesmal hatte er dazu sogar die Pfeife aus dem Mund genommen, so dass seine Zähne zu sehen waren. Wenn er nicht so aasig gelächelt hätte, dann hätte Evelina Bosse dieses eine Mal sogar zustimmen können – dass sie eine schlechte Wahl getroffen hatte, dass eine schlechtere kaum möglich gewesen wäre. Denn wie sollte man das sonst nennen, wenn er einfach verschwand, vor ihren Augen, vermutlich mit irgendeiner Frau, die er gar nicht kannte, und die er aufgelesen hatte, wie man einen Grashalm aus dem Boden zieht.

Naja. Vor ihren Augen, das war wohl etwas übertrieben. Dann würde sie ja nicht hier sitzen und Bosse Fragen stellen, die sonst absolut unter ihrer Würde gewesen wären.

»Du weißt also nicht, wo er hingegangen ist?«

Bosse lachte vor sich hin und erhob sich vom Sofa. Streckte sich und gähnte.

»Fahr nach Hause, Lina. Worauf wartest du denn noch?«

Ja, worauf? Dass er wie ein Springteufelchen hinter dem Türpfosten auftauchte, um ihr dann um den Hals zu fallen?

Sie litt sonst nie unter Schwermut, aber jetzt fühlte sie sich wie gelähmt. Sie hatte nicht einmal gesehen, dass er gegangen war. Das war wirklich übel, wenn sie es sich genauer überlegte. Eine Sauerei, Evelina Palm so zu behandeln.

»Ja, dann werd ich wohl nach Hause fahren«, sagte sie. Fauchte sie. Sprang auf und wünschte, sie hätte mehr als nur eine Kippe auf dem Boden ausgedrückt. Das wäre Bosse nur recht geschehen, denn auf irgendeine Weise hatte sie das Gefühl, dass er an allem schuld war.

»Danke für die nette Einladung«, murmelte sie dann, während sie sich die Tasche über die Schulter warf und auf die Tür zuging, die noch immer weit offen stand, nachdem alle anderen Gäste hinausgetorkelt waren.

Sie lief zu ihrem alten grünen Wagen, der ein Stück entfernt im Gras stand. Als sie die Tür öffnete, hörte sie einen lauten Donner. Sie ließ sich auf den Sitz fallen, hatte das Gefühl, noch immer den Duft seines Rasierwassers wahrnehmen zu können. Einen unverkennbaren Hauch von Zitrone. Aber vielleicht war das ja auch Einbildung. Was wusste denn sie. Vielleicht hatte ihr eifriges Gehirn die gesamten Ereignisse dieser Nacht zusammenphantasiert. Und vielleicht wollte ihr Gedächtnis sie an der Nase herumführen.

Nun legte das Gewitter richtig los, ein Wolkenbruch zwang sie dazu, einige Minuten am Wegesrand stehen zu bleiben. Als das Schlimmste vorüber war, fuhr sie schneller, mit Wut im Bauch. Der nasse Kies spritzte hinter ihr hoch, der alte Sitz ächzte und jammerte. Für einen kurzen Moment glaubte sie, jemanden am Straßenrand stehen zu sehen, jemanden, der zur

Hälfte im Straßengraben verschwunden war. Aber die Scheinwerfer jagten hastig und trügerisch über den Boden, die wolkenverhangene Dunkelheit war kompakt, und auf nichts war wirklich Verlass. Vielleicht war es nur ein Schild gewesen, irgendeine Abzweigung. Er jedenfalls war es nicht. Sie fluchte und biss sich in die Lippe. Sah noch einen Blitz, diesmal jedoch in der Ferne.

Erst, als sie endlich zu Hause war und unter die Decke kroch, hörte der Regen auf. Endlich, dachte sie. Sie schaltete die Nachttischlampe aus, und das Zimmer wurde von der Straßenlaterne draußen beleuchtet. Die Stille nach dem Regen war angenehm.

☆

Es war schon lange nach Mitternacht. Die Frau und der Mann saßen im Garten hinter dem Haus. Auf dem Tisch stand eine brennende Kerze. Die Mittsommernacht war in den Mittsommertag übergegangen, und die Wolken am Himmel lockerten sich langsam auf.

»Du bist lange weggeblieben«, sagte die Frau.

Der Mann sah sie an, sie konnte seinen Blick nur ahnen. Glaubte zu sehen, wie er auswich. Aber sicher war sie sich nicht.

»Ich war hier«, sagte er. »Unten im Schuppen.«

»Da war kein Licht«, sagte sie. »Hast du im Dunkeln gesessen? Was hast du gemacht?« Sie sah seine Hände an. »Hast du gemalt?«

»Gemalt?«, fragte er überrascht.

»Ja. Hast du?«

»Nein, heute Abend nicht. Wieso fragst du?«

»Nur so. Hat mich eben interessiert.«

Sie ließ sich in den Holzstuhl zurücksinken.

»Das hier ist der längste Tag im Jahr«, sagte sie. »Oder die kürzeste Nacht.«

»Nicht ganz«, sagte er.

»Wie meinst du das?«

»Der längste Tag im Jahr ist schon drei Tage her.«

»Seltsam«, murmelte sie.

Wieder glitt ihr Blick zu seinen Händen.

»Was denn?«

»Ich dachte ... ich meine, ich bin einfach nicht auf die Idee gekommen, dass du dort unten sitzen könntest.«

»Ich aber«, sagte er.

Sie schaute zum Himmel hoch.

»Das Gewitter ist jetzt vorbei, du kannst ganz beruhigt sein, das Unwetter hat sich verzogen.«

☆

Erst nach vier Tagen beschloss Evelina Palm, in Erfahrung zu bringen, was eigentlich passiert war. Wohin der Typ verschwunden war. Erst am Dienstagmorgen also schluckte sie ihren Stolz hinunter und schaute auf dem Weg zur Arbeit an seinem Frisiersalon vorbei. Sie hielt die Hände wie Scheuklappen an ihre Schläfen und schaute durch das Fenster. Drinnen war alles leer. Kein Mensch zu sehen, Stühle und Spiegel im Dunkeln. An der Tür hing ein weißer Zettel mit der Aufschrift »Geschlossen«, er hing an zwei dünnen weißen Fäden.

Evelina Palm wollte an diesem Morgen nicht zu spät in den Laden kommen, in dem sie für einen ihrer Ansicht nach erbärmlichen Lohn arbeitete. Gelinde gesagt. Die Gewerkschaft hätte getobt, aber Evelina Palm war nun einmal kein Mitglied irgendeiner Gewerkschaft, weil sie fand, es gebe wichtigere Dinge im Leben. Außerdem war gerade das eine Voraussetzung dafür gewesen, dass sie diesen Job bekommen hatte. Mieses Gehalt für einen miesen Job. Aber sie biss die Zähne zusammen, Arbeitsstellen wuchsen zur Zeit ja nicht auf den Bäumen.

Jetzt hatte sie lange genug wie eine Idiotin vor dem Laden gestanden und die silbernen Mobiles angestarrt, die an ihren Plastikfäden still hinter dem Fenster des Frisiersalons hingen.

Sie hatte überhaupt nicht damit gerechnet, dass hier geschlossen sein würde, als sie diesen Umweg geplant hatte. Sie hatte zur Tür hineinschauen und hallo sagen wollen. Einfach so. Und Jonas hätte sich dann eilig und überrascht umgedreht, mit einer Erklärung auf der Zunge, die er nicht laut aussprechen konnte, weil Kundschaft in dem Stuhl saß, hinter dem er mit Schere, Kamm und Haarspray in der Hand gerade stand. Evelina hatte nur hallo sagen wollen, hier bist du also, wir haben uns ja doch gefragt, was aus dir geworden ist, und dann wäre sie gegangen, mit einem munteren Lächeln vorbei an seinem Fenster mit den silbernen Scheren, und hätte ihn mit offenem Mund dort stehen lassen. Das wäre ihm recht geschehen. Er konnte ruhig ein schlechtes Gewissen haben, nachdem er das Fest verlassen hatte, ohne ihr auch nur ein Wort zu sagen.

Aber es war anders gekommen.

Evelina Palm überkam das unangenehme Gefühl, dass hier etwas nicht stimmte. Konnte ihm etwas passiert sein? Es war doch seltsam, dass er sich so gar nicht bei ihr gemeldet hatte. Und dass er nun auch nicht im Laden war. Sie konnte sich nicht daran erinnern, dass er etwas über einen Urlaub gesagt hätte. Einige Minuten lang trat sie vor seiner Tür von einem Fuß auf den anderen, aber das führte nur dazu, dass sie noch viel später in den verdammten Laden kommen würde, wo alles viel zu schweineteuer war, um irgendwelche Kundschaft anzulocken.

Sollte sie etwas unternehmen? Die Polizei anrufen? Sie setzte sich in Bewegung und ihre Absätze klapperten über den Asphalt. Allerdings kannte sie ihn eigentlich nicht sonderlich gut, und sie hatte keine Ahnung von seinem sonstigen Bekanntenkreis. Und deshalb, beschloss sie und hob den Kopf, als sie in einem Schaufenster ihr Spiegelbild entdeckte, deshalb wäre es doch idiotisch, ihn als vermisst zu melden. Die Sache an die große Glocke zu hängen. Wo er doch vermutlich einfach nur verreist war. Ja, sie hatte sich einfach in ihm getäuscht, das stand jetzt fest.

Aber dennoch.

Etwas machte Evelina Palm zu schaffen, und sie begriff nicht, warum. Auch später an diesem Tag, als sie in dem rot tapezierten Laden hinter dem Tresen stand, ohne auch nur ein einziges Kleidungsstück verkauft zu haben, obwohl es schon nach drei war, als sie also dort stand und ihre frisch gefeilten Nägel betrachtete, hier einen Rest wegblies und dort ein wenig überflüssigen Nagellack wegkratzte, war dieses Gefühl des Unbehagens nicht verschwunden. Sondern eher noch gewachsen. Es war leichter gesagt als getan, einen kühlen Kopf zu behalten, wenn man acht Stunden lang nichts anderes zu tun hatte, als Kleiderbügel zu sortieren, Leuten am Telefon klarzumachen, dass sie die falsche Nummer erwischt hatten, und sich unter dem Neonlicht über dem Tresen die Nägel zu feilen und zu lackieren.

Um fünf Uhr fühlte Evelina Palm sich so wenig wohl in ihrer Haut, dass sie beschloss, den Laden dichtzumachen und nach Hause zu gehen. Wenn wider Erwarten die Besitzerin vorbeischaute, konnte sie ja immer noch Kopfschmerzen vorschützen. Sie strich ihren kurzen Rock glatt, zupfte ein Haar weg und beschloss, auf demselben Weg nach Hause zu gehen, auf dem sie hergekommen war, vorbei an Jonas' Frisiersalon.

Als sie zum zweiten Mal an diesem Tag am Salon Klipp-it vorbeikam, konnte sie nur feststellen, dass sich seit dem Morgen anscheinend nichts geändert hatte. Sie wollte schon weitergehen, als ihr doch etwas auffiel. Nur eine Kleinigkeit, aber seltsam war es eben doch. Der handgeschriebene Zettel hing nicht mehr an der Tür. Als sie durch das Fenster schaute, sah sie ihn auf dem Boden liegen.

Hier stimmt etwas nicht, dachte sie. Eigentlich hatte sie mittlerweile beschlossen, den Typen als Trottel abzuhaken und auf ihn zu pfeifen. Aber die Sache ging ihr nicht aus dem Kopf, saß wie ein unangenehmes Kitzeln in ihrem Rücken – das Gefühl, dass hier etwas nicht mit rechten Dingen zuging.

2

Es war noch deutlich vor sechs am Freitag, dem 29. Juni, als Kriminalinspektor Erik Sander seine Jacke von der Stuhllehne nahm, um nach Hause zu gehen. Er freute sich, weil er so früh fertig war, dass er sich auf dem Heimweg nicht beeilen musste. Dieses eine Mal, dachte er, und schob die Arme in die Jacke.

Dann hörte er ein leises Klopfen an der Tür.

Mit der Aktentasche schon in der Hand schaute Sander überrascht auf.

»Ja?«, fragte er. Als nichts passierte, sagte er etwas lauter: »Herein.«

Die Frau, die vorsichtig seine Tür öffnete und das Zimmer betrat, mochte um die siebzig sein, sie atmete schwer, trug einen schockrosa Nylonmantel, hatte einen großen Busen und mindestens drei Kinne. Ihre blondierten Haare umgaben ihren Kopf wie Zuckerwatte. Ihre Augen waren klein und farblos und zur Hälfte hinter schweren Augenlidern verborgen, ihre Lippen waren bleich und schmal, und zwischen ihren Vorderzähnen klaffte ein Spalt.

Sander seufzte lautlos. Die Frau kam ihm irgendwie bekannt vor, er konnte jedoch nicht sagen, warum.

»Worum geht es?«, fragte er.

»Ich glaube, mein Nachbar ist verschwunden«, sagte sie mit leiser Stimme.

Erik Sander räusperte sich, ging widerwillig zurück zum Schreibtisch, setzte sich hin und forderte die Frau mit einer Handbewegung auf, es ihm nachzutun. Sie blieb stehen. Er ließ sich im Bürostuhl zurücksinken und versuchte gelassen, ihren Blick zu erwidern.

Irre gibt es genug, dachte er. Warum er das dachte, wusste er auch nicht so genau, vielleicht lag es einfach nur daran, dass ihre Mundwinkel so zitterten. Er fühlte sich plötzlich schlecht. Wie kam er dazu, sich ein Urteil über diese Frau zu erlauben?

»Ach. Und warum glauben Sie, dass Ihr Nachbar verschwunden ist?«

»Warum ich das glaube?«

Die Frau sprach mit einer Spur von einem nördlichen Akzent, aber der war wirklich sehr verwässert. Offenbar war sie schon vor langer Zeit von dort weggezogen. Sie spitzte den Mund, der nun aussah wie eine in weißen Teig gedrückte Rosine.

»Ja, wann ... äh, haben Sie das entdeckt?«

»Gestern.«

Sander konnte einen weiteren Seufzer unterdrücken. Er drehte den Stuhl halbwegs herum, zum Bildschirm hin, und ließ seine Finger über die Tasten gleiten.

»Aha. Dann brauche ich einige Auskünfte. Wie heißt Ihr Nachbar?«

Seine Stimme hatte automatisch einen militärischen Klang angenommen, der ihm eigentlich überhaupt nicht gefiel. Die Frau biss sich auf die Lippe.

»Himmel, was hat denn das mit dem Fall zu tun?«

Sander schaute die Tastatur an, seine Finger schienen nicht gehorchen zu wollen. Er mahnte sich zur Ruhe. Langsam atmen, die Schultern senken.

»Aber wir müssen doch wissen, nach wem wir suchen sollen«, sagte er.

Die Frau starrte ihn misstrauisch an.

»Reicht es denn nicht, wenn Sie wissen, wie er aussieht?«

»Naja, vielleicht nicht so ganz.«

Sander gelang ein Lächeln. »Also, wie heißt er?«

»Hören Sie, junger Mann, ich bin nicht hergekommen, um ...«

Sander seufzte nun doch. Zeitverschwendung. Unnötige Arbeit. Aber na ja, wenn es die Frau beruhigen konnte, dann bitte. Wenn es nur schnell ging.

»Wir brauchen seinen Namen, wenn wir nach ihm suchen sollen. Oder wie sehen Sie das?«

»Ich glaube, Sie nehmen mich nicht ganz ernst«, sagte sie plötzlich leiser.

»Ach, und warum sollten wir das nicht tun?«

»Im Moment kann man doch kaum jemandem vertrauen.«

Sander spürte, wie seine Wangen zuckten. Er versuchte, sich zusammenzureißen. Die Frau starrte ihn aus ihren Schneckenaugen wütend an.

»Aber wollen Sie denn nicht fragen, wie er aussieht?«

»Doch, natürlich. Wie sieht er aus?«

»Dunkle Haare, so an die eins achtzig, schätze ich, ist meistens schwarz gekleidet.«

Sander schrieb. »Weitere Kennzeichen?«

»Ja. Oft hat er die Haare im Nacken zusammengebunden.«

»Das haben Sie sich ja gut gemerkt.«

»Wir wohnen auf derselben Etage. Ich sehe ihn morgens immer.«

»Wissen Sie, wie alt er ist?«

»Tja, so um die fünfunddreißig, vielleicht vierzig. Glauben Sie, Sie können ihn finden?«

»Ich glaube sicher, dass er wieder auftauchen wird, ja.«

Die Frau schaute sich um, zog scharrend den Besuchersessel über den Boden, ließ sich hineinsinken und atmete dabei so heftig aus, dass alle Papiere vom Schreibtisch geweht worden wären, wenn sie etwas tiefer gesessen hätte. Jetzt aber traf der Luftstrom direkt auf Sanders Gesicht, und instinktiv wandte er sich ab. Der Bildschirm flackerte ein wenig. Früher war alles besser gewesen, mit Formularen, Kugelschreibern und Ordnern. Jetzt, nach einem langen Tag am Bildschirm, brannten seine Augen und er fühlte sich ungeheuer müde. Mit Mühe und Not konnte er ein Gähnen unterdrücken.

»Wie haben Sie bemerkt, dass Ihr Nachbar verschwunden ist?«

»Ich sehe ihn morgens, wenn er losgeht, wie gesagt. Aber das ist jetzt nicht mehr der Fall.«

»Dann ist er vielleicht verreist?«

»Das wüsste ich doch. Wenn er sonst verreist war, und sei es nur für zwei Tage, hat er immer bei mir geklingelt und mir Bescheid gesagt. Es ist ihm nämlich sehr wichtig, dass seine Topfblumen versorgt werden.«

»Er kann diesmal doch jemand anderen darum gebeten haben«, sagte Sander.

Die Frau machte ein beleidigtes Gesicht.

»Das glaube ich nicht. Warum hätte er das tun sollen? Um seine Post kümmert sich jedenfalls niemand, denn als ich heute in den Briefkasten geschaut habe, war der ganz voll. Das fand ich komisch.«

Sander fuhr sich über die Stirn.

»Hat er denn irgendwelche schweren Krankheiten?«

Die Frau schnaubte kurz.

»Behaupten Sie, dass er tot in seiner Wohnung liegt?«

»Das kann leider vorkommen.«

Sie zuckte mit den Schultern und schaute zum Fenster hinüber. Draußen war es durch den Regen ungewöhnlich dunkel, und in der beschlagenen Scheibe spiegelte sich die Neonröhre.

»Er sieht jedenfalls ganz gesund aus.«

»Er ist also seit einigen Tagen verschwunden«, murmelte Sander. »Und er hat Ihnen nicht gesagt, dass er verreisen wollte?«

»Ich glaube nicht. Auch wenn meine Erinnerung nicht immer die beste ist. Wenn Sie verstehen, Herr Wachtmeister.«

Aber sicher, dachte er. Das verstehe ich nur zu gut.

Ein Jammertal, dachte er dann und warf einen Blick auf die Uhr. 17:46. Er hätte jetzt zu Hause sein und sich für den Abend fertig machen müssen. Es war Freitag, und zum ersten Mal seit drei Jahren wollten er und Henrietta ins Kino und danach essen gehen. Sie würde sich durchaus nicht freuen, wenn er nun schon wieder zu spät käme. Es wäre der dritte Freitag hintereinander, und vergangene Woche war auch noch Mittsommer gewesen. Sie hatte die Babysitterin wieder abbestellen müssen und hatte ihm anschließend vorgeworfen, sich absichtlich verspätet zu haben. Aber war es vielleicht seine Schuld, dass, als er gerade gehen wollte, dieser Irre hereingeplatzt war und sich als Mörder ausgegeben hatte? Und jetzt passierte schon wieder so etwas. Warum hatten sie sich ausgerechnet die Freitage ausgesucht, um ihn in den Wahnsinn zu treiben?

Die Frau sah ihn an und kniff dabei energisch die Lippen zusammen. Sie hatte jetzt rote Flecken auf den Wangen. Die standen ihr nun gar nicht. Bissen sich mit der rosa Kleidung.

»Wenn Sie wollen, dass wir Ihren Nachbarn suchen, müssen Sie seinen Namen und seine Adresse nennen. Sonst können wir nichts unternehmen. Leider.«

»Meine Güte. Was wollen Sie denn mit der Adresse? Er ist doch gar nicht zu Hause. Deshalb bin ich ja hier.«

»Wohnt er allein?«

»Er hat zwar ab und zu mal eine Frau dabei, aber so viel ich weiß, wohnt keine bei ihm. Allerdings hat er eine Katze. Die kommt und geht. Er lässt sie raus, und wenn sie dann vor der Tür steht, geht er nach unten und lässt sie wieder rein.«

Wieder spitzte sie verärgert die Lippen und presste die Hände auf eine kleine Handtasche aus offenkundigem Kunstleder.

»Haben Sie die Katze gesehen, als Sie durch den Briefkastenschlitz geschaut haben?«

Warum um alles in der Welt musste er danach fragen? Besser wäre doch wohl gewesen, die Alte dahin zu schicken, wo sie hingehörte. Er hatte wirklich keine Lust, hier den Irrenarzt zu spielen.

»Nein, die ist meistens unterwegs.«

Nach Hause, dachte er. Und nicht erst um Viertel nach sechs und Henriettas Gesicht sehen müssen, wenn sie sich weigerte, ihn anzusehen. Er konnte sie ja verstehen, er hatte unendliches

Verständnis, aber was half das, wenn sie sich weigerte, ihm zu glauben?

»Sie haben nicht zufällig einen Zweitschlüssel für seine Wohnung?«

»Den hatte ich nur im Winter, als ich bei ihm Blumen gießen sollte.«

»Na dann ...«, Sander fuhr sich mit zwei Fingern übers Kinn und spürte seine Bartstoppeln, die seit dem Morgen wieder ein wenig gewachsen waren. »Das findet sich schon alles. Die meisten Verschwundenen sind eigentlich gar nicht verschwunden. Sie tauchen wieder auf, als sei nichts passiert.«

»Ach was«, murmelte die Frau. »Aber es ist ja auch nicht meine Aufgabe, ihn zu suchen. Irgendwas müsst ihr für unsere Steuern ja wohl auch tun.«

Erik Sander erhob sich, in der Hoffnung, die Frau werde seinem Beispiel folgen. »Dann danke ich für Ihre Auskunft. Wenn Sie sich die Sache anders überlegen und uns doch noch seinen Namen verraten mögen, dann machen Sie uns die Sache damit sehr viel leichter.«

Es war vier Minuten vor sechs, und auch wenn er die Jacke vom Bügel risse und in einem Rekordtempo geradewegs nach Hause führe, wäre der Kinoabend doch unwiderruflich verdorben.

Sie stand jetzt an der Tür mit ihrem grellen Nylonmantel, der sie einhüllte wie eine zerknitterte Decke. An den Füßen trug sie schmutzige Turnschuhe und weiße, über schwarzen Strumpfhosen aufgerollte Tennissocken. Wieder kam sie ihm auf irgendeine Weise bekannt vor. Wie um dieses Gefühl zu vertreiben, wandte er sich für einige Sekunden ab. Als er dann wieder zur Tür blickte, war sie verschwunden.

Erik Sander schaltete den Computer aus und schob seinen Stuhl an den Tisch. Er schaute auf die Uhr. 17:58. Der Film fing um halb sieben an. Auf seinem Weg über den Flur warf er einen vorsichtigen Blick durch Egon Eskilssons gläserne Zimmertür.

Egon saß an seinem Schreibtisch und beugte sich über eine Zeitschrift. Vor sich hatte er ein Butterbrot und einen dampfenden Becher mit Kaffee. Die Schreibunterlage war von Krümeln übersät, es war also offenbar nicht sein erstes Brot. Er zuckte zusammen, als er hörte, wie die Tür geöffnet wurde.

»Hier sitzt du also, und das in aller Seelenruhe.«

Sander konnte sich nicht beherrschen. Eskilsson schaute auf und räusperte sich.

»Ich bin gerade erst gekommen und hatte eben Hunger, das verstehst du doch.«

Die Wangen des Kollegen röteten sich ein wenig. Dass Eskilsson sich im Büro lieber in die Lokalpresse vertiefte als in Protokolle, war kein Geheimnis. Dass er inzwischen bisweilen ohne Entschuldigung zu spät kam und manchmal vorzeitig Feierabend machte, war auch bekannt. Aber wirklich zu interessieren schien das alles niemanden, vielleicht, weil ihn nur noch ein gutes halbes Jahr von der Pensionierung trennte. Ein Ereignis, auf das nicht nur er sich freute, auch wenn niemand das sagte.

»Ich hatte Besuch von einer Frau, die behauptet hat, ihr Nachbar sei verschwunden«, sagte Sander.

Er hatte den Kopf durch die Tür gesteckt.

Mit voll gestopften Backen schaute Eskilsson ihn an. »Du siehst gestresst aus«, sagte er, nachdem er geschluckt hatte. »Irgendwas Besonderes?«

Sander schüttelte den Kopf.

»Nein, nichts. Ich hab's nur ein wenig eilig.«

»Dann steh hier doch nicht rum.«

»Werd ich auch nicht. Ich wollte dir nur erzählen, dass die Frau keinen Namen nennen wollte, deshalb können wir nichts unternehmen. Sie kam mir wirklich ein bisschen seltsam vor.«

»War der Nachbar zwanzig und über Nacht ausgeblieben oder was?«

»Er scheint eher um die vierzig zu sein und hat sich seit einigen Tagen nicht mehr blicken lassen. Aber er kann verreist sein, das wusste die Frau nicht. Und wie gesagt, einen Namen weiß ich nicht. Das war alles ein bisschen verworren.«

Eskilsson hielt mitten im Kauen inne. »Verdammt, wieso wollte sie keinen Namen nennen!« Er schüttelte den Kopf und kaute weiter, schaute verstohlen zu Sander hinüber und stopfte sich dann den letzten Bissen Brot in den Mund.

»Wie gesagt, ich hab's ein bisschen eilig. Ich muss jetzt los. Aber wenn sie sich noch einmal meldet, dann bist du informiert. Bei solchen Leuten weiß man doch nie.«

Sander warf noch einen Blick auf die Uhr, obwohl er wusste, dass es keinen Zweck haben würde, sich jetzt noch zu beeilen.

»Dann geh doch endlich. Was ich übrigens auch bald tun werde.«

Eskilsson.

Eskilsson beschrieb eine halbe Drehung mit seinem Schreibtischstuhl, faltete die Zeitung zusammen und trank den Rest des noch immer dampfenden Kaffees. Als er sich dann umdrehte, war Erik Sander verschwunden. Nur seine Schritte waren im Gang noch zu hören. Eskilsson hob die Augenbrauen und wollte sich schon seinem Computer zuwenden, überlegte sich die Sache dann aber anders und zog die Zeitung hervor, deren Sportseiten noch immer aufgeschlagen waren.

☆

Märta Olofsson saß mit einer zerknitterten Plastiktüte auf einer Bank im Gunillapark und sah den Vögeln zu. Sie hatte ihnen altes Brot mitgebracht, und die Vögel langten zu wie mitten im Winter, obwohl Mittsommer doch erst eine Woche zurücklag.

Sie seufzte. Sie bereute, was sie getan hatte, aber jetzt war es zu spät. Sie hatte die eleganten Türen der Wache gerade erst hinter sich gebracht, als ihr auch schon Zweifel gekommen waren, ganz zu schweigen von später, als sie bei diesem Polizisten gesessen hatte, der ihr auf irgendeine Weise bekannt vorgekommen war und der sie anstarrte und ihr Fragen stellte, auf die sie plötzlich einfach nicht antworten konnte.

Wie dumm von ihr. Was ging das Ganze sie überhaupt an? Vielleicht hatte sie einfach nur zu wenig zu tun? In letzter Zeit hatte sie oft herumgesessen und darauf geachtet, wann die Nachbarn kamen und gingen, hatte in den Hausflur hinaus gelauscht. Sie hatte das Radio satt, sie mochte nicht mehr am Küchentisch sitzen und das gegenüberliegende Haus anstarren. Das andere war besser, auf irgendeine Weise fühlte sie sich so näher am wirklichen Leben. Und dann war ihr aufgefallen, dass es in der Wohnung gegenüber so still war.

Aber eigentlich ging das alles sie überhaupt nichts an. Sie stand auf und blickte zur Bushaltestelle hinüber. Wie peinlich, der Polizist hatte ihr nicht geglaubt, aber es war zu spät gewesen, als sie auf seiner Türschwelle gestanden hatte, er war außerdem viel zu gestresst gewesen. Ja, die Polizei hatte sicher viel zu tun, man hörte ja, dass in der Stadt so viel passierte, und dann kam auch noch sie und sagte etwas, das sie nichts anging und das sie außerdem gar nicht hatte sagen wollen.

»Sjögren« stand an der Tür. Sie dachte an den jungen Mann. Er sah sympathisch aus. Sie beobachtete ihn immer heimlich durch ihren neuen Türspion. Er nickte ihr zu, wenn er sie sah, hatte sogar einmal zu dem Türspion hin genickt, als wisse er, dass sie dort stand. Wenn sie einander im Treppenhaus begegneten, lächelte er sie immer an, machte gelegentlich eine Bemerkung über das Wetter. Und einmal, als er verreisen wollte, hatte er sie gebeten, seine Blumen zu gießen. Ja, das hatte er wirklich getan. Er hatte gesagt, seine Topfblumen seien ihm wichtig, und zum Dank hatte er ihr die Haare neu gelegt, ganz umsonst. Er arbeitete als Friseur. Hatte sogar seinen eigenen Salon. Und jetzt war er wieder verreist. Und niemand kümmerte sich um seine Blumen oder seine Post. Drei Tage lang hatte vor seiner Tür ein großer Brief gelegen. Am Ende hatte sie den in den Briefschlitz gesteckt, und dabei hatte sie gesehen, dass unten schon sehr viel Post herumlag. Ja, das war wirklich seltsam. Aber welches Recht hatte sie, sich einzumischen?

Märta Olofsson erhob sich. Ging langsam über den schmalen Parkweg zur Bushaltestelle. Warf die Brottüte in den Papierkorb. Bald würde der Bus nach Andersberg fahren, und dann würde sie wieder zu Hause sein. Sie würde sich mit einer Tasse Kaffee an den Küchentisch setzen und diesen peinlichen Zwischenfall so rasch wie möglich vergessen.

☆

Als Henrietta Sander sich an diesem Freitagnachmittag über ihre Spülmaschine beugte, um das benutzte Geschirr hineinzuräumen, stellte sie trocken, aber ein wenig enttäuscht fest, dass ihr Mann sich offensichtlich wieder verspätete und während der nächsten Stunden wohl nicht auftauchen werde. So war es schon dreimal gewesen, wenn sie beschlossen hatten, zusammen auszugehen, erst ins Kino und dann in irgendein Restaurant. Immer auf Eriks Vorschlag hin. Sie hatte zuerst gezögert, nicht, weil sie nicht gewollt hätte, sondern weil sie sich fragte, ob sie das überhaupt schaffen und ob sie nicht viel zu müde sein würden. In letzter Zeit hatten sie an den Abenden zumeist träge vor dem Fernseher gesessen und waren dann dort eingeschlafen.

Jetzt stand die Babysitterin in der Tür und trat in ihren viel zu warmen Turnschuhen von einem Fuß auf den anderen. Sie trug ein dünnes weißes Baumwollhemd mit einem roten Herzen. Die Kinder hatten schon aufgemacht und drängten sich nun lachend um die Beine des schmächtigen Mädchens; sie fanden es immer wunderbar, einige Stunden mit ihr allein zu sein, da das Mädchen sie, anders als die Eltern und vermutlich aus purer Gleichgültigkeit, auf dem Sofa herumhopsen und im Bett Purzelbäume schlagen ließ, bis ihre Gesichter glühten und ihre Haare schweißnass waren. Henrietta wusste das, wollte die Babysitterin aber nicht zurechtweisen. Wenn man mal jemand

Zuverlässigen gefunden hatte, musste man sich alle Mühe geben, ihn zu halten, auch wenn sie den Kindern zu viele Freiheiten erlaubte.

»Komm rein«, sagte Henrietta, trocknete sich an einem Geschirrtuch die Hände ab und ging in die Diele. »Es wird wohl auch heute Abend nichts. Erik ist noch nicht zu Hause, und wenn er in zehn Minuten nicht da ist, dann schaffen wir es nicht mehr.«

Rebecka stand unschlüssig auf der Türschwelle und biss sich auf ihre rosa Lippe.

»Soll ich nach Hause gehen oder ...«

»Warte bitte noch. Man weiß ja nie. Und du wirst auf jeden Fall bezahlt, es ist ja nicht deine Schuld ...«

Nein, es war nicht die Schuld der Kleinen, dass Erik zum x-ten Mal so viel zu spät kam, dass Kinobesuch und Essen sich mal wieder erledigt hatten. »Wir holen das an einem anderen Freitag nach«, hatte Erik beim vorigen Mal gesagt, aber ohne ihr in die Augen zu schauen, und Henrietta schien es, dass er selbst nicht glaubte, was er da sagte. Seine Arbeit fraß immer mehr von den Abenden auf, während Henrietta sich zu Hause um alles kümmerte und die Kinder rechtzeitg ins Bett steckte. Oft kam Erik erst so spät, dass er ihnen nicht einmal mehr gute Nacht sagen konnte. »Wo ist Papa?«, fragten sie manchmal. »Der arbeitet«, antwortete Henrietta dann, und obwohl sie es nicht wollte, hörte sie doch ein gewisses Maß an Bitterkeit in ihrer Stimme mitklingen. Als beiße sie die letzte Silbe des Satzes ab, um sie dann wütend auf den Teppich zu spucken und zu zertrampeln. Als wolle sie auch Eriks Erklärungen und Ausflüchte zertrampeln und sagen, jetzt hör verdammt noch mal auf, so viel zu arbeiten. Ich oder die Arbeit, entscheide dich. Aber so weit kam sie nie, lief nur verärgert hin und her und starrte ihn wütend an. In der Hoffnung, dass er nun endlich begriff.

Ich bin zu nachgiebig, dachte Henrietta, ich zeige nicht, wie mir wirklich zumute ist. Und drückte Rebecka einen Hunderter in die Finger, die anstandshalber protestierte, sich aber sichtlich darüber freute, für gar nichts so viel bezahlt zu bekommen.

»Wir vergessen das für heute Abend«, sagte Henrietta und schaute in die großen, braunen, von zu viel Wimperntusche eingerahmten Augen. »Aber nächste Woche, vielleicht, wenn du dann Zeit hast?«

Rebecka nickte lächelnd, während Henrietta dachte, dass sie sich den letzten Satz hätte sparen können. Sie wusste nur zu gut, dass ihr Mann auch am nächsten und am übernächsten Freitag Überstunden machen würde. Und nur Gott, falls überhaupt, wusste, wie lange das noch so weitergehen würde.

Ab und zu, manchmal, wenn es abends so spät wurde, dass sie fast schon einsam vor dem Fernseher eingeschlafen war, ehe sie seinen Schlüssel im Schloss hörte, hatte sie darüber spekuliert, was er da eigentlich machte. Musste er wirklich arbeiten? Oder hatte er eine andere, war das mit der Arbeit nur ein Deckmäntelchen für etwas, das Henrietta in ihrer Naivität nicht durchschaute? In solchen Momenten schaute sie in den Spiegel und sah dort eine Frau mit viel zu schmalem Gesicht, mit eingefallenen Wangen und gerunzelter Stirn, die so leicht an der Nase herumzuführen war, dass sie jede Lüge schluckte, die ihr vorgelegt wurde. Sollte sie etwas sagen? Immer wieder wirbelten dieselben Fragen durch ihren Kopf, blieben aber zu vage, um wirklich Form anzunehmen. Darüber hinaus war sie sich nicht sicher, *dass sie die Folgen der möglichen Antworten tragen wollte.*

Also saß sie auch an diesem Abend brav da und wartete. Wenn auch die Wut irgendwo im Hinterkopf auf der Lauer lag. Als Erik Sander um zwanzig nach sechs mit tausend gestammelten Erklärungen und Entschuldigungen in die Diele trat, sah sie ihn kurz an, starr und durchdringend, und machte dann kehrt, ging ins Schlafzimmer der Kinder, sagte, die müssten jetzt ins Bett, hob das Pu der Bär-Buch vom Boden auf, putzte den beiden widerstrebenden Jungen die Zähne und steckte sie ins Bett. Nachdem Erik den Kindern gute Nacht gesagt hatte, fing sie an zu lesen. Die Geschichte von Pu dem Bären im Hundertmorgenwald machte sie ein wenig schläfrig, dämpfte den Zorn, der immer noch in ihr tobte, und versetzte nicht nur die Kinder, sondern auch sie selbst in eine seltsame Ruhe. Es war schon fast halb neun, als sie neben den schlafenden Kindern erwachte, überrascht, weil sie so schnell eingeschlafen war. Sie fühlte sich müde und schlaftrunken, zwang sich aber zum Aufstehen. Vielleicht kam ja etwas im Fernsehen. Als sie zum Sofa ging, war Erik nicht dort, war auch nicht in der Küche. Eine eben erst benutzte Kaffeetasse stand im Spülstein. Sie blickte hinter das Regal, das sie im Wohnzimmer als Raumteiler benutzten, und sah auf dem Bett seine Beine. Er hatte nicht einmal die Tagesdecke weggenommen, so schnell war er eingschlafen. Im Raum herrschte eine bleierne Stille. Viel später, als alles vorüber war, dachte sie, dass an diesem Abend vielleicht alles begonnen hatte, und dass diese Stille die Ursache dafür gewesen sei, dass alles so wurde, wie es eben geworden war.

3

Auf dem Hof herrschte trübes Dämmerlicht, als Rebecka die Haustür hinter sich ins Schloss fallen ließ. Krach. Es war immer so laut. Was sollte sie jetzt tun? Sie spielte mit dem glatten Hunderter in ihrer Tasche herum. Leicht verdientes Geld, wirklich, auf diese Weise würde sie gern weiterhin bei Henrietta babysitten. Das war doch der pure Traumjob.

Vielleicht sollte sie in die Stadt fahren und sich ein Eis oder einen Hamburger kaufen. Ihre Mutter musste an diesem Abend arbeiten, und dann war sie nie vor zehn zu Hause. Rebecka ging über den Bürgersteig. Überall Pfützen, die Laternen brannten schon, obwohl es doch mitten im Sommer war und der Himmel eigentlich hell sein müsste. Das Licht der Laternen spiegelte sich im Regenwasser wider, und der Asphalt sah schwärzer aus als sonst. Es gluckste unter ihren Schuhen.

Plötzlich war sie da, die Katze. Ein mageres schwarzes Tier mit großen grünen Augen, die ebenso funkelten wie die Pfützen.

Rebecka bückte sich.

»Aber hallo, Miezekätzchen«, sagte sie. »Was machst du denn hier?«

Die Katze rieb ihre Nase an Rebeckas Bein. Rebecka streichelte ihren Rücken und spürte durch das Fell die Rippen.

Sie hob das Tier hoch. Leicht wie eine Tüte Zucker. Bereitwillig ließ die Katze sich in den Arm nehmen und fing an zu schnurren. Wie eine leise tickende Uhr, fand Rebecka.

Als Rebecka die Katze dann auf den Boden setzte, um weiterzugehen, folgte das Tier ihr. Bis zur Bushaltestelle und dann wieder zurück. Denn nachdem sie eine Viertelstunde im Regen auf den Bus gewartet hatte, der sich offensichtlich verspätete, hatte sie keine Lust mehr, in die Stadt zu fahren. Schließlich war ihre Mutter nicht zu Hause, und das hieß, sie hatte die Wohnung für sich. Sie beschloss, in den Lebensmittelladen an der Ecke zu gehen und sich eine Tüte Chips zu kaufen.

»Aber hier kannst du nicht mitkommen«, sagte Rebecka, als die Katze versuchte, ihr in den Laden zu folgen.

Sie beeilte sich, nahm auch noch einen halben Liter Birnenlimonade mit, wo sie schon einmal da war. Geld hatte sie ja schließlich mehr als genug.

Als sie aus dem Laden kam, war die Katze verschwunden. Rebecka lief über den Rasen. Summte vor sich hin. Spielte mit dem Gedanken, Anders anzurufen, konnte sich aber nicht dazu durchringen.

Vor dem Haus spürte sie wieder diesen leichten Druck an ihrer Wade. Die Katze stand dort und starrte hilflos aus ihren funkelnden Augen zu ihr hoch. Ihre weiche Nase schnupperte vorsichtig an Rebeckas Jeans herum.

Rebecka bückte sich und hob das Tier wieder hoch.

»Du armes Vieh«, sagte sie. »Dann musst du eben mit reinkommen. Hast du vielleicht Hunger? Isst du gern Chips?«

Unter dem feuchten schwarzen Fell vibrierte ein leises Schnurren, als sie die Katze die Treppen hochtrug.

4

Sie atmete auf. Ließ den Pinsel liegen. Er triefte vor Farbe. Ihr wurde schlecht.

Mit dem aufgekrempelten Hemdsärmel wischte sie sich den Schweiß aus der Stirn und schaute über das Grundstück. Feucht und morastig war es dort, weich und sumpfig. Egal, wie lange die Sonne schien oder wie warm es war. Nie reichte die Wärme bis hierhin, es gab nur Nässe und noch mehr Nässe. Ihre Stiefel versanken bis zu den Knöcheln im Boden, es schwappte und saugte. Das Wasser gelangte überallhin und nahm die Toten mit sich.

Sie hatte das getan, wozu sie gezwungen gewesen war. Aber danach hatte sie nicht schlafen können. Obwohl es nicht ihre Schuld war. Sie hatte ja geglaubt, nicht gewusst, aber war sich fast sicher gewesen. Jetzt wurde sie verfolgt von Träumen, die sie nicht loslassen wollten. Ab und zu legte sie den Kopf auf das gestreifte Kissen des Ausziehsofas, hatte aber Angst vor dem Einnicken. Solange sie wach war, hatte sie Kontrolle über das Unkontrollierbare, aber wenn sie einschlief, glitt ihr alles aus der Hand. Wie schon vorher, wie ein abrupt gekappter Faden. Nichts war noch so, wie es sein sollte, aber sie konnte nichts mehr daran ändern, und deshalb spielte es keine Rolle. Sie musste mit dem weitermachen, womit sie angefangen hatte.

5

»Nicht die Schuhe ausziehen.«

»Wieso nicht?«

»Es ist so verdammt kalt hier drinnen.«

»Ha. Das glaubst du doch selbst nicht.«

»Es ist auch staubig.«

»Ist es überhaupt nicht. Hier gibt es nicht ein einziges Staubkorn. Warum kannst du nicht einfach zugeben, dass du die Schuhe schrecklich findest?«

»Dann mach wenigstens nicht solchen Krach damit. Du weckst sonst das ganze Haus.«

»Und wer ist das ganze Haus? Deine Mutter vielleicht?«

Tobias gab keine Antwort, sondern sprang immer zwei Stufen auf einmal die Wendeltreppe hoch. Seine engen Jeans. An diesem Hintern gab es kein Gramm Fett, an seinem Bauch auch nicht. Er war einfach wunderbar schmal gebaut. Mit ein wenig Muskeln an den Oberarmen wäre er perfekt. Aber man konnte schließlich nicht alles haben. Andrea seufzte und stieg hinter ihm her die Treppe hoch.

Seine Mutter schien zu schlafen, jedenfalls lag sie nicht oben auf der Lauer. So, wie Andreas Mutter das machte. Er schob die Tür zu einem Zimmer zu, bei dem es sich offenbar um das Schlafzimmer seiner Mutter handelte, und öffnete die Tür gegenüber.

»Mein Zimmer«, sagte er, nahm sie am Arm und zog sie hinein. Dann schloss er auch diese Tür. So leise und vorsichtig er konnte, also mit einem leisen Knall. Tobias war niemand von der leisen Sorte.

Er ließ sich auf das Bett sinken, auf dem eine beige Tagesdecke mit kleinen Karos lag. Sie setzte sich neben ihn, einen Meter von ihm entfernt, nicht zu nah.

»Bestimmt hat deine Mutter das Bett gemacht.«

»Nee, das war ich.«

Tobias starrte mit leerem Blick die Wand an, wo ein Plakat hing, etwas Großes, Schwarzes, vielleicht ein Gesicht. Darunter war das Bild eines roten Motorrads befestigt. Er sprang wieder auf, lief zum CD-Player, drückte auf einige Knöpfe, und plötzlich dröhnte es aus den Lautsprechern.

»Himmel, wird sie denn jetzt nicht wach?«

»Ich hab doch die Tür zugemacht.«

Er mimte einen Gitarristen und verdrehte die Augen zur Decke, schob die Hüfte vor und trat mit dem Absatz den Takt. Dann riss er plötzlich die Augen auf, als sei ihm etwas eingefallen, drehte die Musik ab, blieb stehen, starrte sie an.

»Verdammt«, sagte er.

»Was denn?«

Er trat auf sie zu, streckte eine Hand aus, wie um ihre Schulter zu berühren. Ließ aber die Hand auf halber Strecke in der Luft hängen.

»Du hast verdammt tolle Schuhe«, sagte er.

»Ja«, sagte sie.

»Scheiße, darin kann man sich ja spiegeln. Wie heißt das noch?«

»Lack. Weißt du das nicht?«

Sie saßen schweigend und mit geraden Rücken nebeneinander. Sie sah seinen Mund an, der passte nicht so richtig in sein Zimmer, in ein typisches Scheißjungenzimmer, mit einem Computer auf dem Tisch vor dem Fenster und einer E-Gitarre auf dem Boden und einer schmutzigen Unterhose unter dem Bett, das hatte sie schon gesehen.

Plötzlich drehte er sich zu ihr um, legte ihr die Hände auf die Schultern, presste seinen Mund auf ihren und dann war seine Zunge in ihrem Mund, drückte ihre Lippen auseinander, während er ein leises Keuchen ausstieß. Seine schweren und ein wenig trägen Hände waren auf ihre Brust hinuntergeglitten, hatten schon ihren Pullover hochgeschoben und wollten weiter. Er hatte den BH aufgehakt, ohne dass sie es auch nur gemerkt hatte, und jetzt spürte sie, wie der BH sich öffnete und wie seine Finger da waren und in ihre Brustwarzen kniffen. Au, hätte sie gern gesagt, aber das kam ihr jetzt fehl am Platz vor, es hätte einfach nicht gepasst. Er drückte sie aufs Bett, ließ sich neben sie gleiten, lag dann halb auf ihr, sie spürte etwas Hartes an ihren schwarzen Jeans und plötzlich fürchtete sie sich ein wenig, obwohl es auch zwischen ihren eigenen Beinen pochte, wusste nicht so ganz, ob sie das wirklich wollte. Er hatte ihr den Pullover über den Kopf gestreift, ihre langen Haare knisterten elektrisch, und jetzt würde wohl auch noch ihre Wimperntusche verschmiert werden.

Sie wandte sich von seinem Mund ab, der schrecklich weich war, hatte das Gefühl, als sei ihr ganzes Gesicht mit Spucke beschmiert. Sie kicherte, begriff selbst nicht, woher dieses Kichern kam.

»Du«, sagte sie.

»Ja«, sagte er ein wenig atemlos und mit dem plötzlich so großen Mund ganz dicht an ihrem. Ehe sie noch mehr sagen konnte, hatte er seine Lippen wieder auf ihre gepresst und sie spürte, wie seine eine Hand sich unter ihren Hosenbund schob. Es wäre besser gewesen, zuerst die Knöpfe zu öffnen, aber das sagte sie nicht.

Es war eng in ihrer Jeans und seine Hand wühlte sich mühsam vor. Sein Mund stand immer noch offen, als habe er plötzlich vergessen, dass er sie gerade küsste, sein Atem stank nach Bier. Ein Finger hatte sich zwischen ihre Beine geschoben, hatte dort aber kaum Platz.

Dann fing der Finger an zu drücken und zu bohren. Sie schaute zur Decke hoch, und die Kanten der Tapeten waren grün. Sie war schweißnass. Himmel, er machte immer noch weiter, wollte er denn nie mehr aufhören. Auf der Fensterbank stand eine Grünpflanze, bestimmt hatte seine Mutter sie dort hingestellt.

»Wie … wie ist das?«, fragte er leise an ihrem Ohr und holte tief Luft.

»Was denn?«, fragte sie und ließ ihren Blick von der Topfblume zu seinem Gesicht wandern. Dann starrte sie seinen Unterarm an, der auf merkwürdige Weise in ihrer Hose verschwand. Verdammt, da hatte sie einen Fleck, sicher Senf. Blöd, dass sie vom Kiosk keine Serviette mitgenommen hatte.

»Wieso was denn? Ist das schön, will ich wissen!«

Sie zögerte, sah wieder den Fleck an.

»Sicher«, sagte sie dann. »Aber du, ich hab einen Fleck auf der Hose.«

»Was?«

»Einen Fleck. Vom Senf.«

»Vom Senf?«

»Ja, mir ist ein ganzer Liter Senf auf die Wurst gefallen und …«

»Denkst du jetzt etwa ans Fressen?«, fragte er und setzte sich auf.

Ihm sträubten sich die Haare, standen nach allen Seiten ab. Sie konnte sich ein Lachen nicht verkneifen, obwohl sie wusste, dass das nicht der richtige Zeitpunkt war. Er sah sie verwirrt an, sah aus, als wäre er eben aufgewacht, seine Augen waren zu Spalten zusammengekniffen.

»Was ist denn bloß so komisch?«

»Ach, nichts.« Sie streckte die Hand nach dem Pullover aus, der am Fußende lag. »Du, habt ihr irgendwas zu Essen im Haus?«

»Zu Essen? Jetzt?«

»Ja.«

Er erhob sich, fuhr sich langsam mit der Hand über die Haare, mehrmals, wie um das Elend zu glätten.

»Die Küche ist unten. Nimm dir, was du willst. Im Kühlschrank müsste was sein.«

Sie zog eine Bürste aus ihrer Tasche und fuhr sich damit einige Male durch ihre Haare. Die knisterten und klebten an ihrer Wange.

»Willst du nichts?«

Er ließ sich aufs Bett fallen. Seine gefalteten Hände hingen schlaff zwischen seinen Oberschenkeln. Auch sein Kopf hing nach unten, während er sie wütend anstarrte. Stiernacken.

»Nö.«

In der Tür blieb sie stehen. Kaute auf der Innenseite ihrer Wange herum.

»Ach, du, ich glaube, ich gehe lieber gleich.«

»Willst du denn nichts mehr essen?«

»Nein, ich gehe.«

»Mach, was du willst. Du findest doch wohl selbst raus?«

Scheißtyp.

»Was bildest du dir denn ein? Meinst du, man braucht Karte und Kompass, um hier rauszukommen ...«

Wieder blieb sie stehen, streckte den Kopf nochmal ins Zimmer.

»Sehen wir uns morgen?«

»Morgen spiele ich, und am Sonntag ist Training und ...«

Sie knallte die Tür zu, war ihr doch egal, ob seine Scheißmutter aufwachte und Himmel und Erde in Bewegung setzte ... aber vielleicht war die ja gar nicht so. Ihre eigene Mutter saß wohl in der Küche und rauchte eine nach der anderen, hatte sicher inzwischen alle Nachbarn und Andreas ganzen Freundeskreis durchgeklingelt. Verdammt, wie peinlich. Eine Mutter, die herumtelefonierte und nach ihr fragte wie nach einem Scheißbaby, das nicht auf sich selbst aufpassen konnte. Bestimmt glotzte sie aus dem Fenster, mit ihren rot unterlaufenen Augen, und wenn Andrea dann nach Hause käme, würde sie behaupten, sich Sorgen gemacht zu haben. Und dann würden ihre Hände theatralisch zittern und sie würde sich die Haare zurückstreichen und den Morgenmantel fest um sich zusammenziehen und Andrea bebend anglotzen, mit diesem Tränenblick, bei dem man immer den Boden anstarren und begreifen musste, dass man sie verletzt hatte.

Auf der Straße wehte ein angenehmer Wind. Schwarz war es außerdem, schwarz und leer. Alle Leute in diesem Stadtteil schliefen wohl hinter ihren hübschen Rollos. Verdammt, hier wohnen zu müssen! Tobias' Mutter war sicher so eine Keifzange mit schmalen Lippen und Rouge auf den Wangen. Wenn man hier wohnte, war man eben so. Bürosklavinnen, so nannte ihre eigene Mutter solche Leute. Latschen sich die Sohlen auf weißem Linoleum ab. Warum Büroböden immer weiß sein mussten, hatte Andrea nie begriffen. Der Boden, auf dem ihre eigene Mutter arbeitete, war grün, und da nutzte man sich Knie und Schultern ab. Alte Leute hochzuheben sei keine Arbeit für Schwächlinge, das sagte ihre Mutter immer.

Rasch und lässig ging Andrea weiter, die Tüte über ihre Schultern geworfen. Die Uhr war vorausgeeilt und zeigte jetzt schon zwei. Glücklicherweise brauchte Andrea am nächsten Morgen nicht früh aufzustehen, schließlich war Samstag. Und samstags hatte sie frei von dem vier Wochen dauernden Sommerjob auf dem Friedhof, den sie sich gesucht hatte. Dort goss sie Blumen und harkte den Kies. Es gab wirklich lustigere Dinge, die man um sieben Uhr morgens tun konnte, aber so war es nun eben, auch sie musste ihr Scherflein beitragen, wie ihre Mutter immer sagte.

Tobias. Sie versetzte dem Bordstein einen Tritt. Er hatte nur ihre Schuhe gesehen. Oder, genauer gesagt: Er hatte zuerst die Schuhe gesehen, und dann war sein Blick an der Besitzerin dieser Schuhe hochgeglitten. Zu dem fremden Gesicht. Tobias Lindgren. Gerüchten zufolge hatte er mit jedem Mädchen auf der ganzen Schule geschlafen, genauer gesagt, mit jedem Mädchen, das gut genug für ihn war. Das er nicht nur auslachte, während er über seine Schulter in den Kies spuckte. Und wie er mit Kippen um sich warf! Die waren so zahlreich wie die Mädchen, die sich um ihn drängten. Und nun war Andrea an der

Reihe gewesen, von den blauen Augen und dem Mund eingefangen zu werden, der laut und viel über gar nichts redete.

Du blöde Kuh, Andrea, sagte sie leise zu sich, während sie über den dunklen Bürgersteig ging. Morgen Abend, wenn sie sich in der Stadt an ihrem festen Platz sammelten, würden sie über sie lachen. Sie würde den Blicken nicht entgehen können, die ihr erzählten, was sie über sie wussten. Und wer konnte ahnen, welche Geschichten Tobias sich aus den Fingern saugen würde. Irgendeine Lüge, in der sie selbst als lächerlicher Anhang von jemandem fungierte, der doch überhaupt nichts von ihr wissen wollte.

Endlich hatte sie die Stadt erreicht. Auch die war stumm und leer. Sie wanderte am Radweg entlang durch Timmermansleden und drückte sich dabei an die Büsche. An den Kreuzungen tickten die Ampeln, in der Dunkelheit klang das schrecklich einsam. Als sie die Kirche St. Nicolai erreicht hatte, bog sie zum Marktplatz ab, den sie überqueren musste, um zur Hamngata zu kommen. Jetzt war es nur noch eine Viertelstunde bis zur Wohnung in der Muraregata, wo aller Wahrscheinlichkeit nach ihre Mutter in der Küche saß und die Hände so hart rang, wie sie vorher über dem Spülbecken den nassen Lappen ausgewrungen hatte. Die ausgedrückten Kippen im Aschenbecher auf dem Tisch, lang und nicht fertig geraucht.

Die Österbro kam ihr in der Nacht breit vor, nicht schmal, wie tagsüber, wenn sich dort die Busse drängten und es überall von Menschen wimmelte, während die Penner im so genannten Korkenpark johlten. Flaschen, Bierdosen und Pissegestank, kaputte, vollgeschmierte Bänke. Der Figaropark machte seinem Beinamen noch immer alle Ehre, auch wenn die alte Brauerei dahinter längst schon stillgelegt worden war. Jetzt war alles leer, auch wenn man nie wusste, ob nicht irgendwer in der Dunkelheit unter den Bäumen schlief.

Dann blieb sie stehen, dort auf der Österbro. Ihr war ein seltsames Geräusch aufgefallen. Die Laternen spiegelten ihren flammengelben Schein in der gekräuselten Wasseroberfläche des Flusses, am anderen Ufer rauschten unter einem Dach die Ventilatoren. Und wieder nahm Andrea ein leises Rascheln wahr. Falls das nicht nur vom Wind stammte. Jetzt fielen auch einige einzelne Regentropfen.

Das Brückengeländer lag kühl unter ihrer Handfläche, sie zog den Pulloverärmel über die Hand. Die Luftfeuchtigkeit war auf dem Metall zu Wassertropfen kondensiert, sie funkelten im Licht der Straßenlaternen. Stille und Dunst, eine perfekt gespenstische Nacht. Andrea hatte Angst – und genoss es zugleich. In ihrem Magen prickelte es wie nach einem raffinierten Horrorfilm. Hand in Hand mit Tobias, dachte sie. So sollte man solche Filme sehen, nicht allein, mitten in der Nacht auf einer Brücke. Aber das half jetzt nichts, so war es eben, Tobias war ein Idiot, und sie war noch viel blöder, wo sie mit ihm fast bis hinaus nach Scheiß-Tylösand gegangen war.

Unten, in der fast kompakten Dunkelheit zwischen den Bäumen, sah sie eine Bewegung. Vage registrierte sie eilige Schritte. Hörte pötzlich ein Platschen, als habe jemand einen Stein ins Wasser geworfen. Sie sah, wie die Wasseroberfläche sich bewegte, schwach blinkend unter den weiter entfernt stehenden Straßenlaternen. Die Kräusel verschwanden rasch wieder, und sie dachte, es sei vielleicht ein Vogel gewesen. Ein aus dem Nest gefallenes Junges oder eine Wasserratte.

Bei der Vorstellung einer Ratte erschauerte sie. Sie nahm noch weitere Geräusche zwischen den Bäumen wahr. Dann wurde alles still, das Wasser floss lautlos unter der Brücke hindurch, ein nachtaktiver Vogel klapperte mit dem Schnabel.

Plötzlich sah sie wieder jemanden, diesmal hinten in der Hamnagata, jemanden, der vom Wasser kam und zum Bürgersteig hochging. Was genau Andrea dazu brachte, weiter stehen zu bleiben, wusste sie nicht, es war einfach ein Gefühl, eine vage intuitive Ahnung, dass es besser wäre, dort zu bleiben, wo sie war. Die Person dort hinten ging mit ruckhaften, unregelmäßigen Schritten. Dann war eine Autotür zu hören, ein Motor, der angelassen wurde. Es musste in der Nähe dieses Friseursalons sein, der neulich umgebaut worden war, und wo eine Freundin von Andrea sich die Haare hatte schneiden lassen, weil deren Mutter den Besitzer kannte. Das Auto jagte los. Es bog auf die Brücke ab, und Andrea drückte sich in die Dunkelheit. Dann fuhr das Auto nach rechts und weiter vorbei an der Missionskirche und über die Strandgata, um schließlich irgendwo bei der Kaptensgata in Richtung Bahnhof zu verschwinden.

Andrea fröstelte, spürte, wie sich ihr Zwerchfell verkrampfte; mit diesem Auto hatte etwas nicht gestimmt. Dann schüttelte sie das Gefühl ab, ging wieder los, versuchte, noch irgendetwas zu finden, womit sie die Heimkehr hinauszögern könnte. Sie wollte dem unruhigen Blick ihrer Mutter im Halbdunkeln nicht begegnen, ihrer zitternden Hand mit der Zigarette unter dem Ärmel des Morgenrocks. Andrea seufzte. Wie lange würde es noch dauern, bis sie erwachsen und frei sein würde und über sich selbst bestimmen könnte? Noch eine ganze Ewigkeit, noch viel länger als dieser Spaziergang nach Hause. Von Stenhuggeriväg zur Muraregata in Eineinviertelstunden. Aber jetzt konnte sie nicht länger herumtrödeln, die Straße war leer und der Wagen, der in diesem Affenzahn weggefahren war, war verschwunden. Sie kam an einigen Läden vorbei, in denen kein Licht brannte, warf einen Blick in ein dunkles Lokal. Kam dann an einem Kleiderladen vorbei, dessen Fenster von Punktstrahlern über gebückten Schaufensterpuppen in seltsamer Kleidung beleuchtet wurden. Der Laden schien nicht sonderlich gut zu laufen, das hatte sie gehört. Schweineteuer und viel zu abgedreht. Ja, dachte Andrea. Alles ist so trist wie immer, mir bleibt nichts anderes übrig, als nach Hause zu gehen. Die Kirchturmglocke auf dem Marktplatz schlug dreimal. Sie ging weiter. Sie war sich nicht sicher, glaubte aber, einen leichten Brandgeruch wahrzunehmen.

6

Als Eva-Britt Bixe am Samstagmorgen aufwachte, wusste sie gleich, noch ehe sie die Augen geöffnet hatte, was los war. Und dieses Wissen ließ sie die Augen wieder schließen, sie ganz fest zusammenkneifen und so tun, als werde es noch einige Stunden lang Nacht sein. Nicht, dass sie aufstehen musste, sie hatte dienstfrei und war nur später mit ihrer Tochter Fia auf dem Marktplatz verabredet. Dann, um elf, würde sie, wenn auch nicht munter und lebhaft, aber doch so weit in Form sein, dass sie die drei Straßen durchaus hinter sich bringen könnte. Mit etwas Glück würde sie nicht absagen müssen.

Doch jetzt sah es noch ganz düster aus. Gütiger Himmel, dachte sie, und wagte es dann, langsam ein Auge aufzuzwingen, um sich die Bestätigung zu holen – Migräne. Ein kleiner weißer Blitz leuchtete auf, und gleich darauf funkelte es, als jagten glänzende Aquariumsfische in ihrem Blickfeld hin und her. Sie kniff die Augen zusammen, doch jetzt schwammen sie unter ihren Augenlidern, flammengelbe, brennende Fackeln. Sie konnte nur die Augen zumachen und warten. Es würde aufhören, früher oder später, und entweder bohrende Kopfschmerzen oder einen Druck wie von Ziegelsteinen auf ihren Schläfen zurücklassen. Normalerweise hatte Kommissarin Eva-Britt Bixe nie das Gefühl, ernsthaft krank zu sein, sie war wirklich keine Hypochonderin, aber bei jedem Migräneanfall glaubte sie, sofort tot umfallen zu können. Die Migräne traf sie jedes Mal wie eine Bombe.

Sie schob ein Bein über die Bettkante und tastete grunzend nach ihrem Morgenrock, den sie abends irgendwo am Fußende abgelegt hatte. Als sie die Arme in den dicken Frotteestoff schob, fühlte sie sich ein wenig besser, das flackernde Licht war nicht mehr so intensiv, und ihre Sicht hatte sich wieder ein wenig normalisiert. Was sie sah, war das Zimmer mit dem riesigen Doppelbett, über das sie inzwischen allein verfügte, die klumpigen Kissen, die sie wild auf der Matratze verstreut hatte, die dicke Daunendecke und auf dem Nachttisch der kleine Radiowecker mit den roten Ziffern sowie die Bilder der beiden erwachsenen Töchter. In der einen Zimmerecke thronte ein alter, geerbter Korbsessel, der zwar knarrte und an einigen Stellen zerbrochen war, von dem sie sich aber einfach nicht trennen konnte. Der Sessel hatte etwas, das Geborgenheit versprach, etwas Gebieterisches, sie konnte ihre Kleider darauf ablegen und er bildete das nötige Gegengewicht zu den hellen Farben des Zimmers.

Mit der Hand fest auf dem Geländer ging sie die Treppe ins erste Stockwerk hinunter, in der Dreizimmerwohnung, die sie seit einigen Jahren bewohnte und die ihr vorkam wie ihr erstes eigenes und echtes Zuhause. Das Haus, in dem sie fast zwanzig Jahre mit Gösta gewohnt hatte, hatte ihr Dasein kleinkariert und eng werden lassen. Eva-Britt war damals für das Einkaufen, das Kochen, das Aufräumen und die Wäsche zuständig gewesen. Ihr Ehemann hatte den Hang gehabt, sich endlos im Gefängnis herumzudrücken, wo er arbeitete, und wenn er dann endlich nach Hause kam, behauptete er, wenn auch mit einem freundlichen Lächeln, dermaßen erschöpft zu sein, dass er keinen Finger mehr rühren könnte. Am Ende hatte sie das alles so satt gehabt, dass sie der Sache ein Ende gemacht und den Mann vor die Tür gesetzt hatte. Übrigens eine Entscheidung, die sie noch nie bereut hatte. Das Einzige, was sie bereute, war, so lange gewartet zu haben. Auch sie war abends müde, wenn sie von der Wache nach Hause kam, und sich dann um zwei kleine Mädchen und außerdem um einen Ehemann kümmern zu müssen, der rauchend auf dem Sofa saß, das war einfach zu viel gewesen.

Das Licht von unten stach ihr in die Augen. Sie kniff sie wieder zusammen, als sie in die Küche ging. Das eine Auge fest geschlossen, das andere nur minimal geöffnet, warf sie einen

Blick auf die Wanduhr. Erst zwanzig nach sieben. Da hatte sicher die Migräne sie geweckt, und dazu das vage Gefühl von Unlust, das immer damit einherging.

Mit den Jahren stellten die Migräneanfälle sich seltener ein. Nach der Scheidung hatte die Anzahl sich fast halbiert. Inzwischen kamen sie nur noch selten vor, meistens nach hektischen Phasen im Beruf. Als sollte sie einfach niemals Ruhe und Entspannung finden. Irgendetwas war immer. Als sie im vergangenen Jahr die Ermittlungen im Mord an einem Arzt beendet hatten, hatte sie innerhalb einer Woche gleich drei Migräneanfälle erlitten. Trotzdem, Eva-Britt hatte noch Glück gehabt, jedenfalls nach ihren eigenen Maßstäben. Es war Weihnachten gewesen, und zum ersten Mal seit Jahren hatte sie einen guten Grund gehabt, die Feiertage allein und im Morgenrock zu verbringen, wonach sie sich schon seit Ewigkeiten gesehnt hatte. Kein Schinken, keine Verwandtschaft, kein Weihnachtsmann, und vor allem kein Gösta. Denn meistens fand er sich zu solchen Gelegenheiten ein. Ihre ältere Tochter Klara, die jetzt in London wohnte, bestand darauf. Im vergangenen Jahr aber hatte die Familie ohne Mama zurechtkommen müssen. Eva-Britt hatte einen schönen Heiligen Abend verbracht, mit lindernden Schmerztabletten, Spaghetti carbonara und einem großen Stück Butterkuchen, das sie sich abends aus der Tiefkühltruhe gefischt hatte. Sie war früh ins Bett gegangen, hatte sich in die warme Daunendecke gewickelt und fast zwölf Stunden geschlafen.

Jetzt saß Kommissarin Eva-Britt Bixe am Küchentisch und schaute aus dem Fenster. Draußen im Regen leuchteten die Bäume in sattem Grün. Der Hof sah aus wie ein schönes, in gesättigten Farben gehaltenes Bild. Der Regen klopfte dumpf gegen die Fensterscheibe. Es regnete jetzt seit einer Woche, nicht übermäßig und nicht ununterbrochen, aber als gleichmäßiges Nieseln, das ein Gefühl von Herbst hinterließ. Vor Mittsommer war das anders gewesen, fast unerträglich heiß, die Leute hatten nach Luft geschnappt und sich beklagt. Dass das Wetter auch nicht Maß halten konnte, entweder war es brennend heiß oder es goss. Ja, so ist es wohl mit dem Leben und der Gesundheit, dachte Bixe, entweder so viel Stress, dass man kaum zum Nachdenken kommt, oder Stille und bohrende Kopfschmerzen. Das Wort mäßig schien nicht mehr zu existieren. Auch bei der Arbeit machte sich das bemerkbar, die Verbrechen wurden immer zahlreicher und raffinierter, ehrliche Schlägereien wichen schweren Misshandlungen, aus Ladendiebstählen und anderem Kleinkram wurden Körperverletzung und Raubüberfall.

Sie führte die Tasse an die Lippen und trank. Das Koffein tat seine Wirkung, und bald fühlte sie sich fast wieder normal. Es pochte nur noch hinter der rechten Schläfe, diesmal würde sie sich also wohl nicht wieder ins Bett legen müssen. Und würde Fia wie verabredet auf dem Marktplatz treffen können. Ihre Tochter brauchte Rat bei irgendeinem Einkauf, es ging um einen Mantel oder so etwas. Nicht, dass Bixe gern in Kleiderläden herumwühlte, aber für ihre jüngere Tochter konnte sie gern einmal eine Ausnahme machen.

Als sie ihre zweite Tasse Kaffee getrunken hatte und sah, wie Hausmeister Simonsson mit einer Mülltüte über den Hof ging – dieser Mann versah seine Arbeit aus lauter Pflichtgefühl sogar am Wochenende –, klingelte das Telefon. Bixes erster Gedanke war ihre Tochter, und für einen Moment fühlte sie sich erleichtert. Vielleicht würde sie sich doch nicht in Umkleidekabinen mit greller Spiegelbeleuchtung und Warenhäusern mit schriller Musik herumtreiben müssen. Aber als sie den Hörer vom Telefon an der Küchenwand nahm, hörte sie nicht Fias Stimme, sondern die von Polizeiinspektor Janne Ring.

»Eva-Britt, entschuldige, falls ich dich geweckt habe.«

»Macht doch nichts, ich war ohnehin schon wach.«

Ring räusperte sich. Bestimmt hält er dabei die Hand vor den Mund, dachte Bixe. Sie sah seinen Siegelring und die weißen Manschetten vor sich.

»Es ist etwas passiert«, sagte jetzt ihr immer so tadellos in einen Anzug gewandeter Kollege. »Es wäre gut, wenn du so schnell wie möglich herkommen könntest.«

Seine Stimme war so glatt wie seine Hosen mit den Bügelfalten.

»Kannst du sagen, worum es geht?«

»Ja, in einem Friseursalon in der Hamngata hat es gebrannt.«

»Ich habe an diesem Wochenende frei«, sagte Bixe. »Muss ich wirklich los, bloß weil es irgendwo gebrannt hat?«

»Offenbar ist dabei jemand verbrannt.«

»Ach?«

»Ja, aber wie und warum wissen wir noch nicht.«

»Wo genau hast du gesagt?«

»Hamngata 3«.

»Liegt das Engers nicht in der Hamngata?«

»Doch ...« Auf der anderen Seite der Leitung wurde mit Papier geraschelt. »Ja, das ist derselbe Salon. Er heißt jetzt aber nicht mehr Engers, sondern Klipp-it. Offenbar hat er den Besitzer gewechselt.«

»Ich komme. Aber ich habe heute frei. Hast du schon Erik angerufen?«

»Da meldet sich niemand. Deshalb wollte ich doch dich sprechen.«

»Da meldet sich niemand? Aber er hat doch diese Woche Bereitschaftsdienst.«

»Ich mach noch einen Versuch. Und übrigens, soll ich dir einen Wagen schicken?«

»Einen Wagen? Wie meinst du das? Das sind vier Straßen, Janne.«

»Du fährst doch sonst immer.«

»Jetzt nicht mehr.«

»Ich weiß ja, dass deine Karre ihren Geist aufgegeben hat, deshalb frag ich ja gerade.«

»Danke. Aber das ist wirklich nicht nötig.«

»Dann sehen wir uns gleich?«

»Sobald ich fertig bin.«

Und vom Stuhl hochkomme, dachte sie und legte auf. Neue Ermittlungen konnten ein sehr wirksames Kopfschmerzmittel sein, der Stress ließ für die Migräne einfach keinen Platz mehr. Dennoch hätte sie natürlich einen entspannten Stadtbummel mit Fia vorgezogen. Eine verbrannte Leiche war ja nicht gerade das, wonach man sich an einem ruhigen Samstagmorgen vor allem sehnte. Noch dazu, wenn es erst fünf nach acht war und der Kopf sich weiterhin wie eine leere Blechdose anfühlte, auf deren Deckel irgendwer unerbittlich einhämmerte, mit gedämpften, aber hartnäckigen Schlägen.

☆

Ist *das* hier das Leben?, überlegte Eva-Britt Bixe. Gedankenlos wie üblich hatte sie sich zu dünn angezogen, nur einen einfachen Mantel und dazu Pumps, die ihre besten Tage ohne Zweifel bereits hinter sich hatten. Jetzt stand sie vor der Hamngata 32 und fror. Was war das für ein Sommer? Es war zwar erst halb neun, aber dass sie mitten im Sommer frieren musste!

Vor ihr wehten die blauweißgestreiften Plastikbänder leicht im Wind; aus einer zerbrochenen Dachrinne ein Stück weiter tropfte das Regenwasser, das Einzige, was an diesem Samstagmorgen in der Straße passierte, wo bisher nur wenige Menschen aufgewacht waren. Die wenigen, die es bereits in die Stadt geschafft hatten, hatten sich jedoch hier versammelt. Es half wenig, dass die Polizei sie zum Weitergehen aufforderte, stur stand die kleine Gruppe von Neugierigen weiterhin da und betrachtete abwechselnd das schwarze, ausgebrannte Ladenlokal und die beiden Feuerwehrwagen, die mit ihrem blinkenden Blaulicht die Straße versperrten.

Eva-Britt Bixe hob das Plastikband und ging zu einem der jungen Polizisten, der vor einem Teppich aus funkelnden Glasscherben stand. Er nickte zur Begrüßung.

»Weißt du, was hier passiert ist?«, fragte Bixe.

Der junge Mann schüttelte den Kopf und zeigte auf den Laden.

»Fridén ist drinnen.«

Eine schwarze Silhouette in grober Arbeitskluft lief hinter den zerbrochenen Fenstern hin und her. Nils Fridén war der fähigste Techniker, den sie hatten, sorgfältig und systematisch.

»Ach, ist er schon lange hier? Ich habe gehört, hier sei jemand verbrannt.«

»Ich weiß keine Einzelheiten.«

Bixe schaute zum Laden hinüber. Dort war alles schwarz und verrußt. Die Überreste zweier Friseurstühle waren in Form von spitzen Metallteilen mitten im Raum zu erkennen. Ein Waschbecken stand etwas weiter hinten auf einem schwarzen Sockel. Ansonsten sah sie vor allem verkohlte Rußflocken. Offenbar hatte das Feuer heftig gewütet. Vor dem Lokal standen zwei Wagen. Die Nummernschilder waren wie Papier zusammengeschnurrt und die Scheinwerfer geschmolzen wie Zucker in einer heißen Bratpfanne.

Ein plötzlicher Windstoß veranlasste sie, den Mantelkragen hochzuschlagen. Der Wind durchdrang alles. Sie wandte sich wieder dem jungen Polizisten zu.

»Ich gehe zur Wache«, sagte sie. »Oder kann mich jemand fahren?«

»Frag Ring. Der war eben noch hier.«

»Und wo ist er jetzt?«

Der Mann zuckte mit den Schultern. Bixe spürte einen stechenden Schmerz, als sie sich umschaute. Wollte der denn gar nicht nachlassen? Naja, noch ein Grund mehr, zur Wache zu fahren. Wobei die Kälte und ihre blödsinnige Kleidung auch schon reichten.

»Da sitzt er, im Auto«, sagte die Polizist und nickte zu einem Streifenwagen hinüber.

»Hab ich's doch geahnt«, murmelte Bixe ärgerlich, zog den

Mantel fester um sich zusammen und ging auf den Wagen zu – warum sie sich ärgerte, wusste sie gar nicht genau, vielleicht darüber, dass Ring einfach lässig in einem Auto saß und sich die Verwüstung anschaute, als sei das hier ein Urlaubsvergnügen.

»Hier ruhst du dich also aus«, sagte sie.

Ring schaute überrascht zu ihr hoch.

»Mir war so verdammt kalt«, entschuldigte er sich und schüttelte sich fröstelnd.

»Hast du inzwischen mehr erfahren?«, fragte Bixe.

»Wir müssen abwarten, was Fridén sagt.«

»Dann zurück zur Wache«, sagte Bixe. »Hier können wir nicht viel ausrichten. Fährst du?«

»Ich? Nein …«

»Wie bist du denn hergekommen?«

Ring wohnte fünf Kilometer außerhalb der Stadt, und seine Kleidung ließ annehmen, dass er nicht mit dem Rad gefahren war.

»Also … ich fahr nicht den hier.« Er klopfte neben sich auf den Sitz. »Mein Wagen steht da hinten.« Er zeigte auf einen blauen Golf.

»Na dann. Worauf warten wir noch?«

»Wolltest du nicht zu Fuß gehen?«, fragte Ring mit aasigem Lächeln im Mundwinkel.

»Ich hab's mir anders überlegt«, sagte Bixe. »Außerdem hab ich eine höllische Migräne. Also sei lieber vorsichtig mit mir.«

»Noch vorsichtiger als sonst, versprochen. Aber nicht deinetwegen, sondern aus purem Egoismus.«

☆

Der Morgen hatte zwar nicht gerade strahlend begonnen, aber er hätte doch ein wenig ruhiger weitergehen können, fand Eva-Britt Bixe, als sie ihr Zimmer im vierten Stock der Wache betreten hatte und keuchend in ihren Sessel gesunken war. Es war einwandfrei nicht ihr Tag. Die Kopfschmerzen waren inzwischen zwar fast verschwunden, aber jetzt konnte sie ihre Brille nicht finden. Sie hatte nicht die geringste Ahnung, wo sie die hingelegt haben könnte. Seit die Schnur, an der sie sie trug, abgerissen war, fand sie ihre Brille an den seltsamsten Orten. Einmal war ihr Kollege Erik Sander mit einem überaus zufriedenen Lächeln auf den Lippen ins Zimmer gekommen.

»Das ist ja wohl deine?«, hatte er gesagt und die Brille vor sie hingehalten.

Bixe hatte überrascht von dem Text aufgeschaut, den sie gerade zu entziffern versucht hatte.

»Sicher, Erik, danke. Ich hab ja schon so gesucht. Wo hast du sie gefunden?«

Sie hatte sein Lächeln gesehen, ein strahlendes Lächeln, das sich über seinem sonst so bleichen Gesicht ausbreitete, und sich doch gefragt, was so komisch sein mochte.

»Das willst du gar nicht wissen«, sagte er mit einem Grinsen.

Sogar die normalerweise ziemlich gelassene Bixe war verunsichert gewesen.

»Im Kühlschrank«, hatte ihr Kollege dann gesagt. »Auf einem Butterbrotpaket.«

Sanders Lachen war im ganzen Haus zu hören gewesen, und am nächsten Tag hatte die Truppe eine neue Redensart entwickelt, die seither immer angewandt wurde, wenn sie im Laufe der Ermittlungen Probleme hatten: »Ganz kalt bleiben und im Kühlschrank nachschauen.« Damit hatte sie es sogar in das hauseigene Käseblatt gebracht.

An diesem Morgen aber lag die Brille weder im Kühlschrank noch im Bücherregel. Bixe machte sich ans Suchen, das war sie schließlich gewohnt. Auch ihr Schlüsselbund verschwand ab und zu. Beide Gegenstände schienen ihre eigenen Füße zu besitzen, mit denen sie sich jederzeit von ihr entfernen konnten. Deshalb zog sie jetzt gewohnheitsmäßig Schubladen auf und hob Papierstapel hoch. Als sie die Brille auch auf der Fensterbank und in ihrer Tasche nicht fand, ging sie zur Personaltoilette. Dort lag sie, auf dem Waschbecken. Bixe atmete erleichtert auf. Diesmal blieb ihr immerhin die Demütigung erspart, andere um Hilfe bitten zu müssen. Fragen wie »habt ihr meine Brille gesehen?« oder »weiß irgendwer, wo mein Schlüsselbund liegt?« wurden immer mit lautem Lachen quittiert.

Auf dem Rückweg zu ihrem Zimmer klopfte sie bei Janne Ring. Von drinnen war ein Grunzen zu hören, gefolgt von einem unhöflichen »Komm rein!«

Ein Ring mit müden, schmalen Augen saß zurückgelehnt in seinem Schreibtischstuhl. Vor ihm auf dem Tisch lag ein Papierstapel, in der Hand hielt er einen Kugelschreiber.

»Du siehst heute ganz schön fertig aus«, sagte Bixe, in dem Versuch, die Stimmung zu heben.

Aber es war wirklich normalerweise nicht leicht, Ring ein Lächeln zu entlocken. Auch heute nicht. Missmutig blickte er zu seiner Chefin hoch, dann zuckte sein einer Mundwinkel ein ganz klein wenig. Und das sollte nun ein Lächeln sein, dachte Bixe.

»Gestern ist es ein bisschen spät geworden«, gestand er. »Aber ich konnte doch nicht ahnen, dass ich heute arbeiten muss.«

»Die Verbrecher nehmen eben keine Rücksicht auf uns Kripoleute«, seufzte Brixe und ließ sich vor seinem Schreibtisch im Besucherstuhl nieder. »Hast du übrigens Erik erreicht?«

Ring schüttelte den Kopf.

»Ich hab mehrmals angerufen, aber er meldet sich einfach nicht.«

»Seltsam.«

Bixe blickte auf ihre Finger, spielte an der Nagelhaut herum. Ihre Nägel kamen ihr fremd vor, wenn sie nicht lackiert waren. Gelblich irgendwie. Früher hatte sie gedacht, das komme vom Rauchen. Sie hatte viel geraucht, vor allem in hektischen Arbeitsphasen. Obwohl sie mehr als ein halbes Jahr zuvor aufgehört hatte, war immer noch ein gelber Schimmer zu sehen. Also musste es wohl mit dem Alter zu tun haben. Sechsundfünfzig, eine schreckliche Zahl. Als sie jung gewesen war, hatte sie es kaum für möglich gehalten, dass jemand so alt sein könnte, und wer es doch wäre, müsse grauhaarig und altersschwach sein. Grauhaarig war sie nun auch und bisweilen todmüde, aber nicht alt und schwach. Eher kam sie sich mit den Jahren jünger vor. Seltsamerweise. Wahrscheinlich auch, weil sie nicht mehr rauchte, und deshalb war sie recht zufrieden mit sich selbst.

»Ja, das ist seltsam«, unterbrach Ring ihre Gedanken. »Er ist doch sonst sehr zuverlässig.«

Bixe nickte und runzelte nachdenklich die Stirn. Ihre Denkfurche, so nannten das die Kollegen. Mit den Jahren war die Furche immer tiefer geworden. Aber auch das lag vielleicht eher am Alter als am vielen Denken.

»Erik ist das Pflichtbewusstsein in Person«, sagte sie. »Sein Telefon wird doch nicht defekt sein, oder was meinst du?«

»Ich habe es auch auf seinem Mobiltelefon versucht.«

Ring legte den Kugelschreiber auf den Tisch und beugte sich vor.

»Glaubst du, wir sollten bei ihm vorbeifahren?«

Bixe musterte wieder ihre Nägel. Papierkram, dachte sie. Blätter umdrehen, im Computer suchen. Denken. Die Denkfurche hervorholen.

»Wir warten. Und hören uns an, was Fridén im Friseursalon gefunden hat. Vielleicht ist es ja nicht so wichtig.«

»Ist es doch«, sagte Ring.

»Woher weißt du das?«

Erst jetzt lächelte Ring, ein schwaches, bleiches Lächeln, das sein adrett glatt rasiertes Gesicht kaum zu erhellen vermochte.

»Ich weiß es nicht«, sagte er. »Ich spüre es.«

»Seit wann arbeitet die Polizei nach Gefühl und nicht nach Vernunft?«, fragte Bixe.

»Samstagmorgen. Freies Wochenende. Regenwetter. Da kann doch nur eine nervige Ermittlung auf uns warten. Ich meine, wenn schon, denn schon, oder wie siehst du das?«

»Tja. Wenn ich an meine Kopfschmerzen denke, dann hast du vielleicht Recht.«

»Ein Unglück kommt selten allein.«

»Und außerdem können wir Erik nicht erreichen. Nein, das verheißt nichts Gutes. Überhaupt nichts Gutes.«

7

»Hast du von dem Brand gehört?«

Rebecka schien guter Stimmung zu sein. Sie behauptete immer, sich Pillen besorgen zu können, die so reinhauten, dass man mindestens drei Nächte keinen Schlaf bräuchte, und Andrea dachte, so eine habe sie jetzt vielleicht eingeworfen.

»Was?«, fragte Andrea, die ihr gegenüber im McDonalds saß und mit einem kleinen Holzlöffel in einem Pappbecher voll scheußlichem Kaffee rührte.

Es war erst halb zehn, aber sie war schon auf, auch wenn sie nicht gerade toll in Form war. Die Ereignisse der vergangenen Nacht hatten sie zuerst nicht einschlafen lassen, und als sie gegen acht mit hämmernden Kopfschmerzen aufgewacht war, hatte sie beschlossen, lieber gleich aufzustehen.

»Was?«, fragte sie noch einmal, gleichgültig, weil sie sich nicht vorstellen konnte, Rebecka könne wirklich interessante Neuigkeiten für sie haben.

»Heute Nacht soll es in einem Friseursalon gebrannt haben, mitten in der Stadt.« Mit einer lässigen Geste strich Rebecka sich die Haare aus dem Gesicht. »Weißt du denn gar nichts? Hört ihr bei euch zu Hause kein Lokalradio?«

»Lokalradio?« Andrea schnaubte, trank einen Schluck Kaffee und zog eine Grimasse.

»Angeblich war es Brandstiftung.«

Himmel, was Rebecka alles wusste, aber vielleicht kam das von ihrer Mutter.

»In der Hamngata, mitten in der Stadt. Alles ist ausgebrannt.«

Hamngata. Andrea lief es plötzlich kalt den Rücken hinunter, es war ein unbehagliches Kitzeln, das sich dann im Nacken festsetzte. Eine Erinnerung, ein Bild. Was sie vor sich sah, machte ihr das Sprechen schwer.

»Da?«, murmelte sie. »Ich hab da heute Nacht etwas Seltsames gesehen.«

»Wirklich? Und was hast du da gemacht, mitten in der Nacht?« Rebeckas Mund öffnete sich, und blieb dann offen, so weit offen, dass das eben erst hineingestopfte Eis gut zu sehen war.

»Das war, als ich heute Nacht von Tobbe nach Hause gegangen bin, und …«

»Was? Aber der wohnt doch in … oder meinst du etwa *den* Tobbe?« Rebeckas Kinn klappte hinunter und ihr offener Mund sah noch viel blödsinniger aus.

»Aber ich bin abgehauen, es hat's irgendwie nicht gebracht.«

»Spinnst du? Wieso denn nicht?«

Andrea zuckte mit den Schultern und schaute zum Fenster hinüber. »Weiß nicht.«

»Aber das ist doch eine ziemliche Strecke. Wohnt er nicht draußen in …«

»Im Stenhuggeriviertel, ja. Da hat seine Mutter eine Riesenbude. Und als ich also nach Hause ging, bin ich hier vorbeigekommen, und dann war ich hinten bei der Brücke und glaubte, etwas zu hören. Also blieb ich stehen. Und dann hab ich jemanden gesehen. Das war genau da, in der Hamngata.«

»Was?«, fragte Rebecka und stopfte sich noch einen Löffel Eis in den Mund.

»Irgendein Auto, das wegfuhr«, sagte Andrea. »Total

schnell. Absoluter Raketenstart. Und das war in der Hamngata, da bin ich mir sicher. Und da hat es also gebrannt? Weißt du das genau?«

»Klar weiß ich das genau.« Rebecka legte die Hand auf Andreas Arm. »Aber verdammt, Andrea, hast du das wirklich gesehen?«

Sie rückten dichter aneinander heran, wie um das kleine Geheimnis zu bewahren, das sie an diesem am Boden festgeschraubten Tisch zwischen sich gesponnen hatten, einem Tisch, auf dem frühere Gäste einige verschmierte Salatblätter hinterlassen hatten. Andrea konnte gerade noch vermeiden, dass ihr Ellbogen in der Salatsoße landete, als sie sich vorbeugte.

»Aber ich weiß ja nicht, was das bedeutet. Als ich da war, hat es ja nicht gebrannt.«

»Du.« Rebeckas Augen wurden noch runder. »Ich kenne einen, der bei der Polizei ist. Ich geh da oft zum Babysitten hin. Wir wohnen im selben Haus. Ich hätte gestern auf die Kinder aufpassen sollen, aber dann kam irgendwas dazwischen, und bezahlt haben sie mich trotzdem. Die sind wirklich total nett. Dem solltest du das vielleicht sagen.«

»Äh, nein …« Andrea schaute auf die Tischplatte. Das war doch lächerlich. Sie hatte auf dem Nachhauseweg ein Auto gesehen, aber es war ja wohl noch erlaubt, mit dem Auto unterwegs zu sein, sogar mitten in der Nacht. Sicher wäre es außer ihr niemandem seltsam vorgekommen, denn seltsame Dinge, Dinge, die sonst nur in Filmen passierten, erlebte man doch niemals selbst. Nein, sie hatte sicher übertrieben reagiert, weil es in der Nacht so dunkel und so still in der Stadt gewesen war, und sie war allein gewesen. Sie hatte vielleicht gar nichts gesehen, sondern bildete sich das jetzt nur ein, wo Rebecka über diesen Brand geredet hatte. Sie hatte schließlich doch trotz allem allerlei getrunken und war wirklich müde gewesen.

»Ach, das war sicher weiter nichts«, sagte sie.

Aber als sie dann Rebeckas wachen, lebhaften Blick sah, fügte sie hinzu: »Jedenfalls nichts, worüber ich hier vor aller Ohren reden sollte.«

Sie warf einen viel sagenden Blick zum Nebentisch, wo eine Clique von jungen Männern in Lederjacken saßen, ihre Helme lagen zwischen den leeren Verpackungen ihrer Hamburger.

»Ich weiß, was wir machen«, sagte Rebecka mit einem unfreiwillig komischen, plötzlich todernsten Gesichtsausdruck.

Andrea hätte fast losgeprustet.

»Wir sehen uns die Sache mal an«, fügte Rebecka hinzu. Sie war schon aufgestanden und strich sich zum hundertsten Mal an diesem Tag die Haare zurück. Dann nahm sie eine Zigarette aus der kleinen Handtasche mit der Goldschnalle, die an ihrem Handgelenk baumelte, und schob sie zwischen ihre Lippen.

Auch Andrea stand auf, warf einen Blick in ihren Pappbecher und überlegte, ob sie die restliche Plörre noch trinken sollte, entschied sich aber dagegen. Zusammen mit Rebecka steuerte sie möglichst lässig den Ausgang an.

☆

Erik Sander erwachte grunzend, reckte sich und berührte mit dem Arm etwas Weiches. Er öffnete die Augen und sah Fabian neben sich liegen, über einem großen nassen Flecken im Laken, unterhalb der Schlafanzugjacke.

Er atmete langsam aus, erleichtert, als ihm einfiel, dass Samstag war. Der Junge neben ihm schlief tief und ganz und gar ahnungslos über den Pisseflecken. Erik warf einen Blick zu Henrietta hinüber. Die schlief auf der Seite, mit halboffenem Mund. Er stand auf und zog vorsichtig das Laken ab, holte für den Kleinen einen neuen Schlafanzug, steckte den alten in die Waschmaschine und machte es sich dann mit dem schlafenden Kind in dessen Bett im Kinderzimmer gemütlich. So gut das eben ging. Pu der Bär saß auf der Fensterbank, unter der Decke schwebte ein Mobile. Eine gelbe Lampe an der Wand, gleich neben der Tür, warf einen gerade ausreichend hellen Schimmer auf den Boden, um Gespenster, Diebe und andere vor- und unvorstellbare Unholde am Übertreten der Türschwelle zu hindern. Es half wenig, dass Papa bei der Polizei war, diese Knirpse glaubten nicht, dass er die Bösewichter abschrecken konnte, die ihre Sparschweine ausrauben wollten. Da war die Lampe doch ein um einiges besserer Schutz.

Er hatte etwas geträumt, wusste aber nicht mehr, was. Doch das Gefühl des Traums steckte ihm noch in den Knochen, und als er die Augen zusammenkniff, schienen die Bilder wieder Kontur anzunehmen. Ein alter Schrank auf dem Dachboden seiner Kindheit. Seine Mutter mit kurzen Schritten und blaugeblümter Kittelschürze aus Nylon. Ihre düstere Miene, als sie ihn ansah.

»Zur Polizei gehen, wozu denn das? Begreifst du nicht, dass ich mir jeden Tag Sorgen machen müsste? So etwas kann ein Sohn seiner Mutter nicht antun.«

Was war Traum und was war Wirklichkeit? Bilder und Worte gingen ineinander über.

Fabians dünne Beine pressten sich an ihn. Der süß duftende Kopf ruhte auf Sanders Arm. Durch die leicht geöffneten Lippen kamen ruhige Atemzüge. Sander schlief auf einem Bettzeug ein, das Bilder von Baumeister Bob verzierten, Bagger und Zementmischmaschinen und alle möglichen anderen Geräte. Es war halb fünf, normalerweise würde in zwei Stunden der Wecker klingeln.

Aber an diesem Morgen schlief er wieder ein, so tief sogar, dass er zwei Stunden später das Telefon nicht hörte. Erst um neun wurde er davon geweckt, dass die beiden Jungen ins Zimmer gestürzt kamen und zu ihm ins Bett sprangen.

»Warum schläfst du hier, Papa?«, fragte Fabian.

»Seid ihr schon wach«, murmelte Erik Sander mit schlaftrunkener Stimme. In der auch ein wenig Enttäuschung lag. Er hätte nichts dagegen gehabt, noch ein wenig schlafen zu dürfen.

»Wir haben Bolibompa gesehen, aber jetzt kommt was anderes im Fernsehen.«

»Wo ist Mama?«, fragte Sander.

»Die schläft«, sagte Anton und ließ sich dann wie ein Affe auf den Boden fallen. »Heute gab's Tarzan«, brüllte er dann.

Nein, dachte Sander. Nicht Tarzan. Wenn es im Fernsehen Tarzan gegeben hatte, dann wollten die Jungen immer rumtoben, hüpfen und klettern.

»Und dann hat es andauernd geklingelt«, sagte der Junge jetzt.

»Wieso denn geklingelt?«, fragte Erik, der glaubte, es gehe immer noch um Tarzan.

»Das Telefon«, erklärte Fabian geduldig. »Warum bist du nicht rangegangen, Papa? Und warum schläfst du in meinem Bett?«

Ja, gute Frage, dachte Sander und stand auf. Er fuhr sich mehrere Male mit der flachen Hand über den Kopf.

»Es hat geklingelt?«, fragte er.

Er verspürte eine leise grummelnde Unruhe. Schließlich hatte er an diesem Wochenende Bereitschaftsdienst. Aber mein Gott, er hatte einfach nur geschlafen. Dann verdrängte er diese Überlegungen. Sie wollten an diesem Tag für die Kinder einen Schreibtisch kaufen. Und eigentlich war es ja auch egal, wer vielleicht angerufen hatte.

Er gähnte und ging in die Küche. Henrietta saß am Küchentisch, mit Zeitung und Kaffee.

»Guten Morgen«, sagte er. »Die Kinder haben behauptet, du schläfst.«

Sie drehte sich um, die Haare waren ungekämmt, ihr Gesicht bleich, als habe sie schlecht geschlafen.

»Ich war seit sieben Uhr wach«, sagte sie. »Ich bin vom Telefon geweckt worden.«

»Wer war es denn?« Sander nahm sich eine saubere Tasse aus dem Regal über dem Spülbecken.

»Ich hab's nicht rechtzeitig geschafft«, murmelte Henrietta und schaute wieder in ihre Zeitung.

»Du hast es nicht rechtzeitig geschafft? Aber es hätte doch ...«

»Du weißt, was wir heute vorhaben«, sagte sie. »Die Jungen wären schrecklich enttäuscht, wenn wir nicht fahren könnten.«

»Ich weiß, ich weiß. Und wir werden ja auch fahren.«

»Aber es hat jemand angerufen.«

»Ich habe gesagt, dass wir fahren werden.«

Aus irgendeinem Grund ärgerte er sich jetzt.

»Ich habe vorhin die Nachrichten gehört«, sagte Henrietta.

Er goss einen dünnen Strahl Kaffee in die weiße Tasse. Gemütlicher Dampf stieg auf.

»Ein Friseursalon in der Stadt ist ausgebrannt«, sagte sie dann. »Ich bin sicher, dass sie dich auf die Wache bestellen werden. Und danach heißt es Arbeit, Arbeit, Arbeit. Jeden Tag. Und jedes Wochenende. Wie immer.«

Sie seufzte. Erik Sander setzte sich an den Küchentisch und lachte leise. »Meine Güte. Die holen mich doch nicht, bloß, weil es irgendwo gebrannt hat.«

Sie schaute aus dem Fenster. Graue Wolken am Himmel. Ein leichter Dunst über dem Hof. »Angeblich ist bei dem Brand jemand ums Leben gekommen.«

»Ach. Und was noch?«

Sie zuckte mit den Schultern.

»Mehr haben sie nicht gesagt. Aber du wirst das sicher alles noch erfahren.«

»Am Liebsten nicht heute.« Er trank einen großen Schluck Kaffee. Schaute auf die Uhr. Viertel nach neun. »Wenn wir uns beeilen, können wir in einer halben Stunde losfahren. Haben die Kinder schon gefrühstückt?«

Als Henrietta nickte, klingelte wieder ein Telefon, diesmal Sanders Handy. Sie sah ihn an, mit einer Mischung aus Besorgnis und Wut im Blick.

»Wir fahren auf jeden Fall«, sagte er und stand auf. »Das verspreche ich dir.«

Er hörte selber einen falschen Unterton. Und als er auf den Knopf drückte und Janne Rings Stimme hörte, wurden seine bangen Ahnungen bestätigt. Nachdem er das Gespräch beendet hatte, ging er zurück in die Küche; sie starrte immer noch die Zeitung an. Ihre dunklen Haare hingen ihr in die Stirn.

»Ich muss ...«

»Ich weiß«, fiel Henrietta ihm ins Wort.

»Kannst du nicht ...«, setzte Sander an, merkte aber, dass ihm das Weiterreden schwer fiel. Er wusste nicht so recht, was er sagen sollte.

»Kann ich nicht allein fahren?«, vollendete Henrietta seine Frage.

»Ja, genau. Geht das nicht? Nur dieses eine Mal?«

Sie gab keine Antwort. Seufzte nur laut, blätterte ihre Zeitung um und sah ihn auch weiterhin nicht an.

☆

Um zehn Uhr standen sie vor dem ausgebrannten Friseursalon. Rebecka versuchte, durch die Wand aus Polizisten und die im leichten Wind flatternden Plastikbänder hineinzusehen.

»Viel sieht man ja nicht«, sagte sie.

Es wimmelte nur so von Leuten, vor allem von Neugierigen, die sich unbedingt erkundigen mussten, was hier passiert sei. Aber jeder Idiot konnte doch sehen, dass es gebrannt hatte. Es stank nach Rauch, und auf dem Boden glitzerten Glasscherben. Ein Stück weiter entfernt stand mitten auf der Straße ein Löschzug mit flackerndem Blaulicht, obwohl das Feuer bereits gelöscht war. Vielleicht hatten sie Angst, es könne irgendwo noch einmal auflodern.

Rebecka versetzte Andrea einen Rippenstoß und murmelte: »Das ist er. Der, der über uns wohnt.«

Andrea schaute sich den Polizisten an, bei dem Rebecka auf

die Kinder aufpasste. Ein Mann mittleren Alters in trutschiger Kleidung und mit kurzgeschnittenen schütteren Haaren. Dünn war er auch, gar nicht so muskulös wie die Bullen im Film. Das hier war wirklich nicht sonderlich spannend. Nicht einmal, dass es gebrannt hatte, brachte etwas. Nur ein verrußter Laden. Und diese Typen in Uniformen, die hinter dem Absperrband hin- und herliefen.

»Wir gehen«, sagte Andrea. »Hier gibt's nichts zu sehen.«

»Willst du nicht mit ihm reden?«, fragte Rebecka erstaunt und sah sie vorwurfsvoll an.

»Ich?«, fragte Andrea. »Spinnst du? Was sollte ich dem denn sagen?«

»Tja. Das mit dem Auto und so.«

»Hör doch auf. Ich hab nichts gesehen. Ich bin nur vorbeigegangen.«

»Du hast gesagt, dass du jemanden gesehen hast.«

»Ich hab einfach nur ein Auto gesehen.« Andrea zuckte so gleichgültig mit den Schultern, wie sie nur konnte. Sie hatte keine Lust, mit irgendeinem Bullen zu reden.

Aber Rebecka wollte offenbar nicht locker lassen. »Jetzt komm schon, Drea.«

Sie zog Andrea so energisch am Jackenärmel, dass der ihr ein gutes Stück über die Finger rutschte. Diese blöde Rebecka, dachte Andrea und ließ sich widerwillig in das Gewimmel zerren. Bei dem Plastikband, das zwischen einem Laternenpfahl und der Türklinke des benachbarten Ladens aufgespannt war, wurden sie von einem jungen Polizisten aufgehalten. Er trug eine lange schwarze Jacke, deren Kragen er bis zu seinen Ohren hochgeschlagen hatte.

»Hier dürft ihr nicht rein«, sagte er so schroff, dass sogar Rebecka zurückwich.

Andrea fand, dass er so aussah wie die Türsteher in Diskos, die immer behaupteten, sie sei zu jung, um hineinzudürfen. Arroganter Arsch, dachte sie.

»Wir möchten gern mit dem da hinten sprechen«, sagte Rebecka und zeigte auf den Polizisten, den sie angeblich kannte.

Der Mann drehte sich um, um zu sehen, wen sie gemeint hatte.

»Was wollt ihr von ihm?«, fragte er, noch immer im selben abweisenden Tonfall.

»Es geht um meine Freundin. Sie hat etwas Seltsames gesehen.« Rebecka schob Andrea vor, und die fluchte und schüttelte ihre Hand ab.

»Was hast du gesehen?«, fragte der Polizist und starrte Andrea gereizt an. Seine Augen waren braun und sogar noch schöner als die von Tobbe.

»Äh«, murmelte Andrea, dann fiel ihr auf, dass sie das an diesem Tag nun ungefähr schon zehnmal gesagt hatte. »Ich glaube, das war nichts Wichtiges.«

»Was denn?«, fragte der Polizist und Andrea glaubte, einen Seufzer mitschwingen zu hören.

Nur um nicht auszusehen wie eine Vollidiotin, beschloss sie, doch alles zu erzählen. »Ich bin heute Nacht hier vorbeigekommen, und dabei habe ich ein Auto wegfahren sehen.« Sie sprach hastig und leise.

»Du hast ein Auto gesehen? Wo? Und wann?«

»Heute Nacht. Gegen drei.«

»Warte, ich hole eben Sander.«

Er machte auf dem Absatz kehrt, und gleich darauf stand Rebeckas Nachbar vor ihnen. Seine Blicke wanderten zwischen ihnen hin und her, und er hatte den Mund halb geöffnet. Dass ein Polizist so verwirrt aussehen kann, dachte Andrea. Das war fast komisch. Endlich blieb sein Blick an Rebecka hängen.

»Ach, hallo. Jetzt hab ich dich erkannt.« Er lächelte, ein rasches, gestresstes Lächeln, während er gleichzeitig versuchte, mitzubekommen, was hinter ihm passierte, in dem Laden, in dem es von Bullen nur so wimmelte. »Mein Kollege hat gesagt, du willst mich sprechen.«

»Nein, nicht ich, meine Freundin«, sagte Andrea. »Sie hat etwas gesehen.«

Sein Blick irrte zu Andrea weiter, und die wäre am liebsten im Erdboden versunken. Das wäre am wenigsten peinlich gewesen.

»Ach«, sagte er und seufzte ebenso resigniert wie vorher sein Kollege. »Und was hast du also auf dem Herzen?«

»Ich bin heute Nacht hier vorbeigekommen«, sagte Andrea. Und fügte rasch hinzu: »Aber ich glaube nicht, dass ich wirklich etwas Wichtiges gesehen habe.«

»Aber was hast du denn nun gesehen?« Plötzlich sah der Mann ein wenig interessiert aus.

»Ein Auto.«

»Hier?«

Andrea nickte. »Ich stand oben auf der Brücke, und da habe ich es gesehen. Es fuhr weg von hier, wo wir jetzt stehen, und es schien es ziemlich eilig zu haben.«

»Ach.« Sander kratzte sich am Kinn. »Weißt du, um welche Zeit das war?«

»Drei Uhr. Das weiß ich, weil gerade die Kirchturmuhr geschlagen hat.«

»Weißt du, wie das Auto ausgesehen hat?«

»Das Autokennzeichen habe ich nicht gesehen.«

»Aber du kannst vielleicht sagen, welche Farbe es hatte. Und ob es groß oder klein war.«

Andrea dachte nach. Sie kam sich blöd vor. »Es war hell. Und ich glaube, es war ziemlich klein.«

»Hast du gesehen, wo es hingefahren ist?«

»Es ist in die Kaptensgata abgebogen.«

»Und sonst?«

»Sonst?«

»Ja, hast du noch mehr gesehen? Einen Menschen oder so?«

Sie schüttelte den Kopf. »Nein.« Sie glaubte zwar, einen Menschen gesehen zu haben, war sich aber nicht so sicher. »Nein, nur das mit dem Auto.«

Der Polizist richtete sich auf, als habe er sich bücken müssen, um mit ihnen sprechen zu können. »›Nur‹ ist wirklich übertrieben. Danke, dass du gekommen bist. Solche kleinen Einzelheiten können sehr wichtig sein.«

Die leichte Andeutung eines Lächelns auf den bleichen Lippen. Sie konnte nicht entscheiden, ob es ironisch sein sollte oder nicht.

»Wie heißt du übrigens?«

»Andrea Nilsson.«

Er erkundigte sich nach ihrer Adresse und Telefonnummer und bat sie dann, sich bei der Polizei zu melden, falls ihr noch mehr einfiel.

Andrea nickte. Aber sie hatte nicht vor, das zu tun. Es war jetzt schon viel zu peinlich. Dieser Polizist hielt sie einwandfrei für eine Rotzgöre, die so spät nichts auf der Straße zu suchen hatte, und bestimmt glaubte er auch, sie habe sich die Sache mit dem Auto aus den Fingern gesaugt, um mit gutem Grund herkommen und sich den Gaffern anschließen zu können.

Sie packte Rebecka am Arm. »Komm, wir hauen ab.«

»Saugut, dass du das gesagt hast«, sagte Rebecka, als sie sich dem Teil der Straße näherten, der nicht von schnüffelnden Idioten versperrt war. »Das hilft ihnen bestimmt ein ganzes Stück weiter.«

»Hmm«, murmelte Andrea geistesabwesend. Etwas störte sie plötzlich, aber sie wusste nicht, was es war, vielleicht machte die Gegend sie einfach nervös, der Brandgeruch und das viele Verkohlte, Schwarze.

»Ist da wirklich jemand umgekommen?«, fragte sie.

Rebecka zuckte mit den Schultern und bohrte ihre frierenden Hände in die winzigen Jackentaschen. »Keine Ahnung. Mehr haben sie im Radio nicht gesagt.«

8

Die braune Farbe lief zähflüssig die Holztür hinunter. Wenn sie den Pinsel richtig tief in den Farbtopf tunkte, dann flossen fette Tropfen aus den nassen Borsten. Das war sicher nicht die perfekte Methode, aber am Ende würde sie ja alles glatt streichen, damit die Farbschicht gerade dick genug wurde.

Mit dem Farbtopf in der einen und dem Pinsel in der anderen Hand stand sie auf der Veranda. Nichts war so schön wie das hier; nach getaner Tat kletterte sie immer hinunter ins Gras und hatte das Gefühl, etwas geleistet zu haben. Angenehm müde, nachdem sie stundenlang mit dem Pinsel in der Hand dagestanden hatte.

Sie hatte sich die Nägel mit der Nagelschere gereinigt, um den ärgsten Dreck zu entfernen. Ihre Kleider hatte sie einfach weggeworfen. In einer Plastiktüte, die sie im Hafen in einen der Container gestopft hatte. Das war sicherer so. Sie wollte alles auf Distanz halten.

Sie kniff die Augen zusammen und ließ die Sonne auf ihr Gesicht brennen, so, wie sie sonst auf ihren Rücken brannte, wenn sie auf der Leiter stand und anstrich. Wie immer fühlte sie sich jetzt ruhig, das Kratzen des Pinsels über das Holz schob alles beiseite. Die Gedanken, die ihr morgens kamen, beim Aufwachen. Sie hätte beim Erwachen jedesmal kotzen mögen. Wenn sie an den Tag dachte, der jetzt vor ihr lag. Weiß und blank wie ein See mit totem Boden. Sie würde malen. Auf und ab mit dem vor dicker Farbe tropfenden Pinsel. Malen, übermalen. Er saß darin fest, Flecken von ihm saßen dort, und bei jedem Strich, den sie tat, verschwand er ein wenig tiefer. Am Ende war nichts mehr zu sehen.

Dann drückte sie den Deckel auf den Farbtopf. Die Stunden waren verflossen wie Wasser, oder wie die Farbe des Pinsels, den sie über dem alten Ausguss ausspülte. Die Farbe lief dünn und braun in das rostige Loch. Sie streifte ihre Kleider ab, faltete sie zusammen und wandte sich ihrem Werk zu. Was schlecht gemalt ist oder gar keine Farbe abbekommen hat, wird noch einmal mit dem Pinsel überstrichen, wenn nötig, auch ein zweites Mal. Der Gedanke, dass es so war, und dass sie entschied, wann alles fertig war, beruhigte sie.

9

Sie versammelten sich im Besprechungszimmer, wo Eva-Britt Bixe mit gezücktem Stift vor der neuen Tafel stand. Sie fuhr sich mit der Hand über die Stirn, die sich heiß anfühlte, die Kopfschmerzen waren wieder stärker geworden. Vergeblich hatte sie in ihrer Tasche nach Schmerztabletten gesucht, auch wenn die so viel Wirkung hatten wie ein Mückenstich bei einem Elefanten.

Der Schmerz hatte in dem Augenblick wieder eingesetzt, als Nils Fridén hereingekommen war und an ihrem Schreibtisch Platz genommen hatte. Sie war gerade unterwegs gewesen, um sich vom Automaten auf dem Flur einen Kaffee zu holen. Auch die Automaten waren neu im Haus, und anders als die alten, bei denen auch mal Kakao in den Becher laufen konnte, wenn man auf Kaffee gedrückt hatte, funktionierten die neuen zuverlässig. Es gab viele Knöpfe und ebenso viele Kaffeesorten, mehr als in einem Haus wie diesem nötig gewesen wären, wo die meisten schwarz ohne Zucker und Milch nahmen. Außerdem trank man ja dieses Gebräu nicht, weil es gut schmeckte, sondern um sich wach zu halten.

Kaum war Fridén also hereingekommen, mit seinem schrägen Lächeln und einem zufriedenen Funkeln in den Augen, da hatte sie begriffen, dass es wohl kaum ein Tag von der ruhigeren Sorte werden würde. Im Gesicht des Technikers las sie Arbeit, massenweise Arbeit. Und das bis in die frühen Morgenstunden, wenn das Schicksal ihr wirklich übel wollte.

»Es war ein Mensch im Laden«, sagte Nils Fridén und leckte sich kurz die Lippen. »Nicht so arg verbrannt, dass er nicht mehr zu identifizieren gewesen wäre. Der Leichnam ist jetzt in Lund bei der Gerichtsmedizin. Wir haben gesagt, dass es eilt, aber einige Tage wird es wohl doch dauern. Wenn wir ganz viel Glück haben, dann hören wir schon morgen früh etwas.«

»Und wenn wir Pech haben?«

Fridén ließ sich im Stuhl zurücksinken und verschränkte die Hände vor seinem Bauch. »Irgendwann nächste Woche. Es war Glück, dass das Feuer so früh entdeckt worden ist, sonst hätte es schwierig werden können, Informationen über den Verbrannten zu erhalten. Ansonsten ist jetzt ganz klar, dass es sich um Brandstiftung handelt. Es waren Spuren von Plastikfolie vorhanden, in der nach aller Wahrscheinlichkeit Zündflüssigkeit und Kerzen transportiert worden sind. Der Brand hat also sehr langsam eingesetzt. Und das ist ja eine ziemlich übliche Methode.«

»Und effektiv, um alles Mögliche zu verstecken«, sagte Bixe.

»Zweifellos.«

»Nicht, dass wir das schon wüssten, aber es würde mich ja nicht überraschen, wenn die verbrannte Person schon tot gewesen wäre, als der Brand gelegt wurde.«

»Du behauptest also«, sagte Fridén und schaute vielsagend über seine schmale Lesebrille hinweg, »dass die Person im Laden ermordet worden ist? Und das ohne jeden richtigen Hinweis?«

»Ich habe nur gesagt, es sei nicht unvorstellbar.«

»Und wie begründest du das? Mit Intuition?«

Bixes an diesem Tag ungeschminkte Lippen teilten sich zu einem zufriedenen Lächeln. »Nicht nur. Auch mit Erfahrung.«

»Ja, natürlich«, gab Fridén zu. »Fünfundzwanzig Jahre in der Branche sind nicht zu verachten. Ich nehme an, du weißt, wovon du hier redest.«

»Wir haben den Besitzer des Salons noch nicht erreichen

können«, sagte Bixe. »Er kann ja verreist sein, aber heutzutage haben die Leute doch meistens Mobiltelefon oder E-mail oder was weiß ich. Und er meldet sich einfach nicht. Also stimmt hier etwas nicht.«

»Gedanke oder Gefühl?«

»Gefühl«, gab Bixe zu. »Aber das Gefühl ist diesmal wirklich mehr als stark genug.«

Und jetzt stand sie da, vor der weißen Tafel, mit dem Stift in der Hand, und mit heftigen Kopfschmerzen, die ihre Schläfen zum Bersten zu bringen drohten. Es war zum Verzweifeln hell in diesem Raum, sie brauchte nicht nur Kopfschmerztabletten, sondern auch eine Sonnenbrille. Die Sonnenbrille an einer Schnur um den Hals – vielleicht keine so dumme Idee. Und sie tat doch immer gerne etwas zur allgemeinen Belustigung der Kollegen.

Sie holte tief Luft, zeichnete einen Kreis und schrieb die Buchstaben JS hinein. »Der Besitzer. Jonas Sjögren. Fünfundvierzig Jahre. Arbeitet seit fünfzehn Jahren als Friseur. Vor ungefähr einem Jahr hat er das Klipp-it von Harald Enger gekauft. Vorher hatte er in allerlei anderen Salons gearbeitet, zuletzt ...« Sie blätterte in den Papieren, die sie in der Hand hielt. Auf einem der viel zu vielen Stühle im Raum – vielleicht hatten die Architekten unter Größenwahn gelitten, als sie den Raum geplant hatten, Halmstad war ja doch eher eine bescheidene Metropole – saß Erik Sander und kaute. In der Hand hielt er eine Tüte, die ab und zu raschelte, und das brachte ihm jedesmal einen gereizten Blick von Janne Ring ein, der seinerseits ganz still dasaß und bisweilen aus dem Fenster und dann wieder auf die Tafel schaute.

»Was zum Teufel isst du denn da?«, knurrte er endlich, als Sander mit lauterem Geraschel als bisher die jetzt offenbar leere Tüte zusammenknüllte und als kleinen Ball auf den Tisch legte.

»Nur ein paar Süßigkeiten.« Sanders Worte waren nur mit Mühe zu verstehen, da er mit vollem Mund redete.

»Süßigkeiten?« Ring schüttelte den Kopf und schaute in die andere Richtung.

»Es war Brandstiftung«, sagte Bixe jetzt mit etwas lauterer Stimme. »Vermutlich, um Spuren zu beseitigen. Was ja bekanntlich durchaus häufiger vorkommt.«

»Ich wüsste ja gern, aus welchem Krimi er die Idee hat«, sagte Ring und drehte seinen einen Manschettenknopf gerade.

»Der Brand hat heute Nacht gegen halb drei eingesetzt.« Bixe schob ihre Brille hoch und blätterte weiter in dem überraschend ausführlichen Bericht, den Fridén bereits verfasst hatte. »Um halb vier hat ein junges Paar, das gerade vorüberkam, den Rauchgeruch wahrgenommen. Sie haben das Feuer im Laden entdeckt und die Feuerwehr alarmiert.«

»Sonst haben sie nichts gesehen?« Sander hatte fertig gekaut und konnte wieder deutlich sprechen.

Bixe schüttelte vorsichtig den Kopf.

»Nichts. Das war eine gute Stunde nach Brandausbruch. Auch, wenn es langsam einsetzt, breitet so ein Feuer sich dann doch rasch aus. Und ehe die Feuerwehr eintraf, war das Lokal schon weitgehend ausgebrannt. Ihr habt es ja selbst gesehen. Du warst doch wohl vor Ort, Erik, oder?«

Sander nickte, er schien an diesem Vormittag ziemlich in seinen eigenen Gedanken versunken zu sein. »Ich bin nicht lange geblieben. Es gab nicht viel zu sehen, verrußte Räume sehe ich ja nicht zum ersten Mal. Aber als ich dort war, hat mich ein junges Mädchen angesprochen ...«

»Meinen Glückwunsch!« Rings ganzes Gesicht leuchtete auf, als er hämisch auflachte. Sander drehte sich rasch zu ihm um und wurde rot, zuerst im Gesicht, dann an den Ohrläppchen, die glühten wie die Rücklichter eines Autos.

»Das hast du falsch verstanden, Janne.«

»Was denn?«, fragte Bixe, die jetzt ebenfalls leicht gereizt wirkte. Normalweise konnte sie mit dem Gerede und den Sticheleien leben, die die Arbeit bisweilen auflockerten. Aber an diesem Tag war das anders. Sie hatte Kopfschmerzen und wollte so schnell wie möglich nach Hause.

»Wir haben eine junge Babysitterin. Sie wohnt im selben Haus wie wir. Sie und ihre Freundin waren also da. Und diese Freundin ist offenbar nachts am Salon vorbeigekommen und hat gesehen, wie davor ein Auto losfuhr.«

»Und stimmt der Zeitpunkt so ungefähr?«

»Ja, sie sagt, es sei so gegen drei gewesen. Der Wagen hat rasch beschleunigt und ist dann in der Kaptensgata verschwunden. Das muss ja nichts bedeuten, aber wir sollten es uns doch merken.«

»Hat sie noch mehr gesagt?«

»Nur, dass es ein helles und nicht sehr großes Auto war.«

»Sie hat niemanden gesehen?«

»Das hat sie jedenfalls behauptet.«

»Was macht denn ein junges Mädchen um drei Uhr nachts in der Stadt?«, seufzte Ring hinten in seiner Ecke. »Wie alt ist sie?«

»Tja, vierzehn vielleicht.«

»Die Wurzel allen Übels«, sagte Ring. »Dieses ganze Rumgerenne in der Stadt, wo sie kaum aus den Windeln raus sind.«

Sander spielte an seiner zerknüllten Süßigkeitentüte herum, als sei darin noch etwas zu finden, ein vergessenes Himbeerbonbon oder eine letzte Geleebanane.

»Wenn sich in der Stadt keine Kinder herumtrieben, dann wäre die Feuerwehr nicht rechtzeitig alarmiert worden«, sagte Bixe. »Die, die um halb vier vorbeigekommen sind, waren auch noch keine Greise. Wir sollten dieses eine Mal also dankbar sein.«

»Noch zehn Jahre«, seufzte Sander.

»Wie meinst du das?« Rings Blick bohrte sich wie ein Pfeil in ihn hinein.

»In zehn Jahren muss man nachts auf sie warten. Meine Kinder sind vier und sechs.«

»Dann weißt du immerhin, was dir bevorsteht«, sagte Ring grinsend. »Du hast es ja aus nächster Nähe gesehen.«

»Ja, das ist es ja gerade.« Sander schaute die Tischplatte an. »Ich habe ihren Namen und ihre Adresse notiert, falls ihre Beobachtung von Bedeutung sein sollte.«

Bixe schrieb weitere Stichwörter an die Tafel. Große, auslaufende Buchstaben, die nach und nach immer unleserlicher wurden. Krähenfüße wäre eine überaus harmlose Beschreibung gewesen. Reiner, purer Irrsinn, schwarz auf weiß, hätte eher gepasst.

Auto um drei, stand jetzt dort in dieser schlampigen Schrift.

»Phantastisch«, murmelte Ring. »Da sind wir ja schon weit gekommen.«

Bixe überhörte diesen spitzen Kommentar. »Wir wenden uns zuerst an Jonas Sjögrens Angehörige«, sagte sie. »Seine Familie, seinen Freundeskreis.«

»Ja, und wer soll das machen?«, fragte Sander.

Bixe verspürte einen bitteren Geschmack im Hals, als sie daran dachte, was immer von Neuem getan werden musste. Jemand musste vor die Angehörigen treten und ihnen in die Augen schauen und das sagen, was gesagt werden musste. Ein Donnerschlag. Nein, sie freute sich wirklich nicht auf diese Aufgabe. Auch wenn sie nur über den Brand sprechen und fragen mussten, wo Sjögren sich aufhalten könnte. Das war schon unangenehm genug.

»Wer?«, wiederholte Ring, vermutlich in der Hoffnung, der Kelch möge an ihm vorbeigehen.

»Erik, kannst du die Angehörigen ermitteln?«, fragte Bixe. »Es ist ja auch möglich, dass Sjögren bei irgendwelchen Verwandten zu Besuch ist.«

Ihr Kollege nickte müde.

»Und du, Janne, du kommst mit mir in seine Wohnung. Wir brechen so bald wie möglich auf. Die Technik ist sicher jetzt fertig.«

Sie schaute wieder in ihre Papiere, überflog sie mit halb geschlossenen Augen.

»Du, Erik«, sagte sie danach zögernd.

»Ja?«

»Du wohnst doch im Andersbergsring 94?«

»Stimmt. Wieso?«

»Ich sehe hier, dass Jonas Sjögren im Andersbergsring 102 gemeldet ist. Das ist doch sicher in deiner Nähe.«

»Das ist schräg gegenüber.«

»Dann kennst du ihn doch sicher?«

»Die Häuser bei uns haben jeweils sechs Stockwerke und acht Eingänge. Ist das Antwort genug?«

10

Sie ahnte eine Bewegung: Es war ein Schmetterling. Wie still und gelassen der über die Verkaufstheke flog, im kalten Neonlicht. Er bewegte sich über der altmodischen Glasplatte, unter der jede Menge Pinsel und Spachtel und sie wusste nicht was noch alles zu bewundern waren. Es war Samstagvormittag, eine gute Woche danach und der Tag, an dem alles wieder normal werden sollte. Der Tag nach der Nacht, die sie vergessen musste, um weiterkommen zu können. Dann sah sie plötzlich den Schmetterling. Als ob die Zeit Bescheid weiß, dachte sie, als ob die ihr Paket geöffnet hat und mir den Inhalt jetzt zeigt, wo es so weit ist. Dann erfuhr sie plötzlich, wer er war, dieser Mann, dieser Abschaum. Diesmal konnte sie sein ganzes Gesicht sehen. Nicht von der Dämmerung oder von dunklen Wolken verdeckt, das Neonlicht über dem Tresen war leuchtend hell.

Der Verkäufer hatte seine Mütze in den Nacken geschoben und gesagt, es sei wirklich ein stickiger Tag. Ja, sagte sie, entsetzlich stickig und drückend. Und das Lächeln hatte in der Luft gehangen, in Erwartung ihrer nächsten Bemerkung. Sie wusste nicht so recht, was sie vor allem brauchte. Einen Mann vielleicht, der nicht nur zwei linke Hände hatte. Oder nein, keinen Mann, nie wieder. Dann lieber einen Schmetterling mit Flügeln, die man zwischen den Fingern zerkrümeln konnte, wenn man ihn am Weiterfliegen hindern wollte.

»Fassadenfarbe«, sagte sie. »Rot.«

»Rote Fassadenfarbe«, sagte er. »Heute soll es also Rot sein.« Er fragte, ob sie mit Fensterrahmen und Haustür fertig sei, und die Farbe, die sie früher in der Woche gekauft hatte, sei sie damit zufrieden gewesen? Und ahnte sie da nicht ein kleines Lächeln über seinem hässlichen schmalen Mund, ein schiefes, hämisches Lächeln? Sie hätte es zerkrümeln mögen, ja, Fassadenfarbe, anstreichen, überstreichen, ein Schmetterling soll unter der Farbe festkleben, die Flügel verschmiert wie weiche Butter.

Sie folgte ihm in den Laden, in das Labyrinth zwischen den Regalen. Die Büchsen in unterschiedlichen Größen, weiße Etiketten, Farbmuster, die an Bindfäden davor baumelten.

»Rot«, sagte sie.

»Welches Rot denn?«, fragte er lächelnd.

»Klares Rot«, sagte sie.

»Wozu soll es denn benutzt werden?«, fragte er.

»Ich will die Außenwände vom Ferienhaus anstreichen«, sagte sie.

»Aha«, sagte er, suchte im Regal, streckte die Hand aus, zog eine Leiter heran, und schwupp, schon hielt er das Gesuchte in der Hand. »Mit der hier wird es sicher gut. Ist das der richtige Farbton?«

Und dann, als sie zur Kasse zurückgingen, flatterten plötzlich diese Flügel über dem Tresen. Sie blieb stehen, blieb mit offenem Mund stehen, sah den scheußlichen Schmetterling, er flog in ihr Blickfeld, blieb dort hängen und schlug vergeblich mit den Flügeln. Sie glaubte zuerst an eins ihrer Trugbilder, denn die waren häufig.

Die Frau, die ihn begleitete, hielt einen Korb über dem Arm.

Der Mann trug ein kurzärmliges Hemd, eine Fleeceweste, Stiefel. Aber nichts davon war wichtig, es gab nur noch den Schmetterling. Sie lächelten einander an. Der Mann, die Frau und sie. Sie war mit diesem Lächeln zufrieden. Über der Theke brannte die Neonröhre.

»Äh«, sagte der Verkäufer.

Sie war stehen geblieben. In der Zeit, die für den Verkäufer nicht stillstand. »Äh«, sagte er noch einmal. Sie fuhr zusammen, wachte auf, ließ sich von der Zeit wieder mitreißen, versuchte, sie einzufangen, um nicht zurückgelassen zu werden, ärgerte sich über ihren offenen Mund, ihren töricht verzogenen Mund. Gott verhüte, dass es ein anderer wäre als er. Denn nicht einmal Gott konnte etwas ungeschehen machen. Und jetzt hatte sie ihn ihren Weg kreuzen lassen. Sie hatte darauf gewartet. Sie sah es als Zeichen an, auch das.

»Danke«, sagte sie. »Das wäre alles für heute.« Sie drehte sich halb um und lächelte wieder die beiden anderen an. Ob er sie erkannt hatte? War das möglich? Nein, es sah nicht so aus. Er erwiderte ihr Lächeln gelassen, gleichgültig vielleicht, dann ließ er seinen Blick über die Regale im Laden schweifen.

»Ich notiere mir den Farbton«, sagte der Verkäufer, »damit wir beim nächsten Mal den richtigen finden. Falls Sie noch mehr brauchen, meine ich.«

Sie ging mit harten Schritten aus dem Laden, mit aller Augen im Nacken, die Mütze des Verkäufers und der Schmetterling über der Theke, sie ging ins Labyrinth, um dort zu verschwinden. Wenn sie nur wüsste, wo. Ein anderes Mal, es würde noch ein Mal geben. Sie war jetzt sicher, denn sie hatte etwas erfahren.

Der Wagen stand draußen. Er war weiß. Viel zu weiß. Funkelnd wie ein spitzer Zahn im zufälligen Sonnenlicht. Sie warf einen Blick auf das Nummernschild, prägte sich Buchstaben und Ziffern ein. Das war das Mindeste und einwandfrei das Leichteste, was sie tun konnte.

Die Stille auf dem Parkplatz war angenehm. Samstag, und die Zeit schien auf irgendeine Weise herumzutrödeln. Nach diesem Tag würde sie es nicht mehr eilig haben. Sie hatte den ganzen Urlaub vor sich liegen, fünf lange Wochen.

Unter der Decke sauste ein Ventilator. Von den Bäumen her war Vogelgezwitscher zu hören. Der leuchtende Lack des Autos brannte unter ihren Handflächen. Leerer Parkplatz, weit und breit kein Mensch zu sehen. Sie konnte es sich erlauben. Konnte sich fast alles erlauben. Zum Beispiel mit einem Schlüssel einen Kratzer in den glänzenden Lack zu ziehen. Mit einem Schlüssel ... aber das tat sie nicht, natürlich nicht, nicht noch einen Kratzer.

☆

»Du«, flüsterte die Frau. »Da ist ein großer Kratzer an der Tür. Hast du den schon gesehen?«

Der Mann schaute sie kurz an, hob fragend die Augenbrauen und flüsterte zurück: »Ich? Nein.«

»Ein Kratzer an der Tür«, flüsterte sie.

»Aber wer zum Teufel ...«

»Bist du irgendwo gegen gefahren?«, fragte sie.

»Nicht, dass ich wüsste. Vorhin war der noch nicht da.«

»Was ist denn los?«, fragte der Verkäufer. Freundlich. »Haben Sie noch einen Wunsch?«

»Nein, nein, nur ...« Er kniff die Augen zusammen, hatte das Gefühl ... Riss die Augen wieder auf, sah den Verkäufer an. »Wer war die Frau, die vorhin hier war?«

Der Verkäufer zuckte kurz mit den Schultern, lächelte freundlich, aber auch ein wenig neugierig. »Eine Kundin. Sie brauchte Farbe. Sie auch«, fügte er hinzu. »Jetzt im Sommer wollen viele ihre Häuser anstreichen. Warum wollen Sie das wissen?«

»Sie wissen nicht, wer sie ist?«

»Nein, leider, ich habe keine Ahnung. Ist irgendetwas passiert?«

Der Mann schüttelte den Kopf.

»Und ich soll ihr auch nichts ausrichten?«, fragte der Verkäufer.

»Nichts«, sagte er.

»Aber Ingvar«, sagte sie.

»Jetzt erledigen wir den Rest«, sagte er. »Wir müssen uns beeilen. Ich muss auch die anderen Sachen noch vor Ladenschluss erledigen. Ist im Kofferraum noch Platz?«

»Der Kratzer«, sagte sie. »Das wird sicher teuer.«

»Scheiß Vandalen«, sagte er.

11

Genau um sechzehn Minuten nach elf klingelte Eva-Britt Bixes Telefon. Sie wollte gerade zum Mantel greifen und das Haus verlassen. Das war nicht ihr Dienstanschluss, sondern das Mobiltelefon, das sie irgendwo abgelegt hatte. Auch das schien eigene Beine entwickelt zu haben. Dem Klingelsignal nach, einem lauten Doppelschnarren, war es jedoch nicht weitergekommen als bis zum Bücherregal hinter ihr. Sie schaute sich um, und richtig, da lag es, im mittleren Fach, auf einer freien Stelle zwischen zwei Ordnern. Sie konnte gerade noch vor dem fünften und letzten Signal das Telefon an sich reißen und auf den Knopf drücken. »Ja, hier Bixe.« Leicht außer Atem.

»Hier auch. Wo steckst du denn, Mama?«

Einige Sekunden lang war sie einfach sprachlos. Dann ging ihr alles auf. »Aber kleine Fia, das hab ich doch total vergessen …« Bixe schaute die Wand an, aber was sie sah, war nicht die zitronengelbe Tapete, sondern das nicht sonderlich freundliche Gesicht ihrer Tochter.

»Schon wieder.«

Durch das Knistern im Telefon war ein trauriger Seufzer zu hören. Offenbar war die Verbindung nicht gerade die beste.

»Verzeihung, Fia. Ich bin auf der Wache, verstehst du, ich musste einfach …«

»Ist schon gut, Mama. Den Spruch kenn ich ja. Den hör ich doch nicht zum ersten Mal. Aber wenn du wenigstens anrufen und absagen könntest. Ich stehe seit einer Viertelstunde auf dem Marktplatz. Und es regnet, Mama.«

»Ja, entschuldige, ich bin ein wenig zerstreut. Heute morgen haben also die Kollegen angerufen, und ich habe Migräne. Du hast keine Ahnung.«

»Doch, hab ich wohl.«

»Bitte, Fia, können wir das nicht verschieben? Auf morgen, vielleicht?«

»Morgen ist Sonntag. Falls du das nicht gewusst haben solltest. Hat es etwas mit diesem Brand zu tun, dass du heute arbeiten musst?«

»Da ist ein Toter gefunden worden.«

»Das hätte ich mir ja denken können, ich Dussel. Ich meine, dass du arbeiten musst.«

Noch ein Seufzer am anderen Ende.

»Das konntest du nicht wissen.«

»Und eben deshalb hättest du anrufen können.«

»Verzeihung, habe ich gesagt. Und das meine ich auch. Aber kannst du nicht heute Abend zu mir zum Essen kommen? Was sagst du? Heute Abend bin ich ganz bestimmt zu Hause. Und ich muss ja selbst auch etwas essen. Wir könnten sogar ausgehen und …«

Diesmal war im Telefon ein Lachen zu hören. »Mütterchen, das ›bestimmt‹ meinst du doch wohl nicht im Ernst.«

»Ich rufe dich an, sowie ich nach Hause komme, dann sehen wir ja, wie spät es ist. Kauf du dir jetzt einen richtig eleganten Mantel, so einen, wie du dir gewünscht hast.«

»Ja, mal sehen.«

Noch ein Knistern war zu hören, dann ein heulendes Geräusch, als der Wind ins Telefon ihrer Tochter blies. Offenbar ging sie mit dem Telefon in der Hand spazieren. Bixe sah Fia vor sich, blass und ebenso mager wie ihr Vater, und mit derselben mürrischen Falte neben dem Mundwinkel wie er, wenn er sich ärgerte. Sie stellte sich vor, wie Fia durch irgendeine Straße ging, weg vom Marktplatz, wie sie dahinschlenderte, während die schrill violette Tasche aus den sechziger Jahren über ihrer Schulter baumelte. Aus Prinzip wich sie ihrem Spiegelbild in den Schaufenstern aus, an denen sie vorüberkam, sie starrte vor sich hin, kannte beim Gehen nur ein Ziel, und an diesem Tag war das ein neuer Mantel. »Wie idiotisch, dass du immer in die Fenster glotzt, um festzustellen, wie du aussiehst«, hatte sie einmal zu ihrer Mutter gesagt. Aber Bixe hatte in diesem Moment gar nicht sich selbst gemustert, sondern ihre Tochter, und hatte wie immer darüber gestaunt, wie ähnlich Fia ihrem Vater sah.

»Ich kann dich nicht richtig hören, Mama.« Fia brüllte ins Telefon, als ob das die Verbindung besser werden ließe. Dann brach sie ganz zusammen. Bixe fühlte sich gar nicht wohl in ihrer Haut, vor allem, weil der Vorschlag zu diesem Einkaufsbummel von ihr gekommen war. Weil sie wusste, dass Fia sich darüber freuen würde. Sie fanden im Moment nicht oft die Möglichkeit zu einem Treffen. Fia musste im Krankenhaus meist bis spät abends arbeiten, und auch Bixe schaffte es nicht oft, rechtzeitig Feierabend zu machen. So ist das, wenn man allein lebt, dachte sie. Da ist die Arbeit dann wichtiger als Gesundheit und Freizeit. Und jetzt war es Fia, die darunter leiden musste, und das war ihr gar nicht recht. Ihr Gewissen setzte ihr gewaltig zu. Ich muss das wieder gutmachen, dachte sie, auf irgendeine Weise. Wenn sie doch nur nachmittags nach Hause gehen und etwas richtig Leckeres kochen könnte …

Die pure Vorstellung, sich über eine Bratpfanne zu beugen, wenn sie nach einem arbeitsamen Nachmittag nach Hause kam, dazu mit der Migräne, die noch immer in ihrem Hinterkopf herummurrte, löste in ihr eine leichte Übelkeit aus. Am liebsten hätte sie einfach ein heißes Bad genommen, um danach auf dem Sofa unter eine Decke zu kriechen und den Fernseher einzuschalten. Oder vielleicht sollte sie früh ins Bett gehen, mit einer Tasse frisch aufgebrühtem Kaffee auf dem Nachttisch, und dann das Radio anmachen, sich ein Hörspiel anhören, oder …

Weiter kam sie nicht in ihren Gedanken, denn nun wurde leise an die Tür geklopft. Die Tür öffnete sich und Janne Rings Gesicht schob sich in den Türspalt. Er sah gestresst aus.

»Bist du fertig?«, fragte er.

»Wann bin ich das nicht«, seufzte Bixe. »Fertig, meine ich.«

Sie stand auf und spürte das Pochen im Kopf, als sie aus Versehen eine zu heftige Bewegung machte.

☆

In der Wohnung war es stickig, so, als sei dort lange nicht mehr gelüftet worden. Trotz des auf den ersten Blick ordentlichen Eindrucks und obwohl die Techniker fast den ganzen Vormittag dort verbracht hatten, war es staubig.

»Wir dürfen also rein?«, fragte Ring, wie um sich vor eventuellen Dienstvergehen zu bewahren.

»Sicher. Aber zieh Schuhschützer über.« Bixe zeigte auf einige blaue Plastiküberzieher, die die Technik vor der Tür zurückgelassen hatte.

Auf dem Boden lagen ein Stapel Post und Zeitungen. Bixe bückte sich und blätterte zerstreut darin herum.

»Vor allem Werbung«, stellte sie fest. »Aber wenn wir nach den Tageszeitungen gehen können, dann war er in dieser Woche nicht mehr zu Hause. Die älteste Zeitung stammt vom Montag.«

Janne Ring hob überrascht die Augenbrauen. »Montag nach Mittsommer«, sagte er. »Wie ist das, gibt es am Johannistag eine Zeitung?«

»Natürlich«, sagte Bixe. »Mit zusätzlichen Kreuzworträtseln

und solchen Scherzen. Feiertagsbeschäftigung für Leute, die nicht wissen, was sie mit sich anfangen sollen.«

»Dann war er an dem Tag jedenfalls zu Hause.«

»Und ist irgendwann zwischen Samstagmorgen und Sonntagabend von hier weggegangen.«

»Freiwillig oder unfreiwillig«, fügte Ring hinzu, und dann gingen sie weiter in die Wohnung hinein.

Es war eine eher kleine Zweizimmerwohnung. Enge Küche, winziges Schlafzimmer und normalgroßes Wohnzimmer. Eine Junggesellenbude, wie Bixe sie in ihrem Berufsleben schon oft gesehen hatte. Sie hatte inzwischen gelernt, dass es im Grunde zwei Sorten von diesen Wohnungen gab, die chaotischen und die gepflegten. Jonas Sjögrens Wohnung konnte sofort in die zweite Kategorie einsortiert werden. Schon in der Diele fiel ihnen die perfekte Ordnung auf. Kein Kleidungsstück lag herum, kein Blatt Papier. Nur wenige Möbel, Teppiche und Vorhänge Ton in Ton. In der Küche gab es keine ungespülten Teller. Über dem Wasserhahn hing ein perfekt zusammengefalteter knallgelber Wischlappen, an einem Metallhaken an der Wand eine Spülbürste in derselben Farbe.

»Fast schon übertrieben«, kommentierte Ring, als er vorsichtig mit seinen schwarzen Schuhen im knisternden Plastiküberzug weiterging.

Er hätte komisch ausgesehen, dachte Bixe, wenn sie sich hier nicht in der Wohnung eines vielleicht nicht toten, aber jedenfalls spurlos verschwundenen Menschen aufgehalten hätten.

»Ich wüsste ja gern, wer so einem ordentlichen Menschen ans Leder will«, murmelte Bixe, eher an sich selbst gewandt als an ihren Kollegen. Sie ging zum Fenster weiter, vor dem einige Topfblumen standen. Unten gab es ein paar verwelkte Blätter, einige waren abgefallen, offenbar waren sie schon seit einer Weile nicht mehr gegossen worden.

»Na ja«, sagte Ring, »nur, weil sie ihre Sachen so halbwegs in Ordnung halten ...«

»Müssen sie noch keine wunderbaren und ehrsamen Mitbürger sein«, vollendete Bixe. »Nein, das weiß ich. Leider.«

Ja, in Sjögrens Wohnung herrschte eine gelinde gesagt pedantische Ordnung. Im Schrank waren Handtücher und Bettzeug nach Farbe und Farbton sortiert. Die Kleider waren der Länge nach aufgehängt, zuerst Hemden, dann Jacketts und schließlich Hosen. Der Kleiderschrank war großzügig bestückt. Auch die Küche zeugte von eifrigem Streben nach Ordnung – sowohl Lebensmittel als auch Besteck und Porzellan waren mit millimeterhafter Präzision in Schubladen und Schränke sortiert. Kein Krümel und kein Staubkorn waren zu finden, und Tischdecken und Vorhänge passten farblich zu Möbeln und Teppich. Alles war glatt und sauber, nur die Fensterscheiben funkelten nicht ganz überzeugend, aber das konnte natürlich auch am vielen Regen der vergangenen Tage liegen.

»Wird man so, wenn man Leuten die Haare schneidet«, fragte Ring.

»Was soll das denn damit zu tun haben?«

»Haare und so, beim Job gibts dann einfach zu viel herumliegenden Fusselkram.«

»Dann hat man den falschen Job erwischt. Nein, ich sage immer, außen Ordnung, innen Chaos. Man muß den Wirrwarr im Kopf durch eine ordentliche Umgebung ausgleichen. Oder umgekehrt. Leute, die in sich ruhen, brauchen im Zimmer keine besondere Ordnung.«

»Dann ruhst du wirklich sicher und solide in dir, Eva-Britt, oder was?«

Bixe gab keine Antwort, sondern fuhr nachdenklich mit dem Finger über die Fensterbank. »Auf der Fensterbank liegt jedenfalls Staub.«

»Schön. Das zeigt doch, dass auch er nur ein Mensch ist.« Ring bohrte die Hände in die Taschen seines dünnen Sommermantels.

»Das hier ist fast das Schlimmste von allem, so in den Habseligkeiten eines Fremden herumzuwühlen. Was er wohl dachte, als er diese Wohnung zum letzten Mal verlassen hat? Hat er sich gefürchtet? Hatte er den Verdacht, dass etwas passieren könnte? Ist er bedroht worden?«

»Weshalb hätte er bedroht werden sollen?« fiel Ring ihr ins Wort. »Außerdem ist es doch möglich, dass er einfach Urlaub macht. Vielleicht ist er bei bester Gesundheit und würde sich niemals träumen lassen, dass die Polizei gerade seine Habseligkeiten durchwühlt.«

»Sicher. Aber wenn er nun nicht in Urlaub ist und wenn ihm etwas passiert ist, dann kann es dafür tausend Ursachen geben. Vielleicht hat ihn irgendwer genügend verabscheut, um ihn verletzen oder ihn sogar umbringen zu wollen. Vielleicht war er irgendwem Geld schuldig, vielleicht hatte er eine Beziehung und ging fremd, wann immer er konnte … Möchtest du noch weitere Beispiele?«

»Danke, ist nicht nötig. Ich bin auch nicht erst seit gestern in dieser Branche tätig.«

Bixe sah den Rücken von Janne Rings teurem Mantel als dunkle Silhouette vor der Dielentür. Vielleicht hatte dieser Jonas Sjögren ja auch so ausgesehen, als er zum letzten Mal in seiner Diele gestanden hatte. Sie ging ins Schlafzimmer, warf einen raschen Blick zum Bett hinüber. Wann mochte er zuletzt dort geschlafen haben? War er morgens aufgestanden, hatte das Bett gemacht und war dann aufgebrochen?

Sie entdeckte einen kleinen Zeitungskorb aus rotem Kunststoff, der neben dem Bett stand. Sie bückte sich und hob die drei Tageszeitungen hoch, die dort lagen. Mittwoch, Donnerstag, Freitag, der Johannistag. Er hatte also im Bett gelegen – oder vielleicht auf dem Stuhl vor dem Küchentisch gesessen – und Zeitung gelesen. Damit war klar, dass er zumindest am Johannistag noch zu Hause gewesen war.

Ring stand hinter ihr, als Bixe sich auf den Schreibtischstuhl setzte. Es war ein billiges Modell und nicht so schön wie die, die sie auf der Wache hatten, aber für Leute, die nicht daraufsaßen, doch bequem genug. Jonas Sjögren war offenbar ziemlich groß, denn sie konnte mit Mühe und Not den Fußboden erreichen.

»Was sagst du?«, fragte sie. »Fangen wir an?«

Sie zog die oberste Schreibtischschublade heraus. Die war leer, bis auf einige Gummibänder, Büroklammern und eine halbe Packung Kondome.

»Hat also nicht im Zölibat gelebt«, murmelte Bixe und schob die Schublade wieder zu.

»Warum hätte er das tun sollen?«, fragte Ring.

»Keine Ahnung, ich hab nur gesagt, dass er es nicht getan hat.«

Sie öffnete auch die nächste und die übernächste Schublade, immer mit demselben mageren Ergebnis. Nichts, außer Bleistiften und einigen leeren Terminkalendern, die vermutlich für seinen Salon bestimmt gewesen waren.

»Er muss doch auch persönliche Papiere gehabt haben«, sagte Bixe verärgert und schaute sich im Zimmer um. »Der Kleiderschrank, was liegt denn darin?«

»Nur Kleider. Da haben wir doch eben erst nachgesehen.«

»Schau noch mal genauer nach.«

»Das ist nicht nötig, da bin ich mir sicher.«

Sie gingen weiter ins Wohnzimmer, gingen dort Regale und Schränke durch und fanden alte Fotoalben, weitere leere Terminkalender, ein Diplom von der Friseurschule. In einem Fach unten im Bücherregal lagen endlose Mengen von Ziergegenständen neben Tischdecken, Kerzen und Zündhölzern.

»Meine Güte«, rief Bixe. »Hat der Kerl denn wirklich nicht ein einziges persönliches Blatt Papier? Ein Adressbuch, einen Kalender, Briefe? Oder wo hat er das alles versteckt?«

»Wollen wir mal in der Küche nachsehen? Übrigens, belesen scheint er jedenfalls gewesen zu sein.«

»Wie das?«

»Hier im Bücherregal steht doch nur so was wie Proust und Tolstoi. Und noch andere komische Namen, die mir nichts sagen. Beschäftigen sich Friseure denn mit so was?«

»Was sind denn das für Vorurteile?«, fragte Bixe. »Von denen solltest du dich aber schleunigst befreien.«

»Das liegt an meiner Erziehung«, sagte Ring. »Ich kann nichts dafür.«

»Blöde Ausrede.«

Ring stand schon in der Küche und öffnete eine Schublade. Sie enthielt eine ganze Besteckgarnitur, blank und scharf. »Jede Menge Mordwaffen«, sagte Ring und schloss die Schublade mit einem Knall.

Bixe ging einen Papierstapel durch, der auf einer Küchenbank lag. Stromrechnung, Miete, Telefon. Nichts Außergewöhnliches.

Am Ende blieben sie in der Tür stehen, leicht entmutigt, ob das nun an den mangelnden Ergebnissen lag oder an der stickigen Luft, dem Staubgeruch und den vertrockneten Topfblumen.

»Dann können wir ja wohl wieder, oder was meinst du, Eva-Britt?«

Bixe nickte, zog ihren Mantel fester um sich zusammen und wollte schon gehen. »Moment noch«, murmelte sie dann. »Nur noch einen Blick.« Worauf sie diesen Blick werfen wollte, wusste sie nicht, vielleicht wollte sie etwas einfangen, das ihr entglitten war, ein Gefühl, eine Stimmung. Wie hatte Sjögren gelebt? Allein? Oder hatte er ein Dasein voller Bekannter und Freunde geführt? Sie musterte das große, von dünnen, gelbgestreiften Vorhängen eingerahmte Fenster. Ein bleiches Nachmittagslicht floss über den Boden. Sie wäre sich in dieser Wohnung unendlich einsam vorgekommen, da war sie sich sicher. Ein kurzer Gedanke galt Erik Sander, seiner Wohnung auf der anderen Straßenseite. Sie hätte gern gewusst, welches seine Fenster waren. In Sjögrens Wohnung herrschte eine düstere

Stimmung, trotz der peinlichen Ordnung. Oder vielleicht, wenn sie sich das genauer überlegte, auch gerade deshalb.

Sie wollte schon kehrtmachen und in die Diele zurückgehen, als ihr Blick auf etwas fiel. Auf einem kleinen Tisch, dicht neben der Tür, stand ein schwarzes Telefon. Und unter diesem Telefon leuchtete etwas; etwas, das aussah wie ein Stück Papier. Bixe ging hin und hob den Apparat hoch. Darunter lag ein dünnes Notizheft. Sie schlug es auf und sah auf der ersten Seite Namen und Telefonnummern. Sie blätterte um und fand noch weitere.

»Eva-Britt!«

Sie hörte Rings Stimme aus der dunklen Diele.

»Das muss er doch sein, oder?«

Mit langsamen Schritten ging sie zu ihrem Kollegen hinaus. Sie hatte gefunden, was sie gesucht hatte.

Ring zeigte auf ein goldgerahmtes Portrait, das neben einem ovalen Spiegel an der Wand hing.

»Ist er das wirklich? Aus welchem Grund sollte man sein eigenes Bild neben den Spiegel hängen?«, fragte Bixe.

Ring zuckte mit den Schultern. »Um zu sehen, wie die Jahre vergehen?«

»Ein Mann wird doch mit den Jahren nur attraktiver, oder?« Ihr Blick blieb an dem Portrait haften. Es war das Farbbild eines Mannes von Mitte dreißig, mit sonnenbrauner Haut und tiefen Lachgrübchen in den Wangen. Dunkle, dichte Locken, die sich in der Stirn ein wenig kräuselten. Eine ungebärdige Locke, die er bestimmt so haben wollte, er war ja schließlich Friseur. Auch um die Augen, die schmal und leicht geschlossen waren, waren Fältchen zu sehen, aber die entstammten einem Lächeln, das genau die richtige Balance zwischen Heiterkeit und Ernst hielt. Kurz gesagt, das Foto zeigte einen charmanten, attraktiven Mann.

»Schade um so einen Typen«, sagte Eva-Britt Bixe und streifte sich die Tasche über die Schulter.

Ring sah sie an, als habe sie in der Kirche laut geflucht oder noch Schlimmeres angestellt. Aber sie musste einfach einen blöden Spruch bringen, das unangenehme Gefühl abschütteln, die vage Angst verdrängen, die sich eingestellt hatte, als sie dem Blick eines Mannes begegnet war, der als verschwunden oder sogar als ermordet galt.

»Schade um so einen feschen Typen«, sagte sie noch einmal lauter.

Der Blick, der sie anzuflehen schien, noch immer mit diesem gespenstischen Zug. Das Lächeln, das sich in einen Rettungsschrei verwandelte. Und vielleicht war es ja schon zu spät.

Ring knurrte. Das war wohl *seine* Art, sich von unangenehmen Gefühlen zu befreien.

»Von solchen Männern gibt es nicht gerade viele«, sagte Bixe, worauf Ring noch einmal knurrte und dann die Tür öffnete. »Ja, und wenn schon ein Mann zu Schaden kommen muss, warum denn dann so ein Leckerbissen?«

»Vielleicht gerade deshalb«, sagte Ring.

»Das verstehe ich jetzt nicht.«

»Du hast doch selbst schon Eifersucht und solche Dinge erwähnt. Vielleicht war er ein Charmeur, der Frauen an der Nase herumgeführt hat.«

»Das wissen wir nicht«, sagte Bixe. »Aber jedenfalls habe ich das hier gefunden.« Sie hob das schwarze Notizheft hoch. »Eine Telefonliste«, fügte sie zur Erklärung hinzu.

Schweigend gingen sie hinaus ins Treppenhaus. Es roch nach Essen, aber das tat es in großen Treppenhäusern ja immer. Als sie losgingen, öffnete sich die Tür der Wohnung gegenüber. Ein Kopf schaute heraus, eine wilde, blondierte Mähne. Es war eine ältere Frau, deren dünne, runzlige Finger sich am Türrahmen festhielten. Sie trug einen knallrosa Pullover.

Sie nickten der Dame kurz zu, dann gingen sie weiter. Die Frau blieb stehen und musterte sie schweigend, während sie die Treppe hinunterstiegen. Erst dann schloss sie leise die Tür. Bixe sah ihren Kollegen an. Offenbar dachten beide dasselbe. Er schüttelte den Kopf, dann gingen sie zur nächsten Treppe weiter.

☆

Als Henrietta das Möbelhaus verließ, rissen die Wolken plötzlich einen Spaltbreit auf. Sie schob den wackelnden Wagen vor sich her über den Asphalt, der Schreibtisch war in einen flachen hin und her rutschenden Karton gepackt. Der Transport wurde durchaus nicht dadurch erleichtert, dass die beiden Jungen johlend hinter ihr herrannten. Die Sonne flammte auf, grell und funkelnd in den Pfützen auf dem Parkplatz. Henrietta Sanders Augen brannten, sie war geblendet – und fuhr prompt mit ihrem Wagen gegen eine offene Autotür. Das dazugehörige Auto stand direkt neben ihrem eigenen. Sie hatte es einfach nicht gesehen, und das mit der Sonne war wirklich ein Glück, da konnte sie doch immerhin eine Entschuldigung anführen.

Denn eigentlich war ihre Wut die Ursache dieses Zusammenstoßes gewesen. An diesem Vormittag schien ihr Ärger ihre Blicke zu verdunkeln – und sie war den ganzen Morgen hindurch sauer gewesen. Vielleicht war sie deshalb so früh aufgebrochen. Sie hatte ganz einfach die Kinder mit ins Möbelhaus genommen, um dort den versprochenen Schreibtisch auszusuchen. Anton war eine Woche zuvor sechs geworden, und da beide Jungen einen Platz brauchten, an dem sie in Ruhe zeichnen konnten, war das doch das passende Geschenk. Zwar hatte nur einer von den beiden Geburtstag gehabt, aber wenn der eine etwas bekam, bekam der andere auch immer etwas. Das war besser so, wenn man Frieden im Haus haben wollte.

Sie war also in Gedanken versunken, als sie plötzlich nicht mehr weiterkam. Zu ihrem Entsetzen sah sie, was sie angerichtet hatte.

»Ach, bitte, verzeihen Sie. Ich hoffe, das gibt keine Beule?«

Sie bückte sich, schob sich mit einer Hand die Haare aus der Stirn und versuchte nachzusehen, ob der Zusammenstoß Spuren hinterlassen hatte. Zu ihrem Entsetzen entdeckte sie in dem glänzenden Lack einen breiten Kratzer.

Sie war überrascht, als sie dicht neben sich eine freundliche Männerstimme hörte.

»Bestimmt hat die Sonne Sie geblendet«, sagte der Mann lachend. »Das macht doch nichts, das verspreche ich Ihnen. Wenn man tagelang nur Regen sieht, dann ist es doch klar, dass man geblendet wird. Und dieser Kratzer war schon vorher da. Sie können also ganz beruhigt sein. Übrigens war es mein Fehler, ich habe viel zu schnell die Tür aufgemacht.«

Der Mann war nicht gerade groß, machte aber einen kräftigen Eindruck. Er war sonnengebräunt, trug Jeans und einen blauen Pullover, der Farbflecken aufwies. Wahrscheinlich hatte er sich hier Material für etwas gekauft, was er bauen oder anstreichen wollte.

»Ich bitte jedenfalls um Verzeihung für den Zusammenstoß«, sagte sie und hob ihren Karton hoch, um ihn auf irgendeine Weise in den Kofferraum zu laden.

Auf irgendeine Weise, ja. Daran hatte sie überhaupt nicht gedacht. Ehe sie von zu Hause weggefahren war, hatte sie zwar die halbe Rückbank heruntergeklappt, jetzt ging ihr jedoch auf, dass sie dieses große Paket unmöglich dort unterbringen konnte. Sie blieb stehen, wischte sich den Schweiß von der Stirn und merkte, dass die Sonne wieder hinter den Wolken verschwand. Es war jetzt wieder so dunkel wie zuvor. Sie schaute zum Himmel hoch, als hoffe sie, dort oben eine Lösung dafür zu finden, wie sie etwas nach Hause schaffen könnte, das viel größer war als ihr Kofferraum.

»Jungs«, sagte sie. »Wir müssen wohl zurückgehen und die Leute im Laden bitten, das zu uns nach Hause zu bringen.«

»Wann kriegen wir es denn dann?«, fragte Anton und hörte sofort auf, an seinem grünen Eis zu lecken.

»Das weiß ich nicht, Liebling. Am Montag vielleicht, wenn wir Glück haben.«

»Wann ist denn Montag?«, fragte Fabian.

»Nicht morgen, aber am Tag danach.«

»Am Tag danach!« Das stieß Fabian hervor, als hätte Henrietta ihn persönlich beleidigt.

»Heute ist Samstag, da bringen sie sicher nichts«, erklärte sie, und klang dabei gereizter, als sie das eigentlich vorgehabt hatte.

Sie fühlte sich gestresst und verspürte gleich wieder den unangenehmen Metallgeschmack auf der Zunge, der sich dann jedesmal einstellte. Am liebsten hätte sie das alles ungeschehen gemacht, wäre nach Hause gefahren und hätte alles verdrängt. Sie war nicht in der richtigen Verfassung für so einen Ausflug, sonst hätte sie wohl auch rechtzeitig eingesehen, dass ein Elefant in einem kleinen Peugeot nun einmal nicht genug Platz hat. Wie idiotisch das alles war!

»Mama. Ich will den Schreibtisch heute haben. Das muss ich!«

»Ja, ja, setzt euch jetzt und wartet hier, dann werde ich sehen, was sich machen lässt.«

»Du hast gesagt, dass wir nichts machen können und dass sie heute nicht fahren, weil Samstag ist oder Sonntag. Was ist heute für ein Tag?«

»Samstag. Jetzt steigt endlich ein.«

»Aber woher weißt du, dass sie heute nicht fahren?«

»Wirklich nicht, Liebling, heute nicht. »

»Aber du hast gesagt …«

Fabian, der Kleinere, fing an zu weinen, er schob seine Unterlippe vor und die Tränen traten ihm in die Augen.

»Aber, Mama, du hast versprochen …«

Sie kehrte dem Wagen den Rücken zu, fuhr sich einmal mit der Handfläche über die Stirn und wünschte sich weit weg. Sie musste nicht nur den Kindern klarmachen, dass sie den Tisch unmöglich an diesem Tag noch nach Hause bringen könnten, sie musste auch den Karton in den Laden zurückbringen und dann in der Informationsabteilung eine Ewigkeit Schlange stehen.

Sie zögerte. Was sollte sie machen? Es gab keine Alternative, eine Lösung war so erbärmlich wie die andere, und wie sie die Sache auch drehte und wendete, alles war falsch. Sie wäre gern hier geblieben, bis die Sonne unterging und die Nacht kam. Dann könnte sie die schlafenden Kinder auf den Rücksitz betten, den Schreibtisch seinem Schicksal überlassen und auf der dunklen Autobahn nach Hause fahren.

»Kann ich Ihnen irgendwie behilflich sein?«

Das war wieder diese ruhige, freundliche Stimme. Der Mann mit dem funkelnden Auto stand vor ihr, die Hände in die Seiten gestemmt. Er hatte jetzt seine Autotür geschlossen, offenbar hatte er seine Einkäufe eingeräumt.

Das Geheul der Jungen verstummte, als hätten sie alles vergessen, und sie musterten den Fremden aus neugierigen Augen.

»Danke, das ist nett von Ihnen, aber wir schaffen das schon.«

»Das glaube ich eigentlich nicht«, sagte der Mann lachend. »Oder was meint ihr, Jungs? Was habt ihr denn Spannendes eingekauft?«

»Einen Schreibtisch«, sagte Anton atemlos. »Mama hat versprochen, dass wir ihn heute bekommen, aber im Auto ist nicht genug Platz, und jetzt sagt sie ...«

»Bitte, Anton, ich kann ihn nicht ins Auto zaubern«, unterbrach ihn Henrietta.

»Wo müssen Sie denn hin?«, fragte der Mann.

Henrietta wollte der Frage ausweichen, doch Anton kam ihr zuvor.

»Zum Andersbergsring 94.«

»In Halmstad, ja?«

Henrietta nickte ein wenig widerwillig.

»Dann müssen wir ja in dieselbe Richtung.«

Der Mann strahlte, tiefe Lachfältchen bildeten sich um seinen Mund, und neben seinen Augen formten sich fächerförmige Netze, wie kleine Sonnenstrahlen.

»Was für ein Zufall!«

Er öffnete die Hecktür seines Kombis, stand dann lächelnd vor ihr und zeigte auf den Schreibtisch. »Wir laden den hier ein, und dann bringe ich ihn zu Ihnen nach Hause.«

»Aber …«

»Ich muss doch auch nach Halmstad«, sagte er. »Das ist also überhaupt kein Problem.«

»Das ist wirklich sehr nett von Ihnen.«

Die Jungen starrten den Mann schweigend an, als er den Karton in seinem Wagen lud. Er knallte die Tür zu und rieb sich dann rasch die Hände.

»So. Dann sehen wir uns vor Ihrer Haustür. Das war doch Nummer 95, nicht wahr?«

»94«, korrigierte Henrietta. »Und … haben Sie vielen Dank. Da haben wir ja wirklich Glück.«

Sie musste einfach lachen, auch wenn sie nicht gerade glücklich war, als sie im Rückwärtsgang den Parkplatz verließ und dem weißen Kombi folgte, in dessen Heckfenster ein Stück des Kartons zu sehen war. Sie bogen auf die Hauptstraße ab und fuhren in Richtung Autobahn. Und dann verlor sie den Kombi aus den Augen. Dort verschwindet der Schreibtisch für die Kinder, dachte sie unwillkürlich, und zu ihrem Erstaunen fühlte sie sich erleichtert.

Aber der Mann war freundlich und höflich gewesen. Und auf der Rückbank saßen still und sorglos die Kinder. Was gab es also für ein Problem? Sie schaltete das Radio ein, hörte sich zerstreut die Nachrichten an, auf die ihr unbekannte, aber nicht ganz unangenehme Dudelmusik folgte. Trotz allem war sie noch schlechter Laune, wie sie sich eingestehen musste. Sie bat nicht gern um Hilfe. Andererseits hatte der Mann das ja selbst angeboten. Sie überlegte, ob sie ihn für seine Mühe bezahlen sollte, und kam dann zu dem Schluss, dass er das vermutlich ohnehin nicht annehmen würde.

Als sie nach einer guten Stunde Fahrt – sie war langsam gefahren, hatte sich vom Wochenendverkehr treiben lassen, der ruhiger floss als an den Werktagen – den Andersbergsring erreichten, wartete der Mann schon auf sie. Er saß rauchend auf einer Bank, sein Wagen stand ein Stück weiter. Der Schreibtisch lehnte neben der Haustür an der Mauer. Der Mann sah sie kommen, warf die Kippe auf den Boden, trat sie aus und erhob sich.

»Ich habe die Unsitte zu schnell zu fahren«, sagte er und wieder lag in seinem Mundwinkel ein Lachen auf der Lauer. »Aber da haben Sie Ihren Schreibtisch. Soll ich Ihnen beim ins Haus Tragen helfen?«

»Danke, aber das schaffen wir nun wirklich.«

Er lächelte und schob sich eine ungebärdige Locke aus der Stirn. Er hatte ziemlich lange Haare, fand Henrietta, gepflegter Wildwuchs.

»Na dann«, sagte er zögernd, als habe er noch mehr auf dem Herzen.

»Wirklich, haben Sie vielen Dank«, sagte Henrietta.

Ohne zu begreifen, warum, fühlte sie sich wie von einer schweren Last befreit, als er sich zu seinem Auto aufmachte.

☆

Der Tag ging seinem Ende entgegen. Dieser Tag wie alle anderen Tage, dachte Erik Sander. Es regnete ein wenig, das sah er durch das Fenster seines Arbeitszimmers. Ein diesiger Nieselregen, der ihn normalerweise zwar nicht glücklich gemacht, der ihn aber dazu gebracht hätte, sich nach Hause zu sehnen. Natürlich freute er sich auch an diesem späten Nachmittag auf seine Wohnung, wo die Jungen im kleineren der beiden Zimmer hausten und das Wohnzimmer in Fernsehecke und Schlafbereich eingeteilt war. Am Samstagabend ließen sich manchmal alle auf dem zweisitzigen Sofa und im Sessel vor dem Fenster nieder und teilten eine Pizza und eine Limonade, und manchmal sogar eine Flasche Wein, und dazu sahen sie sich einen richtig schönen Familienfilm an.

Danach hätte Erik Sander sich eigentlich sehnen sollen – aber an diesem Abend hätte er nichts dagegen gehabt, seine Heimkehr noch hinauszuzögern. Er brauchte eine Weile Ruhe und Alleinsein, brauchte die gedämpften Schritte, die er ab und zu vom Gang her hörte, bisweilen eine schlagende Tür, Telefone, die irgendwo klingelten, Stimmen, die irgendwo antworteten. Die Ruhe auf der Wache war an diesem Samstagabend geradezu greifbar, vielleicht wie die Ruhe vor dem Sturm, der später losbrechen würde, in der Stadt, in Wohnungen, in Kneipen und auf allzu lauten Festen.

Sander schaute aus dem Fenster. Er mochte die Aussicht aus seinem Zimmer. Die Straße, die Farben, die Laternen und in der Ferne die roten Ziegel des Finanzamtes. Während die meisten anderen schon zwei Wochen nach Einzug angefangen hatten, darüber zu klagen, wie eng die neue Wache sei, dass die Räumlichkeiten bei Weitem nicht ausreichten – bis auf den gigantisch bemessenen einen Besprechungsraum –, fühlte Sander sich wirklich wohl hier. Sein Zimmer war recht groß, auf jeden Fall im Vergleich zu seinem vorigen, und wie das ganze Haus war es in einem leicht zitronengelben Farbton angestrichen. Wobei er sich bisher nie wirklich Gedanken über die Einrichtung seines Büros gemacht hatte. Er tat seine Arbeit, dann ging er nach Hause. Ob die Teppiche gelb oder grün waren, lila oder grau, ob der Gang zu schmal oder zu breit war, das war ihm egal gewesen. Aber mehr und mehr hatte er nun angefangen, sich mit den neuen Örtlichkeiten auseinander zu setzen. Und ja, es stimmte, es war wirklich ein wenig eng. Wenn im Erdgeschoss der ganze Boden voll Diebesgut lag, oder wenn wichtige Besprechungen aufgrund von Platzmangel aufgeschoben werden mussten, dann ging das auch seiner Meinung nach zu weit.

Die Aussicht jedoch, über die alle sich beschwerten, fand er nun wirklich akzeptabel. Natürlich fiel der Blick auf Asphalt und noch mehr Asphalt, wenn man aus dem Fenster schaute, aber das hatte doch etwas Charmantes und sogar Beruhigendes. Man saß am Puls der Kleinstadt – auch wenn dieser meist eher gemächlich schlug. Menschen, die über den Karl XI:väg gingen, Radfahrer, vorüberfahrende Autos. Erik Sander sah wirklich keinen Grund, sich zu beklagen. Die neue Wache war nicht gerade prachtvoll, sie war nicht auf einer stattlichen Anhöhe errichtet worden und keine mit Bäumen umsäumte Allee führte zum Portal, aber es gab doch hier und da einen Baum, und die Fassade war von einem schönen Goldgelb, zumindest, wenn die Sonne sie beschien. Was allerdings nur selten passierte, denn das Haus lag im Schatten der Finanzverwaltung auf der einen und eines dunkelroten Gebäudes im Bauhausstil auf der anderen Seite. Die Rückseite der Wache schaute außerdem auf Galgberget, eine Geröllhalde, die im Vergleich zu der auf Meereshöhe liegenden Stadt majestätisch in den Himmel zu ragen schien. Beschützend, aber auch ein wenig bedrohlich. Vor langer Zeit hatte dort ein Galgen gestanden, deshalb der Name, und auf der anderen Seite befand sich eine stillgelegte Kaserne – sonderlich friedlich war es hier also wohl niemals zugegangen.

Erik Sander machte in der Mittagspause manchmal einen Spaziergang zur Bergsgata, um die hundertvier Treppenstufen nach Galgberget hochzusteigen und dort erst einmal eine Weile Atem zu holen, ehe er die restlichen hundertachtundsiebzig zum Aussichtsturm hinter sich brachte und einige Runden auf dem Trimmpfad lief. Am Ende blieb er dann an irgendeinem Aussichtsplatz stehen und blickte hinab auf Hausdächer, Schornsteine und Fernsehantennen. Dahinter lag wie ein blaues Band das Meer, mit Booten wie kleine weiße Tupfen. Von dort oben aus kam die Stadt ihm fremd vor, wie ein Ort, den er niemals besucht hatte.

Er riss den Blick vom Fenster los. Was war das für ein scheußlicher Tag gewesen, ein Tag, den man nicht einmal seinen schrecklichsten Verwandten gewünscht hätte. Falls man welche hatte. Sander hatte keine, jedenfalls nicht in nächster Nähe – außer seinem Bruder, zu dem er aber praktisch keinen Kontakt mehr hatte. Manchmal empfand er das als befreiend, manchmal hinterließ es aber auch ein Gefühl der Leere in ihm. Als fehlten ihm die Wurzeln. Sein Vater wohnte in der Nähe von Stockholm, zusammen mit zwei Hunden und drei Katzen und mit einem in Sanders Augen viel zu leidenschaftlichen Interesse am Bootsbau. Lieber amüsierte er sich mit Hammer und Nägeln, statt sich um seine Enkel zu kümmern. Aber egal, daran ließ sich nicht viel ändern, Sander hatte sich redlich bemüht, vergeblich. Der Alte war eben stur. Nicht mehr ganz klar im Kopf, behauptete Henrietta.

Sander dachte an den vergangenen Nachmittag. Jonas Sjögrens Vater lag seit zwei Jahrzehnten im Grab, die Mutter wohnte im Hemmansväg in einer Dreizimmerwohnung. So gegen ein Uhr hatte Sander vor dem roten Dreiparteienhaus gehalten und war dann auf den Eingang zugegangen. Überall war es ruhig. Auf der weiten Rasenfläche mit den Fußwegen in der Mitte war an diesem Samstag nicht eine Menschenseele zu sehen. Das einzige Lebenszeichen war das leise Geräusch eines Radios, das irgendwo in der Nähe lief.

Sander betrat das Treppenhaus, studierte einen Hausplan und stellte fest, dass Gerda Sjögren im Erdgeschoss wohnte. Er lief die eine halbe Treppe hoch, grauste sich vor dem, was vor ihm lag, blieb eine Weile vor der braunen Tür stehen und starrte den Türspion an. Und überlegte, ob sie wohl dahinter stand und ihn ansah, und ob sie sich dann wohl fragte, was er hier zu suchen hatte.

Die Klingel schnarrte los, als er auf den Knopf gedrückt hatte. Sie war verstärkt worden, offenbar war Frau Sjögren schwerhörig.

Die Tür wurde erst nach einer Weile langsam geöffnet, dann

schaute ein misstrauisches Gesicht heraus. Zwischen Tür und Türrahmen hing eine Kette.

Sie sah ihn aus stechenden kleinen Augen an. »Worum geht es?«

»Ich heiße Erik Sander und komme von der Kriminalpolizei.«

Sie schien noch zu zweifeln, schien seinen Worten nicht zu glauben. Er zog seinen Dienstausweis heraus und hielt ihn ihr hin. Ohne den Ausweis auch nur eines Blickes zu würdigen, entfernte sie die klirrende Kette und öffnete die Tür. Sie musterte ihn mit ernster Miene und mit leicht besorgtem Blick.

»Ist es wieder etwas mit Hjalmar? Was hat er denn diesmal angestellt?«

»Nein, es geht um etwas anderes«, sagte Sander. »Darf ich hereinkommen?«

Sie öffnete die Tür ganz und ließ ihn eintreten. Die Diele war dunkel und trist und hatte auf dem Boden einen braunen Teppich mit Medaillonmuster. Das Hutregal links von der Tür war mit Kleidungsstücken vollgestopft.

»Ich wollte Ihnen …«, setzte Sander an, aber schon fiel Gerda Sjögren ihm ins Wort.

»Ich weiß schon«, knurrte sie. »Sie sagen, dass er nichts getan hat, aber ich kenne doch meinen Hjalmar.«

»Es geht um Ihren Sohn«, sagte Sander. »Um Jonas.«

Frau Sjögren schaute ihn an und ließ die Hände sinken, die ein Küchenhandtuch umklammerten. »Um Jonas?«, fragte sie. Plötzlich hörte ihre Stimme sich ruhiger an. »Aber nun kommen Sie doch herein.«

Sie ging schwerfällig vor ihm her in eine längliche Küche mit grauen Plastikmatten auf dem Boden. Ließ sich auf einen der beiden Holzstühle vor einem kleinen Tisch mit Resopalplatte sinken und forderte ihren Besucher mit flüchtiger Geste auf, es ihr nachzutun. Sie atmete angestrengt und keuchend.

»Was ist denn los?«, fragte sie und legte das Küchenhandtuch auf den Tisch. »Hat er irgendetwas angestellt?«

Auf der Anrichte sah Sander ein Backblech mit Hefebrötchen, die noch gehen mussten.

»In seinem Frisiersalon hat es heute Nacht gebrannt«, sagte er.

Die alte Dame hob die Augenbrauen, und ihr Atem wurde noch schwerer. »Was sagen Sie da? Das ist ja schrecklich!«

»Wir haben Jonas noch nicht erreicht«, sagte Sander. »Wissen Sie vielleicht, wo wir ihn finden können?«

Gerda Sjögren schüttelte so energisch den Kopf, dass ihre Wangen zitterten. Sie hielt sich, offenbar ganz automatisch, den Zeigefinger an eine Warze unter ihrem Ohr. »Ich habe seit Jahren nicht mit Jonas gesprochen. Er will mit seiner Mutter nichts mehr zu tun haben. Ich weiß nicht, was ich ihm getan habe. Aber er hat mir wortwörtlich gesagt, dass er nichts mehr mit mir zu tun haben will.«

Die Frau machte ein trauriges Gesicht, offenbar, weil sie dem Polizisten Leid tun wollte. Dann spielte sie an ihrem Küchenhandtuch herum.

»Es fing an, als ich Hjalmar kennen gelernt hatte. Man ist doch allein und so, verstehen Sie, und dann habe ich Hjalmar getroffen, vor vier … nein, das sind jetzt schon fünf Jahre, auf einem Seniorenball. Und Hjalmar ist sicher kein Musterknabe, das gebe ich ja zu, aber es ist lustig mit ihm. Was sollte ich denn ohne ihn machen, was meinen Sie? Allein hier herumsitzen und aus dem Fenster starren?«

Düster schüttelte sie den Kopf.

»Aber Jonas wollte nichts mit ihm zu tun haben. Und dann ist es eben so gekommen. Ich begreife das alles nicht, ich habe so viel für ihn getan, aber Dankbarkeit ist für ihn offenbar ein Fremdwort.«

Wieder schnaubte sie, und Sander spürte, wie sich in ihm eine tiefe Hoffnungslosigkeit auftat wie ein unüberwindlicher Abgrund. »Sie wissen also nicht …«, fing er an, dann sah er aber ein, wie sinnlos diese Frage war.

»Und in seinem Salon hat es also gebrannt?«, fragte Gerda. »Haben Sie das nicht eben gesagt?«

»Ja, irgendwer hat dort Feuer gelegt, und der Salon ist ziemlich übel zugerichtet. Außerdem wurde dort eine Person gefunden. Ich möchte jetzt vor allem wissen, ob Sie eine Vorstellung davon haben, wo Jonas sich möglicherweise aufhalten könnte.«

Möglicherweise. Sander hätte sich die Zunge abbeißen können. Allein dieses Wort müsste ausreichen, um Gerda Sjögren den Ernst der Lage klarzumachen. Aber das schien nicht der Fall zu sein, sie sah eher wütend und gereizt als besorgt aus, was ihren Sohn betraf.

»Das war doch wohl nicht Hjalmar?«, fragte sie dann, jetzt plötzlich mit ängstlichem Blick. »Er und Jonas sind ja nicht unbedingt Busenfreunde.«

»Was soll Hjalmar nicht gewesen sein?«

»Der … der den Brand gelegt hat?«

»Glauben Sie«, fragte Sander, »dass Hjalmar zu so etwas fähig wäre?«

Die Frau dachte nach, schüttelte dann den Kopf. »Nein, das sähe ihm überhaupt nicht ähnlich. Er trinkt eigentlich immer nur ein wenig zu viel. Ja, äh … ich dachte, er sei deshalb wieder auf der Wache gelandet. Es wäre nicht das erste Mal, verstehen Sie.«

Sie senkte den Blick, als wäre ihr dieses Geständnis dermaßen peinlich, dass sie es doch lieber für sich behalten hätte.

»Aber da kommt die Polizei normalerweise nicht her. Sie rufen einfach an und sagen, wann ich ihn abholen kann. Er hat mich als nächste Angehörige angegeben, obwohl er nicht hier wohnt, ich will nicht die ganze Zeit einen Kerl hier haben, damit war Schluss, als Egon gestorben ist.«

Sander nickte und versuchte, ein verständnisvolles Gesicht zu machen. »Sie haben also keine Ahnung, wo Ihr Sohn sich aufhalten könnte?«

»Nicht die geringste. Wie schon gesagt, er will doch keinen Kontakt …«

Am Herd klingelte eine Küchenuhr.

»Verzeihen Sie, ich muss das Blech reintun«, sagte Gerda Sjögren, erhob sich mühsam von ihrem Stuhl, ging zur Anrichte und schob das Blech in den Ofen. »Jonas isst gern süße Brötchen«, sagte sie dann. »Deswegen backe ich.«

»Aber haben Sie nicht gesagt …«

»Dass er nichts mit mir zu tun haben will. Sicher habe ich das. Aber das heißt doch nicht, dass eine Mutter nicht an ihren Sohn denkt. Süße Brötchen mit Apfelmus«, murmelte sie. »Die isst Jonas ganz besonders gern.«

Sie lächelte vor sich hin, die eine Hand hatte sie in das zerknüllte Küchenhandtuch gewickelt. Und diesmal war Erik Sander derjenige, der die Augen niederschlug. Großer Gott, dachte er. Er musterte seine Schuhe, deren hellbraunes Wildleder an diesem Tag leicht schmutzig aussah, und dachte nur das eine: Großer Gott. Hier gab es offenbar nichts zu holen, wirklich rein gar nichts.

Ja, der Nachmittag hätte wirklich angenehmer verlaufen können. Abgesehen davon, dass der Besuch bei Jonas Sjögrens Mutter so wenig gebracht hatte, hatte diese Verständnislosigkeit in Gerda Sjögrens Blick Sander zutiefst verstört. Sie hatte keinerlei Sorge um ihren Sohn gezeigt, nur diese bohrende Angst, dass Hjalmar zum tausendsten Mal mit der Polizei aneinander geraten sein könnte.

Sander seufzte resigniert, während er in Gedanken die Ereignisse dieses Tages durchging, in der Hoffnung, doch noch irgendeine Aufgabe zu finden. Um kurz vor sechs blätterte er gerade einen Stapel Unterlagen durch, als plötzlich Eva-Britt Bixe in seiner Tür stand. Tief in Gedanken versunken, bemerkte er sie erst, als sie an den Türrahmen klopfte, und fuhr heftig zusammen.

»Du bist also noch da«, stellte sie mit leichter Überraschung in der Stimme fest. »Ich hab Licht bei dir gesehen, aber ich dachte, du hättest einfach vergessen, es auszuschalten.«

»Ich bin noch da«, sagte Sander.

»Hat das einen besonderen Grund? Wenn ich du wäre, würde ich zu meiner Familie gehen, immerhin hast du eine.«

Sander seufzte und stützte die Stirn in die Hand. »Ich weiß nicht, ob ich nach Hause will«, sagte er.

Bixe kam herein und nahm in einem Besuchersessel Platz. »Was ist denn los?«

Sie sah besorgt aus, eine dünne Falte war auf ihrer Stirn erschienen, und sie nahm ihre Lesebrille ab, um ihn genauer zu mustern. Sander wich ihrem Blick aus. Er wollte nicht gemustert werden. Jetzt jedenfalls nicht.

»Darf man erfahren, worum es hier geht?« Sie ließ nicht locker. »Wir arbeiten schließlich zusammen.«

Sander lachte kurz und unmotiviert auf, worauf seine Chefin noch besorgter aussah.

»Das Leben ist so verdammt kompliziert«, sagte er.

»Ja, das finden wir wohl alle. Aber bei dir ist ja offenbar noch mehr los.«

»Ja. Ich habe einfach nie mehr Zeit.«

»Wofür?«, fragte Bixe.

»Für etwas anderes als die Arbeit. Als ich heute morgen weggerufen worden bin, war die Stimmung nicht sonderlich gut, weißt du, und das kann ich auch verstehen. Aber was hätte ich denn machen sollen?«

»Bist du deshalb nicht ans Telefon gegangen, als wir versucht haben, dich zu erreichen?«

»Ich habe geschlafen. Henrietta war wach, aber sie wollte nicht ans Telefon.«

Bixe hob rasch die Augenbrauen.

»Wir wollten heute einen Schreibtisch für die Kinder kaufen. Ich wusste ja, dass ich jederzeit auf die Wache gerufen werden könnte, aber meistens passiert das doch nicht. Es kommt nur selten vor, dass man schon am Morgen geholt wird, auch wenn man Bereitschaftsdienst hat. Aber als es dann doch passiert ist, konnte Henrietta das einfach nicht akzeptieren. Sie wollte nicht mit mir reden. Verstehst du? Sie hat kein Wort zu mir gesagt, nicht mal, als ich gegangen bin.«

»Ich verstehe«, murmelte Bixe.

Sander spielte an seinem Papierstapel herum. »Ich habe schon überlegt, ob ich mich rangmäßig zurückstufen lassen soll, wenigstens vorübergehend. Aber das können wir uns eigentlich nicht leisten. Henrietta ist doch arbeitslos und ... ja, was glaubst du wohl, warum wir so beengt wohnen? Weil wir das gemütlich finden?«

Bixe gab keine Antwort, sie musterte ihn nur nachdenklich, und diesmal wich er ihrem Blick nicht aus. Jetzt hatte er es ausgesprochen und fühlte sich erleichtert, wie nach einem Geständnis, als sei es eine Schande, dass seine Frau nicht mit ihm reden wollte.

»Wir haben dreimal hintereinander die Babysitterin absagen müssen«, fügte er dann noch hinzu. »Nur, weil ich zu spät nach Hause gekommen bin. Kein Wunder, dass sie das satt hat. Das würde mir doch auch so gehen. Nehme ich an.«

»Wirklich?«, fragte Bixe.

12

Sie tat es nicht zum ersten Mal. Aber sonst waren es Kätzchen und das Kaninchen gewesen, die Blumen und Erdbeeren abgeknabbert und sich über die Himbeersträucher in der Ecke hergemacht hatten. Also doch nicht ganz dasselbe. Die Kätzchen hatten im Sack gejammert, einem grauen Jutesack, den sie langsam im Wasser versenkt hatte, sie hatte die kleinen Körper darin zucken sehen, hatte gespürt, wie sie strampelten und versuchten, dem Wasser zu entkommen. Erstaunlich schnell hörte der Sack dann auf, sich zu bewegen, hing schlaff in ihrer Hand, und als sie ihn hochzog, war er schwerer geworden. Das kam sicher vom Wasser.

Mit dem Kaninchen war es schon schlimmer gewesen. Angeekelt erinnerte sie sich an das Blut, das ihm über das Fell gelaufen war und es verklebt hatte, bis es aussah, als habe der schmächtige Tierkörper sich in dickem Teer gewälzt. Der Kopf mit dem klaffenden Mund und den leblosen Augen, die schmutzstarren Schnurrhaare. Sie hatte es in die Mülltonne geworfen, ohne es zuerst in einen Müllsack zu stecken. Es war im Sommer gewesen, und die Tonne stank sogar noch, nachdem sie geleert worden war. Auf dem Boden gab es immer noch Spuren, dunkle Zeichen, die nur sie selbst deuten konnte.

Ab und zu glaubte sie noch immer, Geräusche aus der Tonne zu hören. Leises Piepsen, verzweifeltes Scharren. Vermutlich war es Einbildung, vielleicht stammte es von Mäusen oder sogar von Ratten. Ihr schauderte bei diesem Gedanken und sie dachte an etwas anderes.

13

Am frühen Sonntagmorgen lief die erwartete Nachricht ein: Der im ausgebrannten Salon gefundene Tote war der Besitzer Jonas Sjögren. Eva-Britt Bixe hielt wie immer einen Becher Kaffee in der einen und den Telefonhörer in der anderen Hand, während sie sich anhörte, was der Mann vom gerichtsmedizinischen Institut ihr zu sagen hatte.

»Er war schon tot, als er dort abgelegt worden ist.«

»Und wie lange schon, wisst ihr das?«, fragte Bixe und stellte den Becher weg, auf dessen Rand wie üblich ein Lippenstiftabdruck prangte.

»Zwischen fünf und zehn Tagen.«

»Dann zwischen fünf und sieben. Wir haben in seiner Wohnung die Zeitung vom Johannistag gefunden. Das war sieben Tage vor dem Brand.«

»Und er ist durch einen harten Schlag auf den Kopf ums Leben gekommen«, fügte der Gerichtsmediziner hinzu. »Ihm ist der Schädel eingeschlagen worden.«

Bixe schluckte. Auch nach fünfundzwanzig Jahren im Dienst wurde ihr noch immer ein wenig schlecht, wenn sie sich anhören musste, auf welche Weise jemand getötet worden war. Solange sie kein Gesicht mit der fraglichen Person verband und vor allem, solange es keine Minderjährigen waren, war es noch einigermaßen erträglich, sich mit Obduktionsberichten und technischen Beweisen zu befassen; aber jetzt, wo sie bei Jonas Sjögren zu Hause gewesen war und hemmungslos seine Habseligkeiten durchwühlt und in seinen Papieren geschnüffelt hatte, spürte sie doch einen Kloß im Hals. Einen, den sie nicht hinunterschlucken konnte, und der sich im Laufe der Stunden in einen Druck auf das Zwerchfell verwandeln würde. So, als halte jemand sie fest und wolle sie nicht loslassen, bis sie einen Faden gefunden hätte, an dem sie sich forttasten könnte. Erst dann ließ das Gefühl des Ekels los – wenn sie sich dem Problem auf eher professionelle Weise widmen konnte.

Solche Fäden waren auch in diesem Fall durchaus schon vorhanden. Das auf den ersten Blick dünne Notizheft hatte eine Menge Namen und Adressen enthalten. Dadurch hatten sie Sjögrens Zahnarzt gefunden, und das wiederum hatte die Identifizierung erleichtert. Erik Sander versuchte nun, einen Teil der an die fünfzig im Notizheft vermerkten Personen zu finden. Er hatte gerade bei Bixe hereingeschaut und sich beklagt. Es war immer so mit Telefonlisten, es wimmelte von Namen, die längst nicht mehr aktuell waren, von Leuten, die so oft umgezogen waren, dass ihre aktuelle Adresse einfach nicht ausfindig zu machen war. Vermutlich waren auch Bekannte aus der Ausbildungszeit dabei, denn eine Telefonnummer führte zu einem

Haus unten beim Yachthafen, das schon vor Jahren abgerissen worden war.

Als Erik Sander gegen zwölf abermals in Eva-Britt Bixes Zimmer auftauchte, sah er eher erschöpft aus. Die spärlichen Haare, die an den Seiten seines ansonsten kahlen Schädels wuchsen, sträubten sich auf eine Weise, als wären viel zu oft ungeduldige Finger hindurchgefahren. Seine Augen waren rot unterlaufen, sein Blick blank. Seine Wangen waren noch blasser als sonst, was dadurch betont wurde, dass er sich morgens nicht rasiert hatte und nun kurze dunkle Bartstoppeln den unteren Teil seiner Wangen beschatteten wie ein dunkler Nadelwald.

»Du siehst eher aus wie ein Schurke in einem Drama und nicht wie ein ehrsamer Polizist«, sagte Bixe.

Kaum war ihr diese Bemerkung herausgerutscht, bereute sie sie auch schon. Sie dachte an das Gespräch des Vortages, und daran, dass ihr Kollege den üblichen Jargon der Wache im Moment wohl nicht so recht zu schätzen wusste.

»Wie geht es dir denn heute?«, fragte sie deshalb, jetzt leiser, und berührte leicht seine Hand, als er einen Stapel Papiere auf ihren Tisch legte. »Ist gestern alles gut gegangen?«

Er schüttelte den Kopf, sah ihr aber immerhin ins Gesicht, und Bixe stellte fest, dass sein Blick wirklich völlig leer war.

»Wie ist es mit dir?«, gab er zurück. »Hat deine Migräne sich gelegt?«

»Ja, danke. Es ist nur noch ein leichter Druck übrig. Und dann bin ich immer so müde am Tag danach.«

»Am Tag danach«, wiederholte Sander mit kurzem Lachen.

»Am Tag nach der Migräne. Das ist ungefähr dasselbe. Mit dem Unterschied, dass eine Flasche Wein ein lustigerer Einstieg gewesen wäre.«

Sie seufzte. »Eigentlich müsste ich zu Hause im Bett liegen und schlafen. Aber du weißt ja, wie schwierig das im Moment wäre.«

»Wer müsste jetzt nicht zu Hause sein!«

»Es ist also nicht so gut gegangen?«

Noch einmal schüttelte er den Kopf. »Ich glaube, wir sind dabei, einander fremd zu werden.«

»Du und Henrietta? Und liegt das also an … der Arbeit?«

Er zuckte mit den Schultern. »Gestern, als ich nach Hause kam, stand der neue Schreibtisch im Kinderzimmer.«

»Dann ist sie also allein einkaufen gefahren?«

»Ja, aber wie hat sie ihn nach Hause geschafft?«

Bixe schaute ihren Kollegen fragend an.

»Sie hat ihn sicher in den Koffer … nein, entschuldige, ihr habt ja kein Auto.«

»Doch, doch, das schon«, fiel Sander ihr ins Wort. »Ich habe vielleicht vergessen, das zu erzählen, ich fahre ja doch so gut wie nie. Wir haben es eben erst gekauft, gebraucht, von meinem Bruder, der Geld brauchte. Aber wie gesagt, ich fahre nicht oft, ich nehme noch immer meistens das Fahrrad.«

»Die Macht der Gewohnheit.«

»Vermutlich. Es kommt mir leichter vor, aufs Rad zu springen, als mich auf einen engen Sitz zu quetschen und den Motor anzulassen.«

»Ja, aber was ist denn nun eigentlich passiert?«

»Also, es ist nämlich so, dass in dem Auto kein Platz für einen Schreibtisch ist, nicht einmal dann, wenn der sich gut verpackt in einem Karton befindet.«

»Und wie …«

»Das ist es ja gerade. Wer hat ihn ihr nach Hause gefahren? Ich habe die Kinder gefragt. Und weißt du, was die gesagt haben?«

Jetzt war Bixe diejenige, die den Kopf schüttelte.

»Sie haben gesagt, ein Onkel habe den Schreibtisch zu uns gebracht. Aber als ich Henrietta gefragt habe, und das ist eben das Seltsame, da hat sie behauptet, das selbst erledigt zu haben. Obwohl ich doch weiß, dass im Auto nicht genug Platz ist. Verstehst du?«

Bixe schaute die grüne Schreibunterlage an, auf der ein dunkler Becherabdruck zu sehen war. »Ich glaube, du übertreibst hier vielleicht ein bisschen«, sagte sie leise. »Ihr kann doch wirklich so ungefähr jeder geholfen haben. Irgendein Angestellter des Ladens. Es ist doch ganz üblich, dass Möbel ins Haus geliefert werden.«

»Ja, das kann schon sein. Aber warum will sie es dann mir gegenüber nicht zugeben?«

»Was glaubst du also?«

Erik Sander gab keine Antwort, er zuckte nur kaum merklich mit den Schultern. Nach einem drückenden Schweigen, das länger als wenige Sekunden zu dauern schien, sagte er dann: »Ich hab das Notizbuch durchgesehen.« Er legte es vor seine Chefin hin, auf den glänzenden Becherabdruck.

»Hast du in der zweiten Hälfte mehr gefunden?«

»Ja, ein wenig. Nicht gerade eine reiche Ausbeute, aber ganz schlecht ist es auch nicht.«

»Lass hören.«

»Die meisten, die ich erreicht habe, waren entweder alte Freunde, die keinen Kontakt mehr zu Sjögren haben, oder ehemalige Bekannte, Frauen, mit denen er sich ein- oder zweimal getroffen hat. Dann war da noch ein Kollege, mit dem er vor Jahren Federball gespielt hat. Niemand konnte mir besonders viel über Sjögren erzählen, und noch weniger wussten sie, was er derzeit macht oder mit wem er zu tun hat. Aber alle waren voll des Lobes, Sjögren scheint der Inbegriff eines Ehrenmannes zu sein. Keinerlei dunkle Geheimnisse.«

»Die gibt es nur selten«, sagte Bixe. »Jedenfalls nicht auf den ersten Blick. Aber hast du nicht gesagt, du hättest doch etwas erreicht?«

»Genau. Eine Frau«, sagte Sander. »Sie heißt Evelina Palm. Mit der müssen wir noch einmal sprechen. Sie hat Jonas Sjögren am Mittsommerabend getroffen. Sie haben zusammen ein Fest besucht.«

Bixe stieß einen leisen Pfiff aus. »Bingo. Und wo war das?«

»In Tönnersjö. Sie hatte ihn auf dieses Fest eingeladen. Sie sind zusammen mit ihrem Wagen hingefahren ... und jetzt kommt das Wichtigste: An diesem Abend war er plötzlich verschwunden. Hat kein Wort zu ihr gesagt, war einfach weg.«

Bixe spürte, dass sich etwas im festen Gewebe um sie herum lockerte, ein sichtbarer Faden, den sie nur noch einzufangen brauchte, um ihm dann zu folgen. Allerdings würde es ein mühsamer Weg werden – die Wälder bei Tönnersjö waren dicht und unwegsam und die Wege lang und verschlungen.

»Du musst so schnell wie möglich zu ihr fahren. Finde mehr über das Fest heraus, lass dir erzählen, wer sonst noch dort war.«

»Jetzt?«

»Wenn du das noch schaffst. Das ist bisher unsere wichtigste Spur. Oder hast du noch mehr?«

»Ich habe noch nicht alle erreicht. Am Sonntagmorgen schlafen die Leute noch, oder sie sind verreist.«

»Oder sie sind ganz einfach umgezogen«, sagte Bixe. »Janne und ich gehen so bald wie möglich los und fragen uns durch die Mietshäuser in der Hamngata. Danach müssen wir mit seiner Exfrau sprechen.«

»War Sjögren geschieden?« Sander hob die Augenbrauen, sein Blick wirkte leicht beunruhigt. Als bereitete allein das Wort Scheidung ihm schon eine Gänsehaut.

»Sie wohnt in Tylösand«, sagte Bixe. »Bestimmt in einer tollen Villa.«

»Da gibt es auch Wohnungen.«

»Wir werden ja sehen. Wenn wir Glück haben, dann sind wir bis Mitternacht fertig.«

☆

Henrietta Sander fegte Papierreste und Krümel vom Küchentisch. Im Wohnzimmer lief der Fernseher. Irgendwelche Zeichentrickfilme wurden wiederholt. Die Jungen saßen jetzt seit zwei Stunden dort, bald würden sie wohl viereckige Augen haben. Eigentlich ist es gar nicht gut, dachte sie, immer vor der Glotze zu hängen. Sie spülte eilig Tassen und Teller ab, ließ Wasser in die Kaffeekanne laufen und wrang den Spüllappen aus. Sie müsste einen Blick ins Wohnzimmer werfen, feststellen, was die Kinder da überhaupt sahen, aber sie hatte einfach keine Lust. Beim bloßen Gedanken daran, um diese Tageszeit fernzusehen, fühlte sie sich todmüde. Sie schaute aus dem Fenster. Es regnete noch immer. Am Horizont waren hellere Wolken zu erahnen, ein helllila Schimmer über den Dächern.

Was den Fall entschied, war ein wütendes Geheul aus dem Wohnzimmer – nicht von den Kindern, sondern aus dem Fernseher. Entschlossen lief sie hinüber. Anton und Fabian starrten den Bildschirm an, wo Zeichentrick-Ungeheuer mit Schwertern kämpften, während im Hintergrund hektische Trommeln dröhnten. Sie drückte auf »aus«, und plötzlich herrschte Totenstille im Zimmer.

Die Jungen, die erst nach einigen Sekunden reagierten, starrten sie an, als habe sie den Verstand verloren. »Ich will fernsehen«, brüllte Anton mit wütender Stimme.

»Ich auch«, stimmte Fabian ein.

»Ihr habt jetzt genug ferngesehen«, sagte Henrietta kurz.

Worauf die Jungen sich auf dem Sofa zurückfallen ließen und wie auf ein stummes Kommando hin gemeinsam losbrüllten.

»Wir können doch etwas anderes machen«, überschrie Henrietta den Lärm.

Das Gebrüll ging weiter.

»Wir fahren ins Spielzeughaus und schauen nach, ob wir da etwas Lustiges finden. Und danach können wir bei McDonald's essen.«

Sofort verstummten die Kinder.

Die eigenen Kinder bestechen, dachte sie. Freude und Zorn, wie die Karten in einem Kartenspiel, man verteilt sie aufs Geratewohl und kann nur hoffen, dass die beste ganz oben liegt. Der lächelnde König, der fröhliche Bube. Schreibtisch gestern, Spielzeug heute. Eigentlich konnten sie sich das gar nicht leisten. Aber die Jungen waren schon aufgesprungen und hüpften begeistert hin und her. Na ja, dachte sie, so verwerflich diese Erziehungsmethode auch sein mochte, jedenfalls hatte sie den Fernseher und das Gebrüll zum Verstummen gebracht, und im Moment war das doch das Wichtigste. Sie konnte heute nicht mehr vertragen, sie brauchte Lächeln und keine Tränen, egal, wie teuer erkauft dieses Lächeln auch sein mochte.

☆

Obwohl Evelina Palm an diesem Sonntagvormittag viel zu früh durch einen seltsamen Anruf der Polizei aus dem Schlaf gerissen worden war, und obwohl sie jetzt, wo es ein Uhr geworden war, noch immer ihren geblümten Kimono trug und ungekämmt einem wildfremden Mann gegenübersaß, musste sie zugeben, dass es durchaus unangenehmer hätte sein können. Ja, sie hatte wirklich schon sehr viel Schlimmeres erlebt. Denn der Polizist, derselbe übrigens, der sie um elf Uhr an diesem Vormittag so unsanft geweckt hatte, hatte sehr schöne und intensive Augen. Außerdem war sein Blick fest und klar. Seine Haare waren zwar nicht mehr der Rede wert, er hatte nur noch einen leichten Flaum, der sich fast unsichtbar über seine Schläfen zog, aber Evelina Palm besaß die Fähigkeit, bei den meisten Männern attraktive Details entdecken zu können, und deshalb fand sie auch Erik Sander trotz seiner kahlen Blässe anziehend. Was nicht zuletzt an seinen Schultern lag, die, wie sie mit raschem, geübtem Blick feststellte, durchaus breit genug waren, und dann eben an seinen Augen, blauen Perlen, in denen sich allerlei Geheimnisse verstecken konnten.

Evelina Palm rieb hastig die Lippen aneinander, eine unbewusste Geste, die in dieser Situation überhaupt keinen Sinn hatte, da sie aus purer Nervosität die dicke Schicht Lippenstift bereits abgenagt hatte, die sie in aller Eile vor dem Badezimmerspiegel noch auftragen konnte, ehe sie zur Tür stürzen musste. Ja, sie war wirklich ein wenig nervös beim Gedanken an dieses Gespräch. Sie hatte ja schon die ganze Zeit das Gefühl gehabt, dass mit Jonas Sjögren und seinem Friseursalon etwas nicht stimmte, und bei dem Anruf vorhin hatte der Polizist sich eben danach erkundigt.

Er hatte jedoch sonst nicht gesagt, worum es eigentlich ging, und deshalb staunte Evelina Palm, als zwei Stunden später der Polizist tatsächlich vor ihrer Tür stand. Damit schienen ihre bangen Ahnungen zum Leben erwacht zu sein; jetzt war es aktenkundig, dass etwas nicht stimmte.

»Erik Sander, Kriminalpolizei. Ich habe vorhin angerufen.«

Kriminalpolizei. Evelina Palm spürte einen heftigen Stich in der Magengrube. Bisher war dieses Gefühl schwach und weit weg gewesen, schien eigentlich doch nicht zu existieren. Jetzt nahm sie alles viel deutlicher wahr, das widerliche Verkrampfen der Kiefermuskeln und dieses Schrumpfen des Blickfeldes, als könne sie plötzlich nicht mehr richtig sehen. Es fiel ihr schwer, ihren Blick zu fokussieren, und sie ließ ihn einige Sekunden lang über den Flickenteppich irren, bis sie dem Polizisten in die Augen blicken und ihn bitten konnte, doch einzutreten. Jonas, dachte sie. Ja, Jonas ist etwas passiert. Sonst würde nicht an einem Sonntag um ein Uhr die Polizei vor meiner Tür stehen und ein ernstes Gesicht machen.

»Ist etwas passiert?«, fragte sie und hörte selbst, wie sehr ihre Stimme zitterte.

»Sie wissen es also noch nicht?«, fragte der Mann.

Nein. Was wusste sie noch nicht? Sie hatte nicht Radio gehört und auch keine Zeitung gelesen. Wovon redete er denn nur?

»Was weiß ich noch nicht?«

Sie sah, wie der Polizist schluckte. »Dass Jonas Sjögrens Salon ausgebrannt ist und …«

»Aber … ich bin doch vor ein paar Tagen noch dort vorbeigegangen und …« Sie unterbrach sich und atmete hastig durch die Nase ein. »Wann?«, fragte sie.

»In der Nacht zu gestern. Aber das ist noch nicht alles.« Er zögerte einen Moment. »Es war nämlich so, dass er sich im Laden aufhielt.«

Aus irgendeinem Grund wusste sie nicht so ganz, ob sie ihn richtig verstanden hatte. Auch ihre Ohren schienen nicht mehr ganz zu funktionieren, und ihr Blick war noch immer trübe. Plötzlich fing sie an zu frieren. »Aber«, murmelte sie. »Ist er …«

»Ja, er ist tot.«

Sie sah etwas vor sich, ein leeres Ladenlokal, einen Mann, der dort stand, und dann etwas Schwarzes, einen Zettel, der verbrannte, als er auf dem Boden auftraf.

Erik Sander reichte ihr ein Glas Wasser. Sie trank einige Schlucke, und ihre Wangen nahmen wieder einen Hauch Farbe an.

»Ich will ja nicht fragen, wie Sie sich fühlen«, sagte Erik Sander. »Ich kann mir denken, dass es Ihnen nicht so gut geht.«

Evelina Palm saß fröstelnd auf ihrem Küchenstuhl.

»Haben Sie ihn gut gekannt?«, fragte der Polizist.

Sie schüttelte den Kopf. »Nicht besonders. Ich bin ihm eines Abends im Henrys begegnet. Wir haben eine Weile geredet, und danach haben wir uns einige Male getroffen. Aber das war alles. Ich war zum Beispiel nie bei ihm zu Hause. Er war immer hier.«

Evelina Palm faltete die Hände auf dem Küchentisch und versuchte, sie ruhig zu halten. »Ich habe ja schon am Telefon erzählt, dass ich ihn am Mittsommerabend zu einem Fest eingeladen hatte. Und seither habe ich ihn nicht wieder gesehen.«

Dann kam das Herzklopfen und wieder dieses Gefühl von Unwirklichkeit.

»Ach, das ist so unangenehm. Ich war böse auf ihn, wissen

Sie. Sehr böse. Denn er ist ja einfach von diesem Fest verschwunden, ohne mir ein Wort zu sagen. Ich war stocksauer, ich hatte keine Lust, ihn anzurufen, aber am Donnerstag bin ich auf dem Weg zur Arbeit dann an seinem Salon vorbeigegangen. Und da habe ich gesehen, dass der Salon geschlossen war. Zuerst wurde ich wieder böse, wo er mir doch nichts davon gesagt hatte. Aber dann ... dann habe ich mir auch ein bisschen Sorgen gemacht. Mir gedacht, das sei schon komisch, ja, ich dachte, dass ihm doch etwas passiert sein könnte.«

Sander nickte nachdenklich und erhob sich. Diesmal übersah Evelina Palm alles, was ihr sonst aufgefallen wäre wie ein geschliffener Edelstein auf einem lehmigen Acker – Haltung, Körperform, die Festigkeit der Oberarme. Das alles war jetzt bedeutungslos, Bagatellen, und dass er zu ihrer Anrichte ging, wo die Kaffeemaschine stand, war ihr ebenso gleichgültig. Normalerweise hätte sie protestiert, wenn ein fremder Kerl sich in ihrer Küche solche Freiheiten herausgenommen hätte, aber in diesem Moment fand sie es angenehm und beruhigend.

»Wo ist der Kaffe?«

»Im Schrank, genau vor Ihnen«, sagte sie. »Auch die Filtertüten.«

Er drückte auf den Schalter an der Wand, und bald fing die Maschine an zu blubbern. Er hatte auch schon zwei Tassen aus dem Schrank genommen.

»Sie sind also auf dem Weg zur Arbeit am Klipp-it vorbeigekommen«, sagte er, als sie mit ihren dampfenden Tassen dasaßen.

»Ich habe einen Umweg gemacht, weil ich sehen wollte, ob er im Laden war.«

»Wo arbeiten Sie?«

»In einer Boutique.«

»Und diese Arbeit gefällt Ihnen nicht?«

»Woher wissen Sie das?«

»Das sehe ich Ihrem Gesicht an.«

»Man muss ja leben.«

»Das allerdings«, seufzte er und zog einen Block und einen Kugelschreiber aus der Tasche der zerknitterten Jacke, die er über die Stuhllehne gehängt hatte.

Er saß vornübergebeugt da, blickte ihr vertraulich in die Augen, das lernten sie wohl bei der Ausbildung. Sollte sicher beruhigend wirken. Die Fingerspitzen aneinander gelegt, die Ellbogen auf den Tisch gestützt, die Daumen streiften gedankenschwer sein Kinn.

»Ich war so sauer«, sagte Evelina. »Eigentlich konnte ich mir nicht vorstellen, dass ihm etwas passiert sein könnte.« Sie schüttelte den Kopf und blickte hinunter auf die dunkle Flüssigkeit, die in der Tasse hin und her schwappte. Sie fror noch immer, zog den Kimono so fest um sich, wie das überhaupt nur ging, und krümmte sich unter dem dünnen Stoff zusammen.

»Dieses Fest, das Sie besucht haben. Würden Sie mir davon erzählen?«

»Das war draußen auf dem Land. In Tönnersjö. Bei einem Paar, das ich ein wenig kenne.«

»Und wer ist das?«

»Sie heißen Birgersson. Annie und Bosse.«

»Sind Sie mit den beiden befreundet?«

Sie zuckte mit den Schultern. »So gut kenne ich sie nun auch wieder nicht. Sie ein bisschen. Ihn gar nicht.«

»Kannte Jonas die beiden?«

»Nein.«

»Aber Sie haben ihn mit auf dieses Fest genommen?«

»Ja, die sind nicht so förmlich. Es gab etwas zu Essen und zu Trinken. Er ist Künstler, und sie beschäftigt sich mit Textilien. Collagen und so. Daher kenne ich sie, von früher, bevor sie mit ihm zusammen war. Wir haben früher einmal ein Nähatelier geteilt, auch ich habe mal was mit Textilien gemacht.«

»Warum machen Sie das nicht mehr?«

»Wie reich wird man wohl davon, dass man Stofffetzen aneinander klebt, was meinen Sie?« Sie schnaubte und trank einen Schluck Kaffee.

»Nicht besonders, so, wie Sie klingen. Wer war sonst noch auf dem Fest? Waren da viele Gäste?«

»So an die zwanzig. Zumeist die üblichen Leute. Eine Künstlerclique, einige Nachbarn und dann noch andere Bekannte. Da treffen sich immer so ungefähr dieselben. Das ist sozusagen zum festen Brauch geworden. Ihr Haus ist einfach perfekt für eine Mittsommerfeier. Es liegt mitten im Märchenwald. Na ja, diese Feste sind eigentlich gar nicht so wahnsinnig toll, aber ich gehe doch immer hin. Irgendwas muss man in der Mittsommernacht doch unternehmen.«

»Muss man?«

Sie zuckte mit den Schultern.

»Der Mittsommerabend wird manchmal ja doch überschätzt«, sagte er.

»Ja, das kann schon sein ...«

»Ein Abend wie jeder andere«, sagte er mit einem kaum hörbaren Seufzer. »Mit dem Unterschied, dass die Polizei viel mehr zu tun hat. Wissen Sie möglicherweise, ob Jonas unter den Gästen jemanden kannte?«

»Das glaube ich nicht. Das hätte ich doch sicher bemerkt.«

Erik Sander musterte sie nachdenklich, fast mit leichtem Misstrauen. Aber das konnte sie sich auch nur einbilden.

»Wie oft hatten Sie ihn vorher getroffen? Also vor diesem Mittsommerfest?«

»Einige Male. Nicht sehr häufig. Wir kannten uns so ungefähr seit drei, vier Monaten und trafen uns vielleicht alle zwei Wochen ... das können Sie sich ja selbst ausrechnen.«

»Naja, so wichtig ist das nicht. Können Sie mir sagen, warum Sie ihn mitgenommen haben?«

Sie schaute ihn verständnislos an. »Tja, weil ... weil ich es lustig fand, mit ihm zusammen hinzugehen.«

»Er hatte keine anderen Pläne?«

»Davon hat er nichts gesagt.«

»Wissen Sie etwas über seine anderen Bekannten?«

»Er war ziemlich verschwiegen, was sein Privatleben anging.«

»Was wissen Sie sonst über ihn? Können Sie uns irgendwas Wichtiges erzählen?«

Evelina Palm dachte nach, ja, sie musste wirklich ernsthaft nachdenken. Dann schüttelte sie den Kopf.

»Nicht viel, das muss ich zugeben.«

»Sind Sie seiner Exfrau begegnet?«

Evelina fuhr zusammen. »Was? Er war verheiratet?«

»Das wussten Sie also nicht?«

Sie trank einen Schluck von dem Kaffee, der jetzt allmählich kalt wurde.

»Aber Sie und er hatten doch wohl ein Verhältnis?«

Verdammt noch mal, dachte sie. »Sie meinen, ob wir regelmäßig miteinander im Bett waren?«

Der Hals des Polizisten überzog sich sehr schnell mit Röte.

»Ja ... äh, und war das nicht so?«

»Zwei, drei Monate lang, wie gesagt. Aber nicht so besonders oft, und immer bei mir zu Hause. Meistens war er morgens schon wieder weg. Es war ... so war es eben.«

»Und am Mittsommerabend, war er da wie immer?«

»Ich habe jedenfalls keinen Unterschied bemerkt, ja, abgesehen davon, dass er verschwunden ist, ohne mir ein Wort zu sagen.«

»Wissen Sie noch, wann genau Sie festgestellt haben, dass er nicht mehr da war?«

»Ja, ich glaube schon. Es war unmittelbar bevor ich nach Hause fahren wollte. Wir waren unten am See gewesen. Und hatten uns die Mücken angesehen.« Sie konnte ein kurzes Lachen nicht unterdrücken. »Verdammt albern. Alle gehen zum See hinunter und hören sich das Schweigen an.«

Lächelte er? Sie glaubte, eine ganz winzige Bewegung seines Mundwinkels gesehen zu haben.

»Ja, das klingt wirklich ein wenig albern, oder? Das haben Sie doch gedacht, nicht?«

»Ich habe gar nichts gedacht. Ich versuche nur, mir zu merken, was Sie sagen. Und was ist dann passiert?«

Sie zuckte mit den Schultern. »Naja, da habe ich dann gemerkt, dass er nicht mehr da war. Ich habe gewartet, bis alle anderen Gäste aufgebrochen waren, aber er ist aus keiner Ritze mehr gekrochen.«

»Sie sind also allein nach Hause gefahren?«

»Ja, so gegen Mitternacht, glaube ich.«

»Und auf dem Weg haben Sie auch nichts Seltsames gesehen?«

»Nichts Seltsames?«

»Ja, ich meine, ist Ihnen irgendetwas aufgefallen. Autos? Menschen? Was auch immer.«

Sie schüttelte den Kopf.

»Können Sie sich vom Fest her noch an irgendetwas anderes erinnern? Alle Details sind wichtig.«

Sein Jackett, dachte sie. Das schräg über einer Stuhllehne hing. Die Diele leicht beleuchtet, von einer Kerze, die irgendwo noch immer brennt. Der Boden verschmutzt, nachdem so viele Gäste gekommen und gegangen sind. Im Sessel im Wohnzimmer sitzt Bosse und raucht. Er schaut gleichgültig zur Decke hoch, er hat die Beine übereinander geschlagen, er sieht entspannt aus. Sie steht im Zimmer und starrt das Jackett an. Warum um alles in der Welt hat er sein Jackett dort hängen lassen?

»Nein«, sagt sie. »Nichts.«

»Denken Sie genau nach.«

»Es hat geregnet, als ich nach Hause gefahren bin«, sagte sie.

»Und auf dem Weg ist Ihnen nichts aufgefallen?«

Eine schwache Erinnerung an jemanden, der vielleicht, aber nur vielleicht bis zur Taille im Straßengraben gestanden hatte.

»Nein.« Sie schüttelte den Kopf. »Es war dunkel. Es gab doch sogar ein Gewitter.«

»Das weiß ich. Das hat gegen Mitternacht eingesetzt.« Aber das hatte nun wirklich nichts mit der Sache zu tun, dachte er.

Dass er sich auf dem Kissen umgedreht hatte, als der Blitz gerade das Zimmer erhellte, durch die Vorhänge, die lang und dunkel waren und normalerweise den starken Lichtschein vom Hof her aussperrten.

Dass er von einem Haus geträumt hatte, das im Wasser stand, gedacht hatte, dass es dort einen Wendepunkt geben müsse, in dem langsam rotierenden Haus, es war wie ein Karussell, das ins Wasser gebaut worden war, damit er immer sicher sein konnte, dass niemand sein Schlafzimmer betreten könnte. Wenn er sich aus dem Fenster lehnte, sah er nur Wasser. Schön und beängstigend. Er fühlte sich wie ein Teil dieses Wassers.

Und da war er dann erwacht und hatte gesehen, dass es einige Minuten nach zwölf war. Der Traum hatte sich auf irgendeine Weise in ihm festgesetzt, wie eine Schleppe, die er nicht abschütteln konnte. Er war allein im Bett, und das Laken auf Henriettas Seite war zerknittert. Der Blitz erhellte das Zimmer und der Knall folgte sofort und ließ die Fensterscheibe zittern. Sie bebte lange weiter, als werde sie noch immer geschüttelt.

Sie war nicht da. Er war aufgestanden und hatte geglaubt, sie sei im Kinderzimmer, aber als er die Tür einen Spaltbreit öffnete, sah er die Jungen wie immer in ihren Betten liegen. Sie waren offenbar nicht wach geworden, seltsam, manchmal wurden sie von einem fallenden Staubkorn geweckt, dann wiederum schliefen sie, obwohl die Welt lärmte wie kurz vor ihrem Untergang.

Er ging in die Küche, schaltete die Deckenlampe ein und musterte den Küchentisch, die Zeitung, die noch vom Abend her, als er das Fernsehprogramm gesucht hatte, offen dalag. Er erinnerte sich daran, wie sehr sie sich darüber geärgert hatte, dass er ausgerechnet am Mittsommerabend fernsehen wollte. Aber was sollen wir denn sonst machen, hatte er gefragt. Er hatte am Vortag bis abends spät gearbeitet und war todmüde, das hatte er gesagt, und er konnte jetzt auf keinen Fall etwas unternehmen. Sie könnten höchstens nach Galgberget gehen, zum Tanz um die Mittsommerstange, könnten sich Trottel und Schnapsdrosseln ansehen, und sei es nur, um den Kindern eine Freude zu machen. Er hatte wirklich kein Interesse daran gehabt. Er ließ sich auf einen Küchenstuhl sinken und fuhr sich mit der Hand über die Stirn, er schien Fieber zu haben, eine Erkältung, einen schmerzenden Hals. Wieder blitzte es, diesmal aber schwächer, der Regen klopfte leise an die Scheiben, er kam sich noch immer vor wie im Traum, Tropfen aus dem Meer, das sich aufbäumte, wenn der Wind nur stark genug wurde. Aber an diesem Tag war es windstill, den ganzen Tag hindurch war es drückend schwül gewesen.

»Henrietta?«

Er war durch die Wohnung gelaufen, zwei Zimmer, aber sie war nicht da. Nirgendwo.

Jetzt im Nachhinein dachte er, dass in genau dieser Sekunde an einem anderen Ort ein Mann verschwunden war. Das kam ihm seltsam und auch ein wenig unwirklich vor. Für einen Moment hatte ihn auch damals Unruhe erfasst, als er festgestellt hatte, dass es kein Traum mehr war, sondern Wirklichkeit, und dass seine Frau nicht in der Wohnung war, obwohl sie erst vor wenigen Stunden neben ihm im Bett gelegen hatte. Bis er hörte, wie die Wohnungstür geöffnet und wieder geschlossen wurde. Er war in die Diele gerannt, und dort stand sie dann, mit durchweichten Kleidern und triefnassen Haaren.

»Wo warst du denn bloß?«, schrie er, zorniger als geplant, aber er war wirklich wütend. Einfach so zu verschwinden!

»Ich brauchte Luft«, sagte sie, hängte ihren Mantel auf und rieb sich mit einem Handtuch die Haare. »Ich konnte einfach nicht im Haus bleiben und zusehen, wie du schläfst und schläfst und schläfst. Im Moment tust du doch nichts anderes, und das macht mich wahnsinnig. Arbeiten und schlafen und fernsehen. Verstehst du?«

Er war sich auf seinen bloßen Füßen wie ein Supertrottel vorgekommen, hatte rein gar nichts verstanden.

»Was?«, hatte er gefragt und hätte sehr gern ihren Arm gepackt, sie geschüttelt und gebrüllt, was das denn eigentlich solle. Aber das taten sie nicht mehr, sie berührten einander nicht, das war vorbei, und zwar seit langer Zeit. Ihr Mantel tropfte, und um ihre achtlos auf den Boden gestellten Schuhe, einer schräg über dem anderen, bildete sich eine dünne Wasserlache.

Wasser, dachte er. Und hoffte, immer noch zu träumen, schaute auf die Uhr, als er wieder ins Bett ging, Viertel nach eins. Am nächsten Morgen, als er erwachte, schien das Morgenlicht ins Zimmer, es duftete nach Kaffee und er hätte gern gewusst, was wirklich passiert war und was nicht.

»Was ist los?«, fragte Evelina Palm und ließ abermals ihre Zunge über den abgeblätterten Lippenstift wandern.

Erik Sander schüttelte sich wie ein Hund, der gerade erwacht war, er schaute auf und griff nach Kugelschreiber und Papier.

»Sie waren so tief in Gedanken versunken«, sagte sie jetzt.

»Ach, das hat keine Bedeutung«, sagte er und sie sah, wie seine schönen blauen Augen sich um einen sachlichen Ausdruck bemühten.

Sie konnte sehen, dass er log.

Das Schweigen füllte die Küche wie eine Blase, die wuchs und sich ausdehnte, und das war ein unangenehmes Gefühl. Plötzlich ragte die brutale Wirklichkeit wie eine Wand vor ihr auf, und vor dieser Wand sah sie Jonas, so wie damals, als er ihr die Haare geschnitten hatte, mit einer Schere in der einen und einem Metallkamm in der anderen Hand. Die Wangen mit den Grübchen, wenn er lächelte und redete, redete und lächelte. Die dunklen, leicht lockigen Haare. Ihr eigenes Bild im Spiegel, der Mund wie die Schale einer roten Paprika, und sein Mund, der redete und redete, während die Schere über ihrem

Kopf schnippschnapp machte. Eine Plastikflasche voll Wasser, mit der er ab und zu ein wenig sprühte. Sie fand es angenehm, sich von einem Mann die Haare schneiden zu lassen. Eine Frau hätte bis zum Gehtnichtmehr ihre persönlichen Probleme vor ihr ausgebreitet. Evelina kannte solche Geschichten, sie hörten sich immer gleich an, nur Name und Ort und Zeitpunkt variierten. Sie war schon in anderen Salons gewesen, zum Beispiel bei frisch geschiedenen Friseurinnen. Ja, sie mussten nicht einmal frisch geschieden sein, manchmal setzte ihnen das Gefühl, dass ihnen Unrecht geschehen war, noch viele Jahre später zu.

»Worum geht es hier eigentlich?«, fragte sie leise. »Es kommt mir so …«

»Das wissen wir noch nicht«, sagte Erik Sander.

»Ist er verbrannt? Ich meine, war es ein Unfall oder …«

»Wir kennen noch keine Einzelheiten. Deshalb müssen wir ja feststellen, was passiert ist. Zum Beispiel, wohin er von diesem Fest aus gegangen ist.«

Er erhob sich. »Haben Sie vielen Dank für Ihre Auskünfte. Es kann sein, dass wir noch einmal auf Sie zurückkommen.«

»Sicher«, sagte sie. »Aber können Sie mir nicht wenigstens sagen, ob ich Angst haben muss oder nicht? Ich meine, natürlich habe ich Angst, aber können Sie mir nicht sagen, was eigentlich los ist? Ich begreife einfach überhaupt nichts mehr.«

»Wer tut das schon?«, fragte er und drückte ihr ganz fest die Hand. »Und wenn Ihnen noch etwas einfällt …«

»Das passiert bestimmt nicht«, antwortete sie vielleicht zu schnell und kam sich dabei vor wie auf der Mauer, vor der sie vorhin Jonas gesehen hatte, der steinharten Betonmauer, die tiefgrau war und platt vor Tristesse und zugleich vor Angst, und jetzt sah sie auch das Jackett wieder, und sie fragte sich, ob das aus einem Traum stammen könnte, den sie genau nach dem Unwetter in jener Nacht gehabt hatte.

»Was ist los?«, hörte sie Erik Sander fragen.

Sie schüttelte den Kopf.

»Sie schienen an etwas zu denken«, er ließ nicht locker. Und aus seiner Stimme war ein wenig Hoffnung zu hören.

Scheiße, dachte sie. »Nein, nichts, rein gar nichts.«

Er schien ihr ansehen zu können, dass sie nicht die ganze Wahrheit gesagt hatte.

14

Als sie gekommen war, war er schon dort gewesen. Mitten auf dem Weg, vor ihr. Sie hatte ihn nicht dort haben wollen, aber er war dort gewesen, vor ihr.

Der Mann auf dem Weg. In der Dunkelheit jemand, den sie auf dem Kiesweg erahnen konnte, eine Silhouette vor der Dämmerung. Sie sah es immer wieder, das Bild, das niemals verschwinden würde. Je näher sie kam, um so sicherer wurde sie sich, dass er nicht ausweichen würde. Und das hatte er auch nicht getan. Hatte auf dem Weg aufgeragt wie eine Mauer, und sie hatte sie nicht durchdringen können, es gab nicht einen einzigen winzigen Spalt, es gab nur diese unendliche Menge von grauem Stein.

Später fiel es ihr ein, später, als es zu spät und als alles vorbei war – muss übermalen, dachte sie, einen Schmetterling, der sich bewegt hat, übermalen. Danach sah sie auch das als Zeichen an: den Schmetterling. Etwas, an dem sie dieses Erlebnis festmachen konnte. Er hatte sicher nichts geahnt, aber sie hatte etwas erfahren. Und nun konnte sie nur noch warten. Warten und warten. Nur die Zeit wusste, wie lange dieses Warten dauern würde.

15

Karl Rundqvist hatte immer nach dem Motto gelebt: »Der Gast, so schlecht er ist, er wird geehrt.« Deshalb war es selbstverständlich für ihn, als nachmittags die Polizistin vor seiner Tür stand, Kaffee und Rosinenbrötchen aufzutischen; auch wenn die ein wenig trocken waren, etwas anderes hatte er im Chaos seiner Speisekammer eben nicht finden können.

Aus irgendeinem Grund hatte er fast auf dieses Klingeln gewartet, hatte schon Wasser und Kaffee in die Maschine gegeben. Hatte ein silbernes Tablett aus dem hohen Küchenschrank gefischt und vier Kaffeetassen und Teller aus seinem guten Service daraufgestellt, dazu Silberlöffel und Untertassen. Nun stand zwar nur *eine* Polizistin vor der Tür, aber die sah groß und stattlich aus und würde sicher auch für drei essen können.

Wie lange er an diesem Morgen geschlafen hatte, wusste er nicht, aber als er aufgewacht war, war Hjördis nicht da gewesen, wahrscheinlich war sie einkaufen gegangen, oder zum Friseur, alle vierzehn Tage ging sie zu Christells am Marktplatz. Sie war jedenfalls nicht im Haus, und vielleicht war das ja nur gut so, denn nun saß Karl hier in Ruhe und Frieden und konnte sich mit der Polizistin unterhalten. Hjördis machte sich so leicht unnötige Sorgen und konnte wegen irgendeiner Kleinigkeit die ganze Stimmung verderben.

»Hereinspaziert, hereinspaziert.« Karl Rundqvist bat mit einer Geste, die er selbst für reichlich überschwänglich hielt, die Polizistin herein, die sich als Lena-Britt Birke oder so ähnlich vorgestellt hatte. Lena hieß übrigens auch eine von Karls Töchtern, was er sofort mitteilte.

»Genau wie meine Tochter«, lachte er. »Die arbeitet übrigens als Kaufhausleiterin oben in Borlänge. Ja, wir wussten ja immer schon, dass die Kleine es weit bringen würde, sie war ja schon als Kind so tüchtig.«

Diese Lena-Britt hatte jedoch nicht gelacht, jedenfalls nicht auf überzeugende Weise, und deshalb hatte er sie ganz schnell zum Sofa geführt. Er hatte eine Decke auf den Tisch gelegt und den silbernen Leuchter hervorgeholt. Das machte Hjördis immer, wenn sie Besuch bekamen.

»Wie war doch noch gleich Ihr Nachname?« Karl kam sich vor wie ein Kellner, der mit der weißen Serviette über dem Arm bereitstand.

Die Polizistin sagte noch einmal etwas, das er nicht richtig verstehen konnte.

»Polizistinnen kommen doch sicher nur selten vor?«, fragte Karl.

»Nein, von uns gibt es eine ganze Menge«, antwortete die Frau zu seiner Überraschung.

»Darf es eine Tasse Kaffee sein?« Diese Birke nickte, abermals ohne große Überzeugungskraft.

Karl ging in die Küche und drückte auf den Knopf der Kaffeemaschine. Dann ging er wieder ins Zimmer, und während die Maschine blubberte, machte er es sich auf dem Sofa bequem.

»Also, was kann ich für Sie tun?«, fragte er.

»Es geht um den Brand hier in der Straße, gestern Morgen.«

»Ich bin von dem Brandgeruch geweckt worden«, sagte Karl Rundqvist. »Entsetzlich. Der ganze Friseursalon ist doch ausgebrannt.«

Die Polizistin nickte. Sie hatte einen klaren blauen Blick, forschend, und dazu ein fast ein wenig freches Auftreten, fand Karl. Sie war nicht gerade uralt, obwohl sie Polizistin war. Derzeit waren ja alle jung, sogar die Hüter des Gesetzes waren meistens kaum über zwanzig, fand er. Aber groß war sie, wie gesagt, ja, wirkte jedenfalls so, obwohl sie ihm überraschenderweise nur bis zur Schulter reichte.

»Ich wüsste gern, ob Sie irgendeine Person hier auf der Straße gesehen haben, die Ihnen auf irgendeine Weise aufgefallen ist«, fragte sie.

»Die mir auf irgendeine Weise aufgefallen ist?« Karl Rundqvist schüttelte den Kopf. »Nein.«

»Und auch sonst ist Ihnen nichts aufgefallen? Auch an den Tagen zuvor nicht?«

Wieder schüttelte er den Kopf, diesmal schon nachdenklicher. »Nachts schlafe ich.«

»Und gestern Nacht haben Sie nichts gesehen?«

Karl verschränkte die Hände auf seinem Knie. »Na ja, ich hatte schon den Verdacht, dass es irgendwo brannte, das war wegen des Geruchs. Aber etwas Besonderes habe ich nicht gesehen. Oder doch, warten Sie, ein Mädchen, das über die Österbro ging. Sie kann nicht besonders alt gewesen sein. Aber ich glaube, jetzt ist der Kaffee fertig.«

Die Rosinenbrötchen auf der Kuchenplatte aus Neusilber wollte die Polizistin seltsamerweise nicht anfassen. Sie musterte sie einige Sekunden lang und schüttelte dann den Kopf.

»Möchten Sie wirklich nicht probieren, Frau Wachtmeister? Meine Frau hat sie gebacken ...«

Die Frau schüttelte noch einmal den Kopf, diesmal energischer, und Karl versank ein wenig tiefer in dem roten Rokokosofa, das Hjördis nur wenige Monate vor ihrem Tod unbedingt hatte kaufen wollen. Karl hätte nie darauf eingehen sollen, das Sofa war unbequem für den Rücken. Hjördis war dieses Elend ja erspart geblieben, während Karl einsam und mit einer gewissen Verbitterung in der Erinnerung an das alte, zwar verschlissene, aber ach, so weiche Sofa lebte, das sie früher gehabt hatten.

Die Betten hätten sie austauschen sollen.

»Hjördis hat eben einen starken Willen, und da kann man nicht gegen an«, seufzte er und nahm sich selbst ein Brötchen.

»Bitte?«

»Ja, ich meine, meine Frau. Wenn sie sich etwas in den Kopf gesetzt hat, dann lässt sich daran nichts ändern.«

Karl lachte so sehr, dass der Kaffee fast aus der kleinen Tasse geschwappt wäre, die er eben hochgehoben hatte.

»Aber Ihre Frau«, sagte jetzt Birke oder vielleicht auch Bilke, »kann die denn etwas gesehen haben?«

Sie schaute sich im Zimmer um, wie in der Hoffnung, Hjördis irgendwo zwischen den Möbeln zu entdecken. Aber da hatte sie sich geschnitten, dachte Karl, denn Hjördis war ganz woanders, im Laden oder bei der Friseuse, und Karl hatte nicht vor, das der Polizei auf die Nase zu binden. Er wollte Hjördis aus der Sache heraushalten, sie würde doch nur alles verderben.

»Hjördis schläft wie ein Stein. Die wird von gar nichts wach.«

»Ich verstehe«, sagte die Polizistin.

Und Karl Rundqvist dachte, nein, das tust du auf keinen Fall.

Jetzt kam ihm die Erinnerung, klarer, da er nun darüber reden musste. Es war noch nicht so lange her, glaubte er. Konnte es vorgestern gewesen sein? Oder erst letzte Nacht?

Es war eine heiße, stickige Woche gewesen, aber gerade in der Nacht war er davon geweckt worden, dass der Regen gegen die Fensterscheiben prasselte. Er wusste noch, dass er sich im Bett umgedreht und auf die Uhr geschaut hatte. Es war kurz vor drei gewesen, wenn er sich richtig erinnerte.

Er hatte geträumt, aber irgendetwas hatte ihn aus seinem Traum gerissen. Er hatte sich im Bett aufgesetzt, sein Herz hatte hart und rasch geschlagen. Sein Atem ging rasselnd. Mit Mühe und Not hatte er aufstehen können. Er hatte die Füße in die Pantoffeln gleiten lassen und dann zum Stock gegriffen, der neben dem Bett stand. Ja, etwas hatte ihn geweckt, ob dieses Etwas nun in seinem Traum passiert war oder draußen.

Er zog einen Inhalator aus der Tasche, drehte den Verschluss herunter und hob ihn an den Mund. Einmal tief einatmen, drei Sekunden die Luft anhalten, und schon kam ihm das Luftholen weniger schwer vor. Sein Herzhämmern beruhigte sich.

Es war dunkel im Zimmer. Mit Hilfe des schräg fallenden Lichtes im Vorhangspalt fand er den Weg zum Fenster. Der Parkettboden knarrte und stöhnte leise, als sei auch er aus seinem nächtlichen Schlaf gerissen worden. Der Schreibtisch, auf dem

Fotos von Kindern und Enkeln und außerdem jede Menge familieneigene Kleinode prangten, die zumeist aus zartem Porzellan hergestellt waren, knackte. Wie immer schienen die Türen von selbst vor ihm aufzugehen. Das lag sicher daran, dass der Boden in diesem alten Haus nicht ganz gerade war. Knarrend glitt jetzt die eine Tür zur Seite. Ach verdammt, er musste einen neuen Haken besorgen. Jeden Tag dachte er viele Male daran und vergaß es dann ebenso oft.

Jetzt hatte er das Fenster erreicht und öffnete die schweren grünen Vorhänge. Hjördis hatte sie aufgehängt, in einer Zeit, die sehr weit weg zu sein schien. Drei Jahre – eigentlich ein kleiner Atemzug, und dennoch schienen sie die längsten drei Jahre seines Lebens gewesen zu sein. Seit seiner Kindheit hatte er nicht mehr so gewartet, auch wenn er nicht genau wusste, worauf. Vielleicht dass das Gefühl von Einsamkeit ihn verließ. Dass er wieder Hjördis' Schritte auf der Treppe hörte, hörte, wie sie die Tür öffnete und ihre Einkaufstasche auf den Boden stellte. So, wie es vierzig Jahre lang gewesen war. Es war schon seltsam, allein in dieser großen Wohnung zu leben. Bisweilen wurde er nachts wach und glaubte, sie neben sich liegen zu sehen, er sprach mit ihr, und ab und zu schien sie sogar zu antworten. Er konnte ihre helle Stimme hören, die über Wetter und Nachbarn sprach. Auch über die Schmerzen, die sie immer wieder im Rücken spürte, die immer stärker werdenden Schmerzen, die ihr manchmal jede Bewegung unerträglich machten. Und dann versuchte er, sie zu trösten, er streckte eine Hand nach ihrem Kissen aus, um ihre Wange zu streicheln, aber sie war niemals da, sie schien sich ihm zu entziehen, gerade dann, wenn alles fast wieder normal geworden war.

Jetzt stützte er die Hände auf die marmorne Fensterbank und schaute zu ihrer Seite des Bettes hinüber. Unter der Decke ahnte er ihre Umrisse.

»Es regnet, Hjördis«, sagte er. »Aber es war ja auch schrecklich schwül.«

Sie blieb stumm. Nur ihr Atem war zu ahnen, schwer und langsam, wie immer in ihrer letzten Zeit.

»Ich glaube, ich mache das Fenster einen Spaltbreit auf, damit wir ein wenig frische Luft bekommen.«

Mühsam holte er Atem, noch immer rasselte es in seiner Brust, wenn auch nicht mehr ganz so arg. Er strich sich die Haare nach hinten und zog den Kragen seines gestreiften Morgenrocks gerade.

»Ich habe wieder dieses Herzklabastern«, sagte er dann.

Du hast doch wohl nicht vergessen, deine Medizin zu nehmen, Karl?

Hätte sie jetzt gesagt. Dachte er und drückte eine Handfläche auf die Brust. Aber das war lange her, und wo das Röhrchen mit den Tabletten stecken mochte, wusste er nun wirklich nicht.

»Es war sicher nur ein böser Traum.«

Er hörte die einsame Schwarzdrossel auf dem Dach gegenüber singen. Sah sie wie einen Scherenschnitt auf dem Schornstein sitzen. Dann schaute er hinunter auf die Straße.

»Ich habe ein Mädchen über die Österbro gehen sehen«, sagte er. »Ein junges Mädchen ganz allein. Das ist doch Wahnsinn. Um diese Zeit.«

Er seufzte tief auf, wie um seinen Worten besonderes Gewicht zu verleihen. Und dann ging es ihm auf.

»Es riecht nach Rauch da draußen«, sagte er. »Glaubst du, es brennt irgendwo?«

Die Form unter der Decke bewegte sich kaum merklich. Er holte zischend Atem.

»Ja, ganz bestimmt, Hjördis, es riecht nach Rauch.«

Er drehte sich zu dem Bett um, in dem sie lag. In dem sie gelegen hatte, Nacht für Nacht, vierzig Jah ... nein, in dieser Wohnung hatten sie nur neun Jahre gewohnt. Als die Kinder ausgezogen waren, war das Haus zu groß für sie gewesen. Aber das Bett war dasselbe, die Decke auch. Und auch Tagesdecke und

Teppiche und Hjördis' Haare mit den Lockenwicklern, die im Kopfkissen versanken.

Jetzt nahm er die Tagesdecke auf ihrer Seite nie mehr weg. Er wollte den Duft der Bettwäsche bewahren. Es war drei Jahre her. Ihr Nachthemd lag noch immer zusammengefaltet unter dem Kissen.

Komm ins Bett, Karl. Schlaf noch ein bisschen.

Er hörte das leise Klatschen, als ihre Handfläche auf die Decke schlug.

»Ich komme«, murmelte er. »Ich will nur noch schnell …«

Will nur und will nur. Komm.

»Ich komme. Ich will nur schnell das Fenster zumachen. Draußen riecht es ein bisschen stickig.«

Er schloss das Fenster und legte den Haken vor. Langsam schlurfte er zurück zum Bett. Schaute auf die Uhr. Fünf nach drei. Ja, die Zeit ging wirklich ebenso langsam wie seine Füße. Das Warten dauerte. Das Warten auf was?

Hast du etwas gesagt, nuschelte sie schlaftrunken, weit weg, auf der anderen Seite seines unverkürzten Wartens.

»Ich weiß nicht. Nein, ich glaube nicht. Nichts.«

Er glitt aus seinen Pantoffeln, ließ seinen Morgenrock zu Boden sinken, kroch wieder unter die nun angenehm kühle Decke.

»Nein, das war sicher nichts, versuch du jetzt auch zu schlafen.«

Der Schlaf kam leicht und schnell, das tat er immer um diese Zeit. Wie eine Art Befreiung aus seinem Warten.

»Sie haben also nichts Besonderes gesehen?«, fragte die Frauenstimme noch einmal. Aber es war nicht mehr die von Hjördis, wie er gedacht hatte, es war die der Frau, die dort saß, die sich als Polizistin bezeichnet hatte, die aber weder Uniform noch Mütze trug. Seltsam.

Karl Rundqvist schüttelte den Kopf.

»Nein, nichts, das war sicher nichts.«

☆

»Ist Ihnen hier in der Straße vielleicht irgendetwas aufgefallen?«, fragte Eva-Britt Bixe, als sie zum zehnten Mal an diesem Sonntagnachmittag unbequem zurückgelehnt auf scheinbar genau dem gleichen Rokokosofa mit scheinbar genau dem gleichen glänzenden Bezug saß wie in allen anderen Wohnungen, die sie bereits besucht hatte. Sie ging das Haus von oben bis unten durch. Jetzt hatte sie den ersten Stock erreicht. Mit anderen Worten, nur noch das Erdgeschoss stand aus, und dort wohnte ihres Wissens lediglich der Hausmeister.

»Geht es um den Brand?«, lautete dann immer die Gegenfrage.

Worauf sich neugierige Blicke auf sie richteten, wie um etwas aus ihrem Gesicht abzulesen, etwas Spektakuläres und Spannendes, denn endlich war in diesem ruhigen Wohnviertel einmal etwas Ungewöhnliches passiert.

Auch diesmal rechnete Eva-Britt Bixe damit, ein Gähnen unterdrücken zu müssen, zu lächeln und unverrichteter Dinge die Wohnung wieder zu verlassen. Aber immerhin hatte sie diesmal den Kaffee abwehren können. Es war unmöglich, ohne eine Miene zu verziehen fünf Tassen Kaffee zu leeren und dazu bis zum Gehtnichtmehr Zwieback und Plätzchen zu verzehren. Das machte sich in Kopf und Magen bemerkbar. Sie lehnte also dankend ab, als die kleine Frau, die hier vor ihr stand, ebenso höflich wie alle anderen Hausbewohner fragte, ob sie einen Kaffee anbieten dürfe.

»Nein, danke. Ich habe eben erst Kaffee getrunken«, erklärte Bixe.

Bei Ihren Nachbarn und davor bei allen anderen Nachbarn, hätte sie noch hinzufügen können.

»Vielleicht lieber ein Glas Saft?«, fragte die Frau verständnisvoll, und da musste Bixe einfach nicken.

Und jetzt saß sie also schon wieder auf einem straffen Rokokosofa. Diesmal goldgelb, eingefasst in dunkles Holz und besetzt mit goldenen Nieten. Sie überlegte kurz, ob die Bewohner dieses Hauses hier wohl Mengenrabatt in irgendeinem Auktionshaus bekamen.

»Ich wollte nur fragen, ob Sie möglicherweise hier in der Straße in letzter Zeit irgendetwas bemerkt haben«, fragte sie und hob das Saftglas zum Mund. Sie rechnete mit keiner interessanten Auskunft und wollte schnell ihren Saft leeren, aufstehen, die Hand ausstrecken und sich bedanken. Doch die Antwort der alten Dame ließ sie innehalten.

»Ein Wagen im Leerlauf«, sagte die nun. Ihre grauen Augen musterten Bixe hinter farblosen Wimpern.

»Bitte?«, fragte Bixe.

»Ja, ich habe etwas gesehen, nämlich ein großes schwarzes Auto, das ewig lange im Leerlauf hier stand. Einfach unverschämt.«

Bixes Hoffnungen sanken wieder auf ihren üblichen niedrigen Pegel. Nichts dagegen zu sagen, Leuten, die ihr Auto im Leerlauf stehen ließen, das Handwerk zu legen, aber das fiel ja wohl kaum in den Aufgabenbereich der Kriminalpolizei.

»Das steht ziemlich oft hier.«

»Wo? Vor dem Frisiersalon?«

»Ja, da auch.«

Bixe wollte nicht unhöflich sein und diese Auskunft einfach so abtun. Außerdem war sie schließlich hier, um Details in Erfahrung zu bringen. Wenn sie von einem Auto im Leerlauf hörte, dann musste das ins Protokoll, so belanglos diese Beobachtung auch wirken mochte.

»Ach so«, sagte sie, so ruhig sie konnte.

»Es brummt ganz schrecklich, man kann gar nicht schlafen, wenn es hier steht, verstehen Sie?«

»Ja, ich verstehe.«

»Ich hab mir irgendwo die Nummer notiert.«

Elsa Sjöö stand auf und ging mit lautlosen Schritten zu einem Schreibtisch hinüber. Sie öffnete die oberste Schublade und wühlte darin herum. Mit einem Zettel in der Hand kehrte sie zum Sofa zurück. Das Papier zitterte ein wenig, als sie es Bixe hinhielt. »Hier«, sagte sie. »Ich habe sie notiert, als es einmal eine ganze Viertelstunde dort gestanden hatte. Ich wollte eigentlich die Polizei anrufen, aber dann habe ich es wieder vergessen. Aber was für ein Glück, dass Sie heute hereingeschaut haben, dann bleibt er uns in Zukunft vielleicht erspart.«

»Haben Sie gesehen, wer in dem Wagen saß?«, fragte Bixe.

»Da steigt immer ein junges Mädchen ein. Und ein Mann fährt. Das Mädel wohnt übrigens im Haus gegenüber. Unverschämt, nicht wahr? Man darf doch beim Warten nicht einfach so den Motor laufen lassen.«

Bixe nahm den Zettel, ohne ihn anzusehen, und steckte ihn in ihre chaotische Tasche. Sie wollte jetzt nur noch weg von hier, sich kurz mit dem Hausmeister unterhalten und dann zur Wache zurückfahren. Versuchen, unterwegs etwas Essbares aufzutreiben.

»Und sonst ist Ihnen nichts aufgefallen?«, fragte sie dennoch sicherheitshalber und hoffte, dass die Frau ihren gleichgültigen Unterton überhören würde.

»Das ist alles«, sagte die voller Überzeugung und strich sich ihre blau geblümte Kittelschürze aus synthetischem Stoff über den Knien glatt. »Es war jedesmal derselbe Mann. Glauben Sie, Sie werden ihn finden? Er muss doch sicher eine ziemlich hohe Buße zahlen, was? Ich meine, er steht doch so oft da.«

»Sicher, das findet sich«, sagte Bixe.

»Aber ich habe neulich nachts noch jemanden gesehen«, sagte die alte Dame jetzt.

»Ach«, fragte Bixe, diesmal ohne gespieltes Interesse in der Stimme. »Wann denn?«

»Ja, in der Nacht, als es gebrannt hat. Da war jemand drinnen.«

Bixe stellte ihr Saftglas auf den Tisch. »Wo?«

»Im Friseursalon.«

»Da haben Sie jemanden gesehen?«

»Ja, aber es war nicht der Mann, der seinen Motor im Leerlauf lässt, es war ein anderer. Ich habe auch ein Auto gesehen.« Elsa Sjöö strich sich die Schürze über der Brust glatt. Spielte dann an einem ihrer dünnen Armbänder herum.

»Ein Auto? Und Sie haben jemandem im Friseursalon gesehen? Mitten in der Nacht?«

Die alte Dame nickte zufrieden.

Bixe schob die Hand in die Tasche, um zum ersten Mal an diesem Nachmittag ihr Notizbuch hervorzuziehen.

»Wissen Sie noch, wie dieses Auto aussah?«

»Klein und weiß. Oder jedenfalls hell.« Elsa Sjöö seufzte. »Jetzt wird der Laden wohl nicht mehr als Friseursalon genutzt werden können. So schwarz, wie der jetzt ist.«

»Können Sie die Person beschreiben, die Sie im Laden gesehen haben?«

Frau Sjöö sah Bixe an, als sei das eine ganz besonders dumme Frage gewesen. Sie schüttelte langsam den Kopf, zwinkerte einige Male mit ihren hellen Augen und schaute dann zum Fenster hinüber. »Das war mitten in der Nacht. Ich wollte nur rasch ein wenig Luft hereinlassen.«

»Aber Sie sind sicher, dass jemand dort war?«

»Absolut. Und es war nicht Harald Enger.«

Bixe legte ihren Notizblock wieder hin. Elsa Sjöö beugte sich vor, mit einem vertraulichen Lächeln auf den Lippen. Sie legte Bixe die Hand auf den Arm. »Das Auto spuckt entsetzliche Mengen von Abgasen aus. Man muss jede Woche die Fenster putzen.« Jetzt lächelte sie plötzlich noch strahlender. »Aber nun muss ich noch etwas klären.«

»Ja?«

»Nämlich, dass ich wirklich nicht von der neugierigen Sorte bin. Das dürfen Sie wirklich nicht glauben. Ich habe das Auto nur zufällig gesehen. Möchten Sie noch einen Schluck Saft?«

☆

Man kann sehen, ob jemand lügt, dachte Erik Sander. Er saß im Dienstwagen und fuhr zur Wache. Es regnete wieder. Die tief hängenden Wolken schienen fast den Asphalt abzulecken. Aber ihm gefiel der Regen, vielleicht, weil er gerade gut zu seiner Stimmung passte. Auch an diesem Morgen hatte Henrietta nichts gesagt, nicht einmal einen Gruß, als er gegangen war. Er hatte das Gefühl, dass sie etwas verbarg, dass sie auf ihre Weise log. Er wusste nur nicht, was es sein konnte. Er wusste nicht einmal, ob er das wissen wollte.

Ja, Erik Sander glaubte sehen zu können, ob jemand log. Wenn er im Laufe seiner Dienstjahre etwas gelernt hatte, dann das. Und Evelina Palm hatte, wenn nicht gelogen, dann einen Teil der Wahrheit verschwiegen. Die Frage war nur, was und warum.

Eine Unwahrheit wird oft von klaren Zeichen begleitet, Erröten, über der Brust verschränkte Arme, flackernder Blick. Evelina Palm hatte nichts davon gezeigt. Aber trotzdem war er sich seiner Sache sicher. Er spürte es. Als habe sie ihm stumme, unausgesprochene Worte zugesandt.

Er bog auf den Parkplatz vor der Wache ab. Noch immer hatte er den Geschmack der raschen Mahlzeit im Mund, die er unterwegs verzehrt hatte, eine Grillwurst mit Kartoffelpüree, scharfem Senf, Ketchup und ganz vielen Zwiebeln. Er hatte beim Nyhems Grill angehalten. Im Vorüberfahren war ihm aufgefallen, was für einen Hunger er hatte, seit dem Frühstück hatte er nichts mehr gegessen.

Als er die Treppen zum dritten Stock hochgestiegen war, bemerkte er, wie still und stumm der Gang war. Ring hatte offenbar Feierabend gemacht, denn das Licht in seinem Zimmer brannte nicht mehr. Auf seinem Schreibtisch waren Ordner und Papiere ordentlich aufeinander gestapelt. Eva-Britt Bixe dagegen saß in ihrem Zimmer, falls er nach den Geräuschen gehen durfte, einem leisen Rascheln von Papier. Er klopfte leise an den Türrahmen, öffnete und registrierte den Essensgeruch.

Sie schaute von einer großen weißen Tüte auf.

»Hallo, Erik. Ich musste einfach etwas essen. Ich habe in diesem Haus in der Hamngata bei den Rentnern so viel Kaffee getrunken, dass ich schon Angst hatte, mein Magen könnte sich auflösen. Janne hat Glück gehabt. In seinem Haus gab es vor allem Einzimmerwohnungen, in denen junge Leute wohnen, und die haben nicht diese schlechte Angewohnheit, allen Kaffee anzubieten, die auch nur einen Fuß über die Türschwelle setzen. Ich dagegen musste in Wohnungen voller Echos herumrennen, in denen die Alten hausen. Und jetzt muss ich dieses ganze Koffein neutralisieren.«

»Das sieht gut aus«, sagte Sander.

»Wurst mit Kartoffelpüree. Nicht gerade eine gesunde Ernährung. Weißt du, dass die Polizei zur besten Kundschaft der Imbisse gehört? Ich hab irgendeine Statistik darüber gelesen. Kein Wunder also, dass wir Magengeschwüre bekommen.«

Sie lud sich eine Portion Kartoffelpüree auf die weiße Plastikgabel. »Aber du isst sowas sicher nie, Erik?«

»Was hast du drauf?«

»Starken Senf, Ketchup und jede Menge rote Zwiebeln.«

»Igitt, nein, nie. Da hast du Recht. Sowas würde ich nie tun.«

16

Anfangs hatte sie geglaubt, sich nicht mehr fürchten zu müssen. Hatte geglaubt, die Gefahr sei vorüber.

Oder vielmehr über ihr, außer Sichtweite. Bis später, bis bald. Mehr und mehr hatte sie begriffen, dass es so war, auch wenn sie es zuerst nicht hatte glauben wollen. Sie hatte sich doch von der Angst befreien wollen, dass immer noch irgendwer ihr auflauern könnte, wenn sie am wenigsten damit rechnete. Wie ein Tiger, der durch die Nacht schleicht; vielleicht würde er noch einmal dort stehen, und sie würde genau an derselben Stelle enden wie damals, nicht einmal die kompakte Dunkelheit würde sie davor retten können, das hatte sie beim letzten Mal auch nicht gekonnt, und auch die Bäume würden sie nicht schützen können, die würden nur ihre Hilferufe aufhalten, wie von einer Mauer würde der Schrei abprallen, und niemand würde es erfahren. Wirklich niemand.

Niemand würde es erfahren. Man konnte es auch aus einem anderen Winkel sehen, auf andere Weise. Und dann wurde es schön. Ein funkelnder Regentropfen mitten im Unterholz. Ein Lichtpunkt. Oder eine Perle unter Wasser, dort, wo sie segeln und segeln konnte, umgeben nur vom Meer.

Sie fragte sich, was er gewollt haben mochte. Sie hatte gesehen, wie der Schmetterling erstarrt war. Wie die Flügel zusammengeschrumpft und verschwunden waren. Weggewehtes Papier, dachte sie. Leben aus Papier, Leben aus altem Holz. Das hoffte sie, wenn das Haus endlich fertig wäre, würde das Leben anders sein. Die Bilder würden vergessen, übermalt werden. Und dann wäre alles später.

17

Die Straße nach Tylösand war regenglatt und blank. Das Wasser zog sich in zwei tiefen Rinnen dahin. Die Reifen schienen zu rutschen und keinen Halt zu finden. Aber Eva-Britt Bixe fuhr auch ziemlich schnell, *zu* schnell für diese Straßenverhältnisse.

»Wir schaffen es schon. Jetzt versuch bloß nicht diesen Lastwagen zu überholen.«

Erik Sander saß auf dem Beifahrersitz und war nervös. Wann immer sie sich einer Kreuzung näherten, ertappte er sich dabei, wie er automatisch den rechten Fuß zu Boden drückte. Aber das Auto wurde dadurch nicht langsamer, eher steigerte sie ihr Tempo gerade vor den Kreuzungen noch, als wolle sie diese rasch hinter sich bringen.

»Ich fahre doch nur neunzig, Erik. Und wer fährt hier überhaupt, du oder ich?«

»Herrgott, du weißt also nicht mal, wer hier fährt?«

Das Regenwasser spritzte vom Lastwagen weg, der ihnen jetzt bedrohlich nahe kam. Die Scheibenwischer fegten Sturzwellen hin und her.

»Und was machst du, wenn der LKW plötzlich bremst?«, fragte Sander.

»Mach dir keine Sorgen. Das ist weder dein noch mein Wagen.«

»Aber es ist mein Leben.«

»Wir haben Airbags. Wovor hast du also Angst?«

Er kniff die Augen zusammen, sie überholte. Er spürte, wie der Wagen auf die Gegenfahrbahn überwechselte und beschleunigte. Es ging schnell, er wurde gegen die Rücklehne gepresst. Als er vorsichtig die Augen wieder öffnete, sah er zu beiden Seiten den niedrigen Wald und vor sich die lange freie Straße.

»Hier sind wir also schon?«

»Du weißt nicht einmal, wo wir sind? Noch ein Grund, aus dem es besser ist, wenn ich fahre.«

»Noch einer?«

»Hat du überhaupt eine Ahnung, welche Straße wir nehmen müssen?«

»Nein, nicht so ganz, ehrlich gesagt.«

»Und verstehst du jetzt, was ich meine? In den Tallväg.«

»Was?«

»Nummer dreiunddreißig.«

»Das weiß ich sehr wohl.« Ein Hauch von Gereiztheit lag in Bixes Stimme. »Aber wo liegt das?«

»Da. Schau mal. Genau da.«

Erik Sander streckte die Hand aus. Ein Wegweiser teilte mit, dass der Tallväg ein kleiner Kiesweg war, der sich zwischen Tannen dahinzog.

»Manchmal hat man eben Glück«, sagte Bixe und trat so hart auf die Bremse, dass der Wagen hinter ihnen auf die Fahrbahnmitte ausweichen musste, um einen Zusammenstoß zu vermeiden. Sie bog schnell nach rechts auf den unebenen Tallväg ab. Sander wäre fast mit dem Kopf gegen die Decke gestoßen.

»Du, das hier ist dreißig«, sagte er.

»Willst du dich schon wieder einmischen?«

»Und hier haben wir dreiunddreißig. Stehen bleiben.«

Sie fuhren an den Wegrand. Vor dem Haus gab es eine gigantische Auffahrt zur Garage, breit genug für drei Autos. Im Moment war sie jedoch leer.

Alles war still, als der Motor nicht mehr lief. Der Himmel war jetzt heller, hier und da sogar blau, obwohl es eben erst heftig geregnet hatte.

»So würde man auch gern wohnen«, sagte Sander und stieg aus dem Auto. Streckte die Arme aus und schaute zum Haus hinüber. Ein Einfamilienhaus aus senfgelbem Klinker. Die Garagenauffahrt war mit roten Steinplatten gepflastert, und obwohl es helllichter Tag war, brannten am Rand mehrere Laternen. Auf der Rasenfläche vor dem Haus standen zwei kleine Apfelbäume, auf einer Glasveranda waren Sessel mit weichen Kissen zu sehen, ein Bambustisch und allerlei Krimskrams, der hinter dem Tisch an der Klinkerwand hing. Blumenkörbe und elegante Kerzenhalter. Auf dem Boden eine bunte Steinfigur, die aussah wie ein Troll.

»Wenn man so wohnt, hat man entweder jede Menge Geld, oder man will den Anschein erwecken, man hätte jede Menge Geld«, sagte Bixe.

»Es kommt mir hier ziemlich leer vor.«

»Wir versuchen es mal mit der Türklingel. Man weiß ja nie.«

Eine Art Kirchenglocke ertönte im Haus, als Bixe auf den Knopf drückte. Sander schaute sich um.

»Keine Menschenseele«, sagte er nach ihrem zweiten Versuch.

»Wir drehen eine Runde um das Grundstück.«

Hinter dem Haus erstreckte sich ein Obstgarten über einen Abhang, der mit einem niedrigen Lattenzaun endete. Dahinter stand wieder Tannenwald. An den Seiten war das Grundstück durch hohe Hecken von den Tannen getrennt. Alles machte einen gepflegten, aber etwas düsteren Eindruck. Es gab nur diesen einen Garten, und die Häuser lagen dicht beieinander. Die Isoliertheit ist also nur Schein, dachte Sander. Solange die Hecke wächst, kann die Illusion gedeihen, kann das Luxusleben imitiert werden. Man kann so tun als ob, aber nicht unbegrenzt. Bei genauerem Überlegen wollte er wohl doch nicht so wohnen.

»Aber mir wäre ein Grundstück am See oder so lieber«, sagte er.

Bixe trampelte wie immer in ihren unpraktischen Pumps herum, deren abgenutzte Absätze tief im nassen Gras versanken.

»Und das Geld, woher willst du das nehmen?«

»Tja, das ist ja wohl das einzige Problem. Also brauche ich mir keine weiteren Gedanken zu machen. Aber wenn ich Geld hätte, dann würde ich wohl nicht hier investieren.«

»Warum nicht?«

»Es ist so kurz zu den Nachbarn.«

»Ja, das allerdings. Andererseits scheinen ja nicht viele Nachbarn zu Hause zu sein.«

In diesem Moment war in der Ferne ein Auto zu hören, das nun langsam näher kam. Das Motorendröhnen wurde immer lauter, um dann auf der anderen Seite des Hauses zu verstummen.

Sie liefen zum Eingang zurück. Ihre Spuren im Gras waren deutlich zu sehen.

»Du bist nur neidisch«, sagte Bixe leise.

»Ich? Du meinst, ich …«

Eine ungewöhnlich hochgewachsene Frau kam vom Auto her auf sie zu. Sie trug hohe Absätze, einen langen schwarzen Mantel aus glänzendem Stoff und in der einen Hand einen Golfschläger.

Sie schaute die beiden fragend an.

»Was machen Sie hier?«, fragte sie mit energischer Stimme.

»Sind Sie Åsa Sjögren? Wohnen Sie hier?«

Bixe zeigte auf das Haus. Die Frau machte noch immer ein fragendes Gesicht. Sie nickte. »Ja. Das ist mein Haus. Warum?«

»Ich heiße Eva-Britt Bixe. Das hier ist Erik Sander. Wir kommen von der Polizei.«

»Von der Polizei?« Die Frau wirkte plötzlich total überrumpelt, ihr Kinn fiel zwei Zentimeter herunter. »Und worum geht es?« Ihre Stimme klang jetzt weniger energisch und ein wenig heller.

»Es geht um Ihren früheren Ehemann, Jonas ... er ist in seinem ausgebrannten Salon gefunden worden.«

Åsa Sjögren wurde sehr blass, die Farbe schien geradezu ihre Wangen hinunterzuströmen. Unwillkürlich stützte sie den Golfschläger auf die Zehen ihrer spitzen Schuhe.

»Soll das heißen, dass ...« Sie schluckte.

»Sein Salon ist vorgestern Nacht ausgebrannt. Er ist dort gefunden worden.«

Sie betrachtete die beiden Polizisten ohne auch nur eine Miene zu verziehen.

»Können wir einen Moment hereinkommen?«

Åsa Sjögrens von Wimperntusche beschwerter Blick irrte hin und her, zum Eingang, zur Garage und zu einem schwarzen Mercedes, den sie mit Hilfe einer goldschimmernden Fernbedienung an ihrem Schlüsselring verschloss. Dann ging sie langsam den mit Platten belegten Gartenweg hoch. Sie machte ruckhafte, kleine Schritte, und der aufgeknöpfte Mantel flatterte um ihre Beine. In der einen Hand hielt sie den Golfschläger, in der anderen eine Aktentasche. Ihre Absätze klapperten über die Steine.

»Ich komme gerade von einem Wochenendkurs zurück«,

sagte sie leise, als sie schon in der Diele stand, ihre Schuhe abstreifte und ihren Mantel auszog. Zusammengepresste Zehen in Nylonstrümpfen, glänzende Waden. Weiße Bluse mit einer Schleife am Hals, klein kariertes Jackett aus dünnem Wollstoff. Sie lief rasch über die ein wenig rauen Klinkerplatten auf dem Boden, durch einen Bogen, der in ein riesiges, vor Tageslicht geradezu gleißendes Wohnzimmer führte. In zwei Wänden gab es große Fenster, deren Holzrollos zur Hälfte herabgelassen waren. Der Boden war mit grauen Steinplatten belegt. Noch ein Bogen in der einen Querwand führte in ein Esszimmer mit einem runden weißen Tisch und dazu passenden Bambusstühlen.

Sie zeigte auf ein dreisitziges Sofa aus dunkelgrauem Leder und ließ sich selbst in einem Sessel auf der anderen Seite des niedrigen Glastisches nieder. Das Leder ächzte leise, als sie sich setzten. Bixe schlug die Beine übereinander, und die Hausherrin tat es ihr nach, wenn auch um einiges eleganter und dezenter. Sander saß breitbeinig und vornübergebeugt da, als glaube er nicht, dass das Sofa seinem Gewicht standhalten könnte, so teuer es auch aussehen mochte.

»Ist Jonas also … verletzt worden?«, fragte Åsa Sjögren und spielte an der Schleife auf ihrer Bluse herum. Ihr Hals war, wie die Wangen, das sahen die Gäste jetzt, von einer dicken Schicht brauner Tönungscreme überzogen. Zwischen den Augenbrauen war eine besorgte Falte zu sehen, gegen die die Creme offenbar machtlos war. Die Falte wurde noch deutlicher, als die Frau sich die Haare aus der Stirn strich. Ihre braunen Augen hätten ohne das viele Make-up wohl klein ausgesehen, ihre Wangen waren ein wenig eingesunken. Als nage sie in unterdrückter Nervosität daran herum. Sie könnte schön sein, dachte Bixe rasch, wenn ihr Gesicht nicht so unbeweglich und ausdruckslos wäre. So war es nur eins unter vielen in der Menge, leicht verschwommene Züge und ein Blick, der zu unruhig war, um irgendwo haften zu bleiben.

»Sie wissen also noch nichts?«, fragte Bixe.

»Wie gesagt, ich war bei einem Kurs, bin am Freitag gefahren und eben nach Hause gekommen. Ist es ernst? Ist er schwer verletzt? Was ist los?« Ihre Finger spielten an ihren Knien herum.

»Er ist verbrannt. Er ist tot.« Bixes Stimme war leise. Sander starrte einige Sekunden lang den Teppich an. Diese Situation war immer von Neuem grauenhaft.

»Was sagen Sie da? Ich verstehe nicht …«

»Im Salon ist ein Feuer ausgebrochen, und Jonas wurde später dort gefunden.«

»Aber …«

In der nun folgenden Stille war das leise Ticken einer Wanduhr zu hören.

»Haben Sie irgendeine Ahnung, ob Jonas Feinde hatte?« brach Bixe das Schweigen. »Gab es jemanden, der ihm übel gesinnt war?«

Åsa Sjögren schüttelte den Kopf. »Wir sind geschieden. Ich hatte in letzter Zeit nicht viel Kontakt zu ihm, ich … wieso fragen Sie, ob er Feinde hatte?«

»Jonas war schon tot, als das Feuer ausgebrochen ist. Irgendwer hat ihn ermordet, ihn in den Salon gebracht und dann dort das Feuer gelegt.«

Wieder senkte sich Schweigen über das Zimmer, wie ein schwerer Vorhang hing es dort, ganz und gar lautlos.

»Ich weiß ja, dass das hart ist«, sagte Bixe. »Aber meinen Sie, Sie könnten einige Fragen beantworten? Wir müssen ja herausfinden, was dazu geführt haben kann, und je eher uns das gelingt, um so leichter können wir den Täter finden.«

Åsa Sjögrens Blick irrte zum stahlblauen Wollteppich unter dem Tisch. »Ja, sicher. Sicher, aber …«

»Sind Sie schon lange geschieden?«, fragte Sander.

»Seit einem Jahr.« Sie antwortete mit trockener, sachlicher Stimme. »Aber wir waren uns schon sehr lange fremd.« Wieder schluckte sie.

»Wann haben Sie zuletzt mit ihm gesprochen?«

»Vor einigen Monaten. Ich weiß nicht mehr, wann genau das war.«

»Können Sie sich an dieses Gespräch genauer erinnern?«

Sie schien lange nachzudenken, vielleicht versuchte sie auch nur, ihre Stimme unter Kontrolle zu bringen. »Wir haben über das Haus gesprochen.«

Ihre silberfarbenen Nägel fuhren wie ein grober Kamm durch ihre Haare. Ihre Stimme mochte ruhig klingen, ihre Finger bewiesen das Gegenteil.

»Dieses Haus?«, fragte Sander.

»Wir wollten es verkaufen. Aber das ist schwer, alle finden es zu teuer, wir haben damals, als wir eingezogen sind, sehr viel dafür bezahlt, und da will man den Preis ja nicht zu sehr senken.«

»Sie haben also über den Hausverkauf gesprochen?«

»Jonas wollte ein bestimmtes Angebot annehmen.«

»Und Sie?«

»Ich fand, wir sollten noch ein wenig warten. Wir warteten doch schon so lange.«

»Haben Sie sich deshalb gestritten?«

»Wir haben aufgehört, uns zu streiten, als wir geschieden waren.«

»Und wie ist dieses Gespräch geendet?«

»Wir haben beschlossen, abzuwarten. Und seither habe ich nicht mehr mit ihm gesprochen.«

Bixe, die eine Weile stumm und zurückgelehnt dagesessen hatte, wandte sich jetzt Åsa Sjögren zu.

»Ihm gehört also noch ein Teil des Hauses?«

»Ja. Eine Hälfte. Eigentlich ist das Haus zu groß für mich. Ich würde ja zu gern ausziehen, aber es geht eben um das Geld ...«

»Gibt es einen besonderen Grund, warum Jonas schneller verkaufen wollte als Sie? Dass er sich auch mit weniger zufrieden gegeben hätte?«

»Er fand es nicht so wichtig. Ein paar Tausender mehr oder weniger, sagte er immer. Aber es geht doch noch um mehr.«

»Hatte er Geldprobleme?«, fragte Sander. »Wissen Sie, ob er irgendwem Geld schuldete?«

»Das kann ich mir nicht vorstellen. Der Salon lief gut. Auf jeden Fall hat er mir das erzählt.«

»Und seine Bekannten? Er war mit niemandem zerstritten? Und niemand hatte etwas gegen ihn?«

Åsa Sjögren schüttelte den Kopf.

»Nein, meines Wissens jedenfalls nicht.«

»Seiner Mutter stand er ja wohl nicht gerade nahe«, sagte Sander.

Die Frau sah ihn plötzlich mit klarerem Blick an, schien aus einem Schlummer aufgewacht zu sein. Sie schnaubte kaum hörbar.

»Sie haben überhaupt keinen Kontakt«, sagte sie kurz. »Das geht nicht. Seine Mutter ist … ein wenig eigen.«

Sie verstummte und fingerte wieder an ihrer Bluse herum.

»Wissen Sie, zu wem er Kontakt hatte?«

»Jetzt nicht mehr. Nein, ich habe eigentlich nicht die geringste Ahnung. Mit Jonas' derzeitigem Leben habe ich einfach nichts zu tun.«

»Wie klang er, als Sie zuletzt mit ihm gesprochen haben? Ist Ihnen da irgendetwas aufgefallen? Hörte er sich an wie immer?«

Sie schien kurz nachzudenken, dann sagte sie: »Ja. Ja, ich glaube schon. Mir ist nichts aufgefallen. Er war genau wie immer. Seine Stimme klang ein wenig gestresst, er hatte sicher keine Lust, mit mir zu reden. Das hatte er nie. Es war ein kurzes Gespräch.«

»Wissen Sie, was mit seinen früheren Arbeitsplätzen war?«, fragte Bixe.

»Wie meinen Sie das?«

»Hat er sich dort wohl gefühlt? Hat er sich mit seinen Kollegen verstanden? Und mit der Kundschaft?«

»Jonas war immer beliebt. Bei Kundschaft und bei Kollegen.

Er hatte in verschiedenen Salons auf eigene Rechnung gearbeitet und wurde immer sehr geschätzt. Und hatte immer treue Kunden, die nur zu ihm kamen.«

»Warum hat er seinen vorigen Arbeitsplatz aufgegeben? Wissen Sie das? Das ist doch noch nicht lange her.«

»Er wollte seinen eigenen Salon eröffnen. Davon hatte er schon lange geträumt. Und als Enger dann verkauft hat, hat er die Gelegenheit genutzt.«

»Woher hat er das Geld genommen?«

»Das weiß ich wirklich nicht. Wir hatten getrennte Kassen.«

Åsa Sjögren kniff die Lippen aufeinander.

»Wo waren Sie vorgestern Abend?«, fragte Bixe.

Åsa Sjögren zuckte zusammen, und eine schwache, aber deutliche Röte stieg in ihre Wangen. »Ich war in Helsingborg«, sagte sie. »Dort wurde der Kurs abgehalten. Sie können das überprüfen. Ich gebe Ihnen ...«

»Was haben Sie gemacht?«

»Am Freitag?« Sie fuhr sich mit zwei Fingern über die Stirn. »Tagsüber war ich beim Kurs und abends waren wir essen. Ich und einige Kollegen.«

»Ja, dann«, sagte Sander. »Was sind Sie eigentlich von Beruf?«

»Zahnärztin.«

»Und was war das für ein Kurs?«

»Neue Füllungen.«

»Interessant?«

Sie zuckte gleichgültig mit den Achseln, biss sich in die Wangen, die dadurch noch schmaler aussahen.

Sander sah Bixe an, rasch und wie in schweigendem Einvernehmen.

»Dann bedanken wir uns«, sagte er und erhob sich. »Wie sieht es übrigens aus ... können Sie dafür sorgen, dass Sie jetzt nicht allein sind?«

»Ja, das kann ich«, sagte Sjögren rasch.

Einige kurze Sekunden lang sah sie vollständig gelassen aus.

Ein Mann, dachte Sander.

Sie gingen zurück zur Diele, Åsa Sjögren hinter ihnen, auf Strümpfen.

»Sie lassen doch von sich hören?«, fragte sie, jetzt mit unsicherer Stimme. »Wenn Sie mehr wissen?«

»Natürlich«, sagte Sander. »Wir hoffen, den Fall sehr bald aufzuklären.«

Schöne Phrase, dachte er und schob einen Fuß in seinen Schuh. Verdammte Klischees.

Bixe öffnete die Tür. »Spielen Sie Golf?«, wollte sie plötzlich wissen.

»Was?«, fragte die Frau.

»Sie hatten einen Golfschläger bei sich.« Bixe warf einen viel sagenden Blick in die Ecke, in der der einsame Golfschläger lehnte.

»Ich übe ab und zu. Wenn ich Zeit habe.«

»Nur dann? Wenn Sie Kurse machen?«

Sjögren wirkte überrumpelt. »Nur Übungsschläge. Egal wo. Im Park, wenn ich Zeit für einen Spaziergang habe.«

Bixe warf noch einen Blick auf den Boden, diesmal auf die hochhackigen, glänzenden Schuhe.

»Ja, man muss wohl jede Gelegenheit nutzen, nehme ich an«, sagte sie und lächelte ihr überschwängliches Lächeln.

☆

»Musstest du sie nach dem Golfschläger fragen?«

»Warum um alles in der Welt hätte ich das nicht tun sollen?« Bixe musterte ihn verärgert.

»Aber was hatte das mit unserem Fall zu tun?«

»Rein gar nichts. Warum soll man nicht mit einem Golfschläger in der Hand durch die Gegend laufen, wenn man zu einem Weiterbildungskurs war? Und noch dazu mit einem einzelnen Golfschläger?«

Erik Sander zuckte mit den Schultern.

»Eben. Du weißt es auch nicht.«

Sie bog rasch auf den Tylösandväg ab, in Richtung Stadt. Die dunklen Wolken hatten sich wieder zusammengezogen.

»Würdest du dir von dieser Frau eine Wurzelbehandlung verpassen lassen?«, fragte Bixe.

Sander zögerte mit der Antwort. »Tja ...«

»Mit den Schuhen!«

»Sie behandelt ja wohl nicht mit den Schuhen.«

»Weiß der Teufel.«

Sander seufzte. »Es war ja nur, weil das ein Golfschläger war. Bei einem Squash- oder Federballschläger hättest du nicht reagiert.«

»Vermutlich nicht.« Sie schaltete. Fuhr schneller, als es sinnvoll gewesen wäre. Wieder näherten sie sich einem Lastwagen. Wenn Sander fuhr, passierte das nie, er wurde dauernd überholt. Sogar von Treckern, behaupteten seine Kollegen.

»Sag mir, was du mit dir herumschleppst, und ich sage dir, wer du bist«, erklärte Bixe.

»Du glaubst doch wohl nicht, dass sie ihn damit erschlagen hat?«

»Durchaus nicht. Sicher hat sich da nur mein proletarischer Hintergrund zu Wort gemeldet.«

»Hast du einen?«

»Ja, ich bin wahrlich nicht mit einem Golfschläger in der Hand aufgewachsen.«

»Und deshalb musstest du sie eine Nummer kleiner machen?«

»Das war sicher einer der Gründe.«

»Und wie findest du sie sonst?«

»Über manche Leute habe ich ganz einfach keine persönliche Meinung. Jedenfalls keine, die ich laut sage.«

»Und deine rein professionelle Ansicht?« Sander ließ nicht locker.

»Dass sie sich einen neuen Kerl zugelegt hat, konnte man doch mit der kleinen Zehe ausrechnen.«

»Das habe ich mir auch gedacht.«

»Mit dem sollten wir vielleicht auch sprechen«, sagte Bixe. »Für den Fall, dass es hier um Eifersucht geht. Die kann ja durchaus so einige Folgen haben.« Damit trat sie das Gaspedal durch, scherte einen knappen Meter hinter dem Lastwagen aus und überholte in wildem Tempo.

☆

Die Hunde waren im Haus gewesen, in dem Annie und Bo Birgersson lebten. Sie hatten herumgeschnüffelt. Aber sie kamen nicht weiter, an der Tür war mit allem Schluss. Im Haus waren die Nasen eifrig gewesen, die Pfoten rasch. Aber draußen war das Gras nass, es hatte immer noch weitergeregnet. Der Regen wusch alles weg, sogar Sünden und Versäumnisse wurden weggespült. Bestenfalls, oder schlimmstenfalls.

Dort war alles zu Ende. Die Fußmatte lag wie eine Barriere auf dem Boden. Nils Fridén war mit den Hunden dort gewesen, und jetzt saß er in Eva-Britt Bixes Arbeitszimmer und wischte sich mit einem Papiertaschentuch die Stirn. Eine Haarsträhne hing ihm zu seinem Ärger ins Auge.

»Ich kriege eine Erkältung«, sagte er. »Das kommt sicher vom Regen. Es ist nicht gut, wenn es im Sommer regnet.«

»Es ist nicht gut, wenn es regnet, während man Spuren sucht«, sagte Bixe. »Das hat also nichts gebracht?«

»Leider nein. In einem trockenen Sommer mit unberührtem Kies, vielleicht. Aber so wie es jetzt ist, nein.«

Er nickte zum Fenster hinüber. Würmer aus Regen auf der Fensterscheibe, sie schlängelten sich nach unten, schienen darum zu kämpfen, wer den Vortritt haben sollte.

»Ich mag solches Wetter ja eigentlich«, sagte Bixe. »Aber es ist natürlich schade, dass es gerade jetzt regnet. Es wäre doch gut gewesen, wenn wir da draußen Sjögrens Spur gefunden hätten.«

»Das ist wie ein Tanz auf schlaffem Seil«, sagte Fridén.

Bixe sah ihn an und legte den Kopf ein wenig schräg.

»Ja, du scheinst wirklich eine Erkältung auszubrüten«, sagte sie. »Geh jetzt nach Hause und pack dich ins Bett. Es ist schon spät.«

»Schade«, sagte Fridén und rieb sich nochmal mit dem zerknüllten Papiertaschentuch die Stirn. »Schade, dass wir keine Spuren finden konnten. Wo hatte der Arsch sich denn bloß hin verkrochen?«

»Wir wissen ja, wo er gelandet ist. Am Ende jedenfalls.«

»Auch eine Art, seine Tage zu beenden. Am eigenen Arbeitsplatz zu verbrennen.«

»Aber davon, was in der Zwischenzeit passiert ist«, sagte Bixe, und die Denkerfurche auf ihrer Stirn trat in Erscheinung, »haben wir keine Ahnung.«

»Wir tun unser Bestes, Eva-Britt«, sagte Fridén. »Jetzt gehe ich nach Hause.«

»Tu das. Mit gutem Gewissen. Du weißt doch, dass du unser Fels bist. Und ich werde ebenfalls mein Bestes tun. Aber noch nicht sofort.«

☆

Es war schon Viertel nach acht, als Eva-Britt Bixe an diesem Sonntagabend ihre eigene Wohnung betrat. Als Erstes schleuderte sie die Pumps beiseite, die ihr nach dem langen Arbeitstag entsetzlich eng vorkamen. Danach ging sie ins Schlafzimmer und zog einen frisch gekauften Trainingsanzug aus weicher grauer Baumwolle an, der von Anfang an nicht zu einem wie auch immer gearteten Training bestimmt gewesen war. Ihr reichten Treppensteigen und der Spaziergang zum und vom Dienstwagen als tägliches Fitnessprogramm wirklich aus. Alle anderen Sportarten waren ausgeschlossen, die bloße Vorstellung auf einem Trimmpfad herumzuwetzen oder in einem Fitness-Studio Metallteile zu stemmen, führte bei ihr zu Heiterkeitsausbrüchen. Lieber machte sie einen geruhsamen Spaziergang durch Galgberget oder drehte eine Runde um den Hafen. Natürlich nur, wenn ihre Zeit das erlaubte. Meistens tat die Zeit das nicht, und meistens war sie nach dem Arbeitstag so müde, dass sie entweder sofort ins Bett fiel oder vor dem Fernseher einschlief.

Natürlich hatte sie ab und zu ein schlechtes Gewissen, aber trotz allem verfügte sie über eine hinlängliche Kondition. Für ihre Gesundheit gab es noch immer Hoffnung, dachte sie immer. Auch, wenn sie lieber Kuchen aß, als Gymnastik zu machen. Es bringt doch nichts, Dinge zu tun, die keinen Spaß machen, behauptete sie immer. Wenn man nicht gern läuft, dann schadet das eher, als dass es nutzt. Da ist es doch viel gesünder, in aller Ruhe eine gute Mahlzeit zu sich zu nehmen, oder, besser noch, ein paar Stücke Kuchen an einem verregneten Nachmittag an einem Fenstertisch in der Konditorei Krantz, genau gegenüber ihrer Wohnung, am besten mit einer Zeitung vor sich auf dem Tisch. Im Winter noch lieber als im Sommer, vor allem im Advent, wenn die Leute draußen wie gehetzte Ratten umherirrten und Pakete und Tüten schleppten. Dann saß sie gern hinter dem weiß besprühten Fenster mit den baumelnden Pfefferkuchenherzen vor ihrem Stövchen und war sehr zufrieden, weil ihr dieser Stress erspart blieb.

Wenn man sechsundfünfzig ist, dachte sie, Vollzeit arbeitet und zwei Kinder großgezogen hat, dann kann man sich einen gewissen Luxus leisten. Und für Eva-Britt Bixe bestand der Luxus nicht nur aus einem überflüssigen Stück Gebäck dann und wann, sondern auch darin, sich aus allem herauszuhalten, wenn sie das brauchte. Mit gutem Gewissen auf dem Sofa zu liegen und ein Buch zu lesen, oder einfach einen ganzen Tag lang nicht mehr zu tun als aufzustehen, den weichen Trainingsanzug überzustreifen, vielleicht einen Spaziergang zu machen, etwas Leckeres zu essen und dann unter eine kühle Decke zu kriechen.

Der Luxus des Lebens, dachte sie, als sie dort im Schlafzimmer stand, sind ein neuer Trainingsanzug und eine Tasse schwarzer Kaffee. Sie ging ins Wohnzimmer hinunter und schaltete die Lampe auf der Fensterbank ein. Ein grüner Schimmer füllte das Zimmer. Dann ließ sie sich auf das Sofa sinken und legte die Füße auf die Armlehne.

Der Regen klopfte leise gegen die Scheiben. Der sommerliche Nieselregen schien von Dauer zu sein. Nach dem Gewitter der Mittsommernacht war der Sommer hier an der Westküste so geworden wie immer. Regen und abermals Regen. Aber richtige Regenschauer reinigten Luft und Kopf. Außerdem stand Bixe nicht sonderlich auf Strandleben. Als ihre Töchter noch klein gewesen waren, war sie ab und zu an den Strand gefahren, das jedoch immer mit demselben Widerwillen. Auf einer glühend heißen Decke zu sitzen und überall Sand kleben zu haben, zum Meer hinüberzustarren und die Mädchen im Auge zu behalten, damit die nicht zu weit ins Wasser gingen, und dabei noch unter der stechenden Sonne Sinn und Verstand zu bewahren, das war bisweilen mehr, als Eva-Britt Bixe leisten konnte.

Jetzt war sie frei, eine freie Frau. Mit eigener Wohnung und eigenem Einkommen, das zwar nicht himmelhoch war, ihr aber doch ein recht gutes Leben ermöglichte. Frei, ja. Aber glücklich? Vielleicht. Das kam darauf an, was man unter glücklich verstand. Wenn es bedeutete, ungestört auf dem Sofa liegen und dem Regen zuhören zu können, Spaziergänge zu machen und ohne schlechtes Gewissen an Imbissbuden zu essen, ab und zu die Töchter zu treffen und keine Unterhosen waschen und keine schmutzigen Socken vom Boden auflesen zu müssen – dann war sie glücklich. Tja, und was konnte man sonst noch verlangen? Das Leben war eben kein charmanter Film. Manchmal sehnte sie sich allerdings nach der Zeit zurück, als die Mädchen noch klein gewesen waren. Eine Zeit, die schnell vergangen war. Natürlich war sie damals oft müde gewesen, und wenn sie jetzt zurückdachte, hatte sie an manchen Tagen sogar das seltsame Gefühl, zwanzig Jahre ihres Lebens weggeworfen zu haben. Dieses Gefühl stellte sich gern an Tagen mit hartnäckigen Kopfschmerzen ein, oder dann, wenn sie vor einer Aufgabe stand, die sie nicht richtig in den Griff bekam. Einem neuen Fall. Zum Beispiel dem Mord an einem scheinbar friedlichen Friseur.

Ja, ab und zu sah sie diese Bilder vor sich, die Bilder ihrer Vergangenheit. Sie flimmerten vorüber wie in einem graurealistischen Film, der Alltag mit allen Ärgernissen, mit Essensgeruch und Bratwürsten und Dreck auf dem Teppich. Und dann der entscheidende Tag, an dem Bixe beschlossen hatte, Gösta um seinen Auszug zu bitten. Sie konnte sich deutlich daran erinnern, wie an diesem Nachmittag die Haustür zugeknallt worden war. Das war prägend für diese Zeit gewesen, der Schlüssel, der im Schloss umgedreht wurde, Gösta Bixe, geborener Andersson, der seine verdreckten Schuhe auf der Fußmatte stehen ließ und die Küche betrat. Mit einer Kippe im Mundwinkel, breitbeinig am Küchentisch, wo er sich über die Abendzeitung hermachte.

Eva-Britt Bixe hatte eben Kartoffeln geschält. Sie hatte Salz ins Wasser gegeben und biss nun die Zähne zusammen, und dabei dachte sie, die müssten eigentlich aus Eisen sein, ihre Zähne, so hart, wie sie die immer wieder zusammenbiss.

»Man kann ›guten Abend‹ sagen«, sagte sie.

»Guten Abend«, sagte Gösta, ohne den Blick von der Zeitung loszureißen. »Gibt's dazu Bohnen?«

Sie sah seinen Schädel, die bereits schütter werdenden Haare, die die Tendenz hatten, ihm in die Stirn zu fallen.

»Wieso denn Bohnen? Glaubst du, das hier ist ein Restaurant?«

Er schaute mit leisem Lachen auf. »Dann jedenfalls kein erstklassiges. Sonst wäre die Bedienung besser.«

Sie hatte eine gereizte Bemerkung gemurmelt, und er hatte den Kopf geschüttelt.

»Du kannst keinen Spaß vertragen«, hatte er behauptet. Er faltete die Zeitung zusammen und warf sie auf einen Stuhl. Da wusste sie doch immerhin, wo sie suchen musste, wenn sie sie wegwerfen wollte. Schlimmer war es, wenn sie unter Bett oder Sofa lag. Das raschelnde Zeitungspapier besaß eine ärgerliche Fähigkeit, im Staubsauger stecken zu bleiben.

»Ich bekomme vielleicht die Stelle als Anstaltsleiter«, sagte er plötzlich.

»Sieh an. Hat sich sonst keiner beworben oder was?«

Er schnaubte leise. »Die scheinen meine Verdienste zu würdigen. Aber ich weiß es noch nicht sicher. Immerhin habe ich über Umwege gehört, dass es so aussieht, als würden sie sich für mich entscheiden.«

»Glückwunsch. Anstaltschef Bixe. Wie gut, dass du da nicht Kochen und Putzen musst. Dann hättest du garantiert keine Chancen.« Sie stellte die brennend heiße Bratpfanne auf einen Untersetzer auf den Tisch. Die verschrumpelten Wurstscheiben brutzelten noch immer im Fett. Gösta krempelte sich die Ärmel bis zu den Ellbogen auf, packte das Besteck wie schweres Maurerwerkzeug und richtete hungrig den Blick auf seinen Teller. Als hätte er acht Stunden im strömenden Regen Bretter aneinander genagelt und Klinker gestapelt, aß er dann, mit vollgestopften Wangen und Kiefern, die ebenso energisch ans Werk gingen wie eine Motorsäge. Eva-Britt schaute sich dieses Schauspiel angewidert an.

Dass alles sich so ändern kann, dachte sie. Natürlich hatte Gösta immer schon gierig gegessen, und sicherlich hatte er schon am ersten Tag ihrer Bekanntschaft einen großen Bogen um Staubsauger und Wäscheleine gemacht. Aber damals schien ihr das nie richtig aufgefallen zu sein.

»Und wo willst du dann eigentlich wohnen? Denn du hast doch sicher nicht vor, jeden Tag hin und her zu fahren?«

»Ach.« Er machte eine Handbewegung, die ohne Gabel vielleicht jovial hätte aussehen können. »Das findet sich schon.«

»Ich habe jedenfalls nicht vor, mit dir umzuziehen. Ich habe meinen Job, und außerdem hört Fredriksson im August auf, und da dachte ich …«

Gösta hörte plötzlich auf zu kauen. Er sah sie mit einer Miene an, als wolle er ihr nicht glauben, was sie, das konnte sie nicht leugnen, auch ein wenig komisch fand. Jetzt war sie diejenige, die aß, ebenso energisch wie eben noch er, obwohl ihre Wurst vor Fett triefte und schrecklich schlaff war. Normalerweise hätte sich ihr jetzt der Magen umgedreht, aber Göstas skeptische Miene ließ sie vergessen, wie das Essen schmeckte. Sie spießte noch ein Stück Wurst auf, diesmal direkt aus der Pfanne. »Ich will mich um seinen Posten bewerben«, sagte sie.

Gösta schien auf seinem wackeligen Holzstuhl fast rückwärts zu kippen. Wenn er nur vorher die Gabel weglegte, sonst könnte es böse enden.

»Warum willst du das tun?«, fragte er. »Was passt dir nicht an deinem jetzigen Posten? Wenn ich diese Stelle bekomme, brauchen wir uns um Geld keine Sorgen mehr zu machen.«

Sie kaute und kaute. In diesem Moment hätte sie gern alles Leben aus Gösta herausgekaut, wenn das nur möglich gewesen wäre.

»Meine Güte, was kaust du denn so«, sagte er, musterte mit gerunzelter Stirn die jetzt leere Bratpfanne und legte sein Besteck auf den Teller. Dort lag ein kleines müdes Stück Wurstpelle, das sich wie ein platter roter Wurm auf dem Blumenmuster ringelte.

Sie erwiderte Göstas Blick. Seine Augen kamen ihr auf seltsame Weise dunkler vor als sonst. Die Wahrheit ist nicht leicht zu ertragen, dachte sie. Denn wie soll man sicher sein, wenn die Dinge sich ständig ändern, nicht nur der Farbton in den Augen eines Ehemannes. Die Krähenfüße um ihre eigenen Augen, die Runzeln, zuerst zart und auf irgendeine Weise charmant, jetzt jedes Mal wie unter einem Vergrößerungsglas, wenn sie sich im Spiegel sah. Die Zeit war unversöhnlich. Eine Erfindung des

Teufels, vielleicht. Sie hatte an diesem Tag ihren Gatten gemustert und fragte sich, was um alles in der Welt sie jemals in ihm gesehen hatte.

»Ich habe mich entschieden«, sagte sie später an diesem Abend.

Gösta riss seinen Blick vom Fernseher los. »Wofür denn? Dich doch nicht um diese Stelle zu bewerben, oder was?«

»Nein, dafür, dass du ausziehst.«

18

Die Gerüchte wurden weitergetragen wie Papierschnipsel im Wind. Am Montagmorgen wusste es die ganze Stadt, nicht nur, dass der Besitzer des Klipp-in verbrannt war, sondern auch, dass er ermordet worden war. Obwohl die Polizei nichts bekannt gegeben hatte. Fehlt nur noch, dass die Gerüchteküche ausspuckt, wie genau er ermordet worden ist, dachte Eva-Britt Bixe in ihrem Büro, an diesem Morgen, der mit zaghaftem Sonnenschein begonnen hatte, jetzt aber grauen Himmel vor dem Fenster vorführte.

»Wir könnten vielleicht um die Hilfe der Lokalpresse bitten«, sagte sie. »Die wissen ja offenbar mehr als wir.«

Janne Ring saß in einem ihrer beiden Besucherstühle und hatte die frisch erworbene Zeitung aufgeschlagen auf den Knien liegen. Er blickte nachdenklich auf die Seiten. Wenn er umblätterte, funkelte der Siegelring an seinem kleinen Finger.

»Hier steht, dass Sjögren durch einen Schuss getötet worden ist«, murmelte er mit gesenktem Blick. »Aber sie wissen offenbar nicht, wer ihn erschossen haben kann.«

»Raten können sie doch immer. Wie wäre es mit einer eifersüchtigen Frau? Das klingt doch ziemlich spannend.«

»Wo sie das wohl herhaben? Dass er erschossen worden ist.«

Bixe stand auf und ging zum Fenster. »Anonyme Quellen

gibt es doch viel zu viele. Aber es wäre vielleicht wirklich eine Idee, sich an die Zeitungsredaktion zu wenden.«

Ring lachte leise auf, schlug die Zeitung zu und warf sie auf den Schreibtisch.

»Zeit, um Ernst zu machen«, erklärte er.

19

Sie war vor eine Mauer gestellt worden. Ohne Ausweg, keine Tür, keine Luke, nicht der kleinste Spalt, durch den sie unbemerkt hätte entkommen können.

Sie hatte das Notwendige getan, hatte einen Spaten und eine Hacke für den Garten gekauft, dazu eine dünne Angelschnur. Was sie mit der Schnur wollte, wusste sie noch nicht, aber das war egal, denn sie handelte jetzt nur noch nach Gefühl, das hatte sie aus der Sache immerhin gelernt, dem Gefühl zu gehorchen, der Intuition. Sie hatte deshalb auch eingesehen, dass sich alles leicht gegen sie selbst wenden könnte, dass es galt, ihre Zunge zu hüten und genau zu überprüfen, was ihr aus dem Mund rutschte.

Wenn sie am wenigsten damit rechnete.

Alles, was er getan hatte, sollte sich gegen ihn wenden.

Sie hatte angefangen, nach dem Gefühl zu gehen, auf dem Seil zu balancieren, auf der dünnen, durchsichtigen Schnur, es sollte gegen ihn gewendet werden, sie lachte fast, als sie dachte, wie etwas so komplett umgestülpt werden konnte.

Die Schnur. Dünn, schmal, leicht zu verwenden. Eine Angelschnur, einfach sicherheitshalber. Man wusste nie, was bevorstand, es gab viele Möglichkeiten und ebenso viele Risiken. Deshalb kaufte sie auch Nägel und einen Hammer.

Gefahr vorüber, über ihr.

Rote Fassadenfarbe. Sie erzählte, dass sie alles renovierte. Haus und Schuppen. Zuerst hatte sie die Haustür von außen angestrichen, jetzt kam die Fassade an die Reihe. Der Mann hinter dem Tresen schob sich die Mütze über der Stirn nach oben und sagte, es sei derzeit wirklich schweineteuer, Arbeitskräfte anzuheuern, und Scheiße, da müsse man die Drecksarbeit eben selber erledigen, selbst dann, wenn man zwei linke Hände habe. Er hob den Daumen, wie ein törichter Tramper, sah sie an, skeptisch oder bewundernd, das konnte sie nicht entscheiden. Im Moment konnte sie sich immerhin damit brüsten, dass sie einen Mann schwach gemacht hatte. Ihm Angst eingejagt hatte. Das hatte sie früher nie geschafft. Vielleicht war es die Arbeitskleidung, das Wissen, dass ein anderes Geschlecht, das schwächere Geschlecht, sich unter dieser strapazierfähigen Kleidung ungehindert bewegen konnte. Taschen auf Bauch, Brust und Hosenbeinen. Fächer für Hammer, Zange und Gott weiß was sonst noch alles. Unter der dünnen Hülle des Blaumannes. Stahlhaut. Stahlhandschuh. Stahlschnur. Ja, sie hatte schon alles vorausgesehen, intuitiv.

Sie packte alles hinten ins Auto und winkte, ehe sie einstieg, dem Verkäufer freundlich zu, er war ein Zuschauer, egal, wer, sie fühlte sich wohl und sicher in dieser Rolle, im Blaumann, im Auto, sie hörte Schlagermusik auf dem Werbesender und konnte seine klassischen Perlen zum Teufel schicken. Genauer gesagt, auf die Rückbank, wo schon anderer Schrott lag, Decken und Kissen und kleine Stofftiere, die an Schnüren vor dem Fenster baumelten. Und Aufkleber. Ein Streifen mit der roten Aufschrift »I love my car« quer über der Heckscheibe. Überall Herzen. Wahnsinn. Herz und Schmerz. Zumindest Letzteren gab es wirklich, das wusste sie.

Sie fuhr langsam. Fügsam wie ein geschmeidiger Handschuh aus Kalbsleder. Jetzt kein Stahl, nur sanfte Risse in den Falten. Warum hatte er das gemacht? Warum hatte er gewartet und warum gerade auf sie?

Sie drückte das Gaspedal durch. Das Auto war das Modell des Vorjahres, und von außen war es schmutzig. Der Schmutz würzte ihr Image dieses Tages, Blaumann und Zimmermannstaschen und rote Flecken auf dem Stoff. Die Reifen schlingerten über den Kies, wirbelten Wolken aus Sand und Laub auf.

Ein Blick in den Rückspiegel, die Sonnenbrille war ein Spiegel aus Stahl, schwarz.

20

»Schwarz«, sagte Eva-Britt Bixe, »stand auf dem Apparat. Aber dann war Sahne drin. Sahne!«

»Sahne gab's zu Hause bei Muttern immer«, sagte Janne Ring. »Und durchsichtigen Kochkaffee. Hellbraunes Wasser mit Sahne. So war das früher.«

»Früher ist nicht heute«, erwiderte Bixe und steuerte den Pausenraum an. »Jetzt haben wir Apparate, die für uns kochen. Und die müssten das besser wissen.«

»Aus einem rostigen Nagel Kaffee kochen«, murmelte Erik Sander und ließ sich auf dem gelben Sofa nieder. Die Polster waren mit Krümeln besät. Reste von Baguettes oder Heißwecken, die irgendwer nachts gekaut hatte, ehe es Zeit wurde, wieder in die Stadt zu gehen, oder zu irgendwem nach Hause, vielleicht, um einen Streit zu beenden. Unter der Uniform brauchte man eben ausreichend Kräfte und Kalorien.

Erik Sander seinerseits hatte ausgiebig gefrühstückt. Ein eigenes Auto hatte eben seine kleinen Vorteile, man schaffte morgens mehr. An diesem Tag war er ausnahmsweise mit dem Auto gefahren. Mit widerspenstigen Scheibenwischern über die vierspurige Straße in die Stadt. Er musste die Scheibenwischer reparieren lassen, überlegte er, am besten noch an diesem Nachmittag.

»Und was passiert jetzt?«, fragte er.

»Eine Landpartie«, sagte Bixe. »Nach Tönnersjö.«

»Wo das Fest stattgefunden hat?«, fragte Ring.

»Ja«, sagte Bixe. »Wir müssen den Kreis enger ziehen. Was die Umgebung und die Zeit angeht. Wir wissen, dass Jonas Sjögren am Mittsommerabend auf einem Fest in Tönnersjö war. Von dort hat er sich irgendwann vor Mitternacht entfernt. Genauer gesagt, irgendwann zwischen dreiundzwanzig Uhr und Mitternacht. Die Frage ist, warum er das Fest verlassen hat. Seiner Bekannten, mit der er hingefahren ist, hatte er kein Wort gesagt. Sie behauptet, dass er plötzlich einfach verschwunden war. Ist also etwas passiert, weshalb er so abrupt davonstürzen musste? Und wenn ja, was? Oder ist er auf irgendeine andere Weise verschwunden?«

»Auf irgendeine andere Weise?«, fragte Ring, der auf der Tischkante saß und an seinem Manschettenknopf herumspielte. »Per UFO oder was?«

»Entführt von grünen Marsmenschen«, schlug Sander vor, der Rings Bemerkung ausnahmsweise einmal witzig zu finden schien.

»Ich hab einmal mit einer Frau gesprochen«, sagte Ring, »die absolut davon überzeugt war, dass wir alle ab und zu von Außerirdischen entführt werden. Sie sagte, wenn man aufwacht und am Arm ein seltsames Zeichen sieht, dann ist man nachts geholt worden.«

»Das müsste man dann doch wissen?«, fragte Sander.

»Das ist es ja gerade, diese Außerirdischen sind clever, sie sorgen dafür, dass wir alles vergessen, was wir bei ihnen erlebt haben.«

»Woher wusste diese Frau das dann?«

»Das habe ich auch nicht richtig begriffen.«

»Du glaubst also«, sagte Sander lächelnd, »dass Sjögren Wesen aus einem UFO getroffen hat und …«

»Um Himmels willen«, fiel Bixe ihm ins Wort. »Ihr könnt gern nach Spuren von Raumfahrzeugen suchen, aber ich glaube doch eher, dass irgendein menschliches Wesen damit zu tun hat. Falls Sjögren das Fest nicht aus freien Stücken verlassen hat.«

»Du stehst jedenfalls mit beiden Beinen auf dem Boden«, sagte Sander.

»Wohl eher mit den Pumps«, sagte Bixe. Sie trommelte mit ihren rosa Nägeln auf dem Spülbecken herum – ein seltener Anblick auf der Wache. Seit Katrin, die Kollegin, im Herbst krankgeschrieben worden war, war Bixe jetzt die einzige Frau in der Arbeitsgruppe. Ab und zu vermisste sie die Kollegin. Niemand wusste, wann und ob Katrin zurückkommen würde. Vor einiger Zeit hatte sie Bixe erzählt, sie spiele mit dem Gedanken, sich in einer anderen Stadt Arbeit zu suchen. Und vielleicht wäre das ja für sie eine gute Lösung. Sie war krankgeschrieben worden, nachdem ihr Mann sie misshandelt hatte, und das war für Bixe und die Kollegen ein heftiger Schock gewesen. Es konnte wirklich jeder passieren. Derzeit herrschte also auf dem Arbeitsplatz ein gewaltiger Männerüberschuss, und Frauen wurden doch gebraucht an einem Ort, der dermaßen männlich geprägt war, dass sogar die Uniformen für schmale Hüften und breite Schultern zugeschnitten waren. Polizistinnen mussten sich an die Nähmaschine setzen und auftrennen und umnähen, damit die Dienstkleidung einigermaßen saß. Als ob sie nicht schon genug zu tun hätten.

»Erik, wir zwei fahren heute Nachmittag nach Tönnersjö«, sagte Bixe. »Da müssen wir uns so allerlei ansehen. Wir teilen uns dann auf und sehen, wie weit wir kommen. Und du, Janne, hast schon Besuch. Das Wichtige ist, den Kreis um Jonas Sjögren enger zu ziehen. Wann genau hat er das Fest verlassen? Weiß irgendwer, warum? Und dann ist da der rein räumliche Aspekt – wohin ist er gegangen? Wie weit ist er gekommen? Wenn er in seine Wohnung zurückgekehrt ist, dann hat er sie vor Montagmorgen verlassen, das wissen wir, weil die Montagszeitung noch auf seiner Fußmatte lag.«

»Alles sehr seltsam.« Ring schüttelte den Kopf. »Ob ihm unterwegs wohl jemand begegnet ist?«

»Wir müssen feststellen, wo die Spur endet«, sagte Bixe. »Es wäre doch auch möglich, dass er zu irgendwem nach Hause gegangen ist.«

»Was ist bei diesem Fall nicht möglich?«, fragte Sander seufzend.

»Gute Frage, Erik. Darüber kannst du dir unterwegs den Kopf zerbrechen.«

☆

Ein brauner Mann.

Dachte Janne Ring und rechnete mit dem Schlimmsten.

Nicht braun, was seine Haut anging, und vielleicht auch nicht in seinem Denken, politisch, ideologisch. Und wenn, dann wäre es auch egal, dachte Ring, sie wollten hier ja schließlich nicht über Politik sprechen. Ansonsten aber war der Mann ganz und gar braun: braune Jacke, braune Cordhose, braune Schuhe, braune Strümpfe. Die Haare waren braun, die Augen auch. Außerdem hatte er eine hellbraune Aktentasche, die er neben Rings Besucherstuhl stellte, nachdem er sich gesetzt hatte.

Brauner Bär, dachte Ring weiter. Zahnarzt Björn Berg. Wie es bei ihm zu Hause wohl aussieht? Braunes Sofa, braune Vorhänge, brauner Boden … braune Toilette?

Wie gesagt, er rechnete mit dem Schlimmsten. Ein Mann mit soviel Braun konnte nicht übermäßig viel Phantasie besitzen. Oder vielleicht gerade im Gegenteil?

»Sie sind also mit Åsa Sjögren bekannt«, sagte Ring als Erstes.

Der Mann nickte. »Wir haben sozusagen ein Verhältnis.«

Sozusagen, dachte Ring. Und merkte, dass er aus irgendeinem Grund an diesem Tag nicht gerade in freundlicher Stimmung war. Vielleicht schätzte er den nicht direkt dicken, aber leicht untersetzten Mann mit diskretem Schwellbauch über dem Hosenbund falsch ein. Es war schwer, ja fast unmöglich, sein Alter zu schätzen, er konnte alles zwischen dreißig und sechzig sein. Seine Haare waren die Schläfen hochgekrochen, aber die noch vorhandenen waren immerhin füllig. Das Hemd nicht vom neuesten Schnitt, diskret kariert spannte es über den Schultern, die sich eben aus dem über dem anderen Stuhl hängenden Jackett befreit hatten. Perlende Schweißtropfen standen auf seiner Stirn.

»Wie lange haben Sie schon dieses ... Verhältnis?«, fragte Ring.

Sozusagen Verhältnis.

»Wir kennen uns seit genau vier Monaten«, antwortete der Mann mit fester Stimme. »Und wenn ich die Wahrheit sagen soll, dann haben wir uns durch eine Kontaktanzeige in der Hallandsposten kennen gelernt.« Kaum hatte er das gesagt, als er auch schon tief errötete.

»Ach«, sagte Ring. »Und wer hat die Anzeige aufgegeben, Sie oder Ihre Bekannte?«

»Ich. Ich hatte das Alleinsein satt.«

»Und Åsa offenbar auch.« Ring versuchte zu lachen.

»Ja«, sagte der Mann. »So war das wohl.«

»Sie sind ja beide Zahnärzte«, sagte Ring.

Gegenwind, dachte er. Das führt doch zu nichts. Warum vergeude ich meine Zeit mit diesem sinnlosen Kram?

»Wir arbeiten sogar am selben Ort. Und das hat uns wohl zusammengebracht ... Aber was hat das mit ... Jonas zu tun?« Es fiel ihm offenbar nicht ganz leicht, diesen Namen auszusprechen.

»Wir wollen mit allen Angehörigen sprechen«, erklärte Ring. »Um uns ein so genaues Bild wie möglich zu machen.«

»Das, was da passiert ist, ist wirklich schrecklich. Man ist gelinde gesagt ein wenig erschüttert.«

»Ja, das verstehe ich.«

»Ja, es ist wirklich ...« Der Mann schluckte den Rest des Satzes hinunter.

»Haben Sie Jonas gekannt?«

»Nein.«

»Gar nicht?«

Berg schüttelte den Kopf.

»Sind Sie ihm begegnet?«

»Man wohnt ja in derselben Stadt. Ich weiß, wer er ist … war, meine ich.«

»Haben Sie jemals mit ihm gesprochen?«

»Einmal. Auf dem Marktplatz. Wir sind ihm dort begegnet, meine Freundin … also, ich meine Åsa und ich. Ich glaube, das ist das einzige Mal, dass ich mit ihm gesprochen habe.«

»Wann war das?«

»Es ist ziemlich lange her. Zwei Monate, vielleicht. Ich weiß noch, dass es ein Samstag war.«

»Und … wie lief das ab?«

»Was denn?«

»Worüber haben Sie gesprochen? Wissen Sie das noch?«

»Über das Wetter. Es regnete.«

Damals auch. Ring schaute zum Fenster hinüber, beschlagen, nass, grau. Die pure Herbststimmung, man sollte ein paar Kerzen anzünden.

»Und sonst noch?«

»Nichts weiter. Ich kannte ihn doch nicht.«

»Das ist klar.« Ring stieß den Seufzer aus, den er sich während dieses ganzen Gesprächs verkniffen hatte. »Das wäre es dann ja wohl«, sagte er. »Danke, dass Sie sich die Zeit für diesen Besuch genommen haben.«

»Zeit ist doch das Einzige, was man hat.« Der Mann erhob sich. Streckte die Hand nach seiner Jacke aus. »Vor allem, jetzt. Nach diesem … Schrecklichen.«

Zeit ist das Einzige, was man *nicht* hat, dachte Ring. Auch er stand auf, streckte die Hand aus. Björn Berg nahm sie, lockerer Händedruck. Wie ein feuchter, dünner Gummihandschuh. Danach verschwand sein brauner Rücken durch die Tür. Er schaute hilflos nach rechts und links.

»Links«, teilte Ring mit. »Und dann die Glastür und die Treppe hinunter.«

»Danke«, der Mann drehte sich um, lächelte. Weiße Zähne, Zahnarztlächeln.

☆

Noch ein grauer, bewölkter Montag, stellte Henrietta fest, als sie im Wohnschlafzimmer die Vorhänge öffnete. Sie schaute zu dem schmalen Gehweg hinüber, der an diesem Tag fast in seinem eigenen Schatten verschwand, und dann zu den drei Hochhäusern weiter hinten, von denen das eine Lebensmittelladen, Aufenthaltsräume und Speisesaal für die Seniorenzimmer im Erdgeschoss enthielt.

Sie öffnete das Fenster, um zu lüften. Sie war allein zu Hause, Erik hatte die Kinder in den Kindergarten gefahren, wo sie den ganzen Tag verbringen würden, da Henrietta eigentlich an einem Kurs des Arbeitsamtes teilnehmen sollte. Aber sie hatte angerufen und sich krankgemeldet. Sie hatte einfach keine Lust hinzugehen, und sie hatte eine Erkältung vorgeschützt. Die Frau mit der fremden Stimme hatte gesagt, sie solle sich pflegen, es sei nicht der letzte Kurs, sie könne dann einen späteren machen.

Henrietta Sander kam sich vor wie eine hauptberufliche Formularausfüllerin. Stellenbewerbungen vor allem. Auch wenn, das musste man zugeben, es nicht sonderlich viele freie Stellen gab. Da sie bis vor kurzem keinen Führerschein besessen hatte, hatte sie sich außerdem nicht überall bewerben können und ablehnen müssen, als ihr eine halbe Stelle in der Bibliothek in Simlångsdalen angeboten worden war, da es mit den Bus einfach nicht zu machen gewesen war. Ab und zu träumte sie nachts von Bewerbungsvordrucken, blätterte endlos in Papierstapeln, die nicht weggeschickt wurden, sondern nur stetig höher wuchsen. Sie erwachte dann mit zusammengebissenen Zähnen und am Gaumen klebender Zunge. Wenn sie aufstand, war ihr leicht schwindlig, und trotz aller Bemühungen ließ sich das Traumbild der wachsenden Papierhaufen nicht wirklich abschütteln.

»Du kannst dich doch anderswo bewerben als in Bibliotheken«, hatte Erik vorgeschlagen. »Dann findest du sicher leichter etwas.«

Aber der hat gut reden, dachte sie. Er hatte ja Arbeit, eine Arbeit, die ihn ausfüllte, den ganzen Tag beschäftigte. Und irgendetwas musste sie von ihrer Ausbildung doch auch haben.

Sie seufzte und wandte sich dem ungemachten Bett zu, müde, nachdem sie die halbe Nacht über den Freitagabend gegrübelt hatte. Es war der dritte Freitag, an dem sie die Babysitterin mit einem Geldschein in der Hand weggeschickt hatte. In ihrem Ärger hatte sie Erik abermals vorgeworfen, ganz bewusst zu spät nach Hause zu kommen.

Sie waren ganz einfach nie mehr zusammen.

Gleichzeitig plagte sie wieder der Gedanke, dass er sie vielleicht belog. Dass er keine Überstunden machte, sondern ganz andere Dinge unternahm, dass es sich um eine Frau handelte. Vielleicht ging hier ihre Phantasie mit ihr durch, aber wenn sie abends wartete und auf die Uhr starrte, konnte sie das einfach nicht verhindern.

An diesem Vormittag wollte sie mit dem Bus in die Stadt fahren und irgendwo mittagessen. Im Nieselregen, das schon, aber allein und frei und ohne auf die Uhr schauen zu müssen. Einen Tag für mich, dachte sie. Sie hatte sogar mit dem Gedanken gespielt, mit dem Zug irgendwohin zu fahren, nach Göteborg vielleicht, um sich wirklich frei zu fühlen und außerdem in anderen Läden herumstöbern zu können. Doch dann beschloss sie, sich lieber noch auszuruhen und anschließend in aller Ruhe loszugehen. Der Tag lag vor ihr, länger und leerer als irgendwann sonst während der letzten Jahre. Früher wäre eine solche Leere ihr fast gefährlich vorgekommen, sie hätte sich mit Bekannten getroffen oder zumindest die Zeit am Telefon verplaudert. Aber jetzt empfand sie sie als befreiend. Niemand stellte irgendeinen Anspruch an sie, der Tag gehörte voll und ganz ihr, und sie hatte noch keine Ahnung, was sie damit anfangen sollte. Abgesehen davon, dass sie in die Stadt wollte. Aber dort waren die Wege in alle Richtungen offen, und sie würde ganz allein bestimmen, wohin ihre Schritte sie trugen.

21

Der Mann ging einfach durch die Wand. Er befand sich im Zimmer, und dann verschwand er, wie durch eine Tür. Nur gab es dort gar keine Tür. Es gab nur eine Wand.

Und eigentlich hätte dort auch kein Mann sein dürfen. Bo Birgersson war ganz allein zu Hause. Annie war, wie jetzt so oft, zum Einkaufen in die Stadt gefahren.

Zum ersten Mal seit langer Zeit hatte er Angst. Ja, er war einfach außer sich vor Panik. Er saß oben im Haus und legte letzte Hand an ein Aquarell – blaues Wasser, blauer Himmel, grüner Wald. Und dann noch ein Detail, das seine Bilder in letzter Zeit ganz und gar verändert hatte.

Annie beklagte sich immer darüber. Warum zum Teufel malst du nur den Wald und den See, warum immer nur blau und grün, es gibt doch noch andere Dinge, Bosse, Straßen, Häuser und Menschen. Hast du dir das mal überlegt? Und dann dieses Lächeln, das unangenehme, unveränderliche, Bosse jedenfalls würde niemals so lächeln können. Höhnisch, herablassend. Einen geliebten Menschen hätte er niemals so anlächeln können.

Ihm war inzwischen die Ahnung gekommen, dass Annie ihn nicht wirklich liebte, sondern nur mit ihm leben wollte, weil er so viel besaß: das Haus, die schönen Möbel und etliche Kunstwerke, die er für das Geld gekauft hatte, das seine Bilder ihm einbrachten. Bilder, die sie nicht zu schätzen wusste.

Die letzten Pinselstriche auf diesem Aquarell also, und plötzlich nahm er einen Luftzug wahr. Nicht vom Fenster her, denn die Vorhänge hingen ganz still da, und auch die Haustür unten war geschlossen, ja, sogar verriegelt. Nach dem, was am Mittsommerabend passiert war, drehte er jetzt auch tagsüber den Schlüssel um. Natürlich fühlte er sich nicht selbst bedroht. Irgendjemand hatte diesem Mann ans Leder gewollt, aus Gründen, die bisher noch im Dunkeln lagen. Aber es war wohl dieses unbekannte Motiv, das ihm ein wenig Angst machte, trotz allem, es konnte doch ein Verrückter sein, und dieser Verrückte hatte noch dazu sein Mittsommerfest besucht.

Bei diesem Gedanken bekam er eine Gänsehaut. Dass sich in seinem eigenen Haus ein Mörder aufgehalten hatte. Er fühlte sich nicht mehr so geborgen dort, seit die Polizei hergekommen war und mit ihm geredet hatte. Und ihn, wie er fand, mit skeptischen Blicken gemustert hatte, als sei er, Bosse Birgersson, der wahre Schuldige.

Er zog noch einen blauen Pinselstrich über das Papier. Danach malte er sorgfältig mit seinem allerdünnsten Pinsel dieses Detail, das sein Werk so verändert hatte. Schwarz, manchmal grau oder braun. Der pure Wahnsinn. Danach betrachtete er sein neues Bild mit einer Armlänge Abstand, und wie zumeist in letzter Zeit – seit das alles angefangen hat – war er gereizt und mit dem Ergebnis überhaupt nicht zufrieden. Trotz des neuen Einschlags war es seinen anderen Bildern viel zu ähnlich, und es sah überhaupt nicht so aus, wie er es sich eigentlich gewünscht hatte. Der Wald. Der See. Veränderlich in seiner Unveränderlichkeit. Irgendwo weit hinten in seinem Hinterkopf ahnte er an diesem Nachmittag, dass es ein erbärmliches Bild war, es gefiel ihm einfach nicht. Alles kam ihm töricht und falsch vor. Bosse Birgersson zerriss das Papier mit der noch nicht getrockneten Farbe in schmale Streifen und ließ sie auf den Boden fallen.

Und dann sah er ihn. Den Mann, der durch seine Wand ging.

Bosse Birgersson zitterte wie eine Topfblume im Wind. Vielleicht hatte er ja wirklich den Verstand verloren. Mit offenem Mund stand er zwischen den blaugrünen Papierstreifen und sah den Rücken eines Mannes, der ihm bekannt vorkam. Der Mann ging an der Längswand seines Ateliers entlang, und Bosse wollte rufen, er solle sich in Acht nehmen, doch als er gerade den Mund öffnen und den Mann warnen wollte – was an sich schon idiotisch war, er hätte ja wohl eher fragen sollen, wer er war und was er hier wollte! – da war der verschwunden. Einfach durch die Wand, die aus Stein war und außerdem keine Türöffnung hatte.

Wie zum Teufel hatte er das geschafft, und wie war er überhaupt ins Haus gelangt?

Er zitterte, hatte wacklige Knie und alle Farbe war ihm aus dem Gesicht gewichen. Ja, Bosse Birgersson hatte schon die seltsamsten Gestalten durch sein Haus schleichen sehen, Matrosen und Gespenster und alles Mögliche, aber das, was er jetzt gesehen hatte, hatte ihm doch den Atem geraubt. Es war nicht nur viel wirklicher als alles andere, es war noch dazu am helllichten Tag passiert. Bisher hatte er solche Dinge nur im Dunkeln gesehen, im Halbschlaf. Weiße Wesen, fast durchscheinend, wie Rauch oder Dampf. Aber dieser Mann war greifbar gewesen, mit scharfen Konturen, und er hatte etwas so Alltägliches wie ein Hemd und eine blaue Hose getragen. Kein Jackett, keine Jacke, nur diese blaue Hose, wie ein Spiegelbild der Farben, die er eben noch auf das wertlose Aquarell aufgetragen hatte, das jetzt in Fetzen zu seinen Füßen lag.

Er wischte sich den Schweiß von der eiskalten Stirn, ging zu der Wand, wo der Mann verschwunden war, und fuhr vorsichtig mit dem Finger über die Tapete. Merkte, wie seine Hand zitterte, lief zu seinem Schreibtisch und hob Pfeife und Streichholzschachtel auf, zündete sich die Pfeife an und zog einige Male daran. Ging zu der Tür, die wirklich vorhanden war und ins Treppenhaus führte.

Die Wanduhr tickte, alles andere war Schweigen. Und dann knackten die Bodenbretter vorsichtig, als er ins Schlafzimmer nebenan ging, mit der Pfeife im Mundwinkel, um die Wand auch von der anderen Seite zu untersuchen.

Auch da war nichts.

Es musste ein Traum gewesen sein. Er ging zurück ins Arbeitszimmer, ließ sich auf einen Hocker sinken und merkte zu seinem Ärger, dass die Büchse, in der er seine Pinsel ausgewaschen hatte, umgekippt und jede Menge Wasser über den Boden geflossen war. Er legte die Pfeife weg und ging ins Badezimmer, um einen Lappen zu holen, suchte und wühlte, denn an diesem Tag schien fast alles verschwunden zu sein. Und dann erschrak er zum zweiten Mal an diesem Nachmittag. Aus dem Atelier war ein plötzlicher Knall zu hören, ein Aufprall und dann ein Dröhnen. Bosse Birgersson erstarrte, kniff die Augen zusammen und holte tief Atem. Zum ersten Mal sah er jetzt klar, was hier passierte. Er hatte den Verstand verloren, war verrückt geworden, und zu allem Überfluss – oder als Folge des Irrsinns – hatte er seine kreativen Fähigkeiten eingebüßt. Wann immer er zu malen versuchte, würde der Wahnsinn ihn packen, wie ein Schatten der Tatsache, oder als Strafe dafür, dass er in der Mittsommernacht nicht nur einen Ermordeten, sondern auch einen Mörder im Haus gehabt hatte.

In derselben Sekunde, in der er das dachte, wurde an die Tür geklopft.

☆

»Ist irgendetwas passiert?«

Eva-Britt Bixes Frage blieb in der Luft hängen und wurde von dem Mann, der in der geöffneten Tür stand, nicht beantwortet.

»Was ist denn …«, machte sie noch einen Versuch, sah aber ein, dass sie auch darauf keine Antwort bekommen würde.

Bosse Birgersson starrte sie einfach nur an.

Als ob er ein Gespenst gesehen hätte, dachte sie.

»Ich sollte mich wohl vorstellen. Eva-Britt Bixe, Kriminalkommissarin. Ich würde Ihnen gern einige Fragen zu …«

»Ich verstehe. Ihre Truppe war ja schon hier, mit Hunden und Plastiktüten und … finden Sie auf diese Weise wirklich etwas heraus?«

»Das kommt vor.«

»Sieh an. Bitte, kommen Sie doch herein. Und entschuldigen Sie, ich …« Er blieb stehen, bleich, leicht geschockt, wie es ihr schien.

»Ich habe eben einen Vogel befreit, der in mein Atelier geflogen war«, sagte er atemlos. »Der hat allerlei verwüstet, unter anderem hat er eine Büchse voll Wasser umgeworfen und eine Vase aus einem Regal gestoßen.«

Er wischte sich die Hände an den zerknitterten Hosenbeinen voller Farbflecke ab. Dann führte er Bixe ins Wohnzimmer und wies ihr mit stummer Geste einen Platz auf dem Sofa zu. Er fuhr sich mit gespreizten Fingern durch die Haare.

»Wissen Sie, wie Wahnsinn anfängt?«, fragte er dann ganz unerwartet. »Ist man verrückt, wenn man jemanden durch eine Wand gehen sieht?«

Eva-Britt Bixe rutschte auf dem Sofa hin und her. Mit einem solchen Gesprächsthema hatte sie auf der Herfahrt nun wirklich nicht gerechnet. Wahnsinn, dachte sie. Natürlich konnte Bosse Birgersson durchaus verrückt sein, aber sie hatte keine Lust, darüber mit ihm zu diskutieren.

»Haben Sie nicht gesagt, Sie hätten einen Vogel gesehen?«

»Ja, das auch. Aber zuerst den Mann. Den habe ich zuerst gesehen.«

Der Mythos des verrückten Künstlers, dachte sie. Trifft der zu? Oder versucht er einfach, diesem Bild zu entsprechen?

»Wen haben Sie durch die Wand gehen sehen?«

»Tja, wenn ich das wüsste. Einen Mann, glaube ich.«

Ausnahmsweise einmal fehlten Bixe die Worte. Sie schaute sich um. Hier also hatte Jonas Sjögren ein Fest besucht. Zusammen mit allen möglichen anderen Personen, wenn sie das richtig verstanden hatte. Es war ein großes luftiges Haus. Von außen hatte es fast bescheiden ausgesehen, mit einem kleinen, mit Kies bestreuten Hofplatz. Innen jedoch war offenbar einiges in Renovierung und Einrichtung investiert worden. Das Zimmer, in dem sie saßen, war groß und länglich, es hatte auf der einen Seite drei tiefe Fenster, und die Dachbalken waren braun angestrichen. Es war in kühlen Farben eingerichtet, blassblau und allerlei Weißtöne. Ein breites Sofa mit Bezug aus straffem, ungebleichtem Stoff, davor ein schlichter naturbelassener Holztisch. Wie aus irgendeiner eleganten Einrichtungszeitschrift entnommen, dachte Bixe, so einer, die nie richtig mit der Wirklichkeit übereinstimmte. Jedenfalls nicht mit ihrer.

Birgersson starrte die Tischplatte an. Dort stand eine Vase mit einer einzigen roten Rose.

»Sie möchten sicher einen Kaffee?«, fragte er, jetzt mit ganz normaler Stimme.

»Danke, das ist nett, aber ich muss doch ablehnen. Und ich werde versuchen, mich kurz zu fassen.«

Der Mann zuckte mit den Schultern. Sein Gesicht hatte jetzt wieder Farbe bekommen, und er sah nicht mehr ganz so verängstigt aus. Vielleicht hatte er gerade geschlafen, als sie an die Tür geklopft hatte. Er sah einwandfrei aus dem Schlaf gerissen aus, unrasiert und mit leicht glasigem Blick. Aus einem Albtraum zu erwachen, konnte noch den Normalsten verrückt wirken lassen.

»Es geht also um diesen Mann«, begann Bixe und zog ein Foto von Jonas Sjögren aus ihrer Tüte.

Das Foto war nicht ganz neu, wies aber ausreichend Ähnlichkeit auf. Sie reichte es Bosse Birgersson, der es kurz ansah und dann auf den Tisch legte.

»Ich weiß«, sagte er kurz. »Das habe ich doch schon gesagt. Und ich habe auch gesagt, dass ich nicht mit ihm gesprochen habe. Das habe ich den anderen gesagt, die hier waren.«

»Die Techniker gestern?«

»Ja, die mit den Hunden. Ich habe gesagt, dass ich nicht mit diesem Typen gesprochen habe, dessen Spuren sie zu finden versuchten. Ich kenne ihn überhaupt nicht.«

»Aber wenn ich das richtig verstanden habe, dann war er hier.«

Birgersson wand sich ein wenig. »Das war er wohl.«

»Wohl?«

»Ja, er war hier.«

»Bitte, versuchen Sie, sich zu erinnern, was an dem Abend passiert ist.«

Birgersson seufzte. »Die Erinnerung an den Abend ist ein wenig dunkel, wenn Sie verstehen, was ich meine.«

»Zu viel gegessen und getrunken, ja?«

»Ja, jedenfalls Letzteres.«

»Könnten Sie es wohl trotzdem versuchen?«

»Hier waren so viele. Ich habe nicht darauf geachtet, wer da war und wer mit wem gesprochen hat. Leider.«

»Aber an irgendetwas müssen Sie sich doch erinnern können?«, fragte Bixe.

Er legte den Kopf in den Nacken, kniff die Augen zusammen. »Er ist mit Lina gekommen …«

»Lina?«

»Ja. Evelina Palm. Sie hatte vorher angerufen und gefragt, ob sie einen Freund mitbringen dürfte, und ich meine … natürlich durfte sie. Ist doch klar. Sie kamen gegen sieben, nehme ich an, das hatte sie so angekündigt. Wir aßen, wir tranken ziemlich viel. Und der Abend ging seinen Gang, und …« Er verstummte. Schaute auf, sah sie wieder mit seinem schläfrigen Blick an.

»Und?«

Er zuckte mit den Schultern. »Tja, das war wohl alles. Mit einer Ausnahme. Als alle Gäste gegangen waren, war Lina noch immer hier. Sie machte sich Sorgen oder war wohl eher sauer. Fragte mich, ob ich wüsste, wo der Kerl, mit dem sie gekommen war, wohl hingegangen sein könnte. Sie hatte ihn seit einer Weile nicht mehr gesehen, und er hatte ihr nicht Bescheid gesagt, ehe er gegangen war.«

»Wann haben Sie ihn zuletzt gesehen?«

Birgerssons Mund war jetzt ein gerader Strich. Er beugte sich vor und zog eine Pfeife aus seiner Brusttasche.

»Hat er sich von Ihnen verabschiedet, ehe er gegangen ist?«

»Warum hätte er das tun sollen?«

»Es ist doch wohl normale Höflichkeit, dass man sich verabschiedet, ehe man geht. Hat er also?«

»Nein.«

Bosse Birgerssons Antwort kam schnell. Ein wenig zu schnell, fand Bixe.

»Ist Ihnen an dem Abend sonst noch etwas aufgefallen? Haben Sie gesehen, mit wem er gesprochen hat?«

»Wie gesagt, hier waren so viele. Ich habe nicht systematisch beobachtet, wer sich mit wem unterhalten hat.«

»Wie war denn die Stimmung auf dem Fest?«

»Wie meinen Sie das?« Die buschigen Augenbrauen des Mannes schnellten in die Höhe, und er runzelte seine ohnehin schon faltige Stirn noch tiefer.

»War es ein nettes Fest? Oder ist es auf irgendeine Weise aus dem Ruder gelaufen?«

»Es war sicher nett, nehme ich an. Ich habe mich jedenfalls amüsiert. Wir sind zwischendurch zum See gegangen und haben uns das Schweigen angehört. Ja, das will meine Frau so. Und es scheint gut anzukommen.«

»War Jonas Sjögren dabei?«

»Das weiß ich nicht mehr. Leider.«

»Glauben Sie, dass Ihre Frau sich an etwas erinnern kann?«

»Das weiß ich nicht. Da müssen Sie sie selber fragen. Aber so bald wird sie wohl nicht nach Hause kommen. Sie ist zum Einkaufen in die Stadt gefahren, und beim Einkaufen macht Annie keine halben Sachen. Sie erliegt dem Kaufrausch, wenn man das so nennen will. Sie hat ziemlich viel Geld für einen Gobelin bekommen, den eine Versicherung gekauft hat, und jetzt gibt sie sich alle Mühe, dieses Geld wieder loszuwerden. Und darin ist sie unverschämt tüchtig, das kann ich Ihnen sagen. Sie können gern auf sie warten.«

Er breitete wie zum Willkommen die Arme aus. Bixe nickte, sie dachte vage an die Uhrzeit.

»Ich wäre sehr dankbar, wenn ich eine Liste Ihrer Gäste bekommen könnte.«

»Natürlich. Die, die wir eingeladen haben, habe ich klar in Erinnerung. Hier.« Er tippte gegen seinen Kopf. »Bei denen, die einfach so mitgekommen sind, kann ich Ihnen leider nicht helfen. Aber die Namen derer, die wir eingeladen haben, schreibe ich Ihnen auf.«

»Danke, das ist gut. Sie haben nicht zufällig ein paar Fotos?«

»Vom Fest?«

»Ja. Haben Sie keine Fotos gemacht? Oder auch sonst irgendwer?«

»Nein, ich habe nicht fotografiert. Und ob sonst jemand ... das weiß ich nicht, keine Ahnung. Ich kann mich erkundigen, wenn Sie wollen. Aber einen Moment ...«

Birgersson verschwand in das, was vermutlich eine mustergültige Küche war, Schubladen wurden geöffnet und Schranktüren zugeschlagen. Dann kam er mit einem Zettel in der Hand zurück. Er nahm wieder Platz, fuhr sich mit den Fingern durch die Haare und blieb mit der Hand an der Stirn sitzen, während er mit rascher und achtloser Schrift einige, wie Bixe befürchtete, unleserliche Zeilen kritzelte.

»So«, sagte er danach. »Ich glaube also, dass noch andere da waren, aber von denen hier weiß ich es sicher. Das sind sozusagen die offiziell Eingeladenen.«

»Und Sie wissen nicht, wer die anderen waren? Die Mitgebrachten?«

Er zuckte mit den Schultern.

»Bekannte von Bekannten, nehme ich an. Mitgebrachte eben. Es würde mich auch nicht wundern, wenn einfach Leute reingekommen wären, die gerade vorbeikamen. Leute aus der Umgebung. Aber das nehme ich nur an.«

Plötzlich ging die Haustür. Er sprang vom Sofa auf. »Sieh an!«

Seine Frau stand vor ihnen, mit Tüten bepackt, die sie gleich auf den Boden fallen ließ.

»Annie, wir haben Besuch von der Kriminalpolizei.« Er sprach gekünstelt und übertrieben laut. »Liebling, es geht um den Mann, der am Mittsommerabend hier war. Der mit Lina gekommen ist. Er …«

»Ja, das weiß ich doch«, fiel seine Frau ihm ins Wort.

Annie Birgersson war einen Kopf größer als ihr Mann, trug noch dazu eine Hochfrisur und hochhackige Schuhe, was ihren Gatten neben ihr fast wie einen Zwerg aussehen ließ. Er legte den Arm um ihren Rücken, aber offenbar mehr, um sich selbst zu stützen, wie es schien.

»Können Sie sich vielleicht an ihn erinnern?«, fragte Eva-Britt Bixe, die nun auch aufgestanden war.

Die Frau klimperte einige Male mit gewaltig getuschten Wimpern, saugte dann ihre schmalen Wangen ein und nickte so energisch, dass ihre toupierten Haare erzitterten.

»Der.« Ein kaum merkliches Lächeln spielte um ihre Lippen. »Ja, an den kann ich mich erinnern.«

»Haben Sie mit ihm gesprochen?«

Annie Birgersson schaute kurz ihren Gatten an, oder, genauer gesagt, auf ihn hinunter. Da ist etwas, dachte Bixe, in dem sekundenschnellen Blick, den die beiden wechselten. Aber was genau, konnte sie nicht erkennen. Vielleicht war es nur Furcht, Unsicherheit, wie so oft, wenn jemand vor der Polizei stand und Fragen beantworten sollte.

»Nein«, sagte Annie. »Nein, das habe ich nicht.« Sie schaute wieder ihren Mann an, der nun den Blick abwandte. »Aber warum hast du denn keinen Kaffee angeboten, Liebling?«, fragte sie dann.

Mit einer Stimme wie Samt und Zitrone.

»Das war doch unmanierlich.«

In ein und demselben Paket.

»Aber das hat er doch«, sagte Bixe.

»Ach. Sonst denkt mein Mann nur ans Malen. In seinem Kopf gibt es sonst nichts. Oder, Bosse?«

Sauersüß, stellte Bixe fest.

»Ich muss jetzt los«, sagte sie.

»Ach, da ist noch etwas«, sagte plötzlich Bosse Birgersson. »Das ist mir eben eingefallen.«

Seine Frau bewegte ihren Fuß, und der Absatz scharrte über den Boden.

»Dieser Mann hat seine Jacke hier vergessen, als er gegangen ist.«

»Ach?«

»Ja, die hängt noch hier. Ich hab sie in meinem Atelier in einen Schrank gestopft. Möchten Sie sie mitnehmen?«

»Ja, danke. Warum haben Sie das gestern nicht den Technikern gesagt?«

»Das hatte ich vergessen«, murmelte er. »Ich hatte sie eigentlich wegwerfen wollen.« Er seufzte. »Warten Sie, ich hole sie schnell.«

Er lief die Wendeltreppe hoch. Als er zurückkam, hielt er eine hellgraue Jacke in der Hand. Reichte sie Bixe. Die Jacke schien zusammengefaltet gewesen zu sein, der Stoff war ein wenig zerknittert.

»Ist das die Jacke, die Jonas Sjögren getragen hat, als er hier war?«, fragte Bixe.

»Er hat sie vergessen, als er gegangen ist.«

Als er gegangen ist, dachte Bixe.

»Dann danke ich Ihnen vielmals«, sagte sie und ging auf die Tür zu.

Danke für diese Auskunft, dachte sie.

Ehe sie die Glasveranda erreicht hatte, hörte sie hinter sich noch einmal Bosse Birgerssons Stimme.

»Wissen Sie was?«, fragte er leise. »Das muss ich Ihnen einfach sagen. Denn es ist so unheimlich. Ich komme nicht dagegen an, ich male jetzt auf jedes Bild eine Jacke. Können Sie sich das vorstellen? Bosse Birgersson, der für seine Naturszenen bekannt ist, ruiniert alles, indem er auf seinen schönen Bildern Jacken abbildet. Wer zum Teufel will wohl solchen Dreck ausstellen, was meinen Sie?«

Schritte

22

Sie würde es noch einmal tun. Alles würde ins Gegenteil verkehrt werden, umgedreht, zurückgedreht. Was geschehen war, schien lange her zu sein, länger als es eigentlich war, denn die Zeit verging nicht gleichmäßig, und jetzt würde sie es noch einmal tun. Zurückgehen, in der Zeit, im Raum, in der Raumzeit. Einmal hatte sie geglaubt, sie habe das getan, was sie tun musste, aber etwas war schief gegangen, ganz und gar schief, ohne dass sie verstanden hätte, warum, und jetzt musste sie ihre Tat noch einmal ausführen. Mit derselben Münze zurückzahlen. Oder mit der Kehrseite der Medaille. Mit einer nicht ganz so goldgelben, eine mit etwas matterer Oberfläche, ohne diesen Glanz, mit mehr Schande behaftet.

Sie ging lautlos durch das Gras. Mit ihren Füßen, die sich die Fähigkeit erarbeitet hatten, sich stumm zu bewegen, lief sie mitten in die Nacht. Sie wusste jetzt wohin, sie hatte ja den Schmetterling fliegen sehen.

Sie wollte eine Karte zeichnen, um den besten Weg ausfindig zu machen. Nicht den nächsten, nicht den schnellsten, sondern den besten, der ihm den größten Schaden zufügen, der ihm besonders wehtun würde und der außerdem an einem Abgrund endete. Genau davor, denn er sollte fallen, auch er.

Sein leeres Gesicht. Als er in den großen Stiefeln dort gestanden hatte, seine Schritte waren alles andere gewesen als lautlos, er war überaus hörbar, laut und polternd, ein Männerlachen, das den Himmel aufreißen könnte und sogar die Wolken zum Zittern brächte. Frauenlachen klang nie so, das machte kleine Schritte, zeigte höchstens einmal ein kaum sichtbares Lachgrübchen. Solche Menschen machten kein Wesens um sich.

Es war dunkel, aber sie wusste den Weg, sie war ihn schon oft gegangen, auch in Gedanken, wenn sie zusammengekrümmt auf dem Sofa gesessen und gewartet hatte. Sie wusste, wo sie ihre Füße hinsetzen musste, und sie wusste, wo der Weg eine Kurve machte, als hätte sie jeden Schritt auf den Millimeter genau ausgemessen. Mit Präzision, so musste man arbeiten. Durfte nichts dem Zufall überlassen. Sie konnte sich keine weiteren Fehler leisten.

Das Glas war kalt, kalt. Obwohl die Luft so warm war. Regnerisch, das schon, aber warm. Die Scheibe beschlug ein wenig, als sie sie anhauchte. Dahinter sah sie nichts. Nur Schweigen. Sie blieb stehen, vielleicht lange, vielleicht nur einige Sekunden, die Zeit wartete und dehnte sich aus, sie wartete auf sie, das Glas war kalt und sie legte die Hände aneinander, um mehr sehen zu können. Es gab ein Bett, einen Tisch, einen mit Kleidern belegten Stuhl. Auf der Fensterbank einen Krug mit einer Blume. Jemanden, der sich im Bett zu bewegen schien. Ob er das war? Schwer, Nuancen und Konturen zu erkennen, eigentlich spielte es auch keine Rolle. Sie schaute durch das Fensterglas und sah einen Spiegel, ihr eigenes Gesicht, jemand stand dort drinnen, jemand schrie, ein grelles, helles Schreien, war sie das selber? Sie machte kehrt, stürzte davon, immer noch lautlos durch das Gras, sie verschwand zwischen den Baumstämmen, die Zweige knackten unter ihren Fußsohlen, das Laub des vergangenen Jahres raschelte und knisterte. Danach erreichte sie eine Lichtung und sie wusste, dass sie der Zeit davongelaufen war. Das wusste sie. Sie würde zurückkommen, die Zeit war leicht wie Wasser, wenn sie hindurchgehen wollte. Hin und her wogend, eine glitzernde sonnengelbe Oberfläche, keine Wellen, die glucksend an einen Strand schlugen. Sie wusste, dass sie zurückkommen würde.

☆

»Heute Nacht hatte ich das Gefühl, draußen Schritte zu hören«, sagte die Frau.

Sie hatten eben gegessen, die Teller standen noch auf dem Tisch.

»Und Elin hat jemanden gesehen. Ihr Schrei hat mich geweckt. Oder wie war das, Elin, du hast doch etwas gesehen?«

Die Kleine gab keine Antwort, sie hielt den Blick fest auf ihre Puppe gerichtet und zog ihr langsam Schuhe und Pullover an. Ihre Mutter schien sie nicht gehört zu haben.

»Blödsinn«, sagte der Mann. Er schaute seinen Teller an, kratzte mit der Gabel Soßenreste zusammen.

»Doch, hier draußen ist irgendwer herumgelaufen«, beharrte die Frau. »Da bin ich mir sicher. Hin und her. Und dann hat Elin doch ...«

»Da war niemand«, fiel er ihr ins Wort. »Was hätte so jemand denn auch hier suchen sollen?«

»Auf unserem Grundstück«, sagte sie. »Ich finde das unangenehm.«

»Es gibt keinen Grund, sich zu fürchten«, sagte er.

»Fürchtest du dich nie?«

»Mich fürchten? Warum sollte ich das tun?«

»Weil es nachts hier so still ist.«

»Das liegt nur daran, dass du sonst in der Stadt gewohnt hast. Auf dem Land ist es eben still. Das ist der natürliche Zustand der Dinge. Schweigen. Ruhe.«

»Ich fühle mich hier nicht sicher«, sagte sie.

»Blödsinn«, sagte er.

Er erhob sich, ließ Teller und Besteck unangerührt.

»Du kannst sie in die Spülmaschine stellen«, sagte sie.

»Deine Furcht«, sagte er, »geht mir auf die Nerven.«

23

Das Mädchen trug ein rosa Kleid und war auf dem Hofplatz in ihr Spiel vertieft. Sie mochte vielleicht sieben Jahre alt sein. Sie hockte da, ein wenig ungeschickt, das Kleid wie einen Wulst über die Knie gehoben. Vor ihr stand ein blauer Eimer, in den sie beide Hände bohrte.

Als der Wagen auf den Hof gefahren kam, schaute sie auf, kniff die Augen zusammen und legte sich die Hand zum Schutz an die Stirn. So blieb sie hocken, ganz still. Betrachtete neugierig und scheu unter ihrem Pony den Besucher, der in einem ihr unbekannten Auto angefahren kam.

Erik Sander strich sein Baumwollhemd gerade, öffnete die Tür und stieg aus. Er ging auf das Mädchen zu.

»Hallo«, sagte er.

»Hallo«, sagte das Mädchen.

Sie musterte ihn einige Sekunden lang.

»Sind deine Mama oder dein Papa zu Hause?«

Die Kleine sah ihn noch immer an und bewegte sich nicht. »Die sind Essen kaufen«, sagte sie dann. »Die sind bald wieder da. Wer bist du?« Sie starrte weiter. Ihre verfilzten Haare waren auf dem Kopf zusammengebunden. Wenn sie sich bewegte, fielen sie ihr in die Stirn.

»Ich heiße Erik und bin Polizist. Ich würde nur gern kurz mit deiner Mama und deinem Papa reden.«

»Ach. Aber er ist gar nicht mein richtiger Papa. Mein richtiger Papa wohnt in der Stadt.«

»Aha. Aber ich möchte trotzdem mit ihnen reden. Wie heißt du denn eigentlich?«

»Elin.« Sie spitzte den Mund und schaute in ihren Eimer. »Hier hab ich ganz viel Steine«, sagte sie. »Willst du die sehen?«

Sander beugte sich vor, um in den Eimer zu sehen. Unten glitzerte etwas.

»Die Steine habe ich von Ingvar bekommen«, sagte sie. In ihrer zarten Stimme schien Bewunderung zu liegen. »Das ist der Mann von meiner Mama. Er macht Schmuck aus solchen Steinen. Und ich kriege die, die übrig bleiben.«

»Das ist ja lieb von ihm«, sagte Sander.

»Ja«, sagte Elin. »Das ist der, von dem du gedacht hast, er wäre mein Papa. Aber das ist er nicht. Mein Papa wohnt in der Stadt im Söndrumsväg. Er ist beim Militär. Mama und ich haben auch da gewohnt, aber jetzt will Mama nicht mehr da wohnen, und deshalb sind wir umgezogen. Und manchmal wohnen wir hier. Aber manchmal wohnen wir auch in der Stadt.«

»Wohnst du gern hier?«, fragte Sander.

Die Kleine zuckte mit den Schultern und schaute wieder in ihren Eimer. »Ach, es geht. Aber das ist ja nur ein Sommerhaus, deshalb wohnen wir hier nicht richtig. Wenn es zu kalt wird, kann man nicht in Sommerhäusern wohnen. Im Winter jedenfalls nicht.«

»Ja, das kann dann schon ein bisschen kalt werden. Hast du denn hier andere Kinder zum Spielen?«

»Nicht viele«, sagte Elin und verzog ein wenig beleidigt die Unterlippe. »Aber Mama und Ingvar sind im Sommer eben gern hier. In der Stadt kann ich mit Sandra und Josefin spielen, und das finde ich besser, aber Mama ist das egal. Die will immer alles bestimmen.«

Sander bückte sich ein weiteres Mal, diesmal um eine graue Hauskatze zu streicheln, die dösend im Gras lag. Sie trug ein weißes Halsband.

»Wie heißt die Katze?«

»Bengta«, sagte Elin.

»Das ist aber ein außergewöhnlicher Name für eine Katze.«

»So hat meine Oma geheißen. Die ist jetzt tot.«

»Ach.«

Im Eimer knirschte es, als sie die Hand hineinschob und mit den Fingern auf dem Boden herumwühlte.

»Ingvar hat manchmal Steine übrig, wenn er geschliffen hat.«

»Und was schleift er denn?«

»Hab ich doch gesagt. Er macht Schmuck. Er arbeitet unten im Haus. Da hat er jede Menge Maschinen.«

Sie zeigte auf einen kleinen roten Schuppen weiter hinten auf dem Grundstück. An der Fassade lehnte eine Leiter, und auf dem Boden standen Farbdosen.

»Ingvar streicht gerade neu an. Aber jetzt sind sie zum Einkaufen in die Stadt gefahren. Heute wollen sie keine Farbe kaufen, heute gehen sie in den Lebensmittelladen. Was willst du von meiner Mama und Ingvar?«

»Ich würde ihnen gern ein paar Fragen stellen«, antwortete Sander.

»Geht es um die Tante?«, fragte Elin.

»Um welche Tante denn?«

Das Mädchen redete los und holte gleichzeitig tief Atem.

»Die durch das Fenster geschaut hat.«

»Hat irgendwer durch das Fenster geschaut?«

»Ja, denn heute Nacht, als ich aufgewacht bin, stand da eine Tante vor dem Fenster und hat hereingeschaut, ich glaube, das war eine Tante, das kann aber auch ein Onkel gewesen sein, und er oder sie hatte ein riesiges Gesicht und starrte mich einfach an, als ich heute Nacht aufgewacht bin. Ich glaube, es war ein Riese, oder vielleicht ein Ungeheuer. Vielleicht war es auch ein Dieb.«

»Ab und zu kann das nachts so aussehen«, sagte Sander. »Meistens hat man dann irgendwas geträumt.«

»Mama wollte mir auch nicht glauben«, sagte die Kleine.

Sander, der sich schon aufgerichtet hatte, ging wieder in die Hocke. »Ja, aber ich glaube dir. Natürlich hast du gesehen, wie jemand ins Haus geschaut hat. Ich habe nur gesagt, dass man so was manchmal nachts sehen kann. Das ist mir auch schon passiert.«

»Hat sie auch bei dir reingeschaut, die Tante?«

»Vielleicht war das nicht dieselbe Tante«, sagte Sander. »Weißt du noch, wie sie ausgesehen hat?«

»Sie hatte zwei Augen, und sie hat so geguckt ...« Elin riss auf übertriebene Weise die Augen auf. »Und dann hatte sie einen Mund und eine Nase.«

»Ja, das ist klar.« Sander lachte. Aber Elin machte weiterhin ein ernstes Gesicht.

»Sie sah komisch aus. Total komisch. Ja ... irgendwie wie ein Troll. Sie sah aus wie ein Troll. Denn Trolle gibt's doch richtig, nicht?«

»Im Wald vielleicht«, sagte Sander. »Aber die sind bestimmt nicht gefährlich.«

»Sind sie doch!« Elin machte ein empörtes Gesicht. »Sie haben einen Schwanz ... und ganz viel Haare hier!« Sie beschrieb mit der Hand einen Bogen um ihren Kopf.

In diesem Moment hörten sie von der Straße her Motorendröhnen. Ein Wagen fuhr auf den Hof. Er hielt auf einer asphaltierten Garagenauffahrt vor dem Schuppen.

»Mama«, rief Elin.

Die Frau stieg aus dem Wagen, eine schwere Einkaufstüte in der Hand. Zuerst wirkte sie mürrisch, als sie dann aber sah, dass ihre Tochter nicht allein war, öffnete sich ihr düsteres Gesicht zu einem Lächeln. Danach wurde die Tür auf der Fahrerseite geöffnet, und ein Mann stieg aus. Er trug hohe Stiefel und eine dicke schwarze Fleeceweste, seine Hemdsärmel waren aufgekrempelt.

☆

Der Stein war zu spitz. Ingvar Nederli schliff. Er schliff jetzt schon seit zwei Tagen, seit zwei Tagen und zwei Nächten. Ununterbrochen, wie es ihm vorkam. Normalerweise machte er die Steine rund und glatt. Oval, länglich, aber immer glatt. Sie sollten sich auf der Haut weich anfühlen. Aber nun schienen seine Finger ihm nicht mehr zu gehorchen. Sie zitterten und es fiel ihnen schwer, die kleinen Details in den Griff zu bekommen.

Er saß in seiner Werkstatt. Er brauchte die Stille, die dort herrschte.

Ingvar Nederli war wütend. Sein Zorn machte ihm zu schaffen, wie der Stein vor ihm, den er nicht richtig rund und glatt hatte schleifen können.

Ja, es war schwer, alles so zu regeln, wie er das haben wollte. An manchen Tagen war es schwerer als sonst. Und dann tropfte es von der Decke. Das Dach war undicht. Das Haus war alt, eigentlich war es einfach ein alter, nicht mehr benutzter Schuppen. Und dort arbeitete er, in einer ausgedienten Bruchbude.

Zwei Tage und zwei Nächte waren vergangen, in denen die Zeit sich seltsam gedehnt hatte. So lang und so seltsam. Etwas Fremdes hatte sich eingeschlichen.

Jetzt saß er gelassen da und schliff. Aber früher an diesem Tag, als sie aus der Stadt zurückgekommen und auf den Hofplatz gefahren waren, hatte ein Mann dort gestanden. Neben Elin und der Katze. Er hatte dort gestanden und sich suchend umgeschaut. Ein Fremder.

»Was ist das denn für einer?«, hatte Karin gefragt. Mit empörter, ein wenig ängstlicher Stimme. »Was will der denn hier?«

Der Mann hatte sie aus zusammengekniffenen Augen angeschaut, als sie ausgestiegen waren, dann war er auf sie zugekommen und hatte sich vorgestellt.

»Hallo, ich heiße Erik Sander und komme von der Kriminalpolizei. Ich würde Ihnen gern ein paar Fragen stellen.«

Und nun hatte sich auch Ingvar Nederli gefürchtet.

»Es geht um einen Mann«, hatte der Polizist dann hinzugefügt.

Es war eine rasch verfliegende Furcht gewesen.

»Natürlich«, hatte Ingvar Nederli gesagt. »Kommen Sie doch herein.«

Schweigend waren sie auf die Tür zugegangen.

☆

Erik Sander fiel auf, dass Karin Nederlis Hand leicht zitterte, als sie die Tür aufschloss. War es wirklich so beängstigend, Besuch von der Polizei zu bekommen? Weshalb?, überlegte er. Fühlten die Leute sich schuldig, auch, wenn sie gar nichts verbrochen hatten? Oder gab es Dinge, die sie getan hatten, die vielleicht nicht direkt kriminell waren, aber moralisch doch zweifelhaft, die ihr Gewissen belasteten, weshalb sie sich schuldig fühlten?

»Bitte, treten Sie ein«, sagte die Frau, die sich als Karin Nederli vorgestellt hatte. »Es ist ein bisschen chaotisch, Elin schafft es immer irgendwie, den ganzen Boden in Beschlag zu nehmen.«

Glassteine, Barbiepuppen, Kleidungsstücke.

Das kenne ich, dachte Sander und ging hinein. »Das macht nichts«, er lächelte. »Ich habe selbst Kinder, ich bin es gewöhnt, über Legosteine zu stolpern.«

Niedrige Wände, offenbar eine alte Kätnerstelle. Fast wäre er mit dem Kopf an den Türrahmen gestoßen, als er in die Küche ging.

Er setzte sich auf einen Küchenstuhl und legte die Aktentasche auf den Ausklapptisch, der nur zur Hälfte aufgeklappt war, was die enge Küche wohl ein wenig größer machen und das Bewegen erleichtern sollte. Trotzdem war es einwandfrei zu eng, auch wenn die drei Fenster es ziemlich hell machten. Eine Fliege surrte unter der Deckenlampe.

»Möchten Sie Kaffee?«, fragte die Frau.

»Ja, danke, eine Tasse würde mir jetzt gut tun«, sagte Sander.

Der Mann, Ingvar Nederli, hatte bisher geschwiegen. Jetzt ließ er sich Sander gegenüber nieder, auf einem ächzenden Küchensofa mit blaugestreiftem Bezug.

»Es geht um einen Mann, haben Sie gesagt?«

Grobe Stimme.

»Ja.« Erik Sander zog das Foto aus der Aktentasche. »Ich wüsste gern, ob Ihnen dieser Mann bekannt vorkommt.«

Nederli nahm das Foto und betrachtete es mit nachdenklich gerunzelter Stirn. Betrachtete es mindestens eine Minute, als wolle er sich jeden Zug des Mannes einprägen. Dann reichte er das Foto seiner Frau, die jetzt hinter ihn getreten war und ihm die Hände auf die Schultern gelegt hatte.

»Kennst du den vielleicht?«, fragte Ingvar Nederli. »Ich nicht. Nicht, dass ich wüsste, jedenfalls. Wer ist das?«

Er musterte Sander mit wachem Blick. Seine Augen waren schmal und dunkelblau. Immer wieder fiel ihm eine kleine Locke in die Stirn. Im Nacken waren seine Haare ziemlich lang. Sie ringelten sich über seinem Hemdkragen.

»Sie können sich also nicht daran erinnern, ihn jemals gesehen zu haben?«, fragte Sander.

Nederli schüttelte den Kopf

»Ich auch nicht«, sagte seine Frau. »Sollten wir den denn kennen?« Sie legte das Foto neben Sanders Aktentasche. Die Fliege war wieder zu hören, jetzt vom Fenster her, in einem eintönigen scharfen Surren. Immer wieder schlug sie mit dumpfem Aufprall gegen das Glas.

»Er war am Mittsommerabend hier in der Gegend«, sagte Sander. »Abends. Vielleicht auch nachts. Er hat ein Fest bei Birgerssons besucht.«

»Ja, die gehören zu unseren nächsten Nachbarn«, erklärte Ingvar Nederli. »Dass sie auch dieses Jahr wieder ein Fest hatten, wusste ich. Das machen sie immer.«

»Sie waren nicht dort?«

»Wir haben keinen Umgang miteinander.« Der Mann schaute die Tischplatte an und schielte dann zu dem Foto hinüber.

»Haben Sie etwas von dem Fest mitbekommen?«, fragte Sander.

»Nur, dass nicht so viele Leute da waren«, sagte Karin Nederli. »Sie wohnen ja doch ein Stück von uns entfernt. Auf der anderen Seite des Wäldchens.«

»Und sonst ist Ihnen am Mittsommerabend auch nichts aufgefallen?«

»Was denn zum Beispiel?«, fragte die Frau.

Ja, was eigentlich, überlegte Sander. »Tja, irgendwelche auffälligen Menschen vielleicht, Leute, die hier draußen unterwegs waren, vielleicht ein Auto, das vorübergefahren ist. Egal, was. Alles kann wichtig sein.«

Die Nederlis wechselten einen Blick.

»Ist dir etwas aufgefallen?«, fragte Karin Nederli.

Der Mann schüttelte den Kopf.

»Willst du keine Tassen auf den Tisch stellen?«, fragte er dann. »Sollen wir aus den Handflächen trinken?« Er lachte auf, die Kaffeekanne stand schon auf dem Tisch, auf einem blauen Mosaikuntersetzer.

»Ach, Entschuldigung, das hab ich doch glatt vergessen ...« Auch sie lachte jetzt. »Aber übrigens, wo ist Elin?«, fragte sie dann.

Sie stellte blaue Keramikbecher auf kleine Korkuntersetzer.

»Die ist mit der Katze draußen«, antwortete der Mann.

»Kannst du sie sehen?«

»Ja, sie sitzt genau vor dem Fenster.«

In seiner Stimme lag ein kleiner Hauch von Gereiztheit.

Sander trank einen Schluck Kaffee, er schmeckte gut, war gerade stark genug.

»Bitte, nehmen Sie doch auch ein Plätzchen.«

Er hatte plötzlich das Gefühl, dass sie ihn in gute Laune versetzen wollte. Er nahm sich eines von den Plätzchen, als sie ihm die Schüssel hinhielt, begegnete ihrem Blick, doch der wanderte rasch zu seiner Schulter weiter. Sie strich sich den Pony aus der Stirn, wodurch für eine Sekunde ihre großen Augen zu sehen waren. Dann fiel er wieder zurück und sie kniff ein wenig die Augen zusammen, als einige Haare sich in ihren schwarz getuschten Wimpern verfingen. Die Frau ist schön, dachte Sander, doch sie war auch zerbrechlich, auf eine Weise, die ihn nicht ansprach. Unter ihrem rosa Pullover wirkte sie in sich zusammengesunken.

»Warum fragen Sie nach diesem Mann?«, fragte Ingvar Nederli. Er schien zu frieren, schloss die Hände um den Becher.

»Er war am Mittsommerabend hier in der Gegend unterwegs und wurde dann später tot aufgefunden.«

Sander sah, wie das Paar, das ihm hier gegenübersaß, erbleichte, sie wurden wirklich weiß im Gesicht. Die Frau verschränkte Schutz suchend die Arme vor der Brust. »Himmel …«, murmelte sie.

»Hier?«, fragte Ingvar Nederli.

»Wie meinen Sie das?«, fragte Sander.

»Wurde er hier … tot aufgefunden?«

»Nein.«

Sofort wirkten die beiden erleichtert. Die Frau beugte sich wieder vor, nahm ihren Becher, trank aber nicht.

»Es passieren so viele schreckliche Dinge«, sagte sie. »Wir waren am Samstag in der Stadt, und da hat irgendwer einen dicken Kratzer an unseren Wagen gemacht. Obwohl der ganz deutlich sichtbar auf einem Parkplatz stand.«

Der Mann drehte sich zu seiner Frau um. »Aber das hat ja wohl nichts mit dieser Sache zu tun.«

Karin Nederli schlug die Augen nieder. Zum wievielten Mal nun schon, überlegte Sander.

»So war das auch nicht gemeint«, sagte sie, wie um sich zu entschuldigen. »Ich meine nur … dass man nirgendwo mehr sicher ist.«

Ingvar Nederli war offensichtlich gereizt. Vielleicht war der Kratzer daran schuld, dachte Sander. So eine Reparatur ist sicher teuer. Er kannte sich nicht weiter mit diesen Dingen aus, einen Kratzer an seinem Auto würde er kaum besonders registrieren. Das war ohnehin schon eine ziemliche Rostlaube, ein Kratzer mehr oder weniger würde da keine Rolle spielen.

»Wollen Sie das anzeigen?«, fragte Sander.

»Den Kratzer?«, fragte der Mann.

»Nein«, sagte Karin Nederli. »Wir haben ja keine Ahnung, wer das getan haben kann.« In ihren Augen funkelte etwas auf. Unsicher sah sie Sander an, hielt seinen Blick ein wenig zu lange fest.

»Sicher?«, fragte Sander. »Manchmal kann man doch …«

»Hooligans«, murmelte der Mann.

Vermutlich, dachte Sander. Und die Polizei hatte auch so schon genug zu tun. Eine Anzeige wegen eines Kratzers im Autolack würde doch nur auf einem Papierstapel landen. Auf einem stetig wachsenden Papierstapel.

»Und Sie sind sicher, dass Sie den Mann nicht gesehen haben? Und Sie haben an diesem Abend auch sonst niemanden gesehen?«

»Menschen sieht man ja ab und zu«, sagte der Mann.

»Ich muss zugeben, dass ich auf dem Land ein wenig Angst vor der Dunkelheit habe«, sagte die Frau plötzlich.

Ingvar Nederli lachte kurz auf. »Du siehst überall Gespenster«, sagte er und strich ihr über den Rücken. »Auf dem Land ist es nicht gefährlich. Da ist es in der Stadt viel schlimmer.«

»Ich bin es nicht gewöhnt, auf dem Land zu leben.« Wieder sah sie Sander an. »Ich habe immer in der Stadt gewohnt. Aber Ingvar möchte gern die Ferien hier draußen verbringen.«

»Ja, wann soll man denn sonst in einem Ferienhaus sein?«, fragte Ingvar Nederli.

»Sie wohnen also sonst in der Stadt?«, fragte Sander.

»Mitten im Gewühl«, sagte der Mann. »Deshalb braucht man doch das hier … die Luft, die Stille. Die Freiheit.« Er holte tief Luft.

»Ganz recht«, seufzte Sander und schaute noch einmal die vor dem Fenster herumbrummende Fliege an.

☆

»Es haben nicht sehr viele etwas gesehen«, sagte Erik Sander später an diesem Tag, nachdem sie die Liste der Festgäste durchgegangen waren. »Und die Nederlis konnten uns über das Fest bei den Birgerssons gar nichts sagen. Ansonsten scheint es ein ziemlich feuchter Abend gewesen sein. Von allen, mit denen ich gesprochen habe, können sich nur zwei an Jonas Sjögren erinnern.«

»Und woran genau erinnern die sich?«, fragte Eva-Britt Bixe.

Sander schaute aus dem Fenster. Es war unmöglich, die Tropfen zu zählen. Hundert Tropfen, tausend.

»Ein Mann hat gesagt, dass er und Sjögren zusammen vor der Tür gestanden und geraucht haben.«

»Und sonst noch?«

»Sie haben sich miteinander unterhalten, aber er weiß nicht mehr, worüber. Er fand Sjögren sympathisch und meinte, dass sie auf der Treppe durchaus lustig waren. Das ist alles.«

Bixe seufzte. »Und die andere Person?«

»Ein wenig interessanter. Es war eine Frau. Sie behauptet, sie habe Jonas Sjögren und Annie Birgersson in einer Ecke turteln sehen.«

»Turteln?« Bixe schaute ihn aus ihren blauen und gerade ungewöhnlich weit aufgerissenen Augen an. Entweder war sie gereizt, müde, hungrig oder sie hatte wieder Migräne. Oder vielleicht alles auf einmal, dachte Sander.

»Ja, turteln.«

»Was bedeutet das?«

»Wie Tauben, nehme ich an. So hat sie das eben gesagt, diese Frau.«

»Hättest du sie nicht bitten können, das ein wenig zu präzisieren?«

»Das habe ich doch getan«, sagte Sander. »Und offenbar hatten Sjögren und Annie Birgersson einander richtig gefunden. Denn einige Zeit später ist diese Frau draußen im Garten auf sie gestoßen.«

»Was wollte sie dort?«

»Diese Frau, meinst du? Das hat sie nicht gesagt. Vielleicht war vor der Toilette eine Warteschlange. Oder jemand hatte sich dort eingeschlossen und war dann eingeschlafen. Das Fest scheint ja, wie gesagt, reichlich feucht gewesen zu sein. Aber jedenfalls ging es zwischen Annie Birgersson und Jonas Sjögren richtig heiß her, denn sie umarmten einander und Frau Birgersson war nur noch halb angezogen, falls überhaupt.«

»Seltsam«, sagte Bixe. »Dass Annie Birgersson so etwas vergessen hat. Kann sie so betrunken gewesen sein?«

»Sie wollte das nicht erwähnen, das musst du doch verstehen.«

»Ja, so wird es wohl sein. Und dann wird Sjögren ermordet. Seltsam. Überall wird gelogen, aber trotzdem … ich weiß nicht, aber ich habe das Gefühl, dass etwas an der Sache nicht stimmt.«

»Wie meinst du das?«, fragte Sander.

»Ich weiß nicht. Ich habe das starke Gefühl, dass da etwas …« Sie winkte ab. »Ach, vergiss es. Das ist einfach nur so ein Gefühl. Ich kann das nicht besser erklären.«

»Es gibt auch Bilder«, sagte Sander.

»Bilder?«

»Ja, ein Gast hatte einen Fotoapparat dabei.«

»Immerhin etwas.«

»Aber vergiss nicht, dass es Partybilder sind.«

»Ja?«

»Die sind meistens verschwommen.«

»Verschwommen oder nicht. Das scheinen die Erinnerungen ja auch zu sein. Wir werden sie eben gegeneinander abwägen müssen.«

☆

»Ich bin jetzt vielleicht ungerecht«, sagte Janne Ring. »Aber ich finde, dass Åsa Sjögren *einen Abstieg gemacht hat.*«

»Ach. Und wieso?«

Eva-Britt Bixe saß auf Rings Schreibtischkante. Es war fast sechs, der Gang draußen war verlassen und dunkel. Sogar Sander war schon nach Hause gegangen.

»Wenn ich das richtig beurteilen kann, dann ist Björn Berg nicht gerade der begehrteste Mann in der Zahnpflegeszene.«

»Und weshalb nicht? Vielleicht hat er eine Wahnsinns-Bohrtechnik«, sagte Bixe.

»Aber nur in Zähnen«, sagte Ring.

»Also, was meinst du?«

»Er war braun angezogen, der ganze Kerl war braun. Überall. Und auf irgendeine Weise unbeholfen, der hat ja nicht mal den Ausgang gefunden, als er gehen wollte.«

»Es gibt Männer mit versteckten Qualitäten«, sagte Bixe.

»Dann gehört er wohl offenbar zu denen. Denn irgendwas muss Åsa Sjögren doch angezogen haben.«

»Seine Art zu bohren, vielleicht«, grinste Bixe und rutschte vom Schreibtisch.

»Hör auf, Eva-Britt. Ich meine das ernst.«

»Ich auch. Aber Åsa Sjögren hat sich vielleicht nur einsam gefühlt und einen Golfpartner gebraucht.«

»Das von dem Golfschläger hab ich gehört«, murmelte Ring. Ein Lächeln stahl sich in seinen Mundwinkel. »Das hat Erik erzählt. Manchmal gehst du wirklich ein bisschen weit.«

»Vielleicht hat er Geld«, sagte Bixe. »Das verborgene Talent, die Brieftasche hinten in der Hose.«

»In der braunen Jackentasche«, korrigierte Ring.

»Du glaubst also nicht, dass das etwas gebracht hat?«

Ring schüttelte den Kopf. »Und du und Erik? Wie war es in Tönnersjö?«

»Ach, danke. Ein bisschen besser als hier. Die Birgerssons, bei denen am Mittsommerabend das Fest war, lügen. Alle beide. Ich weiß nur nicht, worin oder warum. Aber etwas wollen sie verbergen. Er behauptet energisch, keine Ahnung zu haben, wohin Jonas Sjögren vom Fest aus gegangen ist, will ihn an dem Abend kaum gesehen und noch viel weniger mit ihm gesprochen haben. Aber dann hat er zweimal, hörst du, zweimal gesagt, dass Sjögren sein Jackett vergessen hat, als er gegangen ist.«

»Das verstehe ich jetzt nicht ...«

»Er hat gesagt, als er *gegangen* ist. Er hat nicht gefahren gesagt, sondern gegangen. Wenn er nicht gesehen hätte, dass Sjögren gegangen ist, dann hätte er sich sicher anders ausgedrückt. ›Als er das Fest verlassen hat.‹ Oder einfach, dass er sein Jackett vergessen hat. Ohne zu erwähnen, auf welche Weise er sich von dort entfernt hat.«

Ring schaute zu ihr hoch. »Das kann also heißen, dass er zu Fuß unterwegs war.«

»Das hat er zweimal gesagt.«

»Bleibt die Frage, warum.«

»Ich glaube, dass die Birgerssons auch diese Antwort kennen. Beide wissen, warum Sjögren das Fest verlassen hat, aber aus irgendeinem Grund wollen sie es nicht sagen.«

»Er hat sich mit irgendwem gestritten«, schlug Ring vor.

»Das klingt durchaus plausibel.«

»Mit dem Gastgeber selbst?«

»Sehr gut möglich.«

»Weshalb denn?«

»Vermutlich wegen Frau Birgersson. Sie hatte offenbar ein Auge auf Sjögren geworfen.« Bixe seufzte. »Und jetzt gehe ich auch, und zwar nach Hause.«

»Gute Idee.« Janne Ring stand auf und legte einen Papierstapel auf dem Tisch zusammen. Schob ihn zu den Unterlagen.

»Wie geht es übrigens Erik?«, fragte er.

Bixe stand schon mit dem Mantel in der Hand in der Tür. »Wie meinst du das?«, fragte sie.

»Er sieht ... ein wenig müde aus.«

Sie dachte daran, was Sander ihr erzählt hatte. Und das war vertraulich gewesen. »Das kann ich dir leider nicht sagen«, sagte sie.

24

Ein plötzlicher Regenguss prasselte gegen das Fenster. Henrietta Sander hatte sich gerade ihre zweite Tasse Kaffee eingeschenkt. Es war zehn Uhr vormittags und sie saß in der Konditorei Krantz im Bergsläntsgränd an einem Fenstertisch und schaute durch die regennasse Fensterscheibe. Schon wieder Regen. Zum zweiten Mal innerhalb von zwei Tagen. Aber am Vortag hatte es nicht ganz so heftig geregnet. Sie nippte an ihrem Kaffee und betrachtete die Häuser auf der anderen Straßenseite. Zweistöckige rote Reihenhäuser. Sie sahen gemütlich aus, die Klinkerfassaden waren ein wenig unregelmäßig, mit Farbtönen, die zwischen rosa und weinrot variierten und die die Häuser deshalb lebendiger aussehen ließen. Als ob sie eine Seele hätten, dachte sie, obwohl sie höchstens zehn Jahre alt sein konnten. Henrietta konnte sich durchaus vorstellen, dort zu wohnen. Mitten in der Stadt, und doch ruhig und für sich. Vielleicht auf der Rückseite mit einer Treppe zum Garten und mit …

»Hallo! Hier sind Sie also?«

Sie schaute auf und sah ihn mit einer Tasse in der Hand vor sich stehen.

»Sind Sie allein? Darf ich mich setzen?« Schon schob er sich einen Stuhl zurecht. Einige Kaffeetropfen schwappten über den Tassenrand und malten einen dunklen Ring auf die Untertasse. Der Mann mit dem Auto, der Helfer in der Not. Wieso hatte sie dieses Gefühl von …

»Warum machen Sie so ein erschrockenes Gesicht?«

Weil du immer so plötzlich auftauchst, hätte sie gern gesagt. Lächelte jedoch nur und trank noch einen Schluck.

»Hier gibt es guten Kaffee«, sagte sie.

»Kommen Sie oft her?«, fragte er.

Diesmal wartete er ihre Antwort ab. Sie schüttelte den Kopf. »Sehr selten. Ich meine, ich gehe überhaupt nicht oft in Cafés. Das habe ich schon lange nicht mehr gemacht. Wirklich nicht.«

Er sah sie an, zwei Lachgrübchen neben einem unbewegten Mund. Lächelnder Ernst. Ernstes Lächeln. Vielleicht war es in seinen Augen zu sehen.

»Dann war es ja wirklich höchste Zeit«, sagte er.

»Es war nett von Ihnen, dass Sie uns den Schreibtisch nach Hause gefahren haben«, sagte sie. »Die Kinder wären so enttäuscht gewesen, wenn sie nicht ...«

»Es ist schon seltsam«, sagte er nachdenklich, »dass wir uns jetzt noch einmal über den Weg gelaufen sind.«

An seinen Armen und Händen waren rote Farbflecken zu sehen, die nur nachlässig weggekratzt worden waren.

»Malen Sie?«, fragte sie.

Er schaute nach unten, irgendwie überrascht, dann lächelte er wieder, und jetzt war sein Lächeln im ganzen Gesicht zu sehen, bis hin zu den Fältchen um seine dunklen Augen.

»Woher wissen Sie das?«, fragte er.

»Das ist wirklich nicht schwer zu erraten.« Sie warf einen Blick auf seine Arme und überlegte, wie alt er wohl sein mochte. Fünfunddreißig? Ja, er war sicher ungefähr in ihrem Alter.

»Ich streiche mein Atelier neu an«, sagte er.

»Ein Atelier«, sagte sie. »Was machen Sie denn darin?«

»Ich stelle Schmuck her.«

Sie musterte ihn noch einmal, ließ ihre Blicke wieder über die Farbflecke gleiten. Er sah nicht aus wie ein Mann, der Schmuckstücke herstellte. Ein Schmuckmacher, dachte sie, feingliedrig, bleich, gefühlvoll. Dieser Mann hier war zwar nicht gerade muskulös, das nun doch nicht, aber er sah eher aus wie ein ... Anstreicher oder Bauarbeiter. Ja, so etwas. Sie begriff nicht, wieso ihr diese Gedanken kamen.

»Schmuck unterschiedlichster Art«, sagte er nun. »Aus Steinen. Ich schleife sie und fasse sie danach in Silber ein.«

»Das klingt spannend«, sagte sie.

»Ich komme nicht über diesen seltsamen Zufall hinweg«, sagte er langsam. »Dass wir uns schon wieder begegnen. Findest du, dass das eine Bedeutung haben muss?« Er lachte auf, und zwar laut. Ein männliches Lachen, dachte sie, eins, das den Himmel öffnen und den Regen anhalten könnte. Die Wolken, die einen Spalt aufgerissen waren, und die Sonne, die den Lack des Autos zum Funkeln gebracht hatte, als sie mit dem scheppernden Wagen über den Parkplatz gegangen war. Eine Frau lacht nie so, dachte sie dann, Frauen lachen vorsichtig, kaum hörbar, leise, so, wie sie es jetzt tat. Ein leises Lachen, die Serviette vor den Mund gepresst.

»Was soll es denn zu bedeuten haben?«

Er zuckte mit den Schultern. Jetzt war wieder lächelnder Ernst angesagt.

»Ich habe direkt gesehen, dass du eine ganz besondere Frau bist«, sagte er leise.

»Ach. Und inwiefern?«

»Das sieht man.«

Blödes Gerede, dachte sie. Fadenscheinig. Was konnte sich darunter schon verstecken, außer Krümeln, eingetrocknetem Schmutz, Staub? Ihr Kaffee war alle.

»Was machst du jetzt?« Er wollte seine Frage eindringlich klingen lassen, seriös. Sie überlegte, ob sie in seinem Theater mitspielen sollte, sie hatte nichts zu verlieren, so lange sie sich klarmachte, dass die Bühne nicht echt war.

»Wer bist du?«, fragte sie. »Abgesehen davon, dass du Schmuck machst.«

»Ingvar«, sagte er. »Ich heiße Ingvar.« Er schaute ihre Tasse an, wo ihre Hand ruhte, und wo der Ring, wenn auch ein wenig matt, an ihrem Finger glänzte.

Sie spürte, wie sie errötete, lächerlicherweise, sie war doch fast vierzig. Dennoch, aus irgendeinem idiotischen Grund errötete sie. Ihr Gesicht glühte und sie hätte sich am liebsten abgewandt.

»Ich heiße Henrietta«, sagte sie.

»Ich habe dich etwas gefragt. Was hast du jetzt vor?«

»Nichts Besonderes. Und du?«

»Ich wollte mir eigentlich ein paar Bücher besorgen, etwas Literarisches«, sagte er. »Man braucht bei der Arbeit doch Inspiration.«

»Machst du hauptberuflich Schmuck?«, fragte sie und glaubte für den Bruchteil einer Sekunde, in seinem Blick etwas Düsteres zu ahnen.

Oder war das Einbildung?

»Ja, im Moment ja«, sagte er.

»Aber nicht immer?«

Er gab keine Antwort. »Jetzt«, sagte er dann, »wo wir uns wieder begegnet sind, und wo ich das als Omen betrachte …«, er lachte leise. »Da könnten wir doch vielleicht zusammen mittagessen. Was sagst du?«

»Tja, warum nicht?«

Noch war die Bühne leer. Es war nur Theater, es war alles nicht echt.

☆

Erik Sander knurrte der Magen. Es war ein drängendes, mahnendes Knurren, das in seinem Magen einen Sog entstehen ließ. Er hatte Hunger, hatte seit dem Frühstück nichts mehr gegessen, und auch zum Frühstück nur wenig, denn er hatte den Wecker überhört und deshalb nur im Stehen eine halbe trockene Brotscheibe zu sich nehmen können. Später am Vormittag dann eine Tasse Kaffee. Das war alles. Kein Wunder, dass er sich schwach fühlte.

Jetzt trottete er mit hängendem Kopf in sein Zimmer. Der Hunger versetzte ihn in gereizte Stimmung. Er musste eigentlich losgehen und etwas essen. Aber er konnte sich nicht aufraffen, vielleicht gerade wegen des Hungers. Also blieb er noch eine Weile sitzen, starrte mit leerem Blick einige Papiere an, las, ohne auch nur ein Wort zu verstehen. Warf einen Blick auf die Armbanduhr, dann auf den Computer. Dessen Uhr ging eine Minute nach. Zehn nach zwölf. Trotz allem, er musste etwas in den Magen bekommen. Er stand auf, ging hinaus auf den Flur, auch dort war alles leer, nur in Bixes Zimmer brannte Licht. Ein schwacher Lichtschein fiel durch den Türspalt über den Kunststoffteppich auf dem Flurboden.

»Kommst du mit zum Essen?«, fragte er und steckte den Kopf halbwegs durch den Türspalt.

Bixe schaute auf. »Nein. Nein danke, heute nicht. Ich bin eben erst aus der Stadt gekommen.«

»Willst du denn nichts essen?«

Sie schüttelte den Kopf. »Hab keinen Hunger.«

»Was ist los?«, fragte Sander.

Bixe schüttelte noch einmal den Kopf. Sie rieb die Lippen aufeinander. Ihm fiel auf, dass ihr Lippenstift verblasst war und dass sie keinen neuen aufgetragen hatte. Das sah ihr überhaupt nicht ähnlich.

»Nichts. Ich hab einfach keinen Hunger.«

Er wollte gerade gehen, als sie noch etwas sagte.

»Du, ich habe vorhin Henrietta gesehen. Da ging sie gerade in die Konditorei Krantz.«

»Ach. Ja, sie macht diese Woche einen Kurs.«

»Dann war das sicher in ihrer Kaffeepause«, sagte Bixe. »Grüß sie doch von mir. Ich habe gewinkt, aber sie hat mich nicht gesehen.«

»Werde ich. War sie allein?«

Bixe schaute ihn überrascht an. »Ja, natürlich. Warum?«

»Ach, fiel mir nur so ein. Jetzt gehe ich. Und du willst ganz bestimmt nicht mitkommen?«

»Ganz bestimmt nicht.«

Er ging durch den Flur und weiter zur Treppe. Etwas in Bixes Gesicht hatte ihm gesagt, dass sie jetzt nicht reden wollte. Etwas schien nicht zu stimmen, aber er konnte sich nicht so recht vorstellen, was das sein mochte.

Unterwegs zog er seine Jacke an. In der Rezeption war alles leer, auch das Telefon war unbesetzt. Eine junge Frau im Wartebereich blätterte in der aktuellen Tageszeitung. Brauchte sicher einen Pass oder wollte ihr Fahrrad als gestohlen melden. Er ging durch die Glastür, die feuchte Luft schlug ihm entgegen. Aber immerhin regnete es nicht mehr. Er ging hinunter zum Karl XI:väg. Er fröstelte ein wenig, knöpfte die Jacke höher zu, es war windig und unfreundlich, der Bürgersteig nach den heftigen Regengüssen des Morgens übersät von Pfützen.

Er ging vorbei an der Brauerei, folgte dann dem alten Lattenzaun. Früher hatten die Schornsteine immer geraucht und die ganze Straße in ihren Gestank gehüllt. Jetzt roch es nur nach Asphalt und Steinen und ab und zu ein wenig nach Abgasen. Er ging durch die Klammerdammsgata und hatte bald den Marktplatz erreicht. Vor dem McDonalds standen etliche Jugendliche. Für einige Sekunden spielte er mit dem Gedanken, hineinzugehen, aber dann entdeckte er Rebecka, die Nachbarstochter, mitten in dieser Gruppe, und überlegte es sich noch einmal anders, aus irgendeinem Grund war auch ihm nicht nach Reden zumute. Er wanderte weiter in Richtung Storgata. Dort waren überall die Restaurants wie Pilze aus dem Boden geschossen, es wimmelte nur so von Lokalen. Meistens waren sie ziemlich teuer und von der Sorte, in der er sich nicht richtig zu Hause fühlte. Die Sorte Lokal, die auf einer Schiefertafel vor der Tür mindestens zehn verschiedene Sorten Kaffee anbot, ohne dass er gewusst hätte, worin die sich unterschieden. Wann war der übliche schwedische Kaffee verworfen worden? Und wo zum Teufel, konnte er ein Bauernfrühstück bekommen, oder eine Kochwurst mit Kartoffeln, braunen Bohnen und gebratenem Speck? Wenn alles so gewesen wäre, wie es sein sollte, dachte er, dann hätte er ins Oxbollen gehen und braune Bohnen essen können. Aber die alten verrauchten Räume des Oxbollens waren in ein Sportgeschäft mit Neonröhren unter der Decke verwandelt worden. Die Welt steht auf dem Kopf, dachte er und betrat frierend das erstbeste Lokal. Er setzte sich an einen Zweipersonentisch und griff zur Speisekarte, die in einer Art überdimensionalem Serviettenhalter steckte.

Er überflog die Karte, entschied sich nach nicht allzu langem Zögern – alle Gerichte waren kleine Mysterien für ihn, und er hatte schrecklichen Hunger. Er rieb sich die Hände, hauchte sie zum Aufwärmen an.

Das Essen war akzeptabel, auch wenn er nicht so recht wusste, was er da aß, irgendein Gemüsepüree, aber was für ein Gemüse war das wohl, und ein Stück Fleisch, das gerade groß genug war, um einen hart arbeitenden Polizisten zu sättigen. Aber immerhin wärmte das Essen seinen Magen ebenso wie das Lightbier, das jedenfalls brav und bieder war und aus der Brauerei stammte, an der er auf dem Weg hierher vorbeigekommen war. Er bekam seinen Kaffee, schwarzen Kaffee in einer kleinen weißen Tasse, und nippte daran, als er plötzlich etwas sah, das ihm den Atem verschlug.

Er knallte die Tasse auf den Tisch. Obwohl sie so unverschämt klein war, schwappte der Kaffee über die Kante und in die Untertasse. Er war verblüfft, geschockt, überrascht. Wütend? Nein, so weit war er noch nicht, von Zorn konnte noch keine Rede sein. Das nun wirklich nicht. Er fühlte sich nur wie gelähmt. Er saß verständnislos da, mit seinem Kaffee, der durch seine Speiseröhre wieder nach oben zu kommen schien.

Auf einem Tisch ganz hinten im Restaurant brannte flackernd eine Kerze und beleuchtete hilfsbereit zwei Gesichter. Auf dem Tisch standen zwei leer gegessene Teller.

Sie sahen nichts, auch ihn nicht, sahen nur einander, als sie da ins Gespräch vertieft saßen. Man konnte kaum sehen, dass ihre Lippen sich bewegten, es schien sich um ein langsames und nachdenkliches Gespräch zu handeln.

Er zwang sich, in eine andere Richtung zu blicken, starrte seinen Teller an, weißes Porzellan, ein weißer gerader Weg zur Hölle. Er hätte gern eine Zeitung gehabt, eine im altmodischen Format, nicht so eine neue, geschrumpfte. Ganz einfach irgendein Blatt, hinter dem er sein Gesicht verstecken konnte. Er schob die Hand in die Tasche, fand auf irgendeine Weise seine Brieftasche, zog die Jacke über. Legte eine Anzahl von Geldscheinen auf den Tisch und dachte, das müsse irgendwie aufgehen, das hohe Trinkgeld war es wert, so kam er doch unbemerkt nach draußen.

Hinaus in die Luft. Die strömte eiskalt in seine Lunge. Sein Rücken brannte, er war außer Atem und schämte sich aus irgendeinem seltsamen Grund. Er hatte etwas gesehen, das er einfach nicht hätte sehen dürfen.

Wie er danach zurück auf die Wache gelangte, war ein ebenso großes Mysterium wie die Gerichte auf der Speisekarte.

Was zum Teufel?

Er beschloss, nicht mehr nachzudenken, ging wieder auf sein Zimmer, schlang die Arme um den Leib und fuhr zusammen, als er jemanden hereinkommen hörte.

Sonja von der Rezeption sah ihn an, durchdringend und verwundert, oder vielleicht bildete er sich das ja auch nur ein.

»Wolltest du etwas?« Er versuchte, freundlich zu klingen, nicht verärgert oder mit einer Stimme, die brach wie die eines Jungen im Stimmbruch.

»Ja.«

Sie lächelte ihr übliches Lächeln, reizend und ehrlich. Er räusperte sich und schaute das Papier an, das sie vor ihn hinlegte.

»Da unten wartet ein Tom Kristiansen auf dich«, sagte sie.

»Was will er?« Sander fand, dass seine Stimme sich wieder normal anhörte.

»Das hat er nicht gesagt.«

»Und will er nur mich sprechen?«

Sonja lachte. »Nein, das ist ihm egal. Ich kam nur als Erstes an deinem Zimmer vorbei. Ich wollte ein paar Unterlagen abgeben.«

Wieder lächelte sie, ihre Lachfältchen schienen darum zu wetteifern, welches auf ihren Wangen am höchsten klettern könnte. Er fühlte sich fast enttäuscht, hätte sich gewünscht, sie hätte ihm etwas ansehen können, ein besorgtes und fragendes Gesicht gemacht. Aber was er dann hätte antworten sollen, wusste er nicht, es gab keine Antwort, es gab nur Fragen, und die wollte er, für den Moment jedenfalls, nicht einmal in Gedanken ausformulieren.

☆

Erik Sander schluckte sich durch den Nachmittag. Schluckte und schluckte, versuchte, das nach unten zu drängen, was immer wieder nach oben wollte. Diesen scheußlichen bitteren Geschmack im Mund.

Er schluckte, als der Mann sein Zimmer betrat, mit für jemanden von diesem Umfang seltsam lautlosen Schritten. Als ihre Blicke einander begegneten, blies der Fremde eine dicke Rauchwolke ins Zimmer.

Ein Brocken von an die eins neunzig, der eng sitzende Jeans und ein schwarzes T-Shirt mit weißem Aufdruck trug. Seine Haare waren kurz geschoren und auf dem einen Oberarm prangte eine auffällige Tätowierung. Er wirkte fast überall aufgeschwollen und überdimensional, über dem Bund seiner Jeans quoll sein Bauch hervor, der jedoch eher muskulös war als dick, und die Finger, die die Zigarette hielten, waren grob wie die eines Bauarbeiters.

»Verzeihen Sie, wenn ich Sie erschreckt habe«, sagte der Mann und schwenkte seine Kippe. »Wo kann ich die hier loswerden?«

»Hier darf man eigentlich überhaupt nicht rauchen«, sagte Sander leise.

»Ja, das ist klar. Also, verzeihen Sie. Wo kann ich die wegwerfen?«

Sander schaute sich verwirrt um, als fände er sich auf seinem eigenen Schreibtisch nicht mehr zurecht. Schob dem anderen dann zerstreut einen leeren Kaffeebecher hin. »Hier.«

Der Mann beugte sich vor und ließ die Kippe fallen, die im kalten Kaffeesatz aufzischte. Dann ließ er sich, ebenso lautlos, wie er ins Zimmer gekommen war, in einen Besuchersessel sinken.

»Ich heiße Tom Kristiansen. Und ich kenne Jonas Sjögren. Obwohl, kennen ist vielleicht zu viel gesagt. Wir haben einmal in einem Salon in Malmö zusammengearbeitet. Aber das ist schon viele Jahre her.«

Sander setzte sich gerade hin. Sah den Mann einige Sekunden lang an und registrierte dann das eine herunterhängende Augenlid.

»In Malmö?«, fragte er.

»Ja, Anfang der achtziger Jahre. Wir kamen gerade frisch von der Ausbildung und fanden alle beide einen Job in einem neu eröffneten Salon mitten in der Stadt. Aber Jonas blieb ja nicht lange da. Er hatte Heimweh nach Halmstad. Nach seinen Wurzeln.«

»Und Sie selber?«

»Ich habe keine Wurzeln, die habe ich alle herausgerissen. Nichts, wohin ich zurückkehren könnte. Ich bin noch immer in Malmö.«

»Und Sie arbeiten noch immer als Friseur?« Sander warf einen Blick auf die kurzgeschorenen Haare des Mannes, und auf das T-Shirt, das, wie er annahm, in einen Frisiersalon nicht sonderlich gut passen würde. Ja, der ganze Kerl passte nicht zu Fönen, Scheren und weichen Bürsten.

Der Mann schüttelte den Kopf, lächelte kurz. »Nein.«

»Worauf haben Sie denn umgesattelt?«

»Auf eine andere Branche, die weder besser noch schlechter ist. Nur eben anders.«

Er schnaubte kurz durch die Nase. Gefiltertes Lachen, dachte Sander.

»Und was können Sie mir über Jonas erzählen?«

»Kommt darauf an, was ich dafür kriege«, sagte Tom Kristiansen.

»Wie? Wie meinen Sie das?«

»Wenn ich erzähle. Was kriege ich dann?«

Sander erhob sich, ging um den Tisch herum und blieb dann vor seinem Besucher stehen.

»Als Strafe oder als Belohnung?«, fragte er.

»Sowohl als auch«, sagte der Mann und streckte ein Bein aus, um eine zerknüllte Zigarettenschachtel aus seiner Hosentasche fischen zu können.

»Das kann ich Ihnen leider nicht sagen, ehe ich gehört habe, was Sie erzählen können. Außerdem habe nicht ich über Bußgelder oder Belohnungen zu entscheiden.«

»Na, Spaß beiseite. Darf ich?«

Der Mann hob eine Zigarette hoch und sah Sander mit hochgezogenen Augenbrauen an.

»Eigentlich nicht.« Sander ging weiter und öffnete das Fenster sperrangelweit.

»Na? Was haben Sie mir also zu sagen?«

Wieder lächelte Kristiansen, mit dünnen Lippen und Wangen, die schmal wurden, wenn er Rauch einzog. Er rauchte eilig, bald ließ er auch diese Kippe in Sanders Becher fallen.

»Wie schon gesagt habe ich früher einmal mit Jonas Sjögren zusammengearbeitet. Durch einen Kollegen … naja, ehemaligen Kollegen habe ich gehört, was hier passiert ist. Ist Jonas wirklich ermordet worden?«

Sander nickte.

»O verdammt. Das ist ja entsetzlich … Aber egal, dass ich

hier sitze liegt daran, dass ich unterwegs nach Göteborg bin. Und da dachte ich … ach, ich schau einfach rein, statt anzurufen, oder so. Eigentlich weiß ich ja gar nicht, ob …«

»Ja?«

»Ja, ich weiß ja gar nicht, ob das, was ich erzählen kann, wichtig ist. Vielleicht ist es ja nur ein Schuss in den Ofen. Aber ich dachte, Sie sollten es doch wissen. Und dann können Sie damit machen, was Sie wollen.«

»Womit denn?«, fragte Sander ein wenig irritiert, weil dieser Mann einfach nicht zur Sache kam.

»Ehrlich gesagt«, sagte der Mann jetzt, »mich wundert überhaupt nichts mehr. Die Friseurbranche ist faul. Durch und durch. Da gibt es kaum noch eine ehrliche Seele. Da gibt es einfach so viel Dreck. Aber das wissen Sie sicher schon?«

»Wovon genau reden Sie da?«

»Something in that business is rotten. Wenn Sie verstehen?« Kristiansen zog die dritte Zigarette aus der Tasche.

»Ich glaube, nicht so recht«, sagte Sander.

»Da, wo ich wohne«, sagte der Mann, »in Malmö, da ist es jedenfalls so. Ich glaube, es breitet sich jetzt aus. Ich meine, das würde mich nicht überraschen. Dreck gibt es überall. In Malmö gibt es jede Menge Salons, die illegal und unter Zwang aufgekauft worden sind.«

»Und Sie meinen, das kann etwas mit Jonas Sjögren zu tun haben?«

Der Mann zuckte mit den Schultern. »Tja, vielleicht. Oder auch nicht. Wie schon gesagt. Haben Sie überprüft, ob es auch hier in der Stadt solche Banden gibt? Wenn nicht, dann sollten Sie das vielleicht tun.«

»Wissen Sie viel darüber?«

»Ich arbeite als Türsteher«, sagte der Mann. »In Restaurants und Kneipen. Und da trifft man allerlei Leute.«

»Etwas im Stil von Erpressung also?«, fragte Sander.

»Etwas in diesem Stil, ja.« Wieder lachte Kristiansen durch

die Nase. »Dass sie Restaurants unter Druck setzen, ist ja bekannt, aber das mit den aufgekauften Friseursalons liegt wohl nicht so ganz auf der Hand. Aber es ist dieselbe Scheiße, wenn nicht verkauft wird, und zwar zu dem Preis, den sie bieten, dann drohen sie dem Besitzer mit dem Messer. Oder seiner Familie.«

»O verdammt«, murmelte Sander. »Aber was wollen sie denn damit? Was wollen sie mit den Salons?«

»Sie vermieten Anteile an den Salons zu Wucherpreisen, an Leute, die keinen Job finden, Leute ohne Ausbildung, Kumpels. Ja, es gibt doch eine Menge Typen, die jeden Job nehmen, auch wenn sie fast dafür bezahlen müssen.«

»Ach so.«

Sander fuhr sich über die Wange, merkte, wie schlecht rasiert er war, morgens hatte er es ja eilig gehabt, wie immer.

»Und Sie glauben also, dass das Jonas Sjögren passiert ist?«

»Ich glaube nichts. Ich glaube nichts und ich weiß nichts. Das sollte nur ein Tipp sein. Es kann so was doch auch hier in der Stadt geben.«

»Wissen Sie vielleicht noch etwas Konkreteres? Namen oder so?«

»Namen gibt es nicht. Jedenfalls sind es nie die richtigen Namen. Die Namen, die es gibt, stehen für andere Namen, und die nun wieder ... Ja, Sie wissen schon.«

Sander nickte. Der Mann machte sich bereit zum Gehen, er warf einen Blick auf seine Armbanduhr. »Wie gesagt, das war alles. Und vielleicht haben Sie das ja schon überprüft. Aber jetzt ist es schon spät und ich muss mich beeilen, also ...«

Er stand auf. Sein herabhängendes Augenlid zitterte ein wenig, als er die dritte Kippe in Sanders leerem Becher ausdrückte.

☆

Sie hatte so an die drei Kilo zu viel um die Taille und ungefähr ebenso viel um den Hintern. Und dann waren da noch diese Andeutung von Doppelkinn, ein wenig zu schwabbelige Haut an den Oberarmen, ganz zu schweigen von der Orangenhaut an den Oberschenkeln und …

Eva-Britt Bixe seufzte. Stand vom Sofa auf, nahm sich noch einen Schokoladenkeks aus der Packung auf dem Tisch und ließ sich wieder in die Kissen sinken. Es war angenehm, so zu liegen, an die Decke zu starren, so schön und weiß, wie die seit dem Anstrich im Herbst war. Nun war es wirklich hell im Zimmer, auch wenn der Anstreicher behauptet hatte, echtes Weiß gebe es nicht. Früher war die Decke gelb gewesen, oder eher vergilbt, Eva-Britt Bixe hatte eben zu viel geraucht. Jetzt aß sie im Gegenzug vielleicht zu viel, aber irgendein Laster darf man sich ja wohl gestatten.

Sie schluckte ihren Keks hinunter, der an diesem Abend jedoch seltsamerweise auf ihrer Zunge einen bitteren Beigeschmack hinterließ. Dann stand sie wieder auf, diesmal um in die Küche zu gehen und sich ihren üblichen Abendkaffee zu kochen. Den brauchte sie zum Einschlafen. Früher hatte Kaffee sie nachts wach gehalten, jetzt wirkte er beruhigend und einschläfernd. Vielleicht kam das vom Alter. Oder vielleicht war es auch nur die Routine, der vertraute warme Abendtrunk, als nötiger Kontrast zu den hektischen Arbeitstagen.

Aber dann war da noch dieses andere. Wieder seufzte sie, fuhr sich mit den Fingern durch die Haare. Sie hatte die Spangen herausgenommen, die ihre Frisur sonst bändigten, und die Haare hingen ihr in den Nacken und ringelten sich im Rücken.

Dieses andere.

Sie setzte sich mit der Kaffeetasse an den Küchentisch. Draußen vor dem Fenster schien die Hoflaterne, grünlich, weil das Licht durch die Blätter der hohen alten Eiche fiel. Früher hatte es zwei Bäume gegeben, doch der eine war im Winter einem wütenden Sturm zum Opfer gefallen. Jetzt stand dort ein junger Pflaumenbaum, mit dünnem Stamm und mageren Zweigen, der vor den Müllraum gepflanzt worden war. Simonsson, Hausmeister und Faktotum der Hausgemeinschaft, hatte damals sofort gehandelt. Ein klaffendes Loch im Boden mache nur traurig, hatte er gesagt. Die Erde dort unten sei einsam. Er hatte in seiner gestrickten Zipfelmütze auf dem Hof gestanden und in das Loch gestarrt, und Bixe hatte gedacht, er spreche wohl von sich selbst und sei derjenige hier, der sich einsam fühlte.

An diesem Abend war es Bixe, die sich einsam fühlte, einsam und ... ja, was? Verlassen? Beiseite geschoben, wie ein ausrangierter Ziergegenstand. Zu unpraktisch und zu dick. Und zu betagt. In der Fensterscheibe sah sie ihr Spiegelbild, eingehüllt in ihren Bademantel, den Kragen hoch über die Wangen gezogen.

Blödsinn, dachte sie dann. Was ist denn das für eine Idiotie? Ausrangiert, weggeschoben, weniger wert. Sie machte einen tapferen Versuch, sich in der Fensterscheibe zuzulächeln, auch wenn ihr das an diesem Abend nicht so recht glücken wollte, einfach, weil sie keinen Grund zum Lachen hatte.

Es war keine besondere Überraschung gewesen. Obwohl sie nichts gewusst hatte, hatte sie doch eine Ahnung gehabt, hatte es gespürt. Als habe ein leichtes, unsichtbares Zittern in der Luft ihr schon alles gesagt.

Sie hatte auf dem Marktplatz gewartet, denn sie und Fia hatten abermals ein Treffen verabredet. An diesem Tag hatte Eva-Britt Bixe es sogar geschafft, fünf Minuten vor der abgemachten Zeit dort zu sein. Sie war in ihren undichten, feuchten Pumps von einem Fuß auf den anderen getreten, hatte zur Kirchturmuhr hochgeschaut, hatte sich die vielen Menschen angesehen, die alle etwas Gejagtes im Blick zu haben schienen. Auch Menschen, bei denen es sich einwandfrei um Touristen handeln musste, waren vorbeigekommen, langsam, in Regenkleidung und Stiefeln, mit Kameras in schützenden Plastiktüten, die neben frisch eingekauften Erdbeeren und Kartoffeln baumelten. Sicher nicht ganz so toll, bei diesem Wetter zu zelten, dachte Bixe und bedauerte die Familien mit den Kindern und die deutsch sprechenden Paare, die in der Kirche Schutz suchten, weil sie keine andere Zuflucht fanden.

Und dann stand plötzlich Fia da und tippte ihr vorsichtig in den Rücken. »Ach, heute bist du also da. Wie schön, dich zu sehen.« Ausnahmsweise einmal, hätte sie wohl gern hinzugefügt. Bixe beschloss, sich aus diesem leicht spitzen Unterton nichts zu machen. Sie wusste ja, wie es meistens war, dass sie wirklich leicht zerstreut war, wenn es um Zeiten und Verabredungen ging, jedenfalls, wenn die nichts mit ihrer Arbeit zu tun hatten.

»Besser spät als nie«, sagte sie. »Aber Fia, Herzchen, was ist los mit dir? Du bist ja ganz blass.«

»Nichts ist los mit mir«, sagte ihre Tochter. »Ich habe nur mein Rouge vergessen.«

»Seit wann nimmst du denn Rouge?«

Fia zuckte gleichgültig mit den Schultern. »Gehen wir?«

Sie überquerten den Marktplatz. Gingen vorbei an einem Gemüsestand, wo es an diesem Tag begreiflicherweise aber nichts Gutes gab. Über die Plane floss ein ganzer Sturzbach, als der Händler sie anhob, um sie von dem daraufliegenden Regenwasser zu befreien. Seine Hände mit den abgeschnittenen Fingerhandschuhen schienen zu frieren.

»Wohin gehen wir?«

»Wollen wir einen Kaffee trinken?«, schlug Fia vor.

»Wolltest du nicht einen Mantel kaufen, oder wie war das?«

»Ach, heut hab ich keine Lust. Und ein Stück Kuchen lehnst du doch wohl nicht ab.«

Sie landeten in der Konditorei am Norra Väg und setzten sich an einen Tisch mit Blick auf den Park. Am Nachbartisch saß ein älterer Mann und blätterte in einer Zeitung. Die Zeitung raschelte, und ab und zu klirrte seine Tasse, wenn er sie auf die Untertasse stellte.

»Noch immer so viel zu tun?«, fragte Fia und bohrte die Kuchengabel in eine riesige Kreation aus Baisers und Schokolade.

»Ein Viertel von uns ist krankgeschrieben, den Rest kannst du dir also denken.«

»Könnt ihr denn keine Vertretungskräfte bekommen?«

»Was ist das?«, fragte Bixe. »Unsere Enkelkinder werden dieses Wort nicht mehr kennen.«

Plötzlich lächelte Fia und belud ihre Gabel hoch mit Sahne, die sie dann mit schmalen Wangen einsog.

»Weißt du was?«, fragte sie.

»Nein, was denn?«

Hatte sie in diesem Moment schon das Zittern verspürt?

»Weißt du was?«, fragte Fia noch einmal, diesmal leiser. Sie beugte sich über den Tisch vor, mit halb offenem Mund, so dass Bixe auf ihrer Zunge weiße Sahnereste sehen konnte. »Ich bekomme ein Kind. Du wirst Großmutter.«

Wenn sie nur nicht das Wort »Großmutter« benutzt hätte, dachte Bixe jetzt, als sie um Viertel nach zehn Uhr abends am Küchentisch saß. Dann hätte sie sich sicher normal verhalten. Aber dieses Wort war vor ihr angeschwollen wie riesige Neonbuchstaben. Großmutter Eva-Britt. Ihr schauderte. Sie kam sich vor wie in einem Fahrstuhl, der senkrecht nach unten sauste. In den Abgrund.

Für eine Sekunde sah sie das Bild ihrer eigenen Großmutter vor sich, eine alte Frau mit Kopftuch und Schürze, die immer in der viereckigen alten Bauernküche zusammengekrümmt vor dem Herd gesessen hatte. Sie verband die Großmutter nur mit einem einzigen Ort, eben dieser Küche, in der es nach Bratfisch stank oder nach frischen Rosinenbrötchen duftete.

Großmutter, dachte sie, eine alte Frau mit Dutt, Kittelschürze aus synthetischem Stoff und Stützstrümpfen. War es also nun so weit? Auch für sie? Sollte sie mit Kleinkindern herumtändeln und Strümpfe stricken? Kommissarin Bixe? Nein, nie im Leben.

»Hast du denn völlig den Verstand verloren?«, war ihr erster Kommentar.

»Was?« Fia riss den Mund auf. »Freust du dich denn nicht, Mama?«

»Ob ich mich freue?«, gab Bixe zurück. »Ich bin schockiert.«

Ihre Tochter wirkte noch blässer als zuvor.

»Ist dir schlecht?«, fragte Bixe. »Das war bei mir immer so, als ich euch beide erwartet habe, dich und Klara. Drei Monate lang hätte ich dauernd kotzen können und essen konnte ich nur Paprika.«

»Nein, es geht mir ausgezeichnet. Aber was ist mit dir? Willst du deinen Kuchen nicht essen?«

Stützstrümpfe, dachte Bixe. Kleine runde Greisin mit Marzipan und Sahne im Mund. Künstliches Gebiss.

»Ich bin satt«, sagte sie.

»Aber freust du dich nicht?«, Fia ließ nicht locker.

Bixe sah ihre Tochter an, schluckte den restlichen Kaffee hinunter, stand auf, um sich neuen zu bestellen und ließ sich dann so schwer auf ihren Stuhl fallen, dass der Mann am Nebentisch sie einige Sekunden lang verwundert anstarrte.

Fia, dachte sie, die ewige Junggesellin, mit einem Baby im Bauch. Und sie selbst als Großmutter. Herrgott! Natürlich war sie ja schon Großmutter, ihre andere Tochter, Klara, hatte zwei Kinder, aber ... das war doch nicht ganz dasselbe. Die lebten in London und die Kinder sprachen lieber Englisch als Schwedisch und es war so weit weg und ...

»Geht es dir nicht gut, Mama?«

»Bist du sicher, dass das richtig ist? Du kennst Anders doch erst ein paar Monate.«

»Aber, Mama ...«

»Ja?«

»Ich bin dreißig. Ich weiß, was ich tue.«

»Wirklich?«

Der Anstreicher Anders. Der Bixes Wohnzimmerdecke angestrichen hatte. Auf diese Weise hatte Fia ihn kennen gelernt. Und natürlich, der Bursche hatte schöne Augen. Aber sollte Fia daran ihr Leben festmachen? An einem Mann mit funkelndem Blick? Sie selbst hatte sich Kinder zugelegt mit einem Mann mit wunderbaren Muskeln an den Oberschenkeln, und was war dabei herausgekommen?

»Bist du wirklich sicher?«, fragte sie.

Fia seufzte. »Das liegt nur an deiner Angst vor dem Altwerden«, sagte sie.

»Was? Ich und Angst vor dem Altwerden?« Bixe trommelte mit ihren roten Fingernägeln gegen ihre Tasse. Das Porzellan klirrte, ihr ganzer Zorn schien in diesem hellen Geräusch mitzuklingen.

»Angst vor dem Altwerden haben wir wohl alle«, sagte Fia gelassen.

»Wann?«, fragte Bixe.

Fia fuhr rasch mit der Hand über ihren Bauch. »Mitte Februar. So ungefähr.«

»So bald?«, fragte Bixe.

»Stricken schaffst du noch«, sagte Fia lächelnd.

»Stricken?«

»Babyschuhe, du weißt schon. Fünf Paar. Manche Sachen müssen einfach sein.« Fia lachte und verzehrte den letzten Kuchenrest. »Ich glaube, ich hole mir noch einen«, sagte sie. »War deiner auch so gut? Das Marzipan sieht lecker aus.« Eilig leckte sie sich den Mund.

»Bist du sicher?«, fragte Bixe. »Du weißt, man kann nicht vorsichtig genug sein, wenn es um die Männer geht.«

»Und das sagst du«, sagte ihre Tochter. »Du bist ja wohl kein Maßstab. Nicht, dass ich irgendwas gegen Papa hätte, aber du stehst ja nicht gerade auf gutem Fuß mit ihm.«

»Eben drum«, sagte Bixe.

»Eben drum was?«, fragte ihre Tochter.

»Weil ich aus Erfahrung spreche.«

Fia lachte laut, der Mann am Nachbartisch schaute wieder auf und wirkte diesmal ein wenig gereizt.

»Ich hol mir noch mehr Kuchen. Möchtest du noch Kaffee?«

Bixe schüttelte den Kopf. Nein, danke, für den Moment wollte sie nichts mehr. Nur Ruhe und Frieden und zwei Jahre, um sich darauf vorzubereiten, dachte sie. Anders mit dem Meeresblick, Fia mit Kinderwagen, und sie selbst mit knarrenden flachen Schuhen, Faltenrock und einem grauen, freundlichen Lächeln auf den runzligen Lippen.

O verdammt.

☆

»Wie war der Kurs?«, fragte Erik Sander und wischte sich einen Knäckebrotkrümel aus dem Mundwinkel.

Es war zehn Uhr und die Kinder waren vor weniger als einer Stunde eingeschlafen. Schrecklich spät. Am nächsten Morgen würde es sehr schwer sein, sie wach zu bekommen.

»Gut«, sagte Henrietta und stand auf.

»Gut? Sonst jammerst du doch immer über diese Kurse.«

Sie blieb stehen, drehte sich um. »Ja, oder ich meine ... so schlimm war es wirklich nicht.«

»Besser als sonst?«

»Ja. Ein bisschen besser.«

Schweigen. Sie stand am Spülbecken und schien darauf zu warten, dass der Wasserhahn sich von selbst abdrehte. Ihre Finger lagen bewegungslos darauf.

Er blätterte in der Zeitung, für die er bisher noch keine Zeit gehabt hatte. Auch an diesem Tag wurde dort über den Brand berichtet, mit großen Schlagzeilen und missverstandenen Zeugenaussagen. So weit die Schreiberlinge überhaupt mit Zeugen geredet hatten. Dem Inhalt nach hatten sie es wohl eher vermieden.

»Und was habt ihr gemacht?«

»Was?« Sie schreckte hoch und stellte das Wasser ab.

»Im Kurs?«

»Ach ...« Die Spülbürste kratzte über einen Teller. »Ein bisschen Computerkram und so. Wir mussten ... lernen, nach Sachen zu suchen.«

»Kannst du das denn nicht schon?«

»Doch, aber ...«

Er wartete, sah ihren Rücken, sah, wie der sich unter dem blauen Pullover bewegte.

»Diesmal war es eben ein bisschen anders.«

Er vertiefte sich wieder in seine Zeitung.

Man kann sehen, ob jemand lügt, dachte er. Man kann es auch hören.

Er blätterte wieder um, das Papier raschelte, er erreichte die Seite mit Fernsehprogramm und Comics.

»Was hast du denn in ...« Nein, das konnte er nicht. Wollte nicht weiterreden, wollte die Antwort nicht hören.

»Ja, was denn?«

Sie hatte sich umgedreht und wischte sich die Hände an einem Handtuch ab.

»Was sind denn sonst so für Leute in dem Kurs?«

Henriettas eine Wange zuckte, rasch, als sei daran ein Draht befestigt, an dem plötzlich jemand gezogen hatte.

»Wieso willst du das wissen?«

Er zuckte mit den Schultern und las das Fernsehprogramm, ohne zu begreifen, was dort stand. »Einfach so. Wollte wissen, ob es da nett ist und so.«

»Ich weiß nicht«, sagte sie. »Ich hab nicht so viel mit den anderen gesprochen.«

Man kann auch sehen, ob jemand eine Lüge vermeidet, dachte er, schlug die Zeitung zu und stand auf. Lügen und nicht lügen. Der Unterschied ist haarfein. Ab und zu kann es auch genau dasselbe sein.

25

Sie hatte angefangen aufzuschreiben, was sie tat. Keine schwülstigen Wörter, keine langen Sätze, nur kurze Notizen am Rand eines ansonsten leeren Zettels. Bescheiden, unsichtbar, ebenso unscheinbar wie die kleinen Grashalme am Rand des

Kieswegs, über den sie ging, Nacht für Nacht. Wie zur Vorbereitung.

Mitteilungen an sie selbst, chiffriert. Hängeschloss, schrieb sie. Sie schrieb es rasch an den Rand, auf das linierte Papier. Sie zeichnete auch einen Schlüssel, und dann schien die Luft zu entweichen, in einem langen dünnen Strahl. Sie saß am Tisch im Haus, an der Wand tickte die Uhr. Und vor ihr lag das Papier, sie hielt den Bleistift in der Hand. Einen Schlüssel, dachte sie. Diesmal hatte sie keinen. Beim vorigen Mal hatte sie einen gehabt. Am Bund hatten mehrere Schlüssel gehangen, sie hatte nicht gewusst, wofür die anderen waren, und es war ihr auch egal gewesen. Sie hatte nur diesen einen gebraucht. Danach hatte sie das dumpfe Platschen gehört, mit dem er auf die Wasseroberfläche aufgetroffen war.

Verwischen, auswischen. Der Sommer war nicht so geworden, wie sie gedacht hatte. Er hätte anders werden müssen. Sie hätte nicht einsam hier an diesem Tisch sitzen und mit kleinen Buchstaben schreiben sollen. Aber etwas hatte sich ihr in den Weg gestellt, und jetzt blieb ihr nichts anderes übrig. Sie musste die einzelnen Teile ordnen, zusammenfügen, aneinander kleben. Aber die Scherben würden noch da sein, auch wenn das Bild wieder hergestellt wäre, das wusste sie jetzt, Scherben und Splitter würden immer zu sehen sein.

In dieser Woche hätte ihr Urlaub beginnen sollen. Die ersten gemeinsamen freien Tage. Ehe es passiert war, hatte sie geglaubt, dass es etwas gab, das »freie Zeit« genannt werden konnte. Jetzt wusste sie, dass es nur Zeit gab, sonst nichts, keine Gerechtigkeit und auch keine ganzen Teile. Alles bestand aus kleinen Scherben, sogar die Zeit. Sekundenscherben, säuberlich voneinander getrennt. Wenn man auf dem Rücken lag und an die Decke schaute, konnte man sie zählen, und zusammen wirkten sie wie eine Einheit, aber das sah nur so aus. Jede Sekunde war ein einsames Gesicht.

Ich will allein sein, hatte sie gesagt, als er angerufen hatte. Sie hielt den Telefonhörer in der Hand und zeichnete ein Hängeschloss, genau so eins, wie sie es vor der Holztür mit dem kleinen Fenster gesehen hatte. Die Uhr über dem Küchentisch tickte. Sie war jedenfalls dankbar dafür, dass sie diesen Ort hier hatte, dass sie einsam sein konnte, da mochte es hier ruhig manchmal kalt sein, sogar mitten im Sommer, aber sie war allein und hatte ihre Ruhe, brauchte diesen Raum mit niemandem zu teilen. Die Uhr tickte, langsam, schläfrig, rhythmisch. Das war das Einzige, was es hier noch gab, abgesehen bisweilen von ihrem Atem.

26

Normalerweise wäre Erik Sander sofort in sein Zimmer gegangen, hätte sich hingesetzt und die Papiere durchgesehen, die während der Nacht auf seinem Schreibtisch gelandet waren. Hätte einen Blick aus dem Fenster geworfen, um festzustellen, ob es weiterregnen würde oder ob sich zwischen den Wolken Andeutungen von Rissen zeigten.

Aber an diesem Tag war nichts wie sonst. Ganz im Gegenteil. Sander fühlte sich mehr als nur mutlos, als er am Mittwochmorgen an Eva-Britt Bixes Büro vorbeikam, als er leise an die halb offene Tür klopfte und mit einem Nicken mitteilte, dass er auf dem Weg in die Kantine sei.

Bixe stand auf. Sie war keine, die die Einladung zu einer Tasse Kaffee ablehnte. Schon gar nicht, wenn dazu frische Heißwecken serviert wurden.

Schweigend gingen sie die Gänge entlang. Treppauf, treppab und durch zahllose Türen. Ganz zu Anfang, als sie im Frühjahr hier eingezogen waren, war ihnen die neue Wache mit ihren vielen Gängen vorgekommen wie ein Labyrinth. Jetzt hatten sie sich eingewöhnt und alles kam ihnen weniger unübersichtlich vor.

Die Ruhe vor dem Sturm, dachte Sander. Er verspürte den Drang es zu erzählen, irgendwem, Bixe, eigentlich allen, die sich die Zeit zum Zuhören nehmen wollten und konnten. Er schob sein Tablett vor die Kasse, nahm eine Tasse Kaffee und aus purer Phantasielosigkeit den gleichen Wecken, den seine Chefin sich auf ihren Teller geladen hatte.

»Hast du etwas Besonderes auf dem Herzen?«, fragte Bixe und setzte sich an einen der kleinen Tische mit Blick auf den tiefer gelegenen Fitnessraum. Eigentlich absurd – für die, die dort trainierten, und für die, die zuschauten. Hinter den großen Fensterscheiben im zweiten Stock konnte man in aller Ruhe Brote und Kuchen verzehren und zusehen, wie die ehrgeizigeren Kollegen sich schweißgebadet und in Turnschuhen und Turnhosen abmühten. Erik Sander kam sich nie so ungesund und schlecht in Form vor wie dann. Ab und zu war er davon überzeugt, dass der Architekt den Fitnessraum aus purer Bosheit dort hatte anlegen lassen.

»Es geht alles zum Teufel«, sagte er und ließ seine Serviette einige Kaffeespritzer aufsaugen.

Bixe musterte ihn überrascht. »Was sagst du?«

»Ich fühle mich nicht richtig in Form«, sagte er.

»Das sehe ich. Möchtest du über irgendetwas sprechen?« Sander nickte. Aus dem Fitnessraum unten war das Quietschen von Gummisohlen zu hören. »Dieser Kerl, Ingvar Nederli, der Nachbar von den Birgerssons, glaubst du, er ist arbeitslos?«

Bixe musterte ihn noch verwunderter, stellte sogar für einige Sekunden das Kauen ein. »Möchtest du das aus irgendeinem besonderen Grund wissen? Ich habe keine Ahnung, du hast sie doch besucht. Aber siehst du deshalb so niedergeschlagen aus? Ich dachte, es sei etwas mit …«

Erik Sander machte eine abwehrende Handbewegung, er schluckte, aber weder Kaffee noch Heißwecken, und schob dann mit angeekelter Miene den Teller beiseite. »Henrietta macht in dieser Woche einen Kurs«, sagte er. »Vom Arbeitsamt aus.«

»So einen Wie-bewerbe-ich-mich-richtig-Kurs?«

»Computer, glaube ich. Ich weiß es nicht so genau. Aber das spielt auch keine Rolle. Darüber wollte ich nicht mit dir sprechen. Nein, aber weißt du was? Was glaubst du, mit wem ich sie gestern gesehen habe? Verdammt, ich wollte meinen eigenen Augen nicht trauen! Es war dieser Arsch, Ingvar Nederli.«

»Der Nachbar der Birgerssons?«

Sander nickte. »Sie saß da mit Ingvar Nederli«, empörte er sich. »Verstehst du?«

»Nein, ehrlich gesagt nicht so ganz. Wann?«

»Gestern. In der Mittagspause. Ich wollte in die Stadt und kurz etwas essen, und dann bin ich in einem Lokal in der Storgata gelandet, und da saßen sie. Ganz hinten in einer Ecke. Verdammt, ich konnte es nicht glauben. Einen Tag davor hatte ich noch mit dem Kerl geredet, und jetzt saß er da mit Henrietta.«

»Das Arbeitsamt liegt da ja gleich in der Nähe«, sagte Bixe.

»Ja, das habe ich mir auch überlegt. Aber es ist doch ein verdammt seltsamer Zufall, nicht wahr?«

»Hast du sie danach gefragt?«

»Nein.«

»Warum nicht?«

»Ich kann das nicht.«

»Du kannst das nicht?«

»Was zum Teufel sollte ich denn sagen? Dieser Kerl, mit dem du dich so köstlich amüsiert hast, ist einer, den wir im Zusammenhang mit einem Mordfall vernommen haben. Oder was?«

»Hast du dich über diesen Kurs erkundigt? Weißt du, wer daran teilnimmt?«

Sander schüttelte den Kopf.

»Und hast du das denn nicht vor? Wenn du Henrietta gegenüber nichts erwähnen willst.«

»Ich weiß nicht.« Er fuhr sich mit den Fingern durch die

kaum noch vorhandenen Haare. »Ich weiß nicht, was mir die größten Sorgen macht«, sagte er dann. »Dass Henrietta mit einem Mann im Restaurant sitzt, oder die Tatsache, dass dieser Mann Ingvar Nederli ist.«

»Was hattest du denn für einen Eindruck von Ingvar Nederli, als du mit ihm gesprochen hast?«, fragte Bixe.

»Tja, er kam mir ganz normal vor. Ein wenig wortkarg, aber ganz allgemein sympathisch.«

»Und seine Frau?«

»Ebenso. Ebenfalls ein bisschen schweigsam, aber mehr auch nicht. Ganz normale Menschen.«

Unten im Fitnessraum wurde jetzt Ball gespielt, der Boden bebte leicht.

»Du glaubst nicht, dass es mehr als ein Zufall sein kann, dass sie zusammen dort saßen?«

»Wie meinst du das?«, fragte Sander sofort.

»Ja, es ist doch wirklich ein bisschen komisch, dass du sie zusammen siehst, nachdem du am Vortag mit ihm gesprochen hast.«

»Du meinst, er kann sich an sie herangemacht haben, oder was?«

»Ungefähr so, ja. Aber ...«

»Aber warum um alles in der Welt hätte er das tun sollen?«

»An ihm ist dir also wirklich nichts aufgefallen?«, fragte Bixe.

»Auf der Welt wimmelt es nur so von seltsamen Menschen, aber den meisten sieht man es eben nicht an.«

»Stimmt, aber trotzdem. Denk gut nach.«

Sander schüttelte den Kopf.

»Ich sollte Henrietta wohl doch danach fragen.«

»Das hättest du schon längst tun sollen.«

»Ich kann sie jetzt nicht erreichen. Mal sehen, ob ich das später am Nachmittag schaffe.«

»Ja, so schnell das geht. Übrigens, wo du schon von heute

Nachmittag sprichst«, sagte Bixe, »Janne und ich wollen nach Tönnersjö fahren und uns in der Nachbarschaft ein wenig genauer umhören. Es ist ja ein ziemlich großes Gebiet, wir haben längst noch nicht mit allen geredet, es kann doch Leute geben, die etwas gesehen haben.«

»Ich muss noch von einem anderen Tipp erzählen«, sagte Sander. »Von einem alten Kumpel oder eher einem Arbeitskollegen von Jonas Sjögren, der mich gestern besucht und erzählt hat, dass in der Friseurbranche offenbar so allerlei vor sich geht.«

Bixe verzog ein wenig den Mund, als könne sie das nicht recht glauben. »Was denn genau?«, fragte sie und Sander konnte ihren spöttischen Unterton nicht überhören.

»Banden, die Salons aufkaufen, nachdem sie die Besitzer bedroht haben«, sagte er. »Sie kaufen billig und vermieten dann zu Wucherpreisen Anteile daran. Angeblich ist das inzwischen Gang und Gäbe.«

»Das bringt sicher viel Geld ein«, sagte Bixe. »Und das soll also auch Jonas Sjögren passiert sein?«

»Das weiß ich nicht. Aber dieser Mann hielt es durchaus für möglich.«

»Bisher haben wir aber nichts, was darauf hinweist.«

»Ich habe an meinen Bruder gedacht«, sagte Sander.

»Ja?«

»Der ist doch Friseur. Ich könnte ihn fragen.«

»Ob er etwas über Erpressung in der Branche weiß, meinst du?«

Bixe machte aus irgendeinem Grund weiterhin ein skeptisches Gesicht.

»Er hat seinen Salon zwar verkauft, weil er die Kunstschule besuchen wollte, so ein alter Traum von ihm, aber er hat doch noch immer viele Bekannte in der Branche.«

»Sicher, Erik. Fragen kann ja nie schaden. Allein schon, um etwas auszuschließen. Aber so richtig kann ich das nicht glauben.«

»Dann frag ich ihn.«

»Ich habe übrigens die Fotos von diesem Fest«, sagte Bixe dann.

»Und wie sind die?«

»Ziemlich unscharf. Verschwommene Gesichter, verschwommene Autos, verschwommene Teller. Auf diesem Fest war wohl alles ein Chaos.«

»Tja, was ist kein Chaos«, seufzte Sander, nahm sein Tablett und stand auf.

☆

Erik Sander hielt den Telefonhörer in der Hand. Es hätte so einfach sein können. Er hatte das Telefonbuch aufgeschlagen, die Nummer herausgesucht, und saß jetzt mit dem tutenden Hörer in der Hand da, ohne auf die Tasten drücken zu können.

Hier spricht die Kriminalpolizei, wollte er sagen. Ich wüsste gern, ob Sie mir sagen können, wer in dieser Woche an einem Ihrer Kurse teilnimmt.

So einfach. Schnell würde es auch gehen, und dann würde er Bescheid wissen. Er würde Nederlis Namen hören und damit wäre diese Frage dann aus der Welt. Und es bliebe nur noch die andere Frage, was Henrietta mit ihm im Restaurant gemacht hatte, warum gerade die beiden an einem Tisch gesessen hatten und dermaßen miteinander ins Gespräch vertieft gewesen waren, dass sie nicht einmal entdeckt hatte, dass ihr eigener Mann nur wenige Meter weiter saß.

Eine nicht weniger unangenehme Frage, dachte Sander und legte den Hörer wieder hin, zum dritten Mal, seit er das Zimmer betreten hatte. Gerade die zweite Frage war zu schmerzlich, und vielleicht wollte er darauf ja nicht einmal eine Antwort bekommen. Es kam ihm sicherer vor, alles in der Luft hängen zu lassen; solange es dort nur herumbaumelte, war jede Antwort möglich, auch die, die er sich wünschte: Sicher, Ingvar Nederli nahm an dem Kurs teil, ja, und es gab nur wenige Teilnehmer, und ja, gestern waren sie gemeinsam essen gegangen, und zwar im …

Nein, nichts davon würde er erfahren. Und wenn es nun ganz anders wäre: Nein, auf der Teilnehmerliste steht kein Ingvar Nederli, und nein, auch keine Henrietta Sander. Die freundliche, aber leicht gestresste Stimme im Hörer, Zuckerwatte, Stahldraht.

Nein, er würde nicht anrufen. Er wollte es ganz einfach nicht wissen.

Stattdessen ließ er sich im Sessel zurücksinken und kniff die Augen zusammen. Schaute wieder auf, fasste rasch einen Entschluss und hob zum vierten Mal den Hörer von der Gabel, diesmal aber mit einem ganz anderen Ziel.

Er tippte die Nummer ein, hörte die einsamen Klingelsignale. Er zählte bis sieben und wollte gerade wieder auflegen, als es am anderen Ende knisterte.

27

Andrea hatte gerade die leere Hamburgertüte zusammengeknüllt und in den Abfalleimer des Nyhems Grill geworfen, als sie den Wagen sah. Er war weiß und ziemlich klein. Es war Mittwochnachmittag und sie war unterwegs zu Rebecka. Sie war gerade ein wenig knapp bei Kasse, und das wenige Geld, das sie hatte, konnte sie ja wohl für sinnvollere Dinge verwenden, als es einem schlecht gelaunten Busfahrer in den Rachen zu werfen. Aber dann musste sie eben den ganzen Weg vom Ferienjob zu Fuß gehen. Vorbei am Friedhof, den langen öden Karlsroväg entlang, durch die Unterführung zur Brogata und danach noch das endlose Stück bis zur Viktoriagata. Sie war total erschöpft gewesen, und ihr Magen hatte sich vor Leere schmerzhaft zusammengezogen. Beim Nyhems Grill war ihr Blick von einem bunten Plakat angezogen worden, das einen

Hamburger zeigte, goldbraun glänzend zwischen ebenfalls golden schimmernden Brötchenhälften. An den Rändern verlief eine sahnige und gerade passend dicke Schicht rosa Dressings. Ihr Magen knurrte. Nicht nur war sie wie bescheuert durch dieses ganze widerwärtige Kaff gelaufen, sie hatte vorher ja auch noch hart gearbeitet. Hatte die verdammte Harke über so viele Gräber gezogen, dass sie nachts davon träumen würde, von einer langen Reihe gestreifter Gräber. Wenn sie erst achtzehn wäre, würde sie solche Scheißjobs ablehnen. Aber ihre Mutter lachte immer nur, wenn sie das sagte, und behauptete, für Erwachsene gebe es immer nur noch mehr Scheißjobs. Und dabei lag in ihren Augen ein spitzes Funkeln, und Andrea wusste nie so recht, ob sie das nun ernst meinte oder nicht.

Am liebsten wäre sie jetzt nach Hause gegangen, hätte sich vor den Fernseher gesetzt und auf einen guten Film gehofft. Aber Rebecka hatte sie gestern Abend damit vollgelabert, dass sie nach der Arbeit unbedingt zu ihr kommen müsste. Den ganzen Weg nach Andersberg mit leerem Magen. Nach dem Hamburger, der wunderbar wärmte, fühlte sie sich allerdings ein bisschen besser aufgelegt, und deshalb ging sie weiter.

»Du musst dir meine Katze ansehen«, hatte Rebecka gesagt. »Die ist einfach süß. Sie hat ein rotes Halsband und heißt Miran.«

»Wieso denn Katze«, hatte Andrea gemurrt. »Was willst du denn damit?«

»Einfach süß«, beharrte Rebecka. »Als ich sie gefunden habe, war sie klapperdürr, sie hat mir total Leid getan.«

Und jetzt musste Andrea also wegen einer blöden Katze den ganzen Weg latschen. Aber hallo, dachte Andrea, was für scheißlustige Sommerferien. Gerade wollte sie sich wieder in Bewegung setzen, als der Wagen an den Bordstein fuhr.

Automatisch hielt sie mitten in einem Schritt inne. Blieb stehen. Rein instinktiv. Nicht, weil sie den Wagen wiedererkannt hätte, es wimmelte in der Stadt ja nun wirklich von weißen Autos. Nein, etwas anderes brachte sie dazu, und zwar ein Aufkleber auf der Heckscheibe des Autos. Den erkannte sie, und plötzlich wusste sie auch, woher. Es war das Auto, das mitten in der Nacht auf der Österbro an ihr vorbeigerast war.

Jetzt fuhr es langsam die Straße entlang. Andrea wusste nicht so recht, ob sie es wagen sollte, es anzusehen. Wenn damit nun etwas nicht stimmte! Doch wider Willen war sie gefesselt von diesem Detail, das sie in ihrer Erinnerung wiedergefunden hatte, von diesem langen schmalen Aufkleber hinten auf der Fensterscheibe, mit dem von zwei roten Herzen eingerahmten Text »I love my car«.

Sie ging jetzt weiter, es war doch idiotisch, hier herumzustehen und damit die Aufmerksamkeit auf sich zu ziehen. Aber ihre Beine zitterten, so wie auch die Hände in den Taschen ihrer Jeansjacke. Ein Aufkleber. Konnte sie deshalb wirklich sicher sein, dass es dasselbe Auto war? Auch der neue Freund ihrer Mutter, Roger, hatte einen Aufkleber hinten am Auto, wenn auch weniger auffällig. Auf alle Fälle ohne rote Herzen.

Aber na ja, im Grunde fuhren sicher viele Autos mit solchen Aufklebern durch die Gegend. Als sie die Ecke erreicht hatte und die Straße überqueren wollte, sah sie sich um. Der Wagen wollte abbiegen, blieb aber vor dem Zebrastreifen stehen. Andrea warf einen Blick auf die Windschutzscheibe und einige Sekunden lang sah sie die Frau hinter dem Lenkrad, eine Frau mit kurzen blonden Haaren. Nicht mit Sicherheit allerdings, die Windschutzscheibe reflektierte, und es war weit weg. Rasch lief Andrea mit gesenktem Blick über die Straße und hörte derweil das Auto weiterfahren. Erst als sie ein ganzes Stück weiter war, wagte sie es, sich noch einmal umzusehen. Konnte es denn wirklich dasselbe Auto sein? Ihr schauderte. Nein, sie war einfach nur müde, und da bildet man sich leicht etwas ein, das Harken hatte sie ganz wirr im Kopf gemacht. Es war nicht gut, so viel zu arbeiten. Aber das würde ihre Mutter niemals zugeben.

☆

»Was ist los mit dir?«, fragte Rebecka.

Andrea zwängte sich an ihr vorbei in die Diele und streifte ihre Turnschuhe ab. Auf dem Arm hatte Rebecka ein großes zottiges Tier.

»Ist sie das?«

Aber das war ja klar, um etwas anderes als ein Katzenvieh hätte Rebecka sich doch nie gekümmert.

»Du siehst aus, als ob du ein Gespenst gesehen hättest«, ignorierte Rebecka Andreas Frage. »Was ist los?«

»Nichts.« Andrea versuchte, gelassen und munter auszusehen, als sie sich auf das Wohnzimmersofa fallen ließ.

»Bist du allein?«

Rebecka nickte. »Meine Mutter arbeitet. Aber kannst du nicht sagen, was los ist?«

»Wieso denn?«

»Du hast so ... so komisch ausgesehen, als du eben reingekommen bist. Als hättest du ... ach, ich weiß auch nicht. Kannst du es nicht ausspucken?« Rebecka setzte sich neben sie, die Arme voll von schnurrender Katze.

»Verdammt, ich hab heute so schuften müssen.« Andrea zog die Arme aus dem Pullover und massierte sich die Handgelenke. Rebecka schaute ihr schweigend zu und streichelte vorsichtig die Ohren der Katze.

»Die ist aber groß. Du hast doch gesagt, die sei so mager. Wo hast du sie noch gefunden?«

»Im Hof. Die stand plötzlich einfach vor mir. Und ist mir dann zum Laden gefolgt. Danach hab ich sie mit in die Wohnung genommen, und als ich sie wieder rauslassen wollte, ging sie nicht.«

»Ja, was hättest du denn erwartet?« Andrea musterte ihre Freundin mit einer Miene, als ob sie ernsthaft an deren Verstand zweifelte. Dann beugte sie sich vor und streichelte das Fell der Katze. Weich war es ja immerhin. Unter einer Fellmatte leuchtete das rote Halsband.

»Aber die muss doch irgendwem gehören«, sagte sie. »Sonst hätte sie ja wohl kein Halsband.«

Rebecka schien das nicht hören zu wollen. »Aber sie wollte ja nicht weg von hier, und sie hatte seit Tagen wohl nichts mehr gefressen, als ich sie gefunden habe.«

»Na, ich weiß nicht.« Bringt doch nichts, darüber zu reden, dachte Andrea. Und ihr war es ja wohl schnurz, woher die Katze kam. Es war nicht ihre Sache, dass Rebecka sich vielleicht ein Tier unter den Nagel gerissen hatte, das ihr gar nicht gehörte.

»Habt ihr irgendwas Essbares im Haus?«, fragte sie dann.

»Was denn?«

»Egal was. Ich hab auf dem Weg hierher einen Hamburger eingeworfen, hab aber immer noch Hunger.«

»Bestimmt haben wir was im Kühlschrank. Schau doch einfach mal nach. Fühl dich wie zu Hause.«

Andrea erhob sich seufzend und lief in die Küche. Der Tisch war voller Brotkrümel, sie sah einen halb vollen Teller mit alter Milch und durchweichten Cornflakes, und auf der Anrichte ein angebissenes Brötchen. Bestimmt strohtrocken inzwischen. Auf dem Boden lagen ein Handtuch und ein blauer Strumpf, über einer Stuhllehne hing ein zerknittertes Hemd, das Spülbecken war fast bis an den Rand mit schmutzigen Töpfen, Tellern und Besteck voll gepackt. Die Küche war ein einziges Chaos. Rebeckas Mutter war nicht gerade ein Ordnungsmensch, das wusste die halbe Stadt, aber dennoch. Andrea hätte dieses Chaos niemals ausgehalten. Auf dem Kühlschrank fand sie eine Packung Knäckebrot, nahm sich eine Scheibe, suchte vergeblich nach einem Stück Käse oder wenigstens nach einem Klecks Margarine, gab dann auf und ging mit dem trockenen Bot zurück ins Wohnzimmer.

Nachdem sie den letzten Bissen hinuntergeschluckt und sich noch ein Glas Wasser geholt hatte – denn in diesem Haushalt war an Milch nicht zu denken –, ließ sie sich auf dem Sofa zurückfallen und merkte, wie müde sie war.

»Doch, eigentlich ist etwas passiert«, sagte sie. Sie konnte sich ein kleines Lächeln nicht verkneifen. Die Vorstellung, wie Rebecka reagieren würde, kam ihr witzig vor. Rebecka musste immer alles übertreiben, bei ihr wurde eine Mücke wirklich leicht zum Elefanten.

»Was denn? Erzähl!« Rebecka stellte die Katze auf den Boden, und die rollte sich unter dem Couchtisch zu einer Kugel zusammen und fing an zu schnurren.

»Ich habe auf dem Weg hierher etwas gesehen, verstehst du.« Andrea musste die Sache einfach auskosten, ein wenig jedenfalls. »Also«, sie holte tief Luft. »Ich glaube, ich habe dasselbe Auto gesehen wie in der Nacht, als es gebrannt hat.«

»Was? Spinnst du?«

»Nein. Aber ich bin nicht ganz sicher, ob es wirklich dasselbe war.«

»Natürlich war es das.«

»Das weiß ich ja gerade nicht. Ich habe einen Aufkleber auf dem Rückfenster erkannt. Aber bestimmt haben so einen noch andere Wagen. ›I love my car‹, stand darauf. Bescheuert, was?«

Rebecka setzte sich auf dem Sofa ganz gerade auf. »Du musst mit der Polizei sprechen.«

Andrea schüttelte den Kopf. »Nie im Leben. Nicht noch einmal. Ich hab mich schon einmal blamiert, das will ich wirklich nicht wiederholen. Außerdem konnte ich die Autonummer und sowas nicht erkennen, und da hilft es doch nichts, wenn ich da aufkreuze und ihnen was über einen Scheißaufkleber erzähle.«

»Warum hast du das der Polizei nicht gleich gesagt?«

»Ich hatte es vergessen. Es ist nicht so leicht, sich an solchen Pisskram zu erinnern.« Andrea machte sich mit der Zungenspitze an einem Krümel zu schaffen, der in einem Backenzahn festhing. »Am Steuer saß eine Frau«, sagte sie dann.

Auch jetzt konnte sie sich das Lächeln nicht verkneifen. Was war denn nur los mit ihr?

»Aber …«, murmelte Rebecka.

»Vergiss das jetzt«, sagte Andrea. »Das findet sich schon. Die Polizei muss sich um so was kümmern, nicht wir. Ich will mich da nicht reinziehen lassen.«

»Das ist vielleicht schon passiert«, sagte Rebecka.

28

Die Fotos waren unscharf, wirklich schade. Wer immer sie gemacht hatte, hatte sich offenbar große Mühe gegeben, so schlechte Bilder hervorzubringen wie möglich, und dann auch noch konsequent Köpfe und Schultern der Leute abzuschneiden.

Aber vielleicht ist das ja die neueste Mode, dachte Eva-Britt Bixe, vielleicht braucht man Talent für diese Motive, eine Hausfassade hier und ein paar Autofenster dort. Einen Hals, einen Ausschnitt, einen Arm. Dunstige Waldpartien, etwas, das ein Stück See, aber ebenso gut ein Stück Himmel sein konnte. Die Mystik des Mittsommerabends. Ein roter Schuh, ein umgeworfenes Glas, aber kein Jonas Sjögren, und keine Birgerssons, weder Annie noch Bosse.

Sie ging die Fotos noch einmal durch, nur sicherheitshalber. Um diese Möglichkeit ausschließen zu können. So arbeiteten sie doch meistens. Sie schlossen Möglichkeiten aus. Wenn man genug weggeworfen hat, bleibt der Kern, klarer und leichter zu knacken. Bis dahin war es jedoch noch ein weiter Weg, diesmal schien der Kern sich unter vielen Schichten zu verstecken. Diesen Stapel aus wertlosen Fotos durchzusehen war eine Methode, um eine dieser Schichten abzupflücken.

Schließlich legte Bixe die Bilder seufzend auf den Tisch und schlüpfte in ihren dünnen Mantel. Sie schob ihre Füße in die Pumps, die unter dem Tisch gelegen hatten, und ging zur Tür. Vielleicht würden sie auf dieser Fahrt aufs Land ja immerhin erfahren, an welchen Orten Jonas Sjögren nicht gesehen worden war.

Erst, als sie den Motor ausgestellt hatten und aus dem Auto gestiegen waren, wurde die Stille richtig fühlbar. Man schien das Schweigen hören zu können, wie ein eintöniges leises Rauschen. Für Leute, die gerade aus der Stadt kamen, war das fast verstörend.

Aber ganz so ruhig schien es dann doch nicht zu sein. In der scheinbaren Lautlosigkeit machte sich zuerst fernes Vogelzwitschern bemerkbar, das dünne Klatschen von Regentropfen und das leise Rascheln von Blättern, wenn der Wind sich zwischen Baumstämmen und Zweigen dahinstahl. Auch ihre eigenen Schritte, die im Kies knirschten, wurden mehr als deutlich.

»Das hier ist also neben Nederlis der nächste Nachbar der Birgerssons?«, fragte Janne Ring. »Jedenfalls nicht so nah, dass man sehen kann, was der Nachbar zum Frühstück isst.«

»Nein, die Häuser liegen schon ein Stück auseinander.« Bixe sah hinüber zu Ring, der fehl am Platze wirkte, als er da in seinen schwarzen Schuhen auf den Absätzen hin und her wippte und die Mantelärmel über seine weißen Manschetten zog, mit ordentlich gebundenem Schlips und dem kleinen Siegelring am Ringfinger der rechten Hand. All das passte ganz und gar nicht in diese Umgebung.

Sie gingen über den Fußweg und betraten dann die Veranda, wo sie leise an die niedrige Holztür klopften. Die wurde bald geöffnet, und ein unrasiertes Männergesicht tauchte dahinter auf. Der Mann mochte in den Siebzigern sein, hatte schlaffe Wangen und einen Schmerbauch, der bequem über seinem Hosenbund ruhte. Seine breite Hand lag auf einer eleganten Türklinke aus Messing.

»Ja?«, fragte er mit lauter Stimme.

»Wir sind auf der Suche nach Herrn Andersson«, sagte Bixe. »Sind Sie das?«

Der Mann nickte. »Das stimmt.« Er fragte nicht, was sie wollten, sondern sah die beiden Fremden, die so unerwartet vor seiner Tür aufgetaucht waren, nur herausfordernd an.

»Wir würden gern ein paar Fragen stellen«, sagte Bixe jetzt. »Wenn Ihnen das recht ist?«

Wieder nickte Andersson, trat zur Seite und machte in der Türöffnung für die beiden Platz.

»Stehen Sie doch nicht draußen herum. Kommen Sie herein.«

Sie betraten eine dunkle Diele, in der es nach Essen roch. Auf dem Boden lagen Flickenteppiche in allerlei Farben. Vor der Wand stand ein Schrank aus Eiche, eine Uhr tickte dumpf.

»Wir wüssten gern, ob Ihnen in der Mittsommernacht vielleicht irgendetwas aufgefallen ist. Abends oder nachts.«

Daniel Andersson kratzte sich am Kopf. Einige fettige graue Haarsträhnen fielen ihm in die Stirn. »Mir fällt eigentlich nichts ein. Meine Frau und ich waren natürlich hier ... wir feiern Mittsommer immer auf dem Land. Denn wozu hat man sonst so eine Hütte? Wir wohnen eigentlich in Varberg und da ist dann die Hölle los an solchen Festtagen, das ist unerträglich. Aber ... wen oder ich meine was sollten wir eigentlich gesehen haben?« Er runzelte besorgt die Stirn.

»Wir suchen eine Person, die vermutlich am späten Abend irgendwann das Haus der Birgerssons verlassen hat.«

»Ach. Aha. Birgerssons. Das ist dieser Maler?«

»Kennen Sie ihn?«

»Das nicht. Aber den Namen hat man ja doch schon einmal gehört. Sieh an. Was hat er denn angestellt?«

»Wir versuchen nur, festzustellen, welchen Weg ein Mann genommen hat, als er am Mittsommerabend das Fest bei Birgerssons verlassen hat.«

Wieder kratzte Andersson sich am Kopf. »Ja, wir haben jedenfalls niemanden gesehen. Ich zumindest nicht. Für meine Frau kann ich ja nicht reden, die ist gerade Einkaufen.«

»Aha, na dann«, sagte Ring leicht resigniert. Bixe konnte ihm anhören, dass er weg wollte, dass er keine Zeit vergeuden wollte.

»Frische Luft«, sagte Bixe, als sie dann durch den Garten gingen.

»Dir geht es also wie mir«, stellte Ring fest und holte tief Atem.

»Ja. Alles normal bei dem Alten, da war einfach nichts zu holen. Egal, was kommt als Nächstes?«

Sie stiegen wieder ins Auto. Ring saß breitbeinig da und hatte die Karte über seinen Knien ausgebreitet.

»Lisa und Gunnar Petrén. Grangårdabacke 3.«

»Um die Biegung oder auf der anderen Seite des Waldes?«

»Die andere Abzweigung, die von Birgerssons zur Stadt führt«, sagte Ring, dessen Zeigefinger noch immer über die Karte wanderte.

»Wo genau gabelt sich die Straße?«

»Unterhalb vom Haus der Birgerssons. Man kann von dort auf zwei Wegen in die Stadt gelangen.«

»Also muss Jonas Sjögren, zumindest wenn er nach Hause wollte, einen der beiden Wege genommen haben? Ist der eine besser oder kürzer als der andere?«

»Die scheinen beide ungefähr gleich lang zu sein.«

»Welchen hättest du genommen?«, fragte Bixe.

»Den, den wir jetzt fahren. Der endet etwas näher an der Stadt.«

☆

Nächster Stopp. Ein rotes Haus. Ziemlich ähnlich wie das der Anderssons, nur mit einem wackeligen Zaun statt mit einer hohen Hecke.

Sie gingen über den Plattenweg und erreichten eine kleine Veranda. Als sie die drei Stufen hochgestiegen waren, kratzte sich Ring die Erde von den Schuhen. Bixe klopfte an die Tür. Es war nichts zu hören. Sie klopfte noch einmal, aber drinnen blieb alles still.

»Niemand da«, stellte Bixe mit resigniertem Seufzer fest.

»Die Leute fahren nicht mitten in der Woche in ihre Ferienhäuser. Und sicher haben noch nicht alle Urlaub.«

»Aber da hinten steht ein Auto.«

Bixe zeigte auf ein struppiges Gebüsch, neben dem ein Wagen stand. Weiß und irgendwie im hohen, ungemähten Gras versunken.

»Das ist vielleicht schon verschrottet«, meinte Ring.

»Ja, das kann schon sein. Jedenfalls ist niemand zu Hause. Hier können wir eine Ewigkeit herumstehen und klopfen, ohne dass irgendwas passiert.«

»Da hast du sicher Recht.«

Ring machte kehrt und ging die Treppe hinunter. Bixe wollte ihm schon folgen, als sie zwischen der zweiten und dritten Treppenstufe etwas glitzern sah. Sie bückte sich und pulte mit dem Nagel etwas aus einem Spalt. Es war ein kleiner silberner Knopf. Sie hob ihn auf und nahm ihn mit zum Auto.

»Was ist das hier, Janne? Mit Dingen, die man am Leib haben kann, kennst du dich doch aus.«

Sie setzten sich auf die kühlen Ledersitze. Ring musterte den Knopf aus zusammengekniffenen Augen, und dieses eine Mal ohne die gereizte Miene, die er sonst zeigte, wenn jemand auf seine Eitelkeit anspielte.

»Sieht aus wie ein Knopf«, sagte er, während er das Fundstück zwischen Daumen und Zeigefinger hin und her drehte. »Aber Moment mal, da ist ein Muster darauf, ein Anker. Ich habe zu Hause eine Jacke mit genau solchen Ankern auf den Knöpfen. Nur sind es andere Knöpfe.«

»Es kann schon ein Vorteil sein, einen Modefex als Kollegen zu haben. Ein verlorener Jackenknopf also. Kann der irgendwie wichtig sein?«

Ring zuckte mit den Schultern.

»Heb ihn auf«, sagte Bixe. »Für alle Fälle.« Sie fuhr los.

»Schön, in die Stadt zurückzufahren«, sagte Ring. »Ich fühle mich auf dem Land einfach nicht zu Hause.«

»Ich auch nicht, ehrlich gesagt«, sagte Bixe.

Tiefe Wälder. Dieser rote Zaun hatte etwas Einsames, fand Bixe, und auch der Plattenweg, den sie eben verlassen hatten. Und das Haus. Einsam. Als sei die Zeit auf der kleinen Rasenfläche vor der Veranda stehen geblieben. Warum sie diesen Eindruck hatte, hätte sie gar nicht genau erklären können. Es war einfach ein Gefühl. Rasch fuhr sie um die Kurve und hörte Ring fluchen. »Was ist los?«

»Der Knopf ist mir runtergefallen.«

»Lass ihn liegen. Den suchen wir nachher.« Nachher. Falls die Zeit überhaupt vergeht, dachte sie. Nachher. Eine Ewigkeit vor uns in der Zeit. Und als sie das dachte, wusste sie nicht, wie Recht sie damit hatte.

29

Die Bowlingkugel dröhnte. Erst das Klappern, wenn sie rollte, dann der Krach und das Scheppern der stürzenden Kegel.

Volltreffer. Bengt Sander kniff siegesgewiss ein Auge zusammen. Sein kleiner Bruder hatte keine Chance. »Macht verdammt viel Spaß«, brüllte er. »Warum zum Teufel machen wir das so selten? Das muss doch drei Jahre her sein, was?«

Weil Henrietta schon wegen der Arbeit mit Scheidung drohte, drei Bowlingabende in der Woche, und er hätte keine Chance, nicht nur auf der Bowlingbahn.

»Ja, das ist toll, auch wenn du so viel besser bist als ich«, sagte Erik Sander. »Jetzt hören wir aber auf, ja? Es ist schon ziemlich spät.«

Fast neun. Und er hatte gesagt, dass er spätestens um acht zu Hause sein würde. Er musste sie ganz schnell anrufen. Hier bei diesem Lärm aber konnte er sich unmöglich Gehör verschaffen. Über den Geräuschen von Kugeln und Kegeln dröhnte noch der heftige Rhythmus einer unidentifizierbaren Musik. So war es früher nicht gewesen. Das mit der Musik war neu. Genau wie überall, dachte er. Als wäre Stille gefährlich.

»Ein Bier?«, schlug Bengt vor. »Das schaffst du doch noch?«

Eigentlich schaffte er es nicht, musste nun aber. Er hatte noch nicht erzählt, warum er sich bei Bengt gemeldet hatte. Dass es nicht ums Bowling ging, sondern um etwas ganz anderes. Aber noch hatte sich keine passende Gelegenheit ergeben, und jetzt spielte er mit dem Gedanken, es ganz zu lassen, sein Bruder wirkte so glücklich, dass er ihn nicht verletzen wollte.

Mädchen mit braun gebrannten Beinen warfen vor ihnen ihre Kugeln auf die Bahn.

»Was für Leckerbissen, Erik. Oder was sagst du? Wie geht's denn gerade so mit Henrietta: So apropos, meine ich.«

Bengt lachte und schaute sich um, als sie gingen, offenbar fasziniert von diesen Mädchen, die Erik vorkamen, als seien sie ein halbes Jahrhundert jünger als er. Erik hatte fast vergessen, dass Mädchen braune Beine haben konnten, ja, dass sie überhaupt Beine hatten, die man betrachten konnte. Er hatte das Gefühl, das schon lange nicht mehr getan zu haben. Falls überhaupt. Henrietta hatte er schon mit sechzehn Jahren kennen gelernt, und wusste nicht mehr, wie braun oder wie schlank damals ihre Beine gewesen waren. Inzwischen waren sie meistens weiß und etwas dicker als vor einigen Jahren. Aber das war, wie gesagt, kein Thema, über das er sich besonders den Kopf zerbrach.

»Es geht so irgendwie«, sagte er. »Du weißt, viel Arbeit, die Kinder, tja, Alltag ganz einfach.«

Sie hatten den Eingang erreicht, dort war es ruhiger, so viel ruhiger, dass die Stille fast ohrenbetäubend wirkte. Draußen war es kühl, viel zu kühl für einen Sommerabend jedenfalls, und in der Luft hing ein leichter Dunst. Die Glastüren fielen hinter ihnen zu, und sie wurden von der viel zu frühen Dämmerung umschlossen. Sie blieben stehen, um sich zu überlegen, wo sie nun hingehen könnten.

Bengt kannte sich besser aus. Schon wenige Wochen nach seiner Scheidung war er wieder auf der Piste gewesen, und jetzt, nach fast einem Jahr, war er ein routinierter Kneipenbesucher.

»Wir gehen ins Henrys«, sagte er.

Henrys, dachte Erik. Hat diese Evelina Palm da nicht Jonas Sjögren kennen gelernt? Vermutlich war das eins der größeren Lokale in der Stadt.

Bengt war noch immer atemlos, und der leichte Dunst, der in der Luft lag, zeigte sich vor seinem Mund in hastigen weißen Wölkchen. Seinen Kragen hatte er bis über seine Wangen hochgeschlagen.

»Da gibt es auch allerlei zu sehen, falls man das will.« Er versetzte seinem Bruder einen Rippenstoß. »Aber es ist auch ruhig. Man hat also die Wahl.«

Er lachte und sie setzten sich in Bewegung. Schweigend. Hier war es schwieriger. Im Lärm der Bowlingbahn war alles leichter gewesen. Dort hatten die langen Gesprächspausen keine Rolle gespielt. Die Atemzüge dazwischen waren nicht zu hören gewesen, die angestrengten Pausen hatten nicht unbedingt gefüllt werden müssen.

»Und was machst du sonst so?«, fragte Bengt.

»Tja, das Übliche eben.« Erik war müde und leicht außer Atem. Sie gingen rasch, im selben Takt. Die Taschen stießen rhythmisch gegen ihre Rücken und ihre Sohlen knisterten. Sie kamen am geschlossenen Kiosk an der Ecke Brogata und Karl XI:väg vorbei und bogen dann in den heller beleuchteten Teil der Stadt ab.

»Du hast also überhaupt keinen Spaß mehr? Gibt es für dich denn nur noch Arbeit und Familienleben?«

»Viel mehr schaffe ich eben nicht. Und irgendwann muss man ja auch schlafen.«

»Das ist klar.«

Sie hatten den Marktplatz erreicht. Erik folgte seinem Bruder, als der nach links in die Storgata einbog. Erik hatte keine Ahnung, wo dieses Lokal liegen mochte. Ja, für ihn gab es jetzt wirklich nur noch das Familienleben. Er war seit undenklichen Zeiten nicht mehr aus gewesen. Und er und Henrietta hatten auch früher kein sonderlich ausschweifendes Leben geführt, sie hatten meistens Händchen haltend zu Hause vor dem Fernseher gesessen. Und dann hatten sie geheiratet und Kinder bekommen.

Die Frage war, ob Bengt glücklicher war. Er war im vergangenen August fünfundvierzig geworden. Eine magische Zahl, das behauptete er zumindest selbst. Fast zwanzig Jahre hatte er als Friseur gearbeitet. Immer hatten die Stammkunden Schlange gestanden. Doch ein Jahr zuvor hatte Bengt seinen Salon dann plötzlich verkauft. Er behauptete, die Sache satt zu haben und seinen Traum vom Malen verwirklichen zu wollen. Ansonsten wich er diesem Thema aus, es schien ihm auf irgendeine Weise nahe zu gehen.

Als Bengt Sander seinen Laden verkauft hatte, war auch seine Scheidung zur Tatsache geworden. Für deren Ursachen gab es zwei unterschiedliche Erklärungen. Bengts Frau behauptete, er habe sie mit einer Kollegin betrogen. Er selbst behauptete, sie habe nur einen Grund gesucht, um ihn zu verlassen. Er hatte dann ein halbes Jahr gelitten und noch länger Antidepressiva genommen, hatte wohl auch noch andere Dinge konsumiert, diesen Verdacht hatte zumindest Erik, wollte aber nicht herumstochern. Ab und zu ein Bier war ja nicht weiter schlimm, aber eins ergab sich eben aus dem anderen.

Sie hatten die Kneipe erreicht. Gold funkelndes Licht hinter den Fenstern. Bewegungen und Stimmen, Menschen auf Sofas und an Tischen. Musik aus der Ecke. Erik Sander folgte seinem Bruder, der sich mit sicheren Schritten einen Weg bahnte. Ein Tisch ganz hinten in der Ecke, zwei Biergläser, bei denen der Schaum über den Rand floss. Bengt zog seine Jacke aus und setzte sich. Er krempelte seine Hemdsärmel hoch und beugte sich vor, wobei seine schwarze Lederweste im Rücken spannte.

»Sieh mal an«, lachte er. »Die Schnecke vom Freitagabend ist da. Sie sitzt genau hinter dir. Aber schau dich nicht gleich um.« Er lächelte weiter, diesmal an einen Punkt hinter Erik gerichtet. Auf der Oberlippe hatte er einen schmalen Schnurrbart aus Schaum, den er nun mit geübter Zungenbewegung ableckte.

Erik sah sich um. Er kam sich hier vor wie ein fremdes Wesen. Vor den kleinen Fenstern standen viele Schiffe, es gab Trossen an der Decke und Kerzen auf den Tischen. Natürlich hatte er für die Arbeit solche Lokale besucht, aber auch das war eine Weile her, es war damals gewesen, als er mit dem Streifenwagen unterwegs gewesen war und abwechselnd Nacht- und Tagdienst gehabt hatte.

»Ich war schon lange nicht mehr richtig aus«, sagte er. »Im Moment scheine ich nur noch zu arbeiten.« Er trank einen Schluck Bier und zog eine Grimasse. Auch das war lange her. Natürlich würde schon dieses Glas ihm zu Kopf steigen, aber an diesem Abend ließ sich nichts daran ändern.

»Vielleicht solltest du ja auch umsatteln«, sagte Bengt und versuchte zu lachen. Diesmal klang das Lachen echt.

»Umsatteln tut man mit fünfundzwanzig, nicht mit fast vierzig.«

»Blödsinn, sieh mich doch an.«

»Wo du das schon erwähnst, würde ich dich gern etwas fragen«, sagte Erik. »Warum hast du eigentlich umgesattelt, Bengt?«

»Wieso willst du das wissen?«

Stille, mitten in der aus einer Ecke dröhnenden Musik. Glücklicherweise war der Lautsprecher nicht direkt über ihrem

Tisch angebracht. Erik Sander konnte immerhin seine eigenen Gedanken hören.

»Es geht da noch um etwas anderes. Hast du Jonas Sjögren gekannt?«

Der Bruder runzelte die Stirn. »Den, der den Salon vom alten Enger gekauft hat? Und der vorige Woche umgekommen ist?«

Erik nickte.

»Wirklich scheußlich«, sagte Bengt. »Dass er da einfach so verbrannt ist.«

»Er war schon tot, als er in den Salon gelegt wurde.«

Bengt riss die Augen so weit auf, dass sie noch viel runder wurden als ohnehin schon. »Das, was in der Zeitung gestanden hat, stimmt also?«

»Ja, abgesehen von ein paar Kleinigkeiten. Aber wie ist das nun, hast du ihn gekannt?«

Bengt Sanders breites und in letzter Zeit ohnehin immer gerötetes Gesicht wurde noch einen Ton dunkler. Die Nase mit den großen Poren, der graue Bart – er war so gepflegt wie immer, aber trotzdem war da etwas, etwas, das aus dem Ruder gelaufen war.

»Ich hab wohl ab und zu mal ein Wort mit ihm gewechselt. Er hat oft abends hier gesessen und bei einem Bier die Zeitung gelesen. Aber gekannt habe ich ihn nicht. Wir haben nur übers Wetter und so gesprochen, es waren keine tief greifenden Gespräche.«

»Wie war er?«

»Wie meinst du das?«

»Was war er für ein Mensch? War er beliebt? Oder hatte er Feinde?«

Bengt Sander zog eine Zigarette aus einer halb vollen Packung in seiner Westentasche.

»Du hast also mit Rauchen angefangen.«

»Ab und zu mal eine. Wenn ich gestresst bin.«

»Und das bist du jetzt?«

»Nein.« Gelassen schüttelte Bengt seinen großen Kopf. Seine inzwischen fast gänzlich grauen Haare waren zurückgekämmt und hinten am Nacken zu einem kurzen Pferdeschwanz gebunden.

»Du zitterst.«

Erik schaute die Hand seines Bruders an. Von der zerknautschten Zigarette fiel etwas Asche.

»Okay, ich bin gestresst. Es ist verdammt unangenehm, wenn ein Kollege einfach so ermordet wird. Ich wusste ja immerhin, wer er war.«

»Hatte er Feinde, Bengt?«

Bengt Sander zog energisch an seiner Zigarette, dann lachte er leise. »Feindinnen hatte er jedenfalls nicht.«

»Was?«

»Er war der absolute Frauenheld.«

»Ja, den Eindruck hatten wir auch schon«, murmelte Erik, kaum hörbar in dem lauten Lokal.

»Er hatte so ungefähr jeden Abend eine andere. Das war einfach so. Immer hatte er irgendeine im Arm. Und er sah ja auch gut aus. Hatte was Besonderes.«

Was unsereins nicht hat, dachte Erik Sander. Weder du noch ich, Bruderherz. Aber was ist das, dieses Besondere? Selbstvertrauen genug, um anderen auf die Zehen zu treten, oder einfach Ausstrahlung, so unschuldig die auch sein mochte?

»Ich würde dir gern eine Frage stellen«, sagte er.

Bengt Sander sah jetzt immer übellauniger aus, als habe er nun den Grund durchschaut, aus dem sein jüngerer Bruder ihn nach langem Schweigen angerufen und um ein Treffen gebeten hatte.

»Über die Friseurbranche«, sagte Erik jetzt. »Weißt du, ob es ... wie soll ich das nennen, ob es Erpresser oder so gibt, die Leute dazu bringen, ihre Salons zu verkaufen?«

»Was sagst du da? So was hab ich noch nie gehört. Wie soll das vor sich gehen?«

»Sie kaufen billig und vermieten dann teuer. Sie schicken Drohbriefe, und denen, die nicht verkaufen wollen, passiert etwas.«

»Nein, von so was hab ich noch nie gehört. Jedenfalls nicht hier in der Stadt.«

»Bist du da ganz sicher?«

»Absolut. Das hätte sich herumgesprochen. Habt ihr wirklich so einen Verdacht? Mein Salon lief doch sehr gut, und da hätte ich doch sicher auch so ein ... Angebot bekommen.«

»Aber warum hast du dann verkauft?«

»Das weißt du doch.« Plötzlich glitt Bengts Blick zur Seite, er lächelte strahlend, kniff ein Auge zu und trank jemandem hinter Erik zu. Sicher dieser Frau, wer immer das sein mochte. Dann schloss Bengt die Lippen aufreizend um den Rest seiner Zigarette und drückte sie schließlich in einem überfüllten Aschenbecher aus.

»Weil du malen wolltest?«

Bengt nickte.

»Ist das die ganze Wahrheit?«

»Ich bin sicher, dass du die andere Wahrheit schon kennst, Erik.«

»Ich kann sie nur ahnen.«

»Du hast immer schon eine verdammt gute Intuition gehabt. Kein Wunder, dass du zum Bullenschwein geworden bist. Aber schade eigentlich – mit deiner Nase hättest du es woanders weit bringen können.«

»Du redest also von der, die bei dir gearbeitet hat? Das hat also gestimmt.«

»Genau das.« Bengt seufzte. »Das war irgendwie alles zu viel. Verstehst du, *too much*. Ich fühlte mich einfach gezwungen, auf irgendeine Weise Bilanz über mein Leben zu ziehen. Und da habe ich als Erstes den Job verworfen.«

»Und dann?«

»Auch das weißt du. Die ganze verdammte Sicherheit. Aber

trotzdem … so fühle ich mich wohler. Jetzt mache ich, was ich will.«

»Du hast wirklich nur aus diesen Gründen verkauft?«

»Warum glaubst du mir nicht, Erik? Ich habe wirklich keinen Grund, dir etwas zu verschweigen.«

Erik Sander schluckte. Natürlich glaubte er seinem Bruder, es wäre nur alles so viel einfacher gewesen, wenn sie etwas Konkretes entdeckt hätten. Selbst ein gesichtsloser Erpresser hätte ein Motiv für den Mord an Jonas Sjögren geliefert. Jetzt standen sie wieder am Anfang, falls sie keine Frau finden konnten, die einen Grund gehabt hatte, ihn aus dem Weg zu schaffen. Aus Zorn oder Eifersucht, zum Beispiel.

»Und das mit den Frauen?«, fragte Erik.

»Bei Sjögren, meinst du?«

»Ja. Weißt du, mit wem er befreundet war?«

Bengt lächelte. »Die Namen kenne ich nicht.«

Er schaute sich um, ließ seine Blicke durch das Lokal wandern, hinüber zum Tresen, an dem sich vor allem Jugendliche drängten. Dann schaute er wieder zur Seite.

»Ja, da hinten ist eine von ihnen. Die Rothaarige mit der schwarzen Hose und der roten Bluse. Da drüben.« Er machte mit dem Kopf eine vage Geste. Erik Sander schaute sich vorsichtig um. Zuerst sah er nur einen Rücken, den ein Mann im Jackett zur Hälfte verdeckte. Dann erkannte er sie. Evelina Palm. Sie saß auf einem Barhocker und drehte ein Glas zwischen ihren Handflächen. Er schaute rasch wieder weg. Aus irgendeinem Grund wollte er nicht von ihr entdeckt werden.

»Warum bist du so rot geworden?« Bengt musterte ihn mit breitem Grinsen. »Gehst wohl wirklich nicht viel aus, was? Brüderchen, du änderst dich nie.«

»Himmel.« Erik Sander nippte an seinem Bier und stellte dann das Glas wieder hin.

»Willst du nicht mit ihr reden?«, fragte Bengt jetzt. »Denn ehrlich gesagt, Erik, du hast dich ja wohl aus dienstlichen

Gründen mit mir treffen wollen. Was? Wahrscheinlich wirst du für diesen Abend sogar noch bezahlt.«

»Zwei Fliegen mit einer Klappe. Was ist daran so schrecklich? Aber dafür bezahlt werde ich nun doch nicht.«

Bengt Sander hob die Hand zu einem Winken. Er lächelte breit und mit dem ganzen Gesicht, ganz anders als bisher an diesem Abend. Nicht einmal nach seinem Sieg auf der Bowlingbahn hatte er so überschwänglich glücklich ausgesehen. Fassade?, überlegte Erik. Er sehnte sich nach Hause, nach seinem Bett, Henrietta und den Kindern.

Plötzlich stand eine langbeinige Frau an ihrem Tisch.

»Hallo, Annika«, sagte Bengt und zeigte dabei alle Zähne, während seine Lachfältchen sich bis zu den buschigen Augenbrauen hochzogen. »Wie nett, dich hier zu sehen. Darf ich dir meinen Bruder Erik vorstellen? Das hier ist Annika.«

Händedruck mit klirrenden Armreifen. Sander war dieses Leben wirklich nicht gewohnt.

»Bengt hat erzählt, dass er einen Bruder bei der Polizei hat«, sagte die Frau. »Bist du das?« Ihre Locken klebten an ihren Wangen, obwohl sie sie immer wieder mit einer allzu reich beringten Hand wegstrich. Und Erik fiel ein, dass er noch immer nicht zu Hause angerufen hatte. Es war fast zwanzig vor elf, und der Abend hatte bisher nur seine Verwirrung verstärkt. Verdammt. Er beugte sich zu seinem Bruder vor.

»Ich muss los«, sagte er.

»Du willst nach Hause?« Der Bruder lachte und legte den Arm um Annika, die Erik nun ihrerseits bedrängte: »Du willst doch noch nicht gehen? Der Abend hat doch eben erst begonnen.« Ohrgehänge, die in den offenen blonden Haaren funkelten wie Spiegelscherben. Plötzlich schaute sie zum Tresen hinüber, zu Evelina Palm, die sich mit strahlendem Lächeln umgedreht hatte. Annika winkte eifrig, offenbar kannten die beiden einander, und Evelina Palm stand auf und kam mit dem Glas in der Hand auf ihren Tisch zu.

Was danach passierte, wusste Sander später nicht mehr so genau. Er hatte jemanden lachen hören, und plötzlich, ohne dass er gemerkt hätte, wie das passiert war, stand ein neues Glas auf seinem Tisch, es beschlug und schäumte und war außen ebenso nass wie innen. Er konnte sich vage daran erinnern, dass er es in die Hand genommen hatte, vielleicht aus purer Höflichkeit. Und dann trank er, zum ersten Mal seit zwanzig Jahren, und zu seiner eigenen Überraschung, mit einer Gier, die er vergessen oder vielleicht auch verdrängt hatte, je nachdem.

Muss anrufen. Der Schaum klebte auf seiner Oberlippe. Muss zu Hause anrufen. Das Glas, das auf dem Tisch herumzugleiten schien, das kehrt machte und ein weiteres Mal geleert wurde.

☆

Als Karin Nederli am Mittwochabend um kurz vor neun zum Schuppen hinüberging um nachzusehen, ob ihr Mann noch dort saß – sie störte ihn eigentlich nur ungern bei der Arbeit, aber an diesem Abend war er ungewöhnlich lange dort –, merkte sie sofort, dass etwas anders war. Sie wusste nicht genau, was, aber schon, als sie in der Küche gestanden und über die Rasenfläche hinweggesehen hatte, hatte sie etwas geahnt, eine Stille vielleicht, einen dünnen Wind, der durch die Bäume gefegt war. Sie wusste nicht genau, was es war. Es war einfach nur ein Gefühl des Unbehagens, das sich bemerkbar machen kann, ohne etwas zu bedeuten. Trotzdem war sie sich sicher.

Als es dann fast neun wurde und Ingvar noch immer nicht gekommen war, war sie vorsichtig in die Diele gegangen und hatte Regenjacke und Holzschuhe angezogen. Elin war vor einer Stunde eingeschlafen und hielt ihren Teddy im Arm. Es bestand wohl kaum die Gefahr, dass sie in den wenigen Minuten aufwachen würde, die Karin brauchte, um zum Schuppen und dann zurück zum Haus zu gehen.

Der Kies knirschte unter ihren Füßen. Auf ihrer rechten Seite wuchsen die Kartoffeln schon ziemlich hoch, und auch allerlei Blumen schauten hervor. Die weißen, gelben und rosa Köpfe der Gartenwicken drängten sich am Gartenzaun zusammen. Nur die Bohnen waren noch immer kleine grüne Striche auf dem schwarzen Boden, und die Frage war, ob sie in diesem Jahr überhaupt noch größer werden würden. Im vergangenen Sommer war jede Pflanze vertrocknet und hatte dürre Stängel hinterlassen. In diesem Jahr würde vielleicht der Regen sie am Wachsen hindern.

Als sie den Schuppen sah, war sie sofort davon überzeugt, dass ihr Gefühl sie nicht getrogen hatte. Sie ließ ihre Blicke über die Holztür wandern, in der ganz hoch oben ein kleines Fenster saß. Über den Türrahmen und die rostigen Angeln, die abblätternde grüne Farbe und das morsche Holz der einzigen Treppenstufe. Sie sah den platt getrampelten Flecken aus Gras und Lehm vor der Tür, und die verwobenen Blumenstängel, die an den Kanten hochkletterten und sich in das Netz verwickelt hatten, das zwischen dem Schuppen und dem provisorischen Steinboden gespannt war.

Dann sah sie, was anders war. Das Hängeschloss. Es war aufgebrochen. Sie starrte es an, begriff nichts. Jemand hatte das Hängeschloss aufgebrochen. Warum? Sie griff nach der Tür, die stand offen, knarrend öffnete sie sich noch weiter, als sie mit dem Finger dagegentippte.

»Ingvar?«, rief sie. »Bist du da?«

Drinnen war es dunkel. Sein Arbeitsstuhl war unter den Tisch geschoben.

»Ingvar?«

Eine Frage, ins Nichts geworfen. Er war nicht da, war vermutlich den ganzen Abend nicht dort gewesen, obwohl er um sechs aus dem Haus gegangen war und ausgesehen hatte, als wolle er hierhin, in Arbeitshemd, Stiefeln und Weste. Es konnte kalt werden im Schuppen. Sie hatte in der Küche gestanden und gehört, wie er die Tür schloss, dann hatte sie ihn durch das Fenster über den Kiesweg gehen sehen. Er ging abends oft in den Schuppen, um dort Steine zu schleifen. Sie war ganz selbstverständlich davon ausgegangen, dass er das auch an diesem Abend vorhatte.

Sie ging weiter zur Garage. Die Holzschuhe schienen sie zurückhalten zu wollen, blieben immer wieder im Gras hängen. Sie drehte das rostige Schloss um und zog mühsam die träge, alte Tür auf.

Auch die Garage war leer. Der Wagen war nicht da. Sie drückte auf den Schalter an der Wand, und die Neonröhren an der Decke flammten auf und tauchten alles in blendendes Licht. Auf dem Boden glänzten alte Ölflecken. Hinten in der Ecke standen einige alte Reifen, das Werkzeug hing ordentlich an der Wand und die Fahrräder drängten sich aneinander. Das Auto jedoch war einfach verschwunden. Und sie hatte keine Ahnung, wohin.

Sie knipste das Licht wieder aus und schloss die Tür, lief zurück zum Haus. Warum war das Hängeschloss aufgebrochen worden? Und wer hatte das getan? Sie zog die Pantoffeln aus und warf die Regenjacke auf den Boden. Ging ins Wohnzimmer, ohne Licht zu machen, niemand sollte hereinschauen können. Sie fand es unangenehm, auf dem Land allein zu sein, in der Dunkelheit und der Stille. Wenn Ingvar jetzt nach Hause käme, würde er fragen, warum zum Teufel sie kein Licht gemacht und warum sie die Vorhänge zugezogen hatte, und warum sie wie ein verängstigtes Huhn auf dem Sofa hockte.

Sie wartete, lauschte. Glaubte einmal, dass sich draußen etwas bewegte, Schritte vielleicht, glaubte sogar, durch die Vorhänge vorüberhuschende Schatten zu ahnen. Aber das war vermutlich nur der Wind. Der heulte und jaulte in dem alten Schornstein. Ja, es war bestimmt nur der Wind. Trotzdem konnte Karin Nederli an diesem Abend nur mit Mühe einschlafen.

☆

Als es schon nach zwei Uhr war und Erik Sander noch immer nicht nach Hause gekommen war, machte Henrietta sich arge Sorgen. Zum ersten Mal war sie gegen Mitternacht erwacht und hatte eine seltsame Angst verspürt, ein Flattern, wie nach einem Albtraum. Sie war aufgestanden und hatte ein Kopfschmerzmittel genommen, danach hatte sie sich besser gefühlt und sich eingeredet, ihre Befürchtungen seien übereilt und unnötig. Bestimmt war er in der Stadt bei seinem Bruder geblieben, die beiden hatten sich doch lange nicht mehr gesehen. Aber nun erwachte sie zum zweiten Mal in dieser Nacht, setzte sich im Bett ganz gerade auf und stellte fest, dass es nicht mehr regnete. Das war es also nicht, was sie geweckt hatte.

Nein, sie war sicher davon erwacht, dass die andere Seite des Bettes noch immer leer war. Die karierte Bettdecke lag genauso ordentlich da wie am Abend, als Henrietta schlafen gegangen war. Auf dem Nachttisch lagen eine ungeöffnete Packung Taschentücher und der billig aussehende Kriminalroman, den Erik nun schon seit fast einem Monat las; aber vielleicht sahen alle Krimis so aus, sie hatte keine Ahnung. Jedenfalls war alles unberührt. Das Glas Wasser, das sie für ihn eingeschenkt hatte, stand beschlagen da, kleine Blasen schwammen an der Oberfläche.

Es war eine kühle und fast herbstliche Nacht. Sie stand am Küchenfenster und starrte zum zwanzigsten Mal in dieser Nacht auf den leeren Hofplatz hinunter. Sah zu den Gehwegen und der Straße hinüber, dann zur Bushaltestelle, die um diese Jahreszeit vom Gebüsch versteckt wurde, und fragte sich, warum er noch immer nicht nach Hause gekommen war.

»Ich bin spätestens um acht bei dir«, hatte er gesagt. »Bengt hat eine Runde in der Bowlinghalle vorgeschlagen, und die schließen irgendwann um diese Zeit.«

Sie hatte sein Mobiltelefon angerufen, aber er meldete sich nicht.

Es wurde zwei, es wurde vier, halb fünf und fünf. Es fing wieder an zu regnen. Die Straße weiter hinten war leer. Keine Schritte, kein Taxi. Einmal hörte sie einen Wagen um die Ecke biegen und war sicher, ihn gleich zu sehen. Zu sehen, wie das Taxi auf den Hof fuhr, wie die Tür am Beifahrersitz geöffnet wurde und wie Erik ausstieg, müde und, naja, ein wenig unsicher auf den Beinen. Aber es war kein Taxi gewesen, und niemand hatte gehalten. Also wartete sie weiter, saß im Bademantel am Fenster und fror.

30

Sie tat es nicht zum ersten Mal. Also hätte ihr dabei nicht schlecht werden dürfen, hätte sie daran gewöhnt sein müssen. Auch diesmal wimmerte das Tier leise, als wisse es, was ihm bevorstand, dann strömte sein Blut über das Fell. Es war das gleiche widerliche graue Fell, es waren die gleichen Zuckungen. Diesmal hatte sie es weder ertränkt noch in die Mülltonne geworfen. Sie hatte es auf dem Kiesweg vor dem Kartoffelfeld liegen lassen. Es war fast schön, die grünen Kartoffelblätter und das kleine Tier, das daneben zu schlafen schien. Wenn die Blutflecken nicht gewesen wären. Aber die sah man erst, wenn man dicht davor stand.

In dieser Nacht schlief sie ruhiger, auch wenn ihr noch immer ein wenig schlecht war. Zum ersten Mal, seit sie hergekommen war, hatte sie das schmale Bett mit Laken und Decke bezogen. Auf dem Stuhl daneben lagen Kugelschreiber und das schwarze Notizheft. In dieser Nacht träumte sie von dem vertrauensseligen Blick der Katze, von den spitzen gelben Zähnen und der trockenen schmutzigrosa Zunge.

31

Karin Nederli war offenbar trotz allem eingeschlafen. Sie wurde früh wach, in unbequemer Haltung auf dem Sofa, halb im Liegen, die Beine angezogen und den Arm auf einem gestrickten

Zierkissen. Sie stand auf. Er war noch immer nicht nach Hause gekommen. Sicherheitshalber schaute sie in den anderen Zimmern nach, unten und oben, unter dem schrägen Dach. Elin schlief noch, es war erst kurz nach sechs, der Teddy war auf den Boden gerutscht. Die Kleine lag auf der Seite und ließ einen Arm über die Bettkante hängen. Einige Haare klebten an ihrer Wange, sie schlief mit offenem Mund und aus ihrem Mundwinkel floss ein dünner Speichelfaden. Karin öffnete die Vorhänge im Schlafzimmer. Es war schon hell, langsam stieg graues Licht auf, die Dämmerung schien aus dem Boden zu wachsen und sich unendlich langsam nach oben zu bewegen. Draußen war es nass, die Fensterscheibe war von Regentropfen bedeckt. Sie dachte daran, dass Elin vor einigen Tagen behauptet hatte, sie habe vor dem Fenster ein Gesicht gesehen. Einen Troll, sagte Elin. Einen großen Kopf mit struppigen Haaren, mitten in der Nacht, vor dem Fenster. Karin hatte ihr nicht geglaubt, in diesem Moment nicht, aber jetzt spürte sie ihre Worte, die wie ein schwerer Stein in ihrem Bauch auf der Lauer lagen.

Sie war sich jetzt sicher, sie wollte weg von hier. Die Stille auf dem Land drohte, sie um den Verstand zu bringen, ließ sie Dinge sehen und hören, die gar nicht vorhanden waren. Und ihre Unruhe griff vielleicht sogar auf Elin über. Sie sehnte sich nach Autolärm und Straßenlaternen. Sie könnte ganz schnell packen, für sich und Elin, nur das Notwendigste, und dann ein Taxi anrufen. Jetzt, ehe es zu spät war, ehe er zurückkam. Sie ließ ihren Blick wieder über den Rasen wandern, durch das Tor. Sie stellte sich vor, wie es wohl wäre, über den Weg zu gehen, zu dem Ort, an dem sie sich sicherer und freier fühlen würde. Aber dann blieb ihr Blick an etwas haften, das dort lag, neben dem Kartoffelfeld lag. Etwas Grauem.

☆

Elin fuhr im Bett hoch. Etwas hatte sie geweckt. Ein seltsames Geräusch.

»Mama«, rief sie.

Keine Antwort.

»Mama«, rief sie noch einmal, aber niemand war da, nicht im Zimmer, vielleicht nicht einmal im Haus.

Sie hob den Teddy vom Boden hoch, presste ihn an sich und lief auf nackten Füßen zum Fenster. Der Boden war kalt und sie fror. Die Vorhänge waren fest zugezogen, das hatte sie so gewollt, sie wollte keine Gesichter mehr draußen sehen, die Tante, die mit ihren komischen Augen hereingestarrt hatte, hatte ihr gereicht. Sie wollte so etwas nicht mehr sehen, auch wenn ihre Mutter und Ingvar ihr nicht glaubten. Niemand glaubte ihr, wenn sie etwas sagte.

»Mama, wo bist du?«

Sie lief in die Diele, in die Küche. Leer. Das rosa Nachthemd flatterte um ihre Beine. Sie lief ins Wohnzimmer und sah, dass jemand auf dem Sofa geschlafen hatte, die Mutter oder Ingvar, denn die Decke lag zusammengeknüllt auf der einen Seite und das scheußliche Zierkissen war in der Mitte eingedrückt. Aber jetzt war niemand da, und sie spürte, wie eine kühle Angst von ihren Beinen her ihren Rücken hochwanderte, als ihr aufging, dass sie allein war.

Dann hörte sie die Haustür, die scheppernde Klinke und die quietschenden Angeln. Sie stürzte in die Diele. Ihre Mutter stand in der Tür. Stumm und mit weißem Gesicht stand sie da, ohne die Tür zu schließen. Sie sah Elin an, und Elin merkte, dass sie schluckte, ihr Mund öffnete sich, als wolle sie etwas sagen, dann machte sie ihn wieder zu.

»Was ist los?« Elins Stimme klang noch heller als sonst.

Die Mutter schwieg. In Holzschuhen und Jacke ging sie in die Küche. Elin lief hinterher. Dort blieb die Mutter mit der Kaffeekanne in der Hand vor dem Spülstein stehen, goss aber kein Wasser hinein, sie stand nur da und zitterte. Stellte die Kanne wieder hin, als habe sie sich die Sache anders überlegt, und schaute ihre Tochter an. Tiefer Ernst lag in ihrem Blick.

»Ich muss etwas mit dir besprechen«, sagte sie. Sie schaute sich hastig um, zuerst zu dem einen Fenster und dann zu dem anderen.

Elin wollte fragen, was denn passiert sei, aber sie fand keine Worte. Brachte nicht ein einziges Geräusch heraus.

»Es ist etwas passiert«, fing ihre Mutter an. Sie ging vor Elin in die Hocke und sah ihr ausnahmsweise einmal in die Augen. »Und zwar mit der Katze.«

Erst jetzt löste sich Elins Zunge. »Bengta! Was ist mit ihr?«

Wieder schluckte die Mutter, schien zu zögern. »Also, Elin«, sagte sie mit ernster Miene. »Ich habe sie da draußen gefunden, verstehst du, und …«

Elin ahnte schon alles. Die weit aufgerissenen Augen ihrer Mutter und deren zu einem Strich zusammengekniffener Mund sagten genug. Trotzdem wollte sie es nicht verstehen.

»Was denn?«, fragte sie.

»Sie lag da unten und … vielleicht hat irgendein Tier sie umgebracht.« Sie legte Elin den Arm um die Schulter und drückte sie an sich. »Ja, sicher, irgendein Tier, eine andere Katze oder so.«

Die Hände der Mutter zitterten, das merkte Elin. Das taten sie immer, wenn sie sich auch nur ein wenig aufregte. Aber diesmal versuchte sie, das Zittern zu verbergen, indem sie die Hände in die Jackentaschen schob. Doch auch dort zitterten sie, durch den Stoff hindurch. Es war in der ganzen Küche zu spüren.

»Wo ist sie?«

Die Blicke der Mutter irrten umher.

»Da draußen. Aber sie ist doch …«

Elin rannte in die Diele und schob ihre Füße in die Holzschuhe. »Ich will sie sehen!«, rief sie.

Die Mutter stürzte atemlos hinter ihr her. »Nein, Elin, es wäre besser …«

»Aber ich *muss*«, schrie Elin und befreite sich von der Hand auf ihrer Schulter.

Plötzlich hatte sie keine Angst mehr, sie war nur noch traurig und vielleicht auch ein bisschen wütend. Denn das hier war seltsam, hier stimmte etwas nicht, sie hatte das Gefühl, dass ihre Mutter sie belog, und begriff einfach nicht, warum.

Sie zog die Tür auf. Ihre Mutter stand mit weit aufgerissenem Mund hinter ihr und streckte die Hand nach ihr aus, aber Elin rannte schon über den Gartenweg. Sie sah Bengta nicht, etwas stimmte nicht mit dem, was ihre Mutter gesagt hatte. Bengta war nicht da, sie war weggelaufen, verschwunden, auf der Straße überfahren worden. Elin wischt sich mit dem Handrücken einen Rotztropfen weg und schaute sich um. Und dann sah sie das Fell, das ein Stück weiter hinten im Gras leuchtete. Bengtas Fell. Es stimmte also. Sie ging zu der Katze, zu dem glatten grauen Fell im taufeuchten Gras, und sie wollte Bengta schon den Rücken streicheln, als sie das Blut bemerkte. Etwas Dunkles, das am Fell festklebte. Und in derselben Sekunde sah sie auch die breite Wunde, die wie ein offener Mund klaffte, einen riesigen Riss voll trockenem, braunem Blut, einen Tunnel, der in widerliche Dunkelheit hinabführte.

☆

Erik Sander öffnete die Augen und sah die Decke.

Das Wohnzimmer. Vier mal sechs Meter. Er wusste wie groß es war, denn einmal hatte er es vor dem Tapezieren ausgemessen. Er verschob seinen Arm, der ungeschickt geknickt unter dem Kissen gelegen hatte. Vom Ellbogen bis zum Nacken prickelte alles.

Ich bin tot, dachte er. Durch und durch tot. Er blieb erstaunlich ruhig, ruhiger, als er erwartet hatte, auch wenn es ihn doch ein wenig wunderte, dass er so früh aus dem Leben gerissen worden war. Er war doch noch nicht einmal vierzig gewesen.

Alle Teufel des Todes hatten ihn geholt. Tot. Das Wort schmeckte bitter, es erinnerte ihn an etwas, an das er jetzt einfach nicht denken wollte.

Na ja, eigentlich war das wohl doch eher ein superhöllischer Kater. Und das war das Einzige, was er dazu sagen konnte. Denn der Vorabend, der in einer grellen Bowlinghalle am Karl XI:väg begonnen hatte, hatte stockfinster geendet. Er hatte keine Ahnung, was er getan hatte. Wie er nach Hause gekommen und dann noch in seinem eigenen Bett gelandet war, war ihm ein Rätsel. Und kein besonders lustiges. Die Frage war, ob er die Lösung überhaupt wissen wollte.

Die Tür zum Wohnzimmer wurde geöffnet, und Henrietta kam herein, mit zerzausten feuchten Haaren und einem Handtuch in der Hand. Sie rieb sich mit dem Handtuch über den Kopf, dass die Tropfen nur so spritzten.

»Du bist also aufgewacht«, sagte sie und setzte sich auf die Bettkante.

Die Matratze wogte wie ein Meer, sie knarrte und ächzte. Er spürte, wie ein Pfeil sich in seine Stirn bohrte, er kniff die Augen zusammen und legte schützend den Arm über die Augen.

»Ich bin tot«, sagte er.

»Das kommt davon.« Ihre ausgespuckten Worte kamen von der anderen Seite des Zimmers, wie durch einen langen Tunnel.

»Viermal sechs Meter«, sagte er.

»Was faselst du da?«

»Das Zimmer ist viermal sechs Meter groß.«

»Danke für diese Auskunft.«

»Es kommt mir kleiner und größer zugleich vor.«

»Ach was. Na gut.«

Schritte. Sie war aufgestanden, ihre Schritte waren rasch und hart vor Gereiztheit. Vielleicht stand sie am Fenster, er wagte nicht, die Augen zu öffnen und nachzusehen. Sie wühlte im Schreibtisch herum, kratzte mit den Nägeln über das Holz.

»Gehst du heute nicht zum Kurs?«

Er hörte sie lachen, konnte nicht entscheiden, ob es ein freundliches oder angeekeltes Lachen war. Er ging von Letzterem aus.

Er schlug die Augen auf und sah etwas Weißes, Scharfes und Blendendes. Dann war der Pfeil wieder da. Und wieder stand sie an seinem Bett.

»Was zum Teufel hast du die ganze Nacht gemacht? Kannst du mir das sagen? So verdammt lange könnt ihr ja wohl nicht Bowling gespielt haben. Oder? Begreifst du nicht, dass ich mir Sorgen gemacht habe? Und warum zum Teufel hast du nicht angerufen?«

Sie schien wütend zu sein, außer sich vor Zorn. Ja, natürlich. Wieder legte er den Arm über die Augen. Nicht jetzt, dachte er, im Moment konnte er das einfach nicht aushalten. Und auf jeden Fall brauchte er zuerst einen Kaffee. Allerdings kam ihm schon beim bloßen Gedanken an Kaffee alles hoch.

»Wie spät ist es?«

Sie gab keine Antwort. War sie nicht mehr im Zimmer? Er öffnete ein Auge einen Spaltbreit. Da stand sie, in Unterhose und BH. »Es ist elf. Ich muss los. Ich hab für heute Mittag eine Aushilfsschicht. Ich höre um vier auf. Muss vorher noch etwas Essen. Ich hab bisher nichts runtergebracht. Die Kinder sind übrigens schon im Kindergarten.«

Sie setzte sich noch einmal neben ihn auf die schwankende Bettkante, die drohte, ihn auf den Boden kullern zu lassen. Er schaute aus zusammengekniffenen Augen das Chaos auf dem Boden an. Wild durcheinander liegende Kleidungsstücke. Wie ein Wulst schien seine Jacke aufzuragen. Und plötzlich fühlte er sich total durchgefroren.

»Du zitterst«, sagte sie. »Ehrlich gesagt …« Sie beugte sich über ihn. »Wie viel hast du gestern getrunken? Und wo bist du gewesen?«

Er spürte, wie seine Unterlippe zitterte, er sah, dass auch ihre das tat, falls es nicht einfach eine Spiegelung war. Er hätte gern ihre Hand genommen, konnte sich aber nicht bewegen. Und wahrscheinlich hätte sie es ihm auch nicht erlaubt.

»Ich friere so schrecklich«, sagte er. »Ist es kalt hier?«

»Dein Bruder«, sagte sie. »Dem hab ich immer schon alles Mögliche zugetraut.«

Sie seufzte laut, schaute ihn ausdruckslos an, und er wäre gern tiefer unter seiner Decke versunken, verschwunden. Stattdessen sah er sie an. Ihre mandelförmigen Augen, die ihrer eigenen Meinung nach zu dicht nebeneinander saßen, ihre schmale Nase, die in einer scharfen Spitze endete, die Lippen, ebenfalls schmal und jetzt zusammengekniffen. Um die Lippen sah er dünne Falten, die vor einigen Jahren noch nicht dort gewesen waren. Die Haare waren nach hinten gekämmt – wann sie das wohl gemacht hatte –, mit einem scharfen Mittelscheitel, und der struwwelige Pony hing ihr tief ins Gesicht.

»Kannst du mir nicht sagen, was du so lange gemacht hast?«

Er schluckte. Merkte, dass auch sein Hals wehtat. Ja, was zum Teufel hatte er eigentlich gemacht? Gut, er war mit Bengt beim Bowling gewesen. Und dann waren sie ins Henrys gegangen. Aber was dann? Er kniff die Augen zusammen und versuchte, sich zu erinnern. Sah ein Paar Schuhe. Seine eigenen, in einer Pfütze. Der Tod, dachte er, da hat er sicher angefangen. Das kam ihm logisch und so einfach vor, dass es fast beruhigend war. Eiskaltes schwarzes Wasser.

»Hat es heute Nacht geregnet?«, fragte er.

»*Hat es heute Nacht geregnet*? Du fragst mich, ob es heute Nacht geregnet hat? Du warst doch triefnass, verdammt noch mal, als du hier angetorkelt kamst. Du sahst aus, als ob du nach Hause geschwommen wärst.«

Er kniff noch immer die Augen zusammen. Wasser. Aber wo? Jetzt sah er eine Frau. Ein seltsames Bild. Sicher pure Phantasie. Und dann Bengt, mit einem Bierglas in der Hand. Plötzlich lag immerhin der Anfang dieses Abends ganz klar vor ihm.

»Ich bin einige Zeit nach dem Bowling losgefahren.« Er hörte seine eigene stahlblanke Stimme. So sicher hatte sie sich schon lange nicht mehr angehört. Vielleicht befand er sich auf dem Wege der Besserung, jetzt würde er bald aufrecht stehen und nicht mehr so jämmerlich vor sich hin leiden.

»Du bist *gefahren?*«

Sie hob die Augenbrauen unter dem jetzt langsam trocknenden Pony.

»Ja, natürlich.«

»Der Wagen ist in der Werkstatt. Du hast ihn gestern nach der Arbeit doch selbst hingefahren. Hast du das vergessen?«

»Dann muss ich wohl gegangen sein. Entschuldige, Henrietta, ich bin noch nicht ganz wach. Natürlich bin ich gegangen. Ich habe den Bus genommen und …«

Sie schüttelte den Kopf. »Was hast du gestern getrunken?« Und dann: »Verdammtes Glück offenbar, dass du überhaupt nach Hause gekommen bist. Begreifst du nicht, dass ich mir Sorgen mache, wenn du die ganze Nacht ausbleibst? *Ich bin spätestens um acht bei dir …*«

Er spürte etwas Heißes, Klebriges an seinem Rücken. Aber er konnte sie jetzt nicht unterbrechen. Ein seltsames Schamgefühl lähmte seine Zunge.

»Und dann kommst du hier um sieben Uhr morgens reingetrampelt und siehst aus wie ein Wrack und schmeißt deine triefnassen Kleider auf den Boden und hast kein Wort der Erklärung, und Himmel, Kotze auf der Jacke und …« Sie unterbrach sich, sah ihn an, sanfter, aber nicht weniger erregt. Was sie wohl in ihm sah? Ein Gespenst? »Dir ist doch hoffentlich nichts zugestoßen, oder?«

»Wie meinst du das?«

»Ja … bist du vielleicht ausgeraubt worden oder so?«

Er machte einen Versuch, sich aufzusetzen. Alles tat ihm weh. Jedes Glied seines Körpers schmerzte. »Warum hätte ich ausgeraubt werden sollen?«

Sie zuckte mit den Schultern, schaute auf ihre Uhr. »Ich muss los. Aber du, wenn du bei irgendeiner Frau warst, dann sag mir das bitte. Ja? Diese Rumschweigerei ist wirklich nicht witzig, auch wenn du das glauben solltest. Was zum Teufel macht man denn sonst bis sieben Uhr morgens?«

Er ließ sich auf das Kissen zurücksinken. Wieder sah er die Frau vor sich, die Rothaarige, und dachte, dass er sicher alles durcheinander warf, er sah Bengts Mund und erinnerte sich daran, wie Gläser über den Tisch geglitten waren.

»Es war vielleicht ein bisschen zu viel Bier. Ich hatte sehr viel mit Bengt zu besprechen.«

»Erzähl mir hier bloß nicht, dass das alles nur dienstlich war. Auch das noch. Auf so was fall ich nicht rein, verstehst du. Mich kannst du nicht endlos an der Nase herumführen.«

»Beruhige dich doch. Mir ist nichts passiert, ich nehme an, wir waren bei ihm zu Hause, wenn nur mein Kopf ein bisschen klarer wird und ich einen Schluck Kaffee kriege, dann wird mir schon …«

Kaffee. Er drohte zu ersticken. Er drehte sich auf dem Kissen um. Das Zimmer drehte sich wie ein Wirbelwind, die Decke senkte sich, der Boden kam hoch, er packte die Matratzenkante, um nicht gegen die Wand geschleudert zu werden.

»Ich muss jetzt gehen.«

Plötzlich fiel ihm etwas ein. Er hob sich auf die Ellbogen.

»Bitte, Henrietta, könntest du nicht nach der Arbeit den Wagen holen? Die Werkstatt hat morgen und das ganze Wochenende geschlossen, und er soll heute fertig sein.«

»Ja. Wenn du Anton und Fabian holst. Um halb fünf.« Sie lachte leise. »Und ein Spaziergang wird dir sicher gut tun.«

»Das ist nicht nötig. Ich habe mir gestern die Freiheit genommen, einen Dienstwagen zu leihen, und …«

»Behaupte bloß nicht, du willst heute fahren!«

Er ließ sich auf die Kissen zurücksinken.

»Und schon gar nicht mit den Kindern im Wagen«, fügte sie hinzu.

Ihre Stimme schien wieder durch den langen Tunnel zu kommen. Viermal sechs Meter. Ihre Schritte verließen hallend das

Zimmer und er hörte, wie die Haustür mit dumpfem Dröhnen ins Schloss fiel. Die Wand kam auf ihn zu, obwohl sie weit weg war, er öffnete die Augen, nur um sich davon zu überzeugen, dass sie nicht über ihm zusammenbrechen wollte, dass die Welt nicht einstürzte, dass er nicht tot war, trotz allem.

Das Rotieren wurde ein wenig langsamer, er fror und zog mit der einen Hand die Decke höher über seine Brust. Er fühlte sich schläfrig. Er kniff die Augen zusammen, sah wieder rote Haare, bildete sich ein, sie seien durch seine Finger geglitten. Plötzlich stieg ihm etwas in den Hals, er beugte sich über die Bettkante und kotzte auf den Boden.

32

Etwas stimmt nicht, dachte Eva-Britt Bixe, als sie an diesem frühen Donnerstagmorgen in ihrem Büro saß. Es stimmte nicht. Und nicht nur etwas, sondern ziemlich viel, wenn sie ihrem Gefühl glauben wollte.

Es wimmelte geradezu von Dingen, die nicht stimmten, von Fäden, die nicht zusammenhingen, und von Enden, die sie vielleicht niemals zusammenfügen könnte. Verbindungen und Zusammenhänge, Personen und Ereignisse, aber die Antwort verbarg sich irgendwo außerhalb dieses Chaos. Des Rätsels Lösung, falls es denn eine gab.

Manchmal gab es nämlich keine. Obwohl sich die technische Seite der Ermittlungen auf überraschende Weise entwickelt hatte. Ein kleiner Speicheltropfen, ein unscheinbarer Hautfetzen, das konnte ausreichen, um jemanden mit einem Verbrechen in Verbindung zu bringen. Trotzdem konnten der Täter oder die Täterin ungestraft davonkommen. Regen, Dunkelheit und verschwommene Erinnerungen, dagegen kam die klügste Erfindung nicht an. Die Technik konnte es mit dem Menschen nicht aufnehmen. Was seine Vor- und Nachteile hatte, fand Bixe.

Und jetzt hatte sie das Gefühl, als arbeiteten sie am falschen Ende. Oder an einem Ende, das im großen Zusammenhang nicht von Bedeutung war. Ein Mann war von einem Fest verschwunden, vermutlich, weil er mit jemandem aneinander geraten war, möglicherweise dem Gastgeber. Was an einer Frau lag, möglicherweise der Gastgeberin. Und danach war er ganz einfach vor die Tür gesetzt worden.

Damit hatte alles angefangen. Mit etwas nicht wirklich Ungewöhnlichem. Ein Fest. Zu viel zu trinken, ein Schlag ins Gesicht und jemand, der vom Schlachtfeld floh. Ja, sie alle hatten das schon einmal erlebt, wenn auch mit dem Unterschied, dass es normalerweise nicht mit Mord und Brandstiftung endete. Aber das war hier passiert, der Tod war eine Tatsache, der ausgebrannte Frisiersalon ebenfalls. Und Jonas Sjögrens Verschwinden war ebenso klar wie ein Tintenfleck auf kreideweißem Papier. Das Problem war nur, warum er umgebracht worden war, und von wem. Bosse Birgersson hatte natürlich ein akzeptables Motiv, und am aktuellen Abend hatte er noch dazu heftig getrunken – Menschen waren schon aus viel geringeren Gründen getötet worden, als dass sie sich mit einer fremden Ehefrau in einem Garten herumgedrückt hatten. Trotzdem war Bixe davon überzeugt, dass nicht Birgersson Sjögren umgebracht hatte, sondern jemand anders, der Sjögren über den Weg gelaufen war, der vielleicht auch das Fest besucht hatte, der aber auch von irgendwoher aufgetaucht sein konnte. Die Ermittlung wurde außerdem dadurch erschwert, dass das Opfer ein braver Bürger gewesen zu sein schien, der offenbar wirklich keinerlei Feinde gehabt hatte. Er schien auch keine krummen Geschäfte gemacht oder sich in kriminellen Kreisen bewegt zu haben. Blieb also die Sache mit den Frauen, dass eine möglicherweise so böse auf ihn gewesen war, dass sie ihm einen harten Schlag auf den Kopf versetzt hatte. Aus Eifersucht, zum Beispiel. Ja, diese Möglichkeit blieb wohl, auch wenn sie nicht das Gefühl hatte, hier ins Schwarze getroffen zu haben, überlegte Bixe, seufzte und riss ihren Blick von den Tropfen auf der Fensterscheibe los.

Sie stand auf. Der Papierstapel auf dem Tisch musste warten. Im Moment hatte sie dringendere Dinge zu erledigen. Erik Sander. Er war noch immer nicht zum Dienst erschienen, obwohl es schon nach zehn war. Normalerweise war er das personifizierte Pflichtbewusstsein, immer pünktlich, fast schon übertrieben. Seine Pedanterie ging Bixe, ehrlich gesagt, bisweilen auf die Nerven, vor allem, da sie selbst dazu neigte, Uhrzeiten und Orte sehr locker zu sehen. Aber ihr Kollege, mit dem sie seit sechs Jahren zusammenarbeitete, war tüchtig und effektiv, war selten schlechter Laune und arbeitete eifrig, statt auf dem Sofa des Pausenzimmers herumzulungern, zu rauchen und Unsinn zu reden. Arbeit als Zeitvertreib. Aber das war ja wohl gerade das Problem, dachte sie. Zu viel Arbeit, zu selten zu Hause bei der Familie. Er hatte das angedeutet, und sie hatte ihm da nicht widersprechen können.

Sie hatte angerufen. Bei seinem Handy war nur die *Mobilbox* drangegangen, eine mechanische Stimme, die ihr mitteilte, dass sie nach dem Signal eine Mitteilung hinterlassen könnte. Das hatte sie getan, sie hatte ihn gebeten, anzurufen, aber bisher war ihr Telefon stumm geblieben. So ungewöhnlich stumm an diesem Morgen, als hätten die begonnenen Ferien schon alles zum Stillstand gebracht. Aber das war ja eine bekannte Tatsache: je kühleres Wetter, desto weniger Verbrechen. Als ob Menschen mit weniger guten Absichten es nicht für die Mühe wert hielten, sich bei schlechtem Wetter aus dem Haus zu begeben.

Ja, hier stimmte etwas nicht. Auch draußen auf dem Gang war alles ungewöhnlich still. Wo trieben sich nur alle herum? Um diese Tageszeit ging es sonst hektisch zu. Telefone klingelten und Schritte eilten hin und her. Sie näherte sich Janne Rings Tür, die stand einen Spaltbreit offen, gerade so weit, dass ein schmaler Lichtstreifen schräg über den Boden fiel. Ein leises

Klopfen, dann öffnete sie die Tür, ohne auf Antwort zu warten. Ring war in irgendwelche Unterlagen vertieft und bemerkte gar nicht, dass er Besuch hatte.

Erst, als Bixe sich in einem Besucherstuhl niederließ, schaute er auf. Schlaftrunken, mit kleinen Augenschlitzen.

»Hallo, du bist das«, sagte er.

»Was liest du da?«

Ring hob eine Augenbraue ein wenig. »Die neuen Gehaltsvorschläge.«

Jetzt war es an Bixe, die Augenbrauen zu heben. »Ach. Interessant?«

»Kaum. Ich habe zwar nie damit gerechnet, reich zu werden, aber das hier ...« Mit gereizter Miene ließ er die Papiere auf den Tisch fallen. »Und was hast du auf dem Herzen?«, fragte er dann.

»Hast du heute schon mit Erik gesprochen?«

»Nein, aber ...« Er zögerte. »Ist er nicht in seinem Zimmer?«

Bixe schüttelte den Kopf. »Ich hab es bei ihm zu Hause versucht und bei seinem Mobiltelefon. Überall Schweigen.«

»Ja verdammt. Schon wieder.«

»Aber am Samstag haben wir ihn ja noch erreicht. Zum Schluss.«

Ring ließ sich im Sessel zurücksinken und rieb sich nachdenklich das Kinn. »Was ist denn los mit ihm?«, fragte er »Hat er dir gegenüber etwas erwähnt?«

»Nur, dass ihm die Arbeit ein bisschen zu viel wird.«

»Erik neigt ja nicht zu Übertreibungen. Sonst nichts?«

Bixe schüttelte wieder den Kopf. Was Erik gesagt hatte, war ihr unter vier Augen anvertraut worden, nicht unter sechs.

»Aber dass er einfach nicht auftaucht«, sagte Ring. »Ich verstehe nicht ...«

Bixe schaute ihren einen Schuh an, die Kratzer und die abblätternde Farbe. Auch Schuhe entwickeln Runzeln, dachte sie, das passiert nicht nur den Gesichtern von Menschen.

»Manchmal lässt eine Veränderung sich vielleicht nicht vermeiden«, sagte sie. »Wer sich so vorbildlich verhält wie Erik, muss vielleicht auch einmal nach hinten austreten.«

»Und das macht Erik jetzt? Indem er zu Hause bleibt?« Ring stand auf und bohrte die Hände in die Hosentaschen. »Sollen wir etwas unternehmen?«, fragte er.

»Ich habe ihn schon angerufen, mehrere Male.«

»Aber etwas anderes vielleicht?«, regte Ring an.

»Das kann ziemlich unangenehm werden.«

»Aber du bist die Chefin«, sagte Ring.

»Über das Privatleben meiner Kollegen habe ich keine Kontrolle«, erwiderte Bixe. »Nein, wir warten ab. Lassen ihn ein paar Stunden in Ruhe. Wenn er zu lange nichts von sich hören lässt, dann müssen wir entscheiden, wie wir vorgehen wollen.«

»Und bis dahin müssen wir hier doppelt arbeiten.« Sie hörte einen Hauch von Verbitterung in seiner Stimme. Der Siegelring an seiner rechten Hand funkelte auf. Das erinnerte sie an etwas, etwas Kaltes, Silbernes. Einen Stern, einen Moment ihrer Migräne, etwas, das sie im Moment nicht greifen konnte, es glitt davon, aus ihrem Blickfeld. Das, was kurz aufgeleuchtet hatte, verschwand durch Rings Worte.

»Und was haben wir als Nächstes vor?«

Eine Straße, dachte Bixe. Und sah ein Haus. Eine braun angestrichene Tür.

»Ich dachte, wir könnten versuchen, die Petréns zu erwischen«, sagte sie. »Diese Nachbarn, die nicht zu Hause waren. Die müssen doch auch eine Adresse in der Stadt haben.«

»Daran habe ich auch schon gedacht«, sagte Ring. »Sie wohnen im Söndrumsväg. Ich wollte hinfahren, sowie ich eine freie Sekunde habe. Kommst du mit?«

»Sekunden sind teuer«, sagte Bixe. »Beeilen wir uns.«

»Nicht unsere Sekunden«, sagte Ring und nickte mit resignierter Miene zu den Papieren auf seinem Schreibtisch hinüber.

☆

Das Haus von Lisa und Gunnar Petrén im Söndrumsväg war weiß oder eher sandfarben. Wie Kupfer hatte es durch das Alter und vielleicht auch durch Vernachlässigung eine Art Patina angesetzt. Nicht, dass es in schlechtem Zustand gewesen wäre, das Dach wirkte frisch gedeckt und Haustür und Fensterrahmen waren offenbar kürzlich gestrichen worden, aber eine Auffrischung des Verputzes wäre nicht fehl am Platze gewesen.

»Tolles Haus«, sagte Ring.

Ja, mit einem neuen Anstrich wäre dieses Haus im Bauhausstil eine Perle gewesen, wie es hinter einer schützenden Hecke lag, mit breiten Fenstern und innen bestimmt hohen Wänden und viel Licht.

Sie stiegen die schlichte Steintreppe zur Haustür hoch. Eine schwere Eichentür mit eleganter Messingklinke hieß sie willkommen. »Petrén« stand auf einem schmalen Metallschild, und darunter verkündete ein zweites Schild: »Anwaltskanzlei Petrén.«

»Haben sicher keine Geldsorgen«, murmelte Ring, während er auf den Klingelknopf drückte. »Unsereins könnte sich so eine Bude nie im Leben leisten. Jedenfalls nicht, wenn ...«

Rascher als erwartet, als habe er nur auf das Klingeln gewartet, wurde die Tür von einem Mann in Strickjacke, Hosen mit Bügelfalte und flachen schwarzen Pantoffeln aufgerissen. Sein breites und nicht ganz glattrasiertes Gesicht schien sich sofort zu verziehen.

»Sind Sie Gunnar Petrén?«

Er nickte. »Ja, der bin ich. Worum geht es?«

»Wir kommen von der Kriminalpolizei.« Bixe zog ihren Dienstausweis hervor, aber der schien den Mann nicht zu interessieren. »Können wir für einen Moment hereinkommen?«

Ohne ein Wort drehte er sich um und ging vor ihnen her in eine längliche Diele. Auf dem Boden lag ein Perserteppich, und elegante Messinglampen schmückten die Wände. Die Diele führte zu einem etwas größeren Raum, der ebenfalls edle Teppiche und zwei weitere Lampen mit gelben Schirmen aufwies. Auf der rechten Seite gab es eine Doppeltür, die in ein Zimmer führte, das eher wie ein Salon aussah als wie ein normales Wohnzimmer. Die Wände waren hoch, es gab drei Fenster und in einer Ecke einen offenen Kamin. Allerdings war der Raum, anders als die Diele, nur spärlich möbliert, mit Holzmöbeln und hellen Teppichen. Die Fenster hatten keine Vorhänge, und das graue Licht von außen flutete über den Holzboden. Ganz hinten standen ein Schreibtisch und dahinter eine Reihe von gut gefüllten Bücherregalen.

»Das hier ist mein Büro«, erklärte Gunnar Petrén und ließ sich auf einem der beiden Sofas nieder. »Wir wohnen eine Treppe höher.«

Er schaute den Boden an, vielleicht auch auf seine gefalteten Hände, die zwischen seinen Knien hingen.

»Worum geht es also?«, fragte er tonlos.

»Es geht um den Mittsommerabend in diesem Jahr«, fing Bixe an.

»Um den Mittsommerabend!« Der Mann sah sie an, als habe sie ihn zutiefst beleidigt. Sie versuchte, seinen Blick einzufangen und zu beruhigen. Petrén kam ihr nervös vor. Seine Mundwinkel zuckten leicht. »Ich weiß nichts über irgendwelche Dinge, die am Mittsommerabend passiert sind«, sagte er.

»Aber Sie haben doch ein Ferienhaus in Tönnersjö?«, fragte Bixe.

Der Mann nickte. Rote Flecken überzogen seinen Hals über dem ordentlich geschlossenen Kragen.

»Es ist ein wenig verfallen. Wir wollen es renovieren lassen. Es stammt aus der Familie meiner Mutter.«

»Wir wüssten gern, ob Sie am Mittsommerabend dort waren.«

»Ist da etwas passiert?«, fragte er leise. Er erhob sich und ging einmal um den Tisch herum. In seiner Hosentasche klirrten Schlüssel.

»Wann waren Sie zuletzt dort?«

»Wir haben am Wochenende vor Mittsommer kurz vorbeigeschaut. Wir wollten überlegen, wie wir die Renovierung angehen, was gemacht werden muss. Was ist denn passiert?«

»Wir suchen eine Person, die sich am Mittsommerabend in der Umgebung aufgehalten hat«, erklärte Ring. »Aber Sie waren also nicht dort?«

Gunnar Petrén ließ sich breitbeinig wieder auf dem Sofa nieder und schlug plötzlich die Hände vors Gesicht. »Vielleicht war meine Frau da. Aber das weiß ich nicht. Haben Sie nicht mit ihr gesprochen?«

Bixe und Ring tauschten einen fragenden Blick. Petrén hatte noch immer die Hände vor dem Gesicht.

»Wo befindet sie sich denn gerade?«, fragte Bixe.

»Ich weiß es nicht. Ich weiß es leider nicht.« Er sah sie aus Augen an, die vielleicht geweint hatten, sie waren zwar trocken, aber rot unterlaufen, so, als hätte er sich dünne rosa Striche um die Ränder gezogen.

»Sie ist weggegangen«, sagte er dann. »Am Mittsommerabend. Wir hatten uns gestritten. Ich dachte, sie sei vielleicht ins Ferienhaus gefahren.«

»Um welche Uhrzeit war das?«, fragte Ring.

»Mitten am Tag. So um die Mittagszeit.«

Bixe hörte, wie Ring kurz nach Luft schnappte und merkte, dass er sich neben ihr auf dem Sofa unruhig hin und her bewegte.

»Waren Sie denn nicht im Haus?« Petrén musterte sie mit leicht gehobenen Augenbrauen. »Vielleicht ist Lisa dort.«

Der eintönige Gesang einer Schwarzdrossel war aus dem Garten zu hören.

»Sie haben also nicht mit ihr gesprochen, seit sie verschwunden ist?«, fragte Bixe.

»Doch, sie hat einmal angerufen. Sie hat nicht gesagt, wo sie steckt. Sie hat nur gesagt, sie müsse jetzt allein sein.«

»Worüber haben Sie sich gestritten?«

Petrén zuckte mit den Schultern. »Eine Bagatelle. Sie wollte am Mittsommerabend nicht mit mir bei meiner Mutter essen.«

Tatsächlich, eine Bagatelle, dachte Bixe. Aber manches, was unwichtig scheint, entpuppt sich als erstaunlich vielschichtig.

»Und was ist dann passiert?«

»Wir konnten uns nicht einigen, und ... ja, dann ist sie weggefahren. Ich fand diese Reaktion ja ein bisschen zu heftig. Ich meine, gestritten haben wir uns auch früher schon. Und dass sie weggefahren ist, war ja das eine, aber dass sie noch immer nicht zurückgekommen ist ...« Er starrte den Boden an und schüttelte den Kopf. »Ich verstehe das nicht. Es ist noch nie passiert.«

»Und Sie haben seither also nur einmal mit ihr gesprochen?«, fragte Ring.

»Ja, als sie angerufen hat.«

»Was genau hat sie da gesagt?«

»Wie schon erwähnt, nur, dass sie allein sein will. Es war ein sehr kurzes Gespräch. Sie schien nicht mit mir reden zu wollen.«

»Wie hat sie sich angehört?«, fragte Ring.

»Am Telefon?«

»Ja.«

Der Mann überlegte. »Ich weiß nicht. Es war ja eine etwas seltsame Situation.«

»Versuchen Sie, sich zu erinnern. Hörte sie sich ganz normal an?«

Der Mann schaute zu einem Fenster hinüber. »Ruhig, glaube ich. Vielleicht ein wenig resigniert.«

»Machen Sie sich Sorgen um sie?«, fragte Bixe.

»Nein, verdammt ...«

»Sie ist nicht depressiv?«

»Ich glaube nicht. Sie ist dickköpfig, hat sehr viel Selbstvertrauen. Nein, ich mache mir Sorgen um uns. Um das alles hier ...« Er beschrieb mit der Hand einen Bogen. »Um alles, was uns gehört. Ich meine, das kann doch nicht einfach zerbrechen, nur wegen einer solchen Kleinigkeit, nicht …« Gunnar Petrén schluckte hart, zwinkerte einige Male und fuhr sich mit der Hand über den Schädel. »Aber was ist denn da draußen passiert?«, fragte er dann mit festerer Stimme.

»Wie gesagt, es geht um einen Mann«, sagte Bixe. »Wir möchten mit allen sprechen, die ihn gesehen haben könnten.«

»Ein Mann?«

Etwas in Petréns Blick bewegte sich.

»Ja«, sagte Bixe. »Er hat sich zu Mittsommer offenbar dort in der Gegend aufgehalten.«

»Und sonst noch? Wieso ist das wichtig?«

Weder Bixe noch Ring gaben ihm eine Antwort.

»Sie halten es also für möglich, dass Ihre Frau dort ist?«, fragte Bixe.

»Wie schon gesagt …«

Bixe erhob sich. Ihre dünnen Nylonstrümpfe klebten an ihren Beinen. Im Haus war es ebenso warm, wie es draußen kühl war.

»Sie werden also hinfahren?«, fragte der Mann mit einem Hauch von Hoffnung in der Stimme, als habe er perfektes Hilfspersonal gefunden. Außenstehende, die seine Frau wieder nach Hause schaffen würden.

»Wir waren schon da«, sagte Bixe. »Aber niemand hat uns aufgemacht. Hat Ihre Frau übrigens Gepäck mitgenommen, als sie Sie verlassen hat?«

Gunnar Petrén holte tief Atem, die Luft ließ seinen Brustkorb anschwellen. »Komisch, dass Sie das fragen«, sagte er. »Denn das habe ich mir auch schon überlegt, sie hat nämlich rein gar nichts mitgenommen. Sogar ihre Handtasche hat sie hier gelassen. Nur Brieftasche und Schlüssel hat sie mitgenommen. Als sie losgefahren ist, war sie absolut außer sich. Das muss der Grund sein. Dann verhält man sich doch so?«

Bixe legte die Finger auf die Türklinke. »Vermutlich«, sagte sie. Sie drückte auf die Klinke, und die Tür ging auf.

33

Langsam waren sie aus dem Auto gestiegen. Sie hatte aus der Ferne Motorenlärm gehört und war gleich aufmerksam geworden, hier kamen so wenige Autos vorbei. Sie hatte sich ans Fenster gestellt und gesehen, wie das Auto hielt. Langsam hatte es gebremst. Langsam waren der Mann und die Frau über den Gartenweg gegangen.

Zwei Fremde.

Sie hatte am Fenster gestanden, so langsam waren sie gegangen, bei ihnen schien es nur Langsamkeit zu geben, als ob sie etwas suchten. Aber was suchten sie? Es gab keine Spuren, es gab nichts. Es gab nur Schweigen und lautlose Schritte und Notizen, die sie heimlich machte. Alles war unsichtbar. Nur ihre Spuren waren zu sehen. Niemand konnte ahnen, von wem die stammten.

Dann stand sie hinter der Tür, lautlos. Da fühlte sie sich sicher, auch wenn sie nur wenige Zentimeter trennten. Die klopfenden Fingerknöchel der Fremden und ihr eigenes Ohr, das sie gegen die hölzerne Tür drückte. Aber es gab nichts zu hören, nur leises Gemurmel und Wörter, die sie nicht verstehen konnte.

Zwei Fremde hatten auf ihrer Treppe gestanden, und sie hatte die beiden los sein wollen.

Sie hatte die Augen zusammengekniffen und angefangen zu zählen. Die Sekunden waren teuer wie Jahre, aber die Zeit war jetzt lang und gedehnt. Die Farbdosen standen draußen, die Leiter lehnte an der Fassade, aber das war hinten, auf der Rückseite des Hauses.

Sie kniff noch immer die Augen zusammen. Lange, nachdem sie den Automotor unten auf der Straße gehört hatte, wo er zwischen den Bäumen verschwunden war. Beruhigende Stille. Sie saß vor der Tür, auf dem Boden, kniff noch immer die Augen zusammen, sie sah ihn wieder, sah ihn und wusste, dass sie ihn von der Straße verschwinden lassen wollte. Ihn auch. In der Nacht. Der Mittsommernacht. Er sollte von der Straße verschwinden, fort aus ihrem Blickfeld. Aber er war dort gewesen, vor ihr.

Der Mann auf der Straße. Jemand, den sie auf dem Kiesweg wahrnahm, eine Silhouette vor der Dämmerung. Vor der Dunkelheit, die um diese Jahreszeit nie wirklich eintraf, und die einen hellen Rand über dem Wald ließ.

Sie hatte gespürt, wie etwas festgezurrt wurde, wie Riemen angezogen wurden. Zuerst hatte sie nur das gesehen, eine Gestalt auf dem Weg. Irgendwen. Das hatte nichts mit ihr zu tun.

Aber je näher sie gekommen war, um so sicherer war sie geworden. Er würde nicht ausweichen. Er stand wie eine Mauer auf dem Weg und sie konnte nicht hindurchkommen, es gab keinen Spalt, keine Fluchtmöglichkeit, nur diese unendlich große graue Mauer.

Sie war zu Fuß gewesen. Den Wagen hatte sie stehen lassen, da sie getrunken hatte, sie hatte ihn am nächsten Morgen holen wollen. Der Wagen stand unterhalb des Hauses am Straßenrand. Es war nicht weit, nur einige Kilometer.

Ein kurzer Spaziergang, und als sie zum Zaun kam, stand da jemand. Ein Mann. Einer, den sie nicht kannte.

Schon als sie seine Silhouette gesehen hatte, hatte sie geahnt, dass etwas nicht stimmte.

Es war schon ziemlich spät, wie spät genau wusste sie im Nachhinein nicht mehr, sicher hatte sie vieles vergessen, verdrängt. Sie erinnerte sich daran, dass sie am Himmel in der Ferne dunkle Wolken gesehen hatte. Er hatte sie angesehen, kleine dunkle Augen unter einem ungepflegten dunklen Schopf. Er hatte sie nur angesehen, nur das, aber ab und zu reicht doch ein Blick aus, und man glaubt, den Verstand zu verlieren und will schreien.

Sie schrie nicht. Sie atmete nur und lächelte ein wenig, wie man mitten in der Nacht auf einem einsamen Weg einen Fremden anlächelt.

Er war stehen geblieben, breitbeinig und mit diesem seltsamen Blick.

Ich wollte doch nur vorbeigehen, hatte sie gesagt. Ihre Stimme war leise gewesen, ihre Schritte vorsichtig, lautlos. Still.

Er trat beiseite, nur eben auf die falsche. Trat beiseite und blieb dadurch vor ihr stehen.

Verzeihung, hatte sie gesagt. Hatte noch einmal versucht zu lächeln. Das war ihr nicht gelungen.

Der erste Schlag hatte ihren Nacken getroffen. Sie war gestürzt. Sie wusste noch, dass sie sich gefragt hatte, warum er wohl so böse war. Ein harter Schlag. Sie begriff nicht, warum. An den zweiten Schlag konnte sie sich nicht mehr erinnern. Sie hatte den Kies gesehen, gespürt, wie die Steine in ihren Mund eindrangen, wie sie über ihre Zunge rutschten und an ihren Zähnen kratzten. Sie hatte sich geekelt, vor allem vor dem Kies. Sie hatte auch Blut gesehen und nicht gewusst, woher das stammte. Alles, was sie sah, waren Scherben. Das Einzige, woran sie sich deutlich erinnern konnte, war ein tätowierter Schmetterling. Der saß auf seiner Schulter und schien zu fliegen, wenn er sich bewegte.

Als sie aufwachte, wusste sie zuerst nicht, wo sie war. Der Kies scharrte an ihren Zähnen. Alles tat ihr weh. Sie versuchte, sich zu bewegen, aber ihre Beine wollten ihr nicht gehorchen. Die lagen einfach da, in einer seltsamen verzerrten Haltung. Sie sah den Himmel, davor flogen einige Vögel. Schwalben mit spitzen Flügeln. Sie flogen zwischen Wänden aus Bäumen, auf jeder Seite des Weges. Der Kies kratzte auch an ihrem Rücken, sie bemerkte, dass sie seltsamerweise keine Kleider anhatte. Die alte Pumpe im Garten, hatte sie gedacht. Aus irgendeinem Grund hatte sie an die Pumpe gedacht, an das Wasser, das ruckweise herausfloss und gurgelnd im Loch des rostigen Beckens verschwand. Das Loch saugte das kalte, perlende Wasser gierig in sich auf. Sie hatte Durst, und sie hatte Blutgeschmack im Mund. Sie spuckte aus. Ein sandiger Speichelfaden zog sich über den Boden. Darin gab es auch Blut, hellrotes, frisches Blut. Ihre Lippe brannte und schien geschwollen zu sein. Sie saß jetzt und ließ ihre Hand auf dem Kies ruhen. Ein Stück weiter weg lagen Stofffetzen, das mussten ihre Kleider sein. Sie kroch hin, die Beine waren aufgewacht und taten weh und wollten noch immer nicht gehorchen. Alles tat weh, vom Kopf bis zu den Fersen, und sie begriff nicht, was passiert war.

Ihr Pullover war zerfetzt, ein langer Riss zog sich hindurch. Aber die Jeans waren unversehrt, und als sie sich angezogen hatte, eilig und so schnell sie konnte, spürte sie, dass etwas Feuchtes über ihre Wangen floss. Es schmeckte salzig, als es ihre Lippen erreichte, offenbar weinte sie, ihr Rotz floss, zwischen ihren Beinen floss es, überall floss es aus ihr heraus, Blut, Speichel und Rotz.

Sie schaute sich um und erinnerte sich an eine Gestalt, die auf dem Weg gestanden hatte, genau vor ihr, dort oder irgendwo anders, in der Nähe oder weit weg. Und sie fürchtete sich wieder, aber sie konnte nicht weinen, und der Schrei war diesmal ganz leise. Er brannte in ihrem Hals, er blieb zwischen den Tannen hängen, mitten zwischen den Nadeln, die in ihre Füße stachen, als sie zu gehen versuchte. Sie ging durch den Straßengraben, denn der Kies war spitz und sie wollte nicht gesehen werden. Sie hatte Angst, ohne zu wissen, wovor, und sie hinkte auf dem einen Fuß. Sie ging geradewegs in den Wald hinein. Zwischen die Bäume, über das weiche Bett aus Tannennadeln und Moos. Dort gab es keinen Weg, es gab nur die kreuz und quer stehenden Bäume.

Sie schien eingeschlafen zu sein, für einen Moment, sie erwachte und es war noch immer dunkel. Ihre Wange schien gefühllos zu sein, sie hatte auf einigen spitzen Zweigen gelegen. Sie strich sich die Haare aus der Stirn, die dort klebten. Sie hörte in der Ferne ein Gewitter, ein dumpfes leises Dröhnen.

Sie stand auf, wischte sorgfältig Pullover und Hose ab, als spiele das eine Rolle, und dann ging sie weiter, ziellos durch den Wald. Sie hörte Tropfen auf die Bäume aufschlagen. Das Licht der Blitze konnte die Zweige nur selten durchdringen. Es sah aus wie trübe Sternschnuppen, hoch oben, über den Wipfeln. Und dann folgte das lange Dröhnen. Das Gewitter kam immer näher. Es war unterwegs zu ihr.

Dann erreichte sie eine Lichtung. Der Regen peitschte auf den Boden. Pfützen blinkten in der Dunkelheit. Sie hatte ein wenig das Gefühl, sich zu waschen. Und das musste sie auch, sie musste jede Pore sauber schrubben. Sie hatte sich vor die Pumpe im Garten stellen wollen, aber der Regen, der über sie hinwegspülte, hatte dieselbe Wirkung: Sie erwachte.

Sie erinnerte sich plötzlich daran, was ihr passiert war. Wieder und wieder sah sie diese Szene vor sich. Nicht wie in Scherben, wie in dem Moment, als es passiert war, sondern als lange Bilderfolge. Sie kniff die Augen zusammen und ließ den Regen über ihr Gesicht spülen.

Plötzlich hörte sie ein Auto, das sehr schnell näher kam. Sie suchte Schutz im Straßengraben, wäre fast hineingefallen, hielt ihre Jacke in der Hand, den dünnen Pullover hatte sie trotz des Risses angezogen. Der Wagen kam näher, ein kleines Auto, es fuhr schnell, legte sich in die Kurven, so dass der Kies nur so spritzte. Es fuhr an ihr vorbei und sie richtete sich wieder auf, stieg aus dem Graben, in dem sie sich vor etwas versteckt hatte, wovor, wusste sie nicht. Lange, nachdem das Auto verschwunden war, stand sie noch immer auf dem Weg, wie versteinert, und ihre Beine wollten ihr wieder nicht gehorchen.

Noch ein Blitz leuchtete auf, dann folgte der Knall. Im Licht des Blitzes sah sie, wo sie sich befand. Ganz in der Nähe des Hauses. Bisher hatte der Wald sie so verwirrt. Vielleicht war sie im Kreis gegangen, und jetzt war sie wieder da. Sie hatte keine

Angst mehr, das Schlimmste war bereits passiert, dort auf dem Weg waren einige Minuten ihres Lebens verschwunden.

Doch als sie den Zaun erreicht hatte, brach die Angst wieder über sie herein. Jemand stand auf der Veranda, unter dem Vordach. Sie konnte ihn nicht erkennen, aber sie dachte, dass er es doch sein müsse, der noch immer da war, der auf sie wartete.

Eigentlich fasste sie niemals einen Entschluss. Es passierte einfach nur. Der Stein lag da, und das erschien ihr als Fingerzeig des Schicksals. Sie hob ihn auf und ging lautlos über das Gras.

34

Ingvar Nederli hatte vier Tage und vier Nächte an diesem Stein geschliffen. Als der Stein nun glatt und rund war, eben wie seine Handfläche, weich wie etwas, das sehr lange im Wasser gelegen hat, zog er ihn auf einen dünnen Silberdraht. Dann legte er ihn in eine längliche Schachtel aus handbemaltem Papier. Die Schachtel war rosa und lila gestreift, die Oberfläche war matt und ein wenig rau. Er hatte sie eines nachmittags in einem Buchladen in der Stadt gefunden und genau gewusst, was er damit anfangen würde. Es war kein Zufall, dass er sie gekauft hatte.

Das Schmuckstück rutschte in der Schachtel hin und her. Er wollte es ihr geben, der rote Stein sollte in ihrer Halsgrube funkeln wie ein Blutstropfen vor dem grauen Hintergrund, dem Ergrauenden, dem, was Zeit und Jahre und Probleme waren, die sie zerfressen hatten. Das hatte sie ihm sehr bald erzählt. Frauen vertrauten sich ihm gern an, er war die Mauer, die ihnen zuhörte. Er erwähnte gern, dass er ein besonderes Talent zum Zuhören besaß. Manchmal dachte er, das sei eine seiner weiblichen Eigenschaften, nichts Weiches und Schwaches, sondern etwas, das sich öffnete und sie dazu brachte, auszuspucken, zu schreien und zu weinen. Erst später verschloss er sich dann, aber dann war es zu spät, dann waren sie schon drinnen. Wie Bienen, die zwischen seinen Blütenblättern gefangen saßen.

Jetzt saß er hinter einer Windschutzscheibe, die immer mehr beschlug. Er sah nicht viel, außerdem war er so weit vom Eingang entfernt, dass er nur mit großer Mühe erkennen konnte, wer dort ein- und ausging.

Der Regen machte das Beobachten wirklich nicht leichter. Aber er war auch eine Hilfe, denn niemand würde ihn hier entdecken. Hier konnte ja wohl jeder anhalten und auf jemanden warten. Die Zeit vergehen und den Regen aufs Dach prasseln lassen. Am ersten Tag hatte er es als beruhigend empfunden.

Jetzt fand er es nur noch notwendig. Es erschien ihm einfach als Pflicht. Er hatte nie an das Schicksal geglaubt und alle unerklärlichen Geschehnisse für Zufälle gehalten, aber jetzt fragte er sich doch, was es mit diesen unerwarteten Ereignissen wirklich für eine Bewandtnis hatte. Damit, was ihm passiert war. War ihm das Schicksal über den Weg gelaufen? Das, was er bisher immer abgelehnt hatte. Ihn schauderte.

Aber Angst hatte er nicht, nicht deshalb saß er hier. Angst hatte er noch nie gehabt. Vor langer Zeit hatte er gelernt, dass Angst einen Menschen kleiner macht, und er verband Angst mit Feigheit und Scham. Nein, es war etwas ganz anderes als Angst, das seine Finger leise zittern ließ.

Er kurbelte das Fenster herunter, um Luft ins Auto zu lassen. Stunde um Stunde saß er nun schon hier. Seit drei Tagen. Er wollte sie nicht loslassen. Ein seltsamer Zufall hatte sie über seinen Weg geführt. Endlich gab es eine Frau, die schwach genug war. Sie hatte ihm von sich erzählt und geklagt, weil sie sich in ihrer Ehe einsam und unverstanden fühlte. Zusammen mit ihr wurde er jemand, und was er mit ihr machte, hatte keine Bedeutung, da Zerbrechlichkeit an sich erniedrigend war und einem Menschen die Würde nahm. Deshalb brauchte er sie.

Er legte die Hände auf das Lenkrad und kniff die Augen zusammen, einige Sekunden lang schloss er die Augen und wünschte, anderswo zu sitzen, auf dem Land, beim Ferienhaus. Nicht hier, vor einem fremden Wohnblock mit schwarzen Fenstern.

Zuerst war sie nur ein Gesicht gewesen. Irgendein Gesicht. Es gab so viele wie sie. Alltäglich, dünn und mit kaum sichtbaren Furchen unter den schmalen Augen. Beim ersten Mal, als er noch nicht gewusst hatte, wer sie war, hatte er ganz ehrlich ein wenig Mitleid mit ihr gehabt. Und das trotz der Tatsache, dass sie mit ihrem Einkaufswagen seine Tür zerkratzt hatte. Sie hatte unglücklich ausgesehen, als sie da neben den beiden Jungen stand. Grau war sie gewesen, gekleidet in triste Kleidung, sie hatte ungekämmte Haare und ein ungeschminktes, trauriges Gesicht gehabt. Nackt und schutzlos, unglücklich. So viele Frauen waren grau und unansehnlich. Auch Karin war so geworden. Anfangs, vor langer Zeit, denn manchmal vergingen die Monate so langsam wie Jahre, war sie ihm lebhaft und farbenfroh erschienen, und diesen Zug an ihr hatte er geschätzt. Sie war energisch, hektisch, überschäumend gewesen, aber dann schien ihre elektrische Ladung nachgelassen zu haben. Oder abgeblättert zu sein, wie ein alter Anstrich. Eigentlich liebte er Farben, ging dem Neutralen und Grauen aus dem Weg. Deshalb war ihm Karin damals aufgefallen, sie hatte ein rotes Kleid getragen. Er konnte sich an das Kleid erinnern, nicht an den Stoff, aber an die Farbe, rot und blank.

Aber jetzt. Er seufzte und fuhr sich mit den Fingern durch die Haare, die ihm immer wieder in die Stirn fielen. Jetzt. Eigentlich sollte er seinem Instinkt folgen und auf sie pfeifen. Sie vor die Tür setzen, sie und ihr Kind, das ihm inzwischen gewaltig auf die Nerven ging. Je besser er die Kleine kennen lernte, umso klarer sah er, wie vertrauensselig und träge sie war, fast zurückgeblieben auf irgendeine Weise, mit ihren langsamen Bewegungen, ihrer Gewohnheit, nie zu antworten, wenn sie angesprochen wurde und ihrem grünen Blick, der immer eine Ewigkeit umherzuirren schien, ehe er irgendwo haften blieb. Er hatte keine Lust mehr, sich um sie zu kümmern, weder um sie noch um Karin.

Jetzt im Sommer verbrachten sie die Abende im Ferienhaus. Er wusste, wie sehr Karin das verabscheute, aber er wollte nirgendwo anders sein. Die Stille, das Ruhige, das gefiel ihm. Anfangs hatte auch sie behauptet, sich dort wohl zu fühlen. Sie hatte nicht geklagt. Aber immer häufiger hatte sie diese verärgerte Falte zwischen den Augenbrauen, wenn er abends in seinen Arbeitsschuppen ging. Einmal hatte sie sogar angedeutet, dass er dort zu viel Zeit verbringe. Sie hatte beleidigt ausgesehen, und die Falte war tiefer gewesen als sonst. Er war zutiefst angewidert gewesen, als er die Schärfe in ihrem Blick gesehen hatte. Aber er hatte sich zusammengerissen. Ingvar Nederli war keiner, der sich von seinen Gefühlen leiten lässt.

Zusammen. Er schnaubte bei dem bloßen Gedanken. Was hatten sie für Gemeinsamkeiten? Hatte sie nicht inzwischen selbst erkannt, dass sie unterschiedlich waren wie Tag und Nacht, wie Gras und Himmel, wie Meer und Feuer?

Er brauchte sie nicht mehr, und jetzt war etwas passiert, und das, was er lieber Zufall nannte, hatte sein Dasein auf den Kopf gestellt. Er war dieser Frau begegnet und wollte sie nicht mehr loslassen. Sie existierte für ihn.

Aber an diesem Tag schien etwas nicht zu stimmen. Noch hatte er sie nicht gesehen. Er hatte gewartet, den Regen gehört und Sekunden gezählt. Er saß seit vier Stunden hier, meistens verließ sie das Haus gegen neun, aber an diesem Tag hatte sie sich nicht blicken lassen. Er dachte, er habe sie vielleicht verpasst, für einen Moment in eine andere Richtung geschaut und sie deshalb übersehen. Oder vielleicht war sie krank oder wollte einfach zu Hause sein. Aber hinter den Fenstern, die zu ihrer Wohnung gehörten, war alles dunkel. Er ließ sich auf dem Sitz zurücksinken, er hatte ihn nach hinten geklappt, um bequemer zu sitzen, und nun überlegte er, was er machen sollte.

Dann fasste er einen Entschluss. Es war vielleicht idiotisch, aber er würde es tun. Er sprang aus dem Auto, schlug die Tür zu und schloss ab. Draußen war es schwül, feucht und ein wenig stickig, zwar regnete es nicht mehr, aber die Luft war feucht, kleine Tropfen schienen darin stillzustehen. Es war ein blöder Parkplatz, hier beim Wendehammer, mit zwei Rädern auf dem Rasen, aber er musste es darauf ankommen lassen. Dass er hier in dieser Gegend einen Strafzettel riskierte, war ja doch unwahrscheinlich.

Dann ging er los. Näherte sich dem Eingang. Der Tür, deren Klinke ihre Hand berührte, wenn sie sie öffnete. Die Treppenstufen, auf die sie ihre Füße setzte.

Er betrat das Treppenhaus. Hinter ihm fiel die Tür ins Schloss. Vorsichtig ging er die erste Treppe hoch. Es roch nach Essen. Er warf einen raschen Blick auf seine Armbanduhr, es war Viertel nach eins, Mittagszeit. Aber hier war alles still, kein Radio lief, keine fremden Stimmen waren zu hören. Als sei das ganze Haus leer. Er ging weiter nach oben. Bald würde er am Ziel sein, nur noch eine Treppe.

Plötzlich hörte er ein Kratzen, ein leichtes Scharren, als die Tür vor ihm sich öffnete. Dunkler Türspalt, dann ein Gesicht. Er fühlte sich überrumpelt. Eine Frau mittleren Alters, dünn, knochig, mit achtlos hochgesteckten Haaren, hohlen Wangen und gekleidet in einen engen gelben Kittel. Sie sah ihn an, kleine Augen, ihre Hand umklammerte die Klinke. Ein protziges Silberarmband hing um ihr Handgelenk.

»Ach, Verzeihung«, sagte sie mit unerwartet lauter Stimme. »Ich dachte, meine Tochter kommt.«

Er blieb mit einem Fuß auf der höheren Stufe stehen und tastete in seiner Westentasche herum. Der Weg war blockiert, er kam nicht an ihr vorbei.

Ihr Mund verzog sich, die Adern an ihrem Hals waren zu sehen. Sie starrte ihn noch immer an. Er glaubte, in ihrem Blick Misstrauen zu erkennen. Warum? Er hatte nichts getan.

»Wen suchen Sie?«, fragte sie zu seiner Überraschung.

»Niemanden, ich …«

Plötzlich kam eine Katze durch den Türspalt. Das Katzenvieh kam auf ihn zu, rieb sich an seinem Bein, jammerte leise und hilflos. In seinem dicken Fell war ein Halsband zu sehen, rot, mit einem Herzen in derselben grellen Farbe.

Rot, dachte er. Kniff die Augen zusammen. Schaute dann wieder auf, die Frau lächelte ihn jetzt an, mit gelben Zähnen. »Geh rein, Miran«, sagte die Frau und schob die Katze mit dem Fuß in die Diele. Dann sagte sie: »Verzeihen Sie. Ich warte auf Rebecka, meine Tochter, meine ich, sie ist gestern Abend nicht nach Hause gekommen, und da macht man sich ja doch Sorgen.«

Jetzt lächelte auch er. »Wie alt ist sie denn?«, fragte er. Er sprach jetzt mit seiner sanften Stimme. Der Zuhörerstimme.

»Sechzehn.«

»Das ist nicht leicht in dem Alter«, er lächelte. »Da machen sie, was sie wollen.«

Die Frau seufzte tief, wie aus Erleichterung über dieses Verständnis. »Ja, das ist wahr«, sagte sie.

»Es ist angenehmer, wenn sie kleiner sind«, sagte er nun. »Da weiß man doch, was sie so anstellen.«

»Wie wahr …«

»Ich weiß selbst …« Er schluckte den Rest dieses Satzes hinunter, denn was wusste er schon? Rein gar nichts. Hier stand er und war glatt und sanft und spielte den Wissenden. Eine Frau mit verhärmtem Gesicht und besorgtem Blick, was könnte weniger anziehend sein? Er wollte kehrtmachen und gehen, blieb aber trotzdem in dem stinkenden Treppenhaus stehen. Die Haut unter seiner dicken Fleeceweste dampfte.

Er wollte gerade noch mehr über ungebärdige Kinder sagen, etwas Banales, wie dass man sie an die Leine nehmen, sie einschließen müsste, als er aus der Wohnung eine Männerstimme hörte.

»Wer ist da?«

Danach schlurfende barfüßige Schritte und dann ein Mann, der wie eine Dampfwalze die Tür füllte, weites T-Shirt, das sich an den breiten Oberarmen spannte.

»Sie war das nicht, Roger«, sagte sie Frau, ohne sich umzudrehen.

Sie wechselten ein eiskaltes Lächeln, die beiden Männer, deren Blicke einander nicht begegneten, und er spürte, dass er hier wegmusste. Deshalb lief er nun die Treppe hinunter, er brauchte Luft, seine Kehle war wie zusammengeschnürt, plötzlich kam sie ihm viel zu eng vor.

Luft. Er hatte, fast ohne zu wissen, wie, die Haustür hinter sich gelassen. Lehnte an der Wand und atmete. Lange, rasche Atemzüge, sein Herz schien ihm davongelaufen zu sein. Rücken frei, er ging los, er spürte, wie er zitterte, und seine Füße fanden den Weg nicht. Er steuerte sein Auto an. Dort drinnen würde er in Sicherheit sein, er ging so rasch, wie sein Herz schlug, hinter den geschlossenen Türen und dem hochgekurbelten Fenster würde er in Sicherheit sein.

☆

Nach dem Mittagessen ging Eva-Britt Bixe die Fotos durch. Noch einmal. Sie hatte sich die Bilder an diesem Tag schon dreimal angesehen. Ohne etwas zu finden. Deshalb war es sogar ihr selbst ein Rätsel, warum sie sich die noch einmal vornahm. Was suchte sie eigentlich genau?

Sie musterte die Bilder, eins nach dem anderen, wenn auch nicht sonderlich eingehend. Zerstreut ließ sie ihren Blick über die verschwommenen Motive schweifen. Denn sie hatte ja keine Ahnung, was sie dort zu finden hoffte. Aber etwas war da. Etwas, dachte sie, mit großem E. Etwas, irgendwo, das ihr aufgefallen war. Ein Detail, das mit etwas in Verbindung stehen könnte, was ihr in einem anderen Zusammenhang untergekommen war. Außerhalb des Bildes, außerhalb der Rahmen.

Ja, sie hatte das klare Gefühl, dass ihr Blick etwas registriert hatte, von dem ihr Gehirn noch nichts wusste. Es gibt etwas, dachte sie, etwas, das sich ganz bestimmt dort versteckte.

☆

»Was für ein Regen!«

Janne Ring stand am Fenster und schaute hinaus auf die nasse Straße. »Nicht gerade Strandwetter. Was also tun? Wie wäre es mit einem weiteren Versuch im Ferienhaus der Petréns? Der Wald riecht immerhin gut, wenn es regnet.«

»Die Frage ist, was das bringen soll«, sagte Bixe, die in der Tür stand. »Lisa Petrén macht diesmal sicher auch nicht auf.«

»Hast du den Verdacht«, sagte Ring, »dass sie auf irgendeine Weise etwas mit Jonas Sjögrens Tod zu tun haben kann? Ich meine, diese ganze Geschichte mit ihr und ihrem Mann ist doch komisch. Und das Auto, das da beim Haus stand.«

Bixe betrachtete einen ihrer Fingernägel. »Allem Anschein nach war sie wütend und gereizt und sauer auf ihren Mann. Aber es muss doch für so eine Reaktion eine andere und tiefere Ursache gegeben haben als ein Mittsommeressen bei der Schwiegermutter. Das Essen war wohl eher der Tropfen.«

»Der das Fass zum Überlaufen brachte«, vollendete Ring. »Ja, vermutlich. Falls sie nicht auf irgendeine Weise labil ist. Es wirkt ja nicht gerade gesund, einfach so zu verschwinden.«

»Finde ich auch. Aber daraus zu schließen, dass sie etwas mit unserem Fall zu tun hat ... Vielleicht, weil sie ganz allgemein sauer auf die Männer ist?« Bixe lachte kurz. »Dafür kann man ja ein gewisses Verständnis haben.«

»Aber es ist doch ein großer Schritt von da bis zu einem Mord«, sagte Ring seufzend.

»Du hast Recht, das wirkt nicht überzeugend. Sie kann gewaltig labil und wütend und alles Mögliche gewesen sein, aber deshalb Jonas Sjögren umzubringen ...« Bixe schüttelte den Kopf. »Warum um alles in der Welt hätte sie das tun sollen?«

»Die Wege der Frauen sind eben unergründlich«, murmelte Ring.

»Jetzt red keinen Unsinn, Janne. Übrigens wollte ich dich bitten, dir mal diese Fotos anzusehen.« Bixe zog die Bilder aus ihrer Jackentasche. »Irgendetwas hier ergibt nämlich ebenfalls keinen Sinn.« Sie ging zu Rings Schreibtisch und reichte ihrem Kollegen die Fotos. »Sieh sie dir genau an«, sagte sie. »Sieh nach, ob du da etwas finden kannst.«

»Aber ich hab sie doch schon gesehen und ...«

»Da ist irgendwas«, sagte Bixe stur. »Ich habe sie mir inzwischen hundertmal angesehen, und die ganze Zeit habe ich das Gefühl, dass in meinem Kopf eine Glocke klingelt, aber ich weiß nicht, wieso.«

»Und jetzt soll es auch in meinem Kopf losbimmeln?«

»Ja.«

Ring sah die Fotos durch und schüttelte den Kopf. »Die Wege der Frauen sind wirklich unergründlich«, sagte er.

»Kann schon sein«, sagte Bixe. »Trotzdem bin ich sicher, dass dieser Weg irgendwohin führt ...«

Hinten im Gang klingelte ein Telefon.

»Früher oder später«, fügte sie hinzu.

☆

Später, dachte Erik Sander. Nicht jetzt, später. Die Frage war nur, wann. Wann zum Teufel sollte er sich aus dem Bett quälen, mehr tot als lebendig in die Diele kriechen, die Nummer der Wache eintippen, in den Hörer husten und seine Entschuldigung dafür stammeln, dass er sich noch immer nicht eingefunden hatte. Obwohl es schon ein Uhr war.

Er drehte sich im Bett um, eingewickelt in die zerknitterte Bettdecke. Was hatte er in der Nacht gemacht? Seine Erinnerung war nach dem Schlafen nur noch undeutlicher geworden.

Bengt. Sicher, ja. Er war mit seinem Bruder in der Bowlinghalle gewesen und danach ...

Er setzte sich auf. Sein Kopf dröhnte und schmerzte, hinter seiner Stirn trieb sich eine ganze Armee herum, schoss wild in der Gegend herum, führte Krieg. Warum konnten die nicht ruhig bleiben? Friede auf Erden, in der Ehe und am Arbeitsplatz. Seine Beine zitterten, als er aufstand, der Boden schien aus Treibsand zu bestehen. Er hielt sich mit einer Hand am Türrahmen fest und griff mit der anderen zum Telefonhörer. Gut, so weit war er immerhin gekommen, auch wenn seine Blicke trübe und sein Arm aus Gelee waren. Er wählte die Nummer, hörte das Klingeln.

»Bixe.«

Ihre Stimme hallte militärisch, explodierte in seinem Kopf wie ein Sprengsatz. Automatisch hielt er den Hörer einige Zentimeter weiter weg. Aber naja, er stand hier ja auch auf einem Schlachtfeld.

»Hallo. Erik Sander hier.« Raue Stimme. Er hatte ja geahnt, dass sein Hals trocken war, aber dass er sich so anhören würde ...

»Erik! Endlich! Wo steckst du? Und wie du dich anhörst!«

»Ich bin zu Hause, ich ...«

Schweigen, an beiden Enden der Telefonleitung. Stillstand, Feuer eingestellt, für den Moment jedenfalls.

»Bist du zu Hause? Geht es dir nicht gut?«

»Nicht so richtig, wenn ich ehrlich sein soll. Gestern Abend war es doch ein bisschen spät.«

»Ist irgendwas Besonderes passiert?«, fragte Eva-Britt Bixe mit unverschämt fester Stimme.

Er hätte gern die Wahrheit gesagt, statt auf mehr oder weniger vage Annahmen angewiesen zu sein.

»Ich hab mich gestern Abend mit meinem Bruder getroffen«, sagte er.

Das stand ja jedenfalls fest. Für einen Moment musste er sich einfach Leid tun. Er hatte ja auch gute Absichten mit der Begegnung mit seinem Bruder gehabt, auch wenn es mit einer Entschuldigung auf der Zunge und nach der Arbeitszeit gewesen war, als ihm aufgegangen war, dass sein Bruder keine große Lust hatte, zu ihm auf die Wache zu kommen. Es ging ja auch gar nicht um Bengt, sondern nur …

»Ich habe mich wegen der Friseurbranche erkundigt.«

»Stimmt, du wolltest ja mit deinem Bruder sprechen.«

»Ich wollte wissen, ob Bengt etwas weiß … über Erpressungen und so, ja, hier in der Stadt.«

»Und wie ist das gelaufen?«

Tja, das wussten die Götter. Vermutlich hatten sie in der Nacht seinen Zickzackgang beobachtet, denn er war bestimmt wackelig auf den Beinen gewesen, das war sicher. Weniger klar war ihm, wie er nach Hause gekommen war. Mit dem Taxi? Hatte irgendwer ihn gefahren? Aber wer hätte das sein sollen?

Gehirn weggepustet. Nur noch Vakuum an diesem Morgen, nein, es war ja schon Nachmittag. Sander schielte zum Kleiderhaufen auf dem Stuhl hinüber. Vielleicht sollte er in Hose, Hemd, Pullover steigen. Und wie sollte er dann zur Arbeit kommen? Mit dem Taxi?

Taxi. Ja, es war ein Taxi gewesen. Für einen Moment sah er, wie er unten auf dem Hof aus einem Taxi gestiegen war. Er war hinausgetorkelt, oder eher geworfen worden, vielleicht von einer Fahrerhand gezogen. Plötzlich war ihm wieder schlecht.

»Erik? Bist du noch da?«

»Ja.« Seine Stimme kam ihm weit weg vor, wie ein Echo. »Äh, Eva-Britt, kann ich dich in fünf Minuten noch einmal anrufen?«

Er hörte ihre Antwort nicht, aber das spielte keine Rolle. In dem Hemd, das er, wie er gerade bemerkt hatte, immer noch trug, nahm er einen schwachen Parfümduft wahr. Eine widerliche Säuerlichkeit, bei der sein Kopf sich so schwer anfühlte wie eine Bowlingkugel. Es fehlte nur noch, dass er auch noch über die blanke harte Bahn kullerte, schwarzer Kopf mit Kugellöchern, der so rasch dahinjagte, dass man es gar nicht sah, immer wieder rund und rund, geradewegs aufs Ziel zu und knallend zwischen die Kegel. Erik Sander taumelte ins Badezimmer, er kam gerade rechtzeitig, schon quoll ihm alles aus dem Mund, er kniff die Augen zusammen und hörte, wie die Ladung in die Toilette platschte. Der Nachhall. Der Boden schwankte noch immer. Sein Kinn zitterte. Er setzte sich auf den Badewannenrand und wischte sich den Schweiß aus der Stirn.

Das Hemd. Er sah es an und entdeckte auf dem weißen Stoff einen vagen roten Streifen. Woher konnte der kommen? Er wollte es gar nicht wissen.

35

Auf dem Hof war es grau und feucht, und jetzt wehte ein leichter Wind. Die Blätter bewegten sich an den Bäumen. Auf dem Spielplatz baumelte eine Schaukel an ihren Seilen hin und her, als habe eben noch jemand darauf gesessen. Aber der Hof war leer, einsam und verlassen, an diesem Nachmittag um halb zwei, als Rebecka den winzigen Kragen ihrer Jeansjacke hochklappte. Ohne Erfolg. Normalerweise fror sie nicht, aber dieser Tag war der pure Winter. Außerdem war sie ein wenig müde, es war so spät geworden am Vorabend. Ihre Mutter war inzwischen sicher außer sich vor Wut. Rebecka hatte von Andrea aus anrufen wollen, aber dann hatten sie diesen Film gesehen und danach war es einfach zu spät gewesen, ihre Mutter musste doch früh aufstehen. Rebecka hatte bei Drea auf dem Sofa übernachtet. Um drei Uhr war sie eingeschlafen, ihr war ein wenig schlecht gewesen, von den drei Tüten Chips. Und zwei Filme hatten sie gesehen, ihre Augen fühlten sich viereckig an, und danach war sie wie gesagt auf dem Wohnzimmersofa eingeschlafen. Als Kind hatte Rebecka im selben Haus wie Andrea gewohnt, einen Stock höher. Sie und ihre Mutter und ihr Vater, der jetzt in Simlångsdalen wohnte. Deshalb waren sie und Drea befreundet. In der Nacht hatte sie dieselben Geräusche gehört wie damals, und deshalb hatte sie zuerst nicht einschlafen können, sie hatte das Gefühl, in diese Geräusche hineingesogen zu werden und versucht, sich daran zu erinnern, wie sie noch Elin gewesen war. Die Autos, die ab und zu draußen zu hören waren, sogar mitten in der Nacht, und das ferne Rattern der Züge auf ihren Schienen.

Rebecka wechselte ab, erst ging sie schnell, dann trödelte sie, wusste nicht, was besser war, sie wollte nach Hause und wollte es doch wieder nicht. Die Mutter würde in der Diele stehen und blöd aussehen, ungeschminkt und ungekämmt, und den Blick erfüllt von Angst und Zorn. Sie konnte nur hoffen, dass Roger da war, der konnte die Lage immer beruhigen, die Mutter auf einen Stuhl drücken und sie daran erinnern, dass Rebecka sechzehn war, alt genug, um zu Hause auszuziehen.

Sie überquerte den Rasen, besser, sich ein wenig zu beeilen, die Sache hinter sich zu bringen, Erklärungen und Entschuldigungen, die nicht akzeptiert werden würden.

Vor ihr glitzerte etwas, sie wurde wieder langsamer. Wieder dieses Auto. Was machte es da? Es stand hier nun zum dritten oder vierten Mal. Jetzt musste sie wieder daran vorbeigehen, wenn sie nicht kehrtmachen und den Hof aus einer anderen Richtung betreten wollte. Dasselbe Scheißauto auf dem Wendehammer. Und dieser Mistkerl, der darin saß und glotzte. Was wollte er da? Auf wen wartete er? War er vielleicht ein Spanner mit einem Fernglas, der die Kinder auf dem Spielplatz beobachtete, war das einer von dieser Sorte?

Aber jetzt waren ja gar keine Kinder auf dem Spielplatz, der ganze Hof war leer, nirgendwo eine Menschenseele zu sehen. Was also wollte er hier?

Sie ging so weit entfernt wie möglich an dem Auto vorbei, versuchte, nicht neugierig auszusehen, starrte vor sich hin, eins zwei, eins zwei, sie durfte nicht so viel denken. Aber Herrgott, was, wenn er jetzt die Autotür aufriss und sie hineinzerrte, losfuhr und Rebecka dann nie wieder nach Hause kommen würde? Ja, dann hätte ihre Mutter wirklich Grund zum Weinen.

Aber er schaute gar nicht in ihre Richtung. Sondern glotzte einfach vor sich hin.

Rebecka schüttelte sich, was gab es doch für komische Typen. Sie überlegte, ob sie mit ihrer Mutter darüber sprechen sollte. Sie erreichte die Haustür und stieg die Treppen hoch, nachmittägliche Stille herrschte, alle waren zur Arbeit.

Schweigen. Das musste sie bewahren, bald würde ihre Mutter das Maul aufreißen und sie anschreien, und dann würde sie wohl auch wieder wegen der Katze nerven. Sie mochte sich überhaupt nicht um das Tier kümmern und verlangte, dass Rebecka in der Umgebung Aushänge machte und nach dem eigentlichen Besitzer suchte. Rebecka zog den Schlüssel aus der Tasche, schob ihn ins Schloss, drehte sich um und machte sich auf das Schlimmste gefasst.

»Da unten sitzt so ein alter Kerl«, sagte Rebecka. Sie sagte das, noch ehe ihre Mutter den Mund öffnen konnte. Besser, ihr zuvorzukommen. Ihr ein wenig Angst zu machen, um sie auf andere Gedanken zu bringen. »In einem Auto. Der sitzt da jetzt schon seit Tagen und glotzt und glotzt. Der sieht schrecklich aus.«

»Wo warst du?«

Da war es nun also. So laut und schrill, dass Rebecka sich Ohrenschützer wünschte.

»Wo um alles in der Welt hast du gesteckt?«

Rebecka warf ihre Jacke auf den Stuhl in der Diele, streifte ihre Turnschuhe ab und floh vor dem Blick ihrer Mutter ins Wohnzimmer. Dort saß Roger und zappte mit der Fernbedienung.

»Hallo, Rebecka. Wo warst du denn?«

»Bei Andrea. Ich wollte anrufen, aber dann war es so spät.«

»Wieso denn spät?«

Die Stimme ihrer Mutter hinter ihr.

»Tja, so gegen zwölf. Wir haben bei ihr gesessen und einen Film gesehen.«

»Wer ist wir?«

»Sie und ich.«

»Sonst niemand?«

»Nee. Warum glaubst du mir nie?«

Die Mutter biss sich auf die Lippe und schaute zu Roger hinüber, der seinerseits weiterhin den Fernseher anstarrte.

»Ich wollte nicht anrufen, weil ich wusste, dass du heute früh rausmusstest.«

Die Mutter zernagte noch immer ihre Lippe, diese Rauch- und Runzellippe. Immer biss sie darauf herum, wenn sie sich aufregte. »Du kannst dir doch denken, dass ich mir Sorgen mache.«

»Ja, das ist klar, aber …«

»Du weißt, dass du anrufen musst, egal, wie spät es wird.«

»Ja, ja.«

Laber laber, immer dasselbe.

»Was hast du da übrigens auf dem Hof gesehen?« Roger hatte seinen Blick doch noch vom Fernseher losreißen können. Er spannte die Muskeln unter seinem T-Shirt, das kurz vor dem Platzen zu sein schien.

»Einen alten Kerl.«

Rebecka ließ sich ihm gegenüber in den Sessel fallen.

»Gibt's was Gutes in der Glotze?«, fragte sie.

»Was denn für einen alten Kerl?« Roger, dessen Blicke sonst nur gleichgültig und leer waren, schaute Rebecka jetzt gespannt an, mit Blicken wie Nadelstiche. So sah er sonst nie aus.

»So einen … komischen Typen.«

»Und wo, hast du gesagt? Auf dem Hof?«

»Nein, beim Wendehammer. Ich hab ihn gesehen, als ich aus dem Bus gestiegen bin. Er sitzt da jetzt seit Tagen. In einem weißen Auto. Ist bestimmt nicht ganz normal.«

»Er sitzt einfach nur da?«

»Ja, und glotzt.«

»Hat er dich angeglotzt? Oder was glotzt er an?«

Rebecka zuckte mit den Schultern. »Keine Ahnung. Die Kinder auf dem Spielplatz vielleicht.«

»Herrgott!« Das war die Mutter, Sorgenfurchen unter den Augen. Sie zuckten auch ein wenig, die dünne dunkle Haut unter den Augen bewegte sich.

»Wie sieht er aus?« Das war wieder Roger. Es war wie ein Tennisspiel, hin und her.

»Wie ein alter Kerl.«

»Ist er denn auch alt?«

Rebecka zögerte mit der Antwort, es war nicht so leicht zu entscheiden, was alt war und was nicht. Roger zum Beispiel war ziemlich alt, obwohl er nicht so aussehen wollte. Und ihre Mutter war immerhin schon achtunddreißig.

»Wie ihr, ungefähr«, sagte Rebecka.

»Und das nennst du einen alten Kerl!« Die Mutter hörte sich wieder gereizt an, aber sie kam nicht weiter, denn nun fiel Roger ihr ins Wort.

»Wie sieht er aus?«

»Na ja, er hat lange dunkle Haare, so ungefähr.« Rebecka zeigte das mit den Händen, einen weiten Kreis um ihren Kopf. Sie merkte, dass ihre Mutter Roger ansah, und dass Roger, statt wie sonst diesem Blick auszuweichen, den Kopf schüttelte, und das sogar leicht beunruhigt.

»Ist irgendwas?«, fragte Rebecka.

Schweigen auf beiden Seiten, das Spiel war offenbar beendet. Die Frage war, wer gewonnen hatte, falls überhaupt jemand.

»Was ist los mit euch? Ihr seht so ...«

»Ich glaube, wir haben ihn auch gesehen«, sagte jetzt Roger. Warf noch einen undeutbaren Blick zu Rebeckas Mutter hinüber.

Stimme wie Metall. Blank, ohne einen einzigen Kratzer.

Rebecka begriff überhaupt nichts mehr.

☆

Janne Ring legte die Fotos weg. Er hatte sie dreimal durchgesehen, hatte sich in jedes Foto vertieft, hatte aber nichts Auffälliges entdeckt. Sicher hatte Bixe Gespenster gesehen. Er lächelte fast, als er das dachte. Bestimmt war auch sie müde, ein wenig überarbeitet. Genau wie alle anderen hier im Haus.

Trotzdem zögerte er, als er die Bilder weglegte. Seine Chefin besaß eine Intuition, die ihm manchmal Angst machte, ein fast unheimliches Fingerspitzengefühl, wenn es darum ging, aus einem wilden Chaos den richtigen Faden herauszufischen. Ja, vielleicht, dachte er widerwillig, hatte sie also doch nicht Unrecht. Wieder griff er zu den Fotos und bedachte das oberste mit einem gleichgültigen Blick.

Ein See, ein Gebüsch und ... ja, was? Der Rand eines Gebäudes. Vermutlich das Haus, in dem das Fest stattgefunden hatte. Einige parkende Autos, ein weißes und ein dunkles, vielleicht war es blau. Aber man sah nur ihre Dächer, und Teile der Heckscheiben. Es war wirklich ungeheuer verschwommen.

Er ließ seinen Blick noch einmal über das Foto wandern und wollte sich gerade das nächste vornehmen, wozu immer das gut sein sollte, als das Telefon klingelte. Grunzend streckte er die Hand nach dem Hörer aus.

»Ring hier.«

So meldete er sich immer. Eigentlich idiotisch, das tat er, seit Eskilsson sich damals über seinen Nachnamen lustig gemacht hatte. »Ring«, hatte er einfach gesagt, wie es damals seine Gewohnheit gewesen war. »Verdammt, das mach ich ja gerade«, hatte Eskilsson auf Englisch gebrüllt. Und hatte dann gelacht.

Jetzt war es still in der Leitung, nur ein leises Knistern war zu hören.

»Hallo?«, fragte Ring.

»Ja, hallo«, sagte eine Frau. »Bin ich da richtig?«

»Worum geht es?«

»Ich wollte nur ... ja, ich bin durchgestellt worden, ich möchte darüber reden, dass vor unserem Haus seit Tagen ein Mann sitzt.«

Ring rollte näher an den Schreibtisch heran. Griff zum Kugelschreiber. »Bitte, nennen Sie Ihren Namen und Ihre Adresse«, sagte er.

»Das habe ich doch schon getan, eben, bei Ihrer Zentrale. Ich heiße Ann-Sofi Persson und wohne im Andersbergsring 94.«

Ring notierte diese Auskünfte. Und als habe seine Hand das schneller begriffen als sein Kopf, auf diese intuitive Weise, die er an Bixe so bewunderte, ging ihm in der Sekunde, in der er sie schrieb, auf, dass das doch Sanders Adresse war. Zum Teufel, das war sie doch? 94. Er musste das natürlich überprüfen, aber eigentlich war er sich da ganz sicher.

»Und worum genau geht es?«, fragte er. Er merkte, dass eine Stimme ihn ein wenig im Stich ließ, sie zitterte haarfein, eine leise Abweichung, wie auf einer alten Grammophonplatte. Er räusperte sich.

»Ja, es geht darum, dass hier seit Tagen ein Mann in einem Auto vor dem Haus sitzt. Meine Tochter sagt, dass er nur dasitzt, und ... und ... ich weiß nicht so recht. Wir haben hier doch einen Spielplatz und ...« Jetzt gab die Stimme der Frau nach.

»Hat er etwas getan?«, frage Ring.

»Nein, nichts. Bisher noch nicht, aber man denkt ja doch ...«

Ja, das tut man zweifellos, dachte Ring. Ein Mann vor Sanders Haus, und das bedeutet auch, vor Jonas Sjögrens Wohnung.

»Er war auch hier im Treppenhaus«, riss die Frau ihn aus seinen Überlegungen. »Oder ich glaube, dass er das war, jedenfalls sah er so aus, wie meine Tochter ihn beschrieben hat.«

»In Ihrem Treppenhaus?«, fragte Ring.

»Ja. Hier auf der Treppe.«

Erik Sanders Treppe. Ein Mann, der draußen in einem Auto sitzt und sich außerdem im Treppenhaus des Kollegen herumtreibt. Ring schüttelte den Kopf. Ja, Bixe hatte Recht, das war wirklich komisch, hier ergab etwas ganz und gar keinen Sinn.

Oder einen teuflisch guten Sinn.

»Steht der Wagen noch dort?«, fragte er.

»Das weiß ich nicht. Von hier aus können wir ihn nicht sehen. Aber meine Tochter ist vor einer Viertelstunde nach Hause gekommen und da stand er noch da.«

»Und der Mann war also auch im Treppenhaus?«

»Ja, aber das war früher. Vor, äh, ungefähr einer halben Stunde.«

»Können Sie ihn beschreiben?«, fragte Ring.

»Ziemlich üppige dunkle Haare. Ich glaube, zu einem kleinen Pferdeschwanz gebunden. Er trug eine dicke Jacke, vielleicht aus Fleece. Und jedenfalls war die schwarz.«

Janne Ring schrieb. Vielleicht und jedenfalls. So war das immer.

»Könnten Sie sein Alter schätzen?«

»Um die vierzig. Oder so.«

»Aha, dann ...«

»Ich habe sogar ein paar Worte mit ihm gewechselt«, sagte die Frau.

»Ach. Über etwas Besonderes?«

»Nein, das nicht. Ich weiß es nicht mehr so genau. Ich machte mir solche Sorgen, weil meine Tochter nicht nach Hause gekommen war. Ich dachte, sie kommt, als ich die Schritte auf der Treppe hörte. Aber ich fand es seltsam, dass er zuerst nach oben ging, und als er dann vor unserer Tür stehen geblieben war, machte er wieder kehrt und ging nach unten, statt weiter hochzugehen und irgendwo zu klingeln. Er ist einfach nach unten gelaufen. Ich hab zuerst nicht darüber nachgedacht, aber jetzt finde ich sein Verhalten doch seltsam.«

»Er hatte es also plötzlich eilig? Aber aus welchem Grund?«

»Das weiß ich nicht. Er ist einfach davongestürzt. Er hat sich wirklich sehr seltsam verhalten.«

»Wie lange haben Sie ihn schon vor dem Haus beobachtet, haben Sie gesagt?«

»Meine Tochter hat ihn gesehen. Und sie sagt, seit drei oder vier Tagen. Immer an derselben Stelle.«

Ring kratzte sich mit einem Finger am Kopf. »Wir schicken einen Wagen«, sagte er.

»Ach, danke, wie gut. Solche Typen sind ja doch ein wenig unangenehm.«

»Und wenn noch mehr passiert, dann melden Sie sich bei uns.«

»Ja, natürlich. Es ist ja bloß, dass es hier diesen Spielplatz gibt, wie gesagt, und ...«

Ja, vielleicht deshalb, dachte Janne Ring. Aber vielleicht auch aus einem ganz anderen Grund.

☆

»Eva-Britt. Sag mal Eriks Adresse.«

Bixe schaute vom Computer hoch. Janne Ring war in wildem Tempo in ihr Zimmer gestürzt und hatte nicht einmal an die Tür geklopft. Das sah ihm gar nicht ähnlich. Außerdem waren seine Wangen ein wenig gerötet, wie ihr jetzt auffiel.

»Wieso das?«, fragte sie. »Willst du das aus irgendeinem besonderen Grund wissen?«

»Ja.« Ring machte ein ernstes Gesicht. »Na los, welches ist sein Eingang?«

Bixe überlegte. »Wenn ich mich nicht irre, dann ist das Nr. 94.«

»Hab ich's mir doch gedacht. Verdammt. Ich hab eben einen Wagen hingeschickt.«

»An Eriks Adresse?«

Ring nickte und ließ sich auf einem Stuhl nieder.

»Da sitzt offenbar ein Mann, in einem Auto. Er scheint irgendetwas zu beobachten.«

»Vor Eriks Eingang? Wer sagt das?«

»Hier hat eine Frau angerufen. Sie war sehr verstört und behauptet, ihre Tochter habe seit einigen Tagen dort einen Mann in einem Auto sitzen sehen. Die Frau hat als ihre Adresse Andersbergsring 94 angegeben.«

»Wo genau sitzt dieser Mann?«

»Bei einem Wendehammer, sagt die Tochter. Aber das ist nicht alles. Die Frau hat angerufen, weil sie den Kerl auf der Treppe gesehen hat. Und da hat er sich komisch verhalten, findet sie.«

»Vielleicht wohnt er da«, schlug Bixe vor. »Oder wollte jemanden besuchen.«

»Sitzt man dann stundenlang vor dem Haus? Oder steht auf der Treppe und verhält sich komisch?«

Bixe zuckte mit den Schultern. »Nein, vermutlich nicht. Aber das muss doch nichts mit Erik zu tun haben. Wie sieht das Auto aus?«

»Mit der Tochter habe ich noch nicht gesprochen. Ich habe wie gesagt erstmal einen Wagen hingeschickt.«

»Und wenn der Mann nicht mehr da ist?«, fragte Bixe.

»Ich weiß nicht«, sagte Ring. »Aber es ist schon komisch, er ging die Treppe hoch, aber dann, als er einige Worte mit dieser Frau gewechselt hatte, die angerufen hat, machte er plötzlich kehrt und stürzte nach unten.«

»Ja, das ist wirklich seltsam.«

Ring stand auf, bohrte die Hände in die Taschen, wippte auf seinen Sohlen hin und her und stellte mit überzeugender Miene fest: »Da stimmt irgendwas nicht. Ich glaube nicht, dass das nur ein Zufall ist.«

Bixe schaute die Tischplatte an. Plötzlich war ihr eingefallen, was Sander über Henrietta und Ingvar Nederli erzählt hatte. Sie sprang auf, suchte nach ihrem Mantel, schob die Füße in die

Schuhe, die unter dem Schreibtisch lagen. »Wir fahren sofort hin«, sagte sie.

»Was?«

»Beeil dich.«

»Aber ... wieso denn so plötzlich? Du hast doch eben erst gesagt ...«

»Ich werde dir alles erklären. Aber Erik hat mir da etwas erzählt. Und wenn ich daran denke, was er gesagt hat, dann sollten wir herausfinden, wer dieser Kerl ist. Beeil dich jetzt, ich erzähl es unterwegs. Ich bin nicht sicher, aber ich fürchte ein wenig, dass es eilt.«

36

Ingvar Nederli hatte sich noch nie gefürchtet. Es gab einfach in ihm keine Nische, in der Furcht Platz gefunden hätte.

Aber es gab doch eine Ecke voller Finsternis und Vergessenheit, eine Ecke, die für Zeit und Raum verborgen war. Ein Schuppen, ähnlich dem, in dem er jetzt arbeitete, wenn auch viel kleiner als dieser. Eine Garderobe, ein Schrank, er wusste nicht mehr, was es genau gewesen war. Innerhalb der hohen doppelten Türen hatte die Angst gehaust, hatte dort in ihrer tiefen Finsternis gezittert, und er war gezwungen gewesen, diesen engen Raum zu betreten. Doch dann hatte er das Entsetzen abgeschüttelt, und es war immer irgendwo außerhalb seiner selbst geblieben.

Nur ein überaus schmaler Lichtspalt war dort zu sehen gewesen, ganz unten, wo die Türen schief und undicht waren. Er hatte viele Male auf dem groben Holzboden gesessen. Damals waren Dinge passiert, an denen er keine Schuld getragen hatte. Gläser waren umgekippt, Milch war ausgeflossen, aber das war doch nicht sein Fehler gewesen.

Dann, nach vielen Stunden, war er freigelassen worden.

Hier und jetzt war er geschützt. Niemand konnte ihm schaden, jetzt nicht mehr.

Nein, Ingvar Nederli fürchtete sich nie. Es war eine Schande für einen Mann, sich dermaßen unterwerfen zu müssen. Und deshalb wurde er wütend. Denn mit Zorn umgehen, das konnte er.

Im Rückspiegel hatte er einen Streifenwagen erahnt, der auf den Hof zwischen den Häusern gefahren kam.

Stunden, zerfließend. Er wusste nicht mehr, wie lange er gewartet hatte, um sie auch nur kurz sehen zu können. Aber dann hatte sich an diesem späten Donnerstagnachmittag plötzlich dieses Auto genähert. Es hatte weder Sirene noch Blinklicht betätigt, so eilig war die Sache also nicht gewesen. Ihm war natürlich klar, dass der Streifenwagen nicht seinetwegen kam. In dieser Gegend hier passiert vieles, was niemand begriff, Jugendliche, die mit der Gesellschaft über Kreuz lagen, Betrunkene, die hinter ihren Türen Amok liefen.

Trotzdem ließ er den Motor an und fuhr eilig weg, bog in eine andere Straße und dann in noch eine andere ab. Er blieb stehen und schaute sich um. Das hier war die alte Müllhalde, wo die Straße holprig und uneben war, da die Asphaltdecke direkt auf die verkommenden Abfälle gegossen worden war. Aber die Gegend hier war nun keine Müllhalde mehr, sondern ein hügeliges Wiesengelände, fast wie auf dem Lande, wenn man die nur einen Steinwurf weiterstehenden Häuser ignorierte. Die Vögel zwitscherten in den Büschen und es war friedlich, doch auf seltsame Weise glaubte man immer noch, den Gestank des Abfalls im Boden wahrzunehmen, obwohl das Gras wuchs, obwohl eine dicke Erdschicht darüber lag, obwohl …

Er schluckte hart. Zum ersten Mal seit sehr langer Zeit hätte Ingvar Nederli weinen mögen. Sie hatte offenbar seine Tränen erlöst und er wusste nicht, ob er ihr dafür dankbar sein sollte. Denn zugleich hatte er das unbehagliche Gefühl zu schrumpfen, als klaffe jetzt tief in ihm ein riesiger Spalt.

Er fuhr weiter, planlos, wusste nicht, wohin, fuhr und fuhr. Erreichte die Stadt. Parkte den Wagen, blieb noch sitzen und zog den Stein aus der Schachtel. Und sah sich den Kratzer an. Dünn, ja, kaum zu sehen, ein kleiner Strich in dem roten Stein, den er endlich zum Glänzen gebracht hatte, nachdem er tage- und nächtelang daran herumgeschliffen hatte.

Der Regen schlug gegen die Fensterscheibe. Regelmäßiges Prasseln war zu hören, wenn er den Motor ausschaltete. Er hauchte den Stein an und rieb mit dem Finger daran herum, in der Hoffnung, es mit einem Staubkorn zu tun zu haben. Aber der Strich war noch immer da. Nachdem er noch eine Viertelstunde oder vielleicht sogar eine halbe dagesessen und den Kratzer angestarrt hatte, als könne er ihn auf diese Weise zum Verschwinden bringen, fand er ihn plötzlich und zu seiner eigenen Überraschung schön. Eine Schramme, eine Einbildung, ein Schönheitsfleck auf einem Blutstropfen. Und er beschloss, ihn ihr trotzdem zu geben. Er legte das Schmuckstück wieder in die Schachtel, schloss den Deckel, wickelte alles in Papier, band das silberne Band fest und steckte das Päckchen in die Tasche. Er wusste, dass er sie finden würde, und wenn er hundert Tage und hundert Nächte nach ihr suchen müsste. Er konnte natürlich nicht weiter an derselben Stelle stehen, an der er die letzten Tage verbracht hatte, aber in der Stadt gab es so viele Orte, und jeder davon war möglich. Im Grunde hatte er ja sogar eine Ahnung davon, wo sie sich normalerweise aufhielt. Das hatte sie ihm doch erzählt. Ja, sie hatte viel erzählt, hatte ihm ihr Herz geöffnet, wie er das nannte, wenn er insgeheim diese Frauen beobachtete, die ab und zu ein wenig zu heftig ihren Tränen freien Lauf ließen, um noch attraktiv zu wirken. Dann wandte er sich immer ab und ruhte einige Sekunden lang in seiner eigenen Einsamkeit, und wenn er die Frauen wieder ansah, konnte er sogar ihre Tränen noch einen Moment ertragen. Und dann, wenn sie am schwächsten waren, nahm er den Deckel von der Schachtel und zeigte ihnen, was sich darunter versteckte.

Ja, er würde sie finden, auch dieses Mal, er würde sein Ziel erreichen, das tat er immer.

Er schaute zum Himmel hoch. Es regnete jetzt nicht mehr. Er öffnete die Tür, lief zwischen den Pfützen weiter, ging die Treppe zur Brogata hinunter und bog in Richtung Marktplatz ab. Umklammerte das Päckchen in seiner Hand, hatte das Gefühl, dass die Schachtel ihm den richtigen Weg wies. Er sah in einem Schaufenster sein Spiegelbild zwischen Handtaschen und Puppen. Eine Frau im Arbeitskittel dekorierte das Fenster neu und hängte Stoffstücke in allen möglichen Farben auf. Auf dem Boden lag eine nackte Schaufensterpuppe, der eine Arm war abgebrochen und der andere auf seltsame Weise geknickt. Die Puppe starrte ihn an, starrte ihm in die Augen. Verdammte Puppe. Der scheußliche hellblaue Plastikblick fixierte ihn, ließ ihn wie einen Idioten im Gewühl der Passanten stehen.

In einer seltsam verzerrten Haltung. So hatte er sie verlassen. Es war das letzte Mal, aber er war damals alt genug gewesen, um loszugehen und nie wieder zurückzukehren. Er wusste nicht, wer der Mann war, der das getan hatte, die Mutter hatte viele Männer gehabt, er kannte sie nicht, schaute ihnen nie in die Augen. Es war seine letzte Erinnerung an sie, so hatte er sie verlassen, wegen der Stunden in dem dunklen Schrank mit dem Spalt ganz unten, das war seine Art, sich zu rächen.

Sie war jemand gewesen, bisweilen hatte er sich gefragt, wer, aber eigentlich spielte es keine Rolle. Eine Frau unter vielen anderen, die er auf genau dieselbe Weise verlassen hatte. Sie hätte irgendeine sein können, die er auf der Straße gesehen hatte, eine Silhouette vor der Dämmerung. Erst hatte er nur eine Gestalt geahnt. Irgendeine Gestalt. Dann hatte er gesehen, dass es eine Frau war, sie hatte wie eine Mauer auf dem Weg gestanden, sie war undurchdringlich gewesen, hatte keine Öffnung aufgewiesen, es gab nur dieses eine: endlose Mengen von grauem Stein.

»Verzeihung …«

Eine Frauenstimme. Hell. Er fuhr herum. Irgendetwas tat ihm weh.

»Hallo! Ach, du bist das? Meine Güte, deine Hand blutet ja … was hast du denn angestellt?«

Er schaute nach unten und sah, dass er sich in den Daumen gebissen hatte, er sah die Abdrücke seiner eigenen Zähne.

»Warte, ich hab bestimmt ein Pflaster.«

Erst jetzt erkannte er die Stimme. Er hatte das Gefühl aufzuwachen. Er sah noch immer die Augen der Puppe, es war ein seltsamer, glänzender Blauton, der sie unwirklich aussehen ließ. Sie stand ganz dicht neben ihm, er fing ihren Blick auf und diesmal lächelte er, denn nicht nur die Puppe, auch er selbst war jetzt wieder wirklich geworden.

☆

»Du hast dich bestimmt irgendwo aufgeschrammt«, sagte Henrietta Sander. Sie nahm ein zerknülltes Päckchen mit Pflastern aus der Tasche, zog eins heraus und reichte es ihm.

»Das ist sicher vorhin passiert«, sagte er. »Zu Hause, beim Schleifen.«

»Schleifen?«, fragte sie.

»Steine.«

»Ach ja, du hast ja gesagt, dass du Schmuck herstellst.« Sie hörte selbst, wie gekünstelt ihr Lachen klang.

»Danke übrigens.« Er schwenkte das Pflaster.

»Ach, das ist doch nichts.«

»Aber ich glaube nicht, dass ich es brauche. Es blutet ja nicht mehr.«

»Du musst entschuldigen«, sagte sie. »Dass ich einfach in dich reingelaufen bin. Ich hatte es ein bisschen eilig, ich habe dich nicht gesehen.«

»Das scheint ja wohl deine Angewohnheit zu sein, in Leute reinzulaufen.« Er lächelte, spürte, wie seine Mundwinkel nachgaben. Die Luft wurde weicher, die Geräusche in seiner Umgebung weniger kompakt. Als er sich zur Straße umdrehte, vielleicht um zu gehen, sah sie, dass er seine Haare an diesem Tag im Nacken zusammengebunden hatte. Die Frisur steht ihm gut, dachte sie vage.

»Du hast irgendwas vor?«, fragte er.

Er hatte ein Lachgrübchen in der Wange, das war ihr noch nie aufgefallen. »Ja … wieso?« Sie musterte ihn vorsichtig. Sein rechtes Augenlid hing etwas tiefer als das andere.

»Du hast ja gesagt, du hättest es eilig«, sagte er.

»Ich muss das Auto holen, ehe die Werkstatt Feierabend macht.«

»Witzig, dass wir uns wieder über den Weg laufen«, sagte er. Und wartete nicht auf ihre Antwort, sondern nahm ihren Arm und führte sie sanft, aber gebieterisch die Straße entlang.

»Sag, dass ich dich zu einem Kaffee einladen darf. Bitte, sag nicht, dass du keine Zeit hast.«

Sie lachte. »Die habe ich aber wirklich nicht. Ich muss ein paar Einkäufe machen und dann den Wagen holen.«

»Ist das weit? Ich kann dich doch fahren.«

»Danke, das ist nett. Aber es ist nicht weit, und der Bus hält genau vor dem Eingang.«

Schweigen.

»Wie schade. Wo wir uns doch gerade über den Weg gelaufen sind.« Er legte die Hand auf ihren Arm. Sie zog den Arm zurück und seine Finger glitten herunter.

»Weißt du was?«, fragte er.

Sie gab keine Antwort, sah ihn nur an und biss sich auf die Lippe.

»Ich war ganz sicher, dass wir uns heute begegnen würden.«

»Wirklich?«

»Glaubst du, dass man die Gedanken anderer Menschen lesen kann?«

Sie zuckte mit den Schultern. Auf seiner Oberlippe tauchten zwei kleine Furchen auf, sie waren scharf, wie mit dem Messer eingeritzt. Doch beim Lächeln verschwanden sie gleich wieder. »Ich glaube, dass man das kann«, sagte er dann. »Aber man braucht deshalb keine Angst zu haben, es ist nicht gefährlich. Dass man die Gedanken von anderen lesen oder genauer gesagt, spüren kann, ist natürlich. Nur haben wir modernen Menschen diese Fähigkeit verloren. Wir wagen es nicht mehr, so viel zu spüren. Und behaupten dann, wir hätten keine Zeit.«

»Ich muss jetzt los«, sagte sie. »Wir sehen uns ja vielleicht ein andermal.« Sie drehte sich um, setzte sich in Bewegung und hoffte, dass er im nachmittäglichen Gewimmel verschwinden würde.

»Aber warte doch!«

Langsam fand sie das unangenehm, begriff er denn nicht, dass sie ihre Ruhe haben wollte?

»Ich hab was für dich.«

Er wollte offenbar nicht locker lassen. Sie spürte das Gewicht seiner Hand auf ihrer Schulter, ging aber einfach weiter, und er lief neben ihr her oder genauer gesagt einen halben Schritt hinter ihr. Sie starrte vor sich hin, wünschte, dass er es endlich einsah. Wenn sie auch nur die geringste Ahnung gehabt hätte, dann wäre sie niemals stehen geblieben, als sie ihn auf der Straße entdeckt hatte. Und wenn sie nur nicht so gutgläubig und naiv gewesen wäre, dann wäre sie niemals so sorglos mit ihm Essen gegangen. Offenbar war er der Typ, der glaubt, dass eine Frau zu allem ja sagt, wenn sie erst einmal auf einen Vorschlag eingegangen ist. Nein, wenn sie doch nur begriffen hätte ... Und wenn sie nur ihrem ersten Plan gefolgt und von der Bibliothek aus direkt nach Hause gefahren wäre. Als sie dort angekommen war, hatte das verlegene Personal sie schon erwartet und peinlich berührt zugegeben, dass ein Missverständnis vorlag. Sie sollte erst am nächsten Tag nach der Mittagspause dort einspringen. Sie war also unverrichteter Dinge wieder weggegangen, und jetzt war auch noch das passiert.

»Ich habe dir etwas mitgebracht«, sagte er.

Sie empfand eine leichte Übelkeit. Musste den Bus erreichen, und er durfte nicht sehen, welchen sie nahm. Vielleicht sollte sie einen Umweg machen, in irgendeinem Laden verschwinden. Einem Kleiderladen, dahin würde er sie nicht verfolgen können.

»Ich muss mich beeilen«, sagte sie.

»Das hier ist für dich«, sagte er und drückte ihr etwas in die Hand. »Ich hab es schon ausgepackt.«

Widerwillig spürte sie auf ihrer Handfläche etwas Hartes. Sie lief noch schneller.

»Willst du nicht nachsehen, was es ist?«, fragte er.

Sie öffnete die Finger, die vor Schweiß klebten. Etwas Rotes, wie ein Stein, der an einem funkelnden Silberdraht befestigt war.

Wie schön, hätte sie wohl sagen sollen. Oder wenigstens danke. Aber sie konnte das nicht, sie legte nur locker die Finger um das Schmuckstück.

»Gefällt es dir?«, fragte er.

»Ja, sicher.«

»Willst du es nicht anprobieren?«

»Sowie ich einen Moment Zeit habe. Aber jetzt muss ich mich beeilen. Vielen Dank, das ist sehr nett von dir. Wir sehen uns vielleicht.« Sie bog um die Straßenecke, und dann blieb er endlich stehen. Sie rannte weiter, und er wurde einfach zu einem der vielen Menschen hinter ihr. Sie atmete auf, lief aber trotzdem weiter, einfach sicherheitshalber.

☆

Während er fuhr, fühlte er sich besser. Dann dachte er nicht daran. An Henrietta und den Mann, der ihr den Schreibtisch nach Hause gebracht hatte. An Henrietta und den Mann im Restaurant. Und auch seine hämmernden Kopfschmerzen ließen auf wundersame Weise nach.

Erik Sander fuhr ausnahmsweise einmal zu schnell, schneller als die Verkehrslage, die Geschwindigkeitsbegrenzung und der

Vorabend es eigentlich gestattet hätten. Bäume und Felder jagten an den Fenstern des Dienstwagens vorbei, dann folgten nach und nach Häuser und Straßen. Doch sogar im Stillstand, während er vor einer Ampel wartete, fühlte er sich ruhiger, er war unterwegs, wohin genau, war unklar, und das galt für diese Fahrt und auch für sein Privatleben. Aber das Gefühl der Verwirrung wurde schwächer, wenn er sich hinter das Lenkrad setzte. Zuerst war er unsicher und zittrig gewesen, aber als er erst einmal dasaß, bestimmte eben er, auch, wenn es nur um die Frage ging, welche Richtung er bei der nächsten Kreuzung einschlagen sollte.

Ja, er fuhr schneller, als richtig gewesen wäre, und als er plötzlich bei einer Raststätte die Rücklichter eines Streifenwagens sah, stieg er instinktiv auf die Bremse. Verdammt, wenn er Pech hätte, wäre das eine Geschwindigkeitskontrolle. Und wenn er ganz besonders viel Pech hätte – was Gott verhüten möge, allein die Vorstellung! –, dann würde er noch dazu ins Röhrchen blasen müssen. Sein Herz schlug schneller, und für einige elende Sekunden klebten seine Finger schweißnass am Lenkrad. Er wurde auf den Rastplatz gewinkt und hielt an. Kurbelte das Fenster hinunter und sah das Gesicht eines jungen Verkehrspolizisten.

»Das war ja vielleicht ein bisschen schnell«, sagte der Mann und machte ein befehlsgewohntes Gesicht, das Sander unter normalen Umständen zur Weißglut getrieben hätte.

»Kann ich mal den Führerschein sehen?«

Sander zog Führerschein und Dienstausweis aus der Jackentasche und reichte beides dem jungen Kollegen.

Der Mann musterte den Führerschein aus zusammengekniffenen Augen, beugte sich dann näher an das Fenster heran und schaute hinein, diesmal mit einem vertrauenssinnigen Lächeln auf den Lippen.

»Jetzt erkenne ich dich«, sagte er leise. »Du bist doch von der Kripo? Bist du dienstlich unterwegs?«

»Leider kann ich das nicht behaupten.«

Der Mann zögerte einige Sekunden lang. »Naja, wir können uns ja wohl so einigen, dass du es nicht wieder tust. Sogar die Polizei muss doch die Verkehrsregeln einhalten.«

»Sicher, ich weiß. Das war idiotisch von mir.«

Auf der Rückfahrt fuhr er langsamer, und plötzlich überkam ihn wieder die Mutlosigkeit. Ohne weitere Umwege fuhr er zur Wache.

Kaum hatte er das Foyer betreten, da rief Sonja von der Rezeption her seinen Namen. »Erik, endlich. Eva-Britt hat versucht, dich zu erreichen, wo hast du denn bloß gesteckt? Hast du kein Telefon bei dir?«

Verwirrt griff er in die Jackentasche. »Doch«, sagte er. Er zog das Telefon heraus und schaute aufs Display. »Offenbar ist es ausgeschaltet«, murmelte er.

Sonja schien ihm nicht zu glauben und redete weiter. »Sie und Janne sind vor ein paar Minuten losgefahren«, teilte sie mit. Ich weiß nicht, wohin, aber jedenfalls schienen sie es eilig zu haben.«

»Hast du gar keine Ahnung?«

»Melde dich bitte sofort bei ihnen.«

Ehe er wieder zur Tür hinauslief, sah er aus dem Augenwinkel heraus Sonjas Mund, und fragte sich, ob es stimmte oder ob er sich nur einbildete, dass sie noch besorgter aussah als sonst.

☆

Der Wendehammer vor dem Andersbergsring 94 war leer. Es nieselte noch immer, ein dünner Wind kam vom Meer her. Ein Windstoß löste einige Strähnen aus Eva-Britt Bixes Frisur, die jedoch wie fast immer so achtlos hochgesteckt war, dass das keine Rolle spielte. Auf die Autotür gestützt wünschte sie sich, nie mit dem Rauchen aufgehört zu haben. Denn dann hätte sie jetzt eine Zigarette aus der Tasche ziehen, sie zwischen ihre Lippen stecken, einen tiefen Zug nehmen und den Rauch dann in den Gegenwind blasen können. Und das hätte sie in einem solchen Moment beruhigt.

Jetzt biss sie sich stattdessen in den Zeigefingernagel. Dieses eine Mal wusste sie nicht weiter. Sander hatte versprochen sich zu melden, aber bisher hatte sie nichts von ihm gehört. Und wenn sie versuchte, ihn anzurufen, dann meldete er sich nicht. Und jetzt standen sie hier in dieser verlassenen Straße. Sie sahen nur eine Frau in einem auffälligen rosa Mantel, die mit einer durchsichtigen Plastiktüte in der Hand ein Stück weiter an der Bushaltestelle wartete.

Schon jetzt hatte Bixe das Gefühl, dass sie nichts finden würden. Obwohl sie den Mantelkragen hochgeschlagen hatte, fror sie in dem kühlen Wind.

»Keine Menschenseele zu sehen.« Sie setzte sich wieder ins Auto und schloss die Tür.

»Das sollte doch wohl kein Witz sein, oder?«, fragte sie dann resigniert.

»Ich habe den Namen der Frau, die angerufen hat«, sagte Janne Ring, der mit bleichem Gesicht hinter dem Lenkrad saß und mit den Fingern darauf herumtrommelte. »Sie hörte sich absolut überzeugend an. Und warum sollte irgendwer so eine Geschichte erfinden? Um uns herzulocken?«

»Tja, warum nicht?«

»Verdammt«, sagte Ring. »Das ist zu übel, was du da über Erik erzählt hast. Ich hatte doch keine Ahnung.«

»Es ist ihm ja auch nicht anzusehen.«

»Aber das, was du über Birgerssons Nachbarn gesagt hast.«

»Ja, das klingt doch unglaublich«, sagte Bixe. »Und jetzt auch noch das hier!«

»Glaubst du …«

»Ich weiß nicht, was ich glauben soll. An sich klingt es doch wirklich wie ein seltsamer Zufall. Dass Erik sie zusammen in einem Restaurant sieht, einen Tag, nachdem er bei dem Mann zu Hause war und mit ihm geredet hat. Und dass dieser Mann dann vielleicht auch noch in seinem Treppenhaus gesehen worden ist.«

»Armer Tropf«, sagte Ring. »Um einen von Eriks Lieblingsausdrücken zu gebrauchen. Wo steckt eigentlich Henrietta? Sollte man nicht …«

Bixes Telefon unterbrach ihn. Rasch zog sie es aus der Tasche und meldete sich.

»Erik hier«, sagte am anderen Ende der Leitung eine leise Stimme. »Du wolltest mich sprechen?«

»Und wie. Wir stehen vor deinem Haus.«

»Was? Wieso denn das? Wolltet ihr mich holen, oder was?«

»Nicht so ganz. Wo steckst du?«

»Vor der Wache.«

»Meinst du, du kannst herkommen?«, fragte Bixe rasch.

»Was ist denn passiert?« Seine Stimme klang ein wenig besorgt.

»Uns wurde ein Auto gemeldet, das hier seit einigen Tagen vor dem Haus steht, und angeblich sitzt darin ein Mann. Ist dir das möglicherweise aufgefallen?«

»Ein Auto? Vor unserem Haus?«, Sander klang überrascht und ein wenig aufgebracht. »Und deshalb seid ihr da?«

»Das hat offenbar im Wendehammer gestanden.«

»Nein, ich habe kein Auto gesehen, nicht dass ich wüsste.«

»Eine Frau aus deinem Treppenhaus hat uns angerufen und Bescheid gesagt«, sagte Bixe. »Dieser Mann war auch im Treppenhaus und hat sich ein wenig seltsam verhalten. Und deshalb hat deine Nachbarin reagiert.«

»Wie heißt sie?«

»Ann-Sofi Persson. Kennst du sie?«

Sander dachte nach, sein Gehirn schien noch immer nicht so ganz zu funktionieren. »Was heißt schon kennen, das ist Rebeckas Mutter. Rebecka ist unsere Babysitterin. Sie wohnen unter uns.«

»Dieses Mädchen hat den Mann in dem Auto gesehen.«

»Und hat das etwas mit Jonas Sjögren zu tun, oder was?«

»Ja, oder ...« Bixe zögerte kurz. »Erik, ich will dich ja nicht nervös machen, aber ...«

»Ja? Was denn?«

»Ich musste daran denken, was du gestern erzählt hast, dass du Henrietta mit Birgerssons Nachbarn gesehen hast. Was ist dann passiert? Hast du sie danach gefragt?«

Schweigen in der Leitung, ein leeres Echo. Dann eine dumpfe Stimme, die in ihrem ganzen plötzlichen Elend kaum zu verstehen war.

»Ich glaube, das habe ich nicht geschafft ...«

»Du glaubst, das hast du nicht geschafft?«

»Aber was hat das mit ...«, murmelte Sander. »Also, du meinst, das war ...«

»Ich meine nichts«, sagte Bixe. »Im Moment nicht. Ist Henrietta zu Hause?«

»Sie arbeitet heute Nachmittag. Sie ist um die Mittagszeit in die Stadt gefahren.«

»Ja, dann. Dann nur noch eins. Kannst du mir beschreiben, wie Ingvar Nederli aussieht?«

»Ich kann mich nicht so genau erinnern ... kräftig, dunkel, ziemlich lange Haare, Mitte dreißig. Er trug hohe Stiefel, das fällt mir noch ein, Gummistiefel, obwohl es trocken war.«

»Und sonst noch?«

»Er hatte auch etwas Weites an. Eine Fleecejacke oder eine Fleeceweste. Ja, das weiß ich noch genau. Die war schwarz.«

»Das klingt ein wenig wie der Mann, den deine Nachbarin beschrieben hat.«

»Verdammt«, murmelte Sander. »Bleibt ihr noch einen Moment? Dann komme ich.«

»Aber den Mann haben wir hier nicht gefunden. Und, Erik ...«

»Ja?«

»Darfst du dich heute überhaupt ans Steuer setzen?«

»Ich muss doch die Kinder aus dem Kindergarten abholen.«

»Na ja, du kannst das sicher am besten beurteilen. Hoffe ich.«

»Ich bin in ein paar Sekunden bei euch«, sagte Sander.

»Nicht zu bald, hoffe ich. Fahr vorsichtig. Wir bleiben noch eine Weile hier und halten Ausschau.«

Sander gab keine Antwort. Im Hintergrund war nur das Motorendröhnen zu hören.

☆

Endlich wagte sie, langsamer zu werden. Henrietta Sander wusste kaum, wo sie war, sie war ziellos losgerannt, ohne nachzudenken, sie hatte nur von ihm weggewollt. Atemlos blieb sie vor einem Schaufenster stehen. Und erst jetzt ging ihr auf, dass sie über die Österbro gegangen war und sich in der Fredsgata befand. Sie schaute sich um, wie schon so oft in den vergangenen fünf Minuten, um sich davon zu überzeugen, dass er sie nicht verfolgte. Hier waren weniger Menschen, vor allem Busse und Autos kamen vorüber, in der Ferne sah sie einen einsamen Mann mit einem Stock.

Sie hatte Angst vor dem Mann gehabt. Er war ihr plötzlich ganz anders vorgekommen. Er sah ganz normal aus, ja, sogar ein wenig besser als die meisten anderen, er war höflich, rücksichtsvoll und schien ein guter Zuhörer zu sein. Aber es gab etwas, das sie vorher nicht bemerkt hatte, etwas, das sie nicht zu fassen bekam, so, als könne seine Rücksichtnahme sich jeden Moment in etwas ganz anderes verwandeln.

Noch immer fühlte sie sich aufgewühlt nach dieser seltsamen Begegnung. Das Schmuckstück, mit dem er sie überrascht hatte, brannte in ihrer Tasche. Hatte er es mit sich herumgetragen und auf eine zufällige Begegnung gehofft? Das konnte doch nicht sein.

Sie schaute das Schaufenster an, vor dem sie zum Verschnaufen stehen geblieben war. Dahinter waren Puppen mit verschlungenen Armen und langen Beinen zu sehen. Die Kleider wiesen allesamt Blautöne auf, auf dem Boden stand ein großer Strauß lila Tulpen. Cindis hieß der Laden. Er war ihr noch nie aufgefallen. Sie beschloss, hineinzuschauen. Nicht, um etwas zu kaufen, sie wollte überhaupt nichts, aber vielleicht würde sie das ablenken und beruhigen.

Die Türglocke bimmelte, und dann stand Henrietta auf einem tiefroten Teppichboden. Es war leer im Laden und roch nach neuen Sachen. Teuer aussehende Blusen und Kleider hingen an Kleiderbügeln an der Wand. Glänzende Stoffe, reich mit Spitzen besetzt, es gab fast durchsichtige Oberteile mit großen Maschen. Wer so was wohl anziehen mochte? Teuer war der ganze Kram auch, sie erlitt einen argen Schock, als ihr Blick auf das Preisschild eines Pullovers fiel, aber schön waren sie nicht, und bequem sahen sie erst recht nicht aus.

Ein Vorhang raschelte, dann kam eine Frau zum Vorschein und trat hinter den Tresen. Sie nickte Henrietta abwartend zu.

»Brauchen Sie Hilfe?«, fragte die Frau mit tonloser Stimme.

»Nein, danke, ich wollte mich nur ein wenig umschauen.«

»Ja, tun Sie das.« Die Verkäuferin sah erschöpft aus, lehnte die Ellbogen auf den Tresen und musterte ihre Nägel.

»Sie brauchen etwas Rotes«, sagte sie nach einigen Minuten dann plötzlich und lächelte kurz.

Henrietta Sander merkte, dass sie rot wurde, sie war nur selten in solchen Geschäften.

»Ich habe genau die richtige Bluse für Sie.«

»Ach, ich weiß nicht …«

Die Verkäuferin stelzte auf gefährlich hohen Absätzen und in ihrem kurzen engen Lederrock zu einer Querwand. Sie suchte zwischen den Kleiderbügeln, bis sie das Gesuchte gefunden hatte, eine halblange rote Bluse mit ovalen schwarzen Knöpfen.

»Die hier«, sagte sie voller Überzeugung. »Die würde Ihnen stehen.«

»Aber rot«, sagte Henrietta. »Ich weiß nicht.«

»Absolut. Sie brauchen etwas, das belebt. Wollen Sie mal anprobieren?«

»Ich weiß nicht, ich …« Aber anprobieren kostete doch nichts. Ein blauer Vorhang, zwei schmale Spiegel, von denen der eine zur Seite geklappt werden konnte. Die Bluse war aus Leinen, tailliert und hatte einen schmalen Kragen. Vorsichtig schob Henrietta die Arme hinein, der Stoff war weich. Als sie gerade den letzten Knopf geschlossen hatte, lugte die Frau durch einen Spalt neben dem Vorhang, als habe sie Henrietta heimlich beobachtet oder wisse eben aus Erfahrung, dass sie die Bluse jetzt anhaben musste.

»Ach, wie schön.« Sie zupfte an einer kleinen Falte. »Perfekt. Die steht Ihnen wirklich.«

Henrietta Sander sah für einen Moment ihr bleiches Gesicht in einem Spiegel, dessen scharfes Neonlicht es auch nicht rosiger aussehen ließ. »Wie viel kostet die?« Sie wollte die Antwort nicht wissen, denn die Bluse war wirklich schön, da hatte die Frau schon Recht. Ein geübter Blick, oder vielleicht war sie auch einfach ein raffiniertes Verkaufsgenie.

»Achthundertfünfundneunzig«, sagte die Verkäuferin gelassen, als sei das eine Bagatelle.

Henrietta schnappte kurz nach Luft und fing dann an, die Knöpfe zu öffnen. Eine Hand mit feuerroten Nägeln schloss den Vorhang wieder.

»Schade, die stand Ihnen wirklich gut«, sagte die Frau dann, als Henrietta mit der Bluse auf einem Kleiderbügel aus der Kabine kam. Sie beugte sich zu ihr vor, und als seien sie nicht allein im Laden, wurde sie leiser. »Ich habe genauso eine. Und finde sie wunderbar. Außerdem muss man bei Sonderangeboten doch zuschlagen.«

»Bei Sonderangeboten?«

»Das ist der halbe Preis. Eigentlich kostet sie das Doppelte. Das hier ist wirklich Qualität, kann so oft gewaschen werden, wie Sie wollen.«

Henrietta Sander strich mit der Handfläche über die jetzt auf dem Tresen liegende Bluse. Ihre Haut fühlte sich auf dem glatten Stoff rau an. Rot, dachte sie, was für ein Irrsinn.

»Ich nehme sie«, sagte sie, zog die Brieftasche aus der Tasche und merkte dabei, wie der Schmuck folgte. Lautlos fiel er vor dem Tresen auf den Teppichboden.

Als die Verkäuferin die Bluse sorgfältig in eine dicke weiße Plastiktüte mit Handgriff aus Kordel packte und sie Henrietta reichte, glaubte die, einen leichten Kummer im Blick der Frau zu sehen. Nicht viel, aber doch einen Moment der Düsterheit, etwas Niedergeschlagenes und Einsames, das ihr den ganzen Weg zur Bushaltestelle und danach weiter zur Garage in Linehed nicht aus dem Sinn wollte.

»Hast du heute viele Schurken gefangen, Papa?«

»Nein, heute nicht. Aber vielleicht morgen.« Oder nächstes Jahr, dachte Erik Sander und griff zu den drei Portionen Wurst mit Kartoffelpüree, die sie auf dem Heimweg vom Kindergarten gekauft hatten. Er fluchte, als das Papier verrutschte und einen dicken klebrigen Ketchupfleck auf seinem Hemdsärmel hinterließ.

»Das ist doch nicht schlimm, Papa, das ist nur Ketchup. Hier.«

Fabian drückte seinem Vater ein Stück Küchenpapier in die Hand, ungefähr zwei Meter lang und ausreichend, um ein ganzes Meer aus Ketchup aufzuwischen.

»Danke, Fabian. Das ist nett von dir.«

Obwohl wir uns doch für unser Geld mehr leisten können müssten als Küchenpapier, dachte er.

Der knallrote Fleck zog in den Stoff ein wie ein Blutstropfen auf einer glatten Schneedecke.

»Warum hast du heute keine Schurken gefangen, Papa?«, Fabian ließ nicht locker. »Machst du denn gar nichts, wenn du arbeitest?«

»Doch, ich mache jede Menge, wenn ich arbeite.« Und eine verdammte Menge zu viel, dachte er.

»Wann kommt Mama?« Anton hatte sich den Mund mit Kartoffelpüree voll gestopft.

»Die kommt sicher bald«, sagte Sander und warf einen Blick auf seine Armbanduhr. Viertel nach sechs. Die Zeit war wirklich verflogen. Und Henrietta hätte schon längst zu Hause sein müssen. Sie hatte doch gesagt, sie müsse bis vier arbeiten. Dann hatte sie zwar noch in die Werkstatt gemusst, aber der Weg dauerte höchstens zwanzig Minuten. Naja, sicher würde er jeden Moment den Schlüssel hören, sie konnte ja auch noch einkaufen gegangen sein oder unterwegs irgendwelche Bekannten getroffen haben.

Ein Fremder auf der Treppe. Er ließ die Plastikgabel sinken, die er eben erst in die Wurst gebohrt hatte. Ließ sich auf dem Küchenstuhl zurücksinken, warf noch einen Blick auf seine Armbanduhr, obwohl seit dem letzten noch keine Minute vergangen war.

»Willst du nichts essen, Papa?« Wieder Anton, mit vollgestopftem Mund von einem viel zu großen Bissen Wurst. Ketchup quoll zwischen seinen Lippen hervor.

»Doch, ich muss nur erst mal Atem holen.«

»Was ist das?«, fragte Fabian.

»Was denn?«

»Atem holen.«

»Atem holen, ja ... ich will mich nur kurz ausruhen, ehe ich anfange zu essen.« Falls er überhaupt einen Bissen hinunterbringen würde. Er wünschte, er hätte sich schon am Vortag mit Henrietta ausgesprochen, statt seine Ängste zu verdrängen und sie mit in den Schlaf gleiten zu lassen, wo sie ihm Albträume beschert hatten. Wenn er es nur gekonnt hätte, dann hätte er sie sofort angerufen, aber ihr Handy lag auf dem Tisch in der Diele. Wie üblich, sie vergaß es ganz oft, egal, wohin sie unterwegs war.

Er schaute zur Diele hinüber, fühlte sich nicht gerade wohl in diesem Moment, durchaus nicht. Sein Magen schmerzte und seine Stirn brannte. O verdammt. Er fuhr sich mit dem Hemdsärmel über die Stirn, worauf der noch feuchte Ketchupfleck sein Gesicht färbte. Fabian brüllte vor Lachen und Anton stimmte sofort ein.

Als er nachmittags kurz auf der Wache gewesen war, hatte Eva-Britt Bixe sich alle Mühe gegeben, um ihn zu beruhigen.

»Das hier braucht überhaupt nichts zu bedeuten«, hatte sie gesagt. »Außerdem haben deine Nachbarinnen versprochen, sich zu melden, wenn ihnen noch etwas auffällt, und bisher haben sie nicht angerufen.«

»Aber trotzdem«, hatte Sander geklagt. »Ich habe kein gutes Gefühl.«

Nein, das hatte er absolut nicht, als er hier in der Küche saß und in dem kalten Kartoffelpüree herumstocherte. Er hatte eine Gabel davon gegessen und diese kleine Portion steckte ihm jetzt im Mund fest. Als er sie endlich hinunterschlucken konnte, wurde ihm sofort schlecht. Er trank einen großen Schluck Lightbier, rülpste leise und stand auf.

Wieder schaute er auf die Uhr. Die Zeiger krochen nur so dahin.

»Papa, können wir nicht auch ein Polizeiauto haben?«

»Wer hat denn eins?« Anton schaute ihn mit riesengroßen Augen an. Wischte sich mit dem Pullover den Mund. »Du hast bei der Arbeit eins. Und wir könnten eins zu Hause haben. Wenn wir unser Auto blau anstreichen, mit blauen Streifen, meine ich, und wenn wir eine Blinklampe aufs Dach setzen. Und dann können wir einen Motor hinter den Knopf zum Hupen setzen, und dann geht die Hupe die ganze Zeit, wie eine Sirene.« Er ahmte aus voller Kehle ein Martinshorn nach.

»Sicher, aber einfach wäre das nicht, oder was meinst du?«

»Was denn?«

»Das Auto anzumalen.«

»Das ist total leicht. Man braucht nur …«

Erik Sander stand auf und lief mit den Papptellern zum Spülstein.

» … eine Dose Farbe zu kaufen und dann …«

Er schaute wieder auf die Uhr, noch immer war kein Schlüssel im Schloss zu hören. Er hielt das Glas unter den dünnen Wasserstrahl. Vielleicht gab es etwas im Fernsehen, etwas, womit er sich Zeit und Warten vertreiben könnte, aber zuerst musste er die Kinder ins Bett schaffen.

» … wenn man einen Pinsel hat, ich hab einen in der Schreibtischschublade …«

Schreibtisch, dachte Sander. Wenn es nun derselbe war, wenn er Henrietta auf irgendeine Weise verfolgt hatte. Er schüttelte den Kopf. Er übertrieb bestimmt, war überarbeitet. Ja, vielleicht war das das Problem, er hatte einfach zu viel geschufftet.

»Und im Kindergarten haben wir so eine Lampe, die sich mit ganz vielen Farben dreht und dreht, aber die kann man doch mit Blau übermalen und dann kann man die als Blinklicht aufs Dach setzen, man muss sie nur festkleben …«

Wenn sein Gehirn sich einfach nur eingebildet hatte, dass Henrietta mit Ingvar Nederli zusammen im Restaurant gesessen hatte. Vielleicht hatte der Mann ihm nur ähnlich gesehen, war ein ganz anderer gewesen. Aber es war eben ein Mann. Wieder krampfte sein Zwerchfell sich zusammen und diesmal hatte er das Gefühl, jetzt aber wirklich kotzen zu müssen.

»Du hörst ja gar nicht zu, Papa.«

»Natürlich höre ich zu.«

»Was hab ich denn gesagt?«

»Äh, dass wir das Auto blau malen können und …«

»Das hab ich überhaupt nicht gesagt. Ich hab gesagt, dass …«

»Ich bin satt«, fiel Fabian ihm ins Wort. Er hatte aus seinem Kartoffelpüree eine Art Berg mit verschlungenen Straßen geformt. Und einen Teil davon auf der Tischdecke verteilt. Erik Sander seufzte.

»Du brauchst nicht aufzuessen«, sagte er. »Aber jetzt müsst ihr ins Bett. Also marsch, ins Badezimmer und Zähneputzen.«

»Schon?«, protestierte Anton. »Ich wollte doch das Polizeiauto noch für dich zeichnen.«

»Das kannst du morgen machen. Es ist schon spät.«

Viel zu spät. Er schob die Kinder ins Badezimmer, alle beide auf einmal, und aus purer Verblüffung, vermutlich, da ihr Vater sonst nie so energisch war, gehorchten sie wortlos. Er hatte das Gefühl, sie nicht schnell genug ins Bett bringen zu können. Sie unter ihren Decken in Sicherheit zu wissen. Danach, wenn sie schliefen und seine Stimme und seine Unruhe für sie nicht zu hören wären, würde er anrufen.

»Ich will, dass Mama kommt, ehe ich einschlafe«, jammerte Fabian.

»Blödsinn«, schnaubte Anton und kroch mit einem zerknitterten Comic unter die Decke.

»Schlaft jetzt. Gute Nacht, Kinder.«

»Willst du uns nichts vorlesen?«

»Heute Abend nicht.«

»Nie liest du uns was vor.«

»Morgen bestimmt. Gute Nacht jetzt.«

»Gute Nacht, Papa.«

Aber es würde wohl keine gute Nacht werden. Erik Sander streckte sich auf dem Wohnzimmersofa aus, schaute auf die Uhr, zählte die Sekunden. Lauschte, wartete. Er lief zum Fenster, musterte die Regentropfen, die über die Fensterscheibe liefen, und hatte das Gefühl, das Warten nicht eine Sekunde länger ertragen zu können.

37

Viel klüger waren sie nicht geworden, trotz aller Gespräche mit den Nachbarn der Birgerssons und mit Sjögrens Bekannten, überlegte Janne Ring, als er mit einer Pizza, die Bixe und er teilen wollten, auf die Wache zurückkam. Und der Nachmittag hatte ihnen auch kein größeres Wissen beschert, sondern das Chaos noch vergrößert.

Erik hatte müde ausgesehen. Das lag sicher an gestern, dachte er, und hätte fast gegrinst. Sein Kollege war wohl kaum an Ausschweifungen gewöhnt, und noch dazu hatte Erik behauptet, es sei ein dienstlicher Termin gewesen.

Aber das nahmen ihm wohl nicht viele ab. Egal, wie Erik seine Abende verbrachte, ging wirklich nur ihn an.

Janne Ring fuhr den Dienstwagen zu einer freien Parklücke. Sein Magen knurrte, der Duft, den der noch warme Karton auf dem Beifahrersitz verbreitete, vergrößerte seinen Hunger noch. Er schaltete den Motor aus und wollte gerade die Autotür öffnen, als er auf dem Boden etwas glänzen sah. Vermutlich eine heruntergefallene Münze, die es wohl kaum wert war, dass ein ausgehungerter Kommissar sich danach bückte. Trotzdem tastete er die verdreckte Gummimatte ab. Und was er dann fand, war ein kleiner silberner Knopf mit einem Anker.

Der Besuch bei dem Ferienhaus schien eine Ewigkeit her zu sein, und dabei war es nur ein Tag. Ein Tag und eine Nacht, und so viel hatte passieren können. Auch wenn sie im Fall Jonas Sjögren keine nennenswerten Fortschritte gemacht hatten.

Während er mit dem Pizzakarton auf der einen Handfläche den Parkplatz überquerte, fühlte er mit seiner freien Hand in seiner Hosentasche nach, und der Knopf war noch vorhanden. Nicht, dass er den für sonderlich wichtig hielt, aber es gehörte ja auch zu ihrer Arbeit, sinnlose Details aus der Ermittlung auszuschließen. Rasch lief er durch das Foyer, es war still und seine Schritte hallten auf der Treppe ein wenig wieder. Es war ja auch schon fast sechs.

☆

»Schau mal, was ich gefunden habe!«

Eva-Britt Bixe hatte eben ihre Schreibtischlampe ausgeschaltet und ihren Mantel angezogen. Sie war müde und verspürte wieder einen Anflug von Migräne. Als sie im Lampenlicht gelesen hatte, hatte ein Schmerz ganz am linken Augenrand aufgeflammt, weshalb sie die Unterlagen sofort beiseite gelegt und beschlossen hatte, nach Hause zu gehen, trotz der halben Pizza.

Jetzt schaute sie auf, mit zusammengekniffenen Augen, da ihre Blicke sich schon an das angenehme Halbdunkel im Raum gewöhnt hatten.

»Der Knopf mit dem Anker«, sagte Ring, der im Licht der halb offenen Tür nur vage zu sehen war. »Den wir gestern draußen bei dem Haus gefunden haben. Glaubst du, in der Technik ist noch irgendwer?«

Sie riss den Blick von dem Karton los, den Ring auf ihren Tisch gelegt hatte, streckte die Hand nach dem Telefon aus und gab die Nummer der Technik ein. Nach fünfmaligem Klingeln wollte sie schon aufgeben, als sie am anderen Ende der Leitung etwas hörte. Es war Nils Fridéns wie immer grobe Stimme, diesmal noch mit einem leichten Echo angereichert.

Leitung wird angezapft, dachte sie, und im selben Moment flammte wieder ein Blitz in ihrem Kopf auf.

»Kannst du dir wohl einen Knopf ansehen?«, fragte sie und merkte zugleich, wie ihre eigene Stimme in ihrem Ohr widerhallte. Für einen kurzen Moment wusste sie nicht so recht, ob es an der Verbindung lag, oder ob es ihr Gehirn war, das diese seltsamen Geräusche produzierte.

»Verdammtes Echo«, dröhnte Fridén. »Ich kann dich gar nicht verstehen. Worum geht es also?«

»Um einen Knopf ... Knopf. Kannst du ... annst du?«

»Ich bin noch eine Stunde hier. Kannst du ihn vorbeibringen? Ist es eilig ... lig ... lig?«

»Ja«, sagte Bixe und hörte ihr »ja« aus dem Hörer.

Sie legte auf, gähnte und sehnte sich schrecklich danach, nach Hauses zu fahren und zu schlafen, und sie hatte noch keine Ahnung davon, dass es noch viele und lange Stunden dauern würde, ehe sie dann endlich in Ruhe und Frieden unter die dicke Decke ihres zwei Meter zehn breiten Bettes kriechen könnte.

☆

»Vor Mittsommer«, sagte der Mann in der Werkstatt, »war es verdammt heiß. Und jetzt das hier! Das hat doch überhaupt keine Logik mehr. Liegt bestimmt an der Ozonschicht.« Er kratzte sich an der Stirn. Schirmmütze im Nacken, die grauen Haare standen nach allen Seiten ab.

»Wir können nur hoffen, dass es besser wird«, sagte Henrietta Sander und hob die Wagenschlüssel von dem hohen Tresen auf.

Besser, dachte sie. Was wird schon besser? Das Wetter schon gar nicht, und vermutlich auch sonst nichts.

Sie war noch immer ein wenig verstört. Sie hatte zwar nichts bemerkt, kein Auto, kein Anzeichen dafür, dass sie verfolgt wurde. Aber das unangenehme Gefühl, beobachtet zu werden, war trotzdem noch vorhanden.

»Das macht dreitausend. Soll ich eine Rechnung ausschreiben?«

Die zweite sinnlose Ausgabe dieses Tages. Aber es spielte keine Rolle, sie wollte jetzt nur noch nach Hause, und diesmal nicht mit dem Bus, im Wagen würde sie sich sicher fühlen. Dankbar ballte sie die Faust um die Schlüssel.

»Ich bezahle gleich. Sie nehmen doch Kreditkarten, ja?«

»Natürlich.«

Sie zog die Brieftasche aus ihrer Jeansjacke und legte Kreditkarte und Führerschein auf den Tresen.

Der Raum war von großen Glaswänden eingerahmt. Draußen befand sich ein offener Platz voller Autos, neuer glänzender und rostiger alter. Weiter hinten in der Werkstatt waren Mechaniker zu sehen, die am Untergestell von Autos herumschraubten und hämmerten, während aus einem Radio Musik dröhnte. Sie nahm die Quittung entgegen, bedankte sich und öffnete die Tür. Der Wagen stand in der Ecke, gleich beim Eingang.

Ihre Schritte knirschten. Der Asphalt war alt und rissig. Der Verkehr auf der Hauptstraße war als fernes Rauschen zu hören. Hinter dem Zaun befand sich eine Rasenfläche und hinter dieser Rasenfläche einige rote Wohnhäuser. Ein Spielplatz und ein Kiosk. An der nächsten Ecke eine Tankstelle. Sie erreichte den Wagen, schloss auf und stieg ein. Es roch nach Öl, und so weit, wie der Sitz zurückgeschoben war, hatte der Mechaniker offenbar zwei Meter lange Beine gehabt. Sie griff unter den Sitz, konnte aber den Hebel nicht finden. Verdammt. Sie bückte sich, die Haare fielen ihr in die Stirn, sie war heiß und verschwitzt, aber in Sicherheit. Endlich fand sie den winzigen Hebel. Sie stellte den Sitz ein, zog die Tür ins Schloss und drehte den Schlüssel um. Fuhr dem Ausgang entgegen.

Es hätte jeder sein können, der dort stand. Draußen liefen doch dauernd Leute hin und her. Und jetzt war dort jemand stehen geblieben. Ja, es hätte jeder sein können.

Als Erstes fielen ihr die Haare auf, die zu einem kurzen Schwanz gebunden waren. Er hatte die eine Hand auf das offene Tor gelegt. Stand ganz still da, breitbeinig und mit der einen Hand in der Hosentasche, schien aus dem Asphalt herausgewachsen zu sein. Langsam ließ sie das Auto weitergleiten, es gab ja keinen anderen Ausweg.

Als er sich umdrehte, sah sie nur die Augen. Zwei Steine in einem weißen Gesicht. Die Haare wie ein zerzauster Rahmen.

Er stand da und sah sie an, als ob er sie nicht wiedererkennen würde. Trotzdem schaute er ihr voll ins Gesicht.

Muss abschließen, dachte sie. Muss den Motor anhalten und die Riegel vorlegen. Aber alles musste ganz schnell passieren, alle Bewegungen mussten so schnell verlaufen wie eine einzige. War es möglich, bei laufendem Motor die Türen zu verriegeln? Reichte es, auf einen Knopf zu drücken, oder musste sie mit eiligen Fingern alle vier Knöpfe betätigen? Würde sie das schaffen, und mit welcher Tür sollte sie anfangen?

Sie trieb ihre Hände an, ihre Finger irrten umher wie ihre Gedanken, sie kam sich vor wie in einem Traum, wenn man rennt, ohne von der Stelle zu kommen, die Beine bewegen sich, aber man steht trotzdem auf demselben Fleck. Er durfte sich nicht bewegen, er sollte sich umdrehen und weggehen.

Er war ihr also gefolgt. Langsam kam er auf das Auto zu, seine Stiefel bewegten sich lautlos über den Boden, seine langen Schritte wirkten so selbstverständlich. Da war er, und sie konnte nicht an ihm vorüberfahren. Er trat ihr nicht in den Weg, aber trotzdem brachte sie es nicht über sich, auf den Gashebel zu drücken und loszufahren. Sie schaute zu Boden, wartete, starrte ihre Finger an, die vom Lenkrad nach unten geglitten waren und warteten, auch sie warteten ganz brav auf ihren Knien, worauf, wusste sie nicht. Steinperlen im weißen Meer, die Hand, die sich endlich auf den Türgriff legte und die Tür aufzog, langsam und geduldig, als warte er dort draußen schon seit Stunden auf sie.

☆

Es war kurz nach sieben. Eva-Britt Bixe lief zur Technik auf der anderen Seite des Hauses und überreichte den kleinen Metallknopf. Fridén machte wie üblich ein saures Gesicht, und es war nicht festzustellen, ob es ihn freute, dass er vor Feierabend noch eine Aufgabe erhalten hatte, oder ob er lieber nach Hause gegangen wäre. Jedenfalls musterte er das Fundstück mit auf seltsame Weise verzogenem Mundwinkel, und Bixe glaubte zu sehen, dass die Furchen in seinem ohnehin schon derben Gesicht noch tiefer wurden.

Besser, ich schleiche mich davon, dachte sie. Nicht nur, um sich Nils Fridéns Kommentare zu ersparen, sondern auch, weil das Licht in dem großen Raum auf unangenehme Weise flackerte. Dass die Leuchtröhre einen Defekt hatte, schien Fridén jedoch egal zu sein, denn er machte sich sofort an die Untersuchung des Knopfes, zuerst mit bloßem Auge, dann an einem Arbeitstisch hinten im Raum, zu dem er wie ein Wiesel hinübergehuscht war.

Als sie in ihr Zimmer zurückkam, war der Pizzakarton verschwunden. Sie konnte sich vorstellen, dass er sich jetzt im Personalzimmer aufhielt und wohl kaum auf eigenen Füßen dort hingewandert war. Und richtig, auf dem Sofa saß Janne Ring und blätterte überaus zerstreut in einer Zeitschrift, während seine Kiefer sich mit einem Eifer bewegten, als hätte er seit Wochen nichts mehr zu Essen gesehen.

»Das schmeckt gut«, sagte er und wischte sich mit einem Stück Küchenpapier den Mund ab. »Verdammt gut. Das war genau, was ich gerade brauchte.«

»Ich glaube, ich kriege wieder ganz gemeine Kopfschmerzen«, sagte Bixe. »Ich gehe lieber gleich nach Hause.«

»Tu das«, sagte Ring und fegte mit frischer Kraft aus dem Zimmer. »Ich bleib noch hier und warte ab, was Fridén uns über den Knopf erzählen kann«, rief er vom Gang her.

»Falls er überhaupt etwas zu sagen hat«, murmelte Bixe und biss in ein fettes Stück Pizza mit Schinken, das wirklich hervorragend schmeckte.

Sie freute sich jetzt wirklich auf ihr Bett. Darauf, einfach die Gedanken abschalten, die Deckenlampe ausschalten und die kühle Bettdecke an den Beinen spüren zu können. Vielleicht, wenn sie noch die Kraft hätte, würde sie vorher noch kurz baden. Auch so ein Bad konnte Kopfschmerzen verscheuchen.

Sie ging zurück auf ihr Zimmer, zog abermals ihren dünnen Mantel an und wollte gerade verschwinden, als das Telefon klingelte. Zwei Sekunden spielte sie mit dem Gedanken, nicht hinzugehen, aber es konnte ja doch wichtig sein. »Bixe.«

»Hallo, hier ist Erik. Ich muss mit dir sprechen.«

»Sicher, was ist denn los?« Sie ließ sich in ihren Schreibtischsessel sinken.

»Henrietta ist noch nicht zu Hause, und sie hätte schon vor mindestens einer Stunde hier sein müssen.«

»Eine Stunde ist doch nicht so viel.«

»Doch. Ich dachte, sie müsste heute arbeiten, aber als ich dort angerufen habe, war sie nicht da, und sie war auch nicht da gewesen. Sie arbeitet erst morgen, nicht heute. Aber heute morgen hat sie mir gesagt, sie müsse arbeiten, und sie war den ganzen Tag nicht zu Hause, und da muss sie doch irgendwo gewesen sein.«

Bixe öffnete den gerade erst zugeknöpften Mantel wieder. »Das ist ja wirklich seltsam.«

»Ich begreife überhaupt nichts. Wenn ich das gewusst hätte, dann hätte ich …« Sander räusperte sich. »Was soll ich tun?«

»Hat sie kein Handy bei sich?«

»Das liegt in der Diele. Sie vergisst es immer.«

»Und du bist sicher, dass sie dir nicht erzählt hat, was sie sonst vielleicht heute noch vorhatte?«

»Ja.«

»Hast du den Anrufbeantworter überprüft? Da hat sie keine Nachricht hinterlassen?«

»Wir haben keinen Anrufbeantworter.«

Bixe wusste nicht, was sie noch sagen sollte.

»Ich habe immerhin die Kinder ins Bett gesteckt. Ich dachte, das könnte mich beruhigen, aber es ist nur schlimmer geworden. Verdammt, ich weiß nicht, was ich machen soll. Wenn es nun etwas mit diesem Kerl auf der Treppe zu tun hat und …«

»Glaubst du, du fühlst dich besser, wenn du herkommst?«

»Aber was ist mit den Kindern? Und wenn Henrietta nun kommt und ich bin nicht hier?«

Und was um alles in der Welt sollte er auch hier, dachte Bixe. Henrietta zur Fahndung ausschreiben, ihr Hundestreifen und Fotografen auf den Hals schicken?

»Kannst du die Nachbarstochter nicht bitten, eine Weile auf die Kinder aufzupassen?«, fragte sie.

»Ja, das geht vielleicht«, antwortete er zögerlich. »Wie lange bleibst du noch?«

»Lass dir nur Zeit. Hier gibt es auch noch eine Viertelpizza, wenn du Hunger hast.«

»Danke, das nun wirklich nicht.«

»Bist du sicher, dass ...« Bixe verstummte. Die Leitung rauschte. Sander hatte schon aufgelegt.

»Du, Janne, Erik ist auf dem Weg hierher. Er hat eben angerufen. Henrietta ist nicht nach Hause gekommen und er weiß nicht, wo sie sein könnte.«

Wie immer war Ring in unwichtige Papiere vertieft. Ring, dieser Pedant, der solche Ordnung hielt, dass alle Unterlagen millimetergenau nebeneinander auf seinem Schreibtisch lagen, und parallel dazu der Kugelschreiber, als habe er die Entfernung mit dem Lineal ausgemessen. Er zog an seinen Manschetten und schaute Bixe an.

»Wann hätte sie denn nach Hause kommen sollen?«

»Tja, vor mindestens einer Stunde.«

»Eine Stunde, das kann doch nicht so schlimm sein.«

»Erik macht sich schreckliche Sorgen.«

»Ich hoffe, das hängt nicht irgendwie mit dem Kerl im Treppenhaus zusammen«, sagte Ring.

»Wie meinst du das?«

»Na ja, wenn er nun ihretwegen dort war ...«

»Ich glaube, das befürchtet auch Erik. Und im Grunde ... aber wir wollen doch den Teufel nicht an die Wand malen.«

Sie hatte das vage Gefühl, dass Rings Ahnung richtig war – aber das war eben ein Gefühl, keine logische Überlegung. Und was konnte das alles mit Jonas Sjögren zu tun haben? Nein, da war es schon wahrscheinlicher, dass Henrietta Sander Nederli anderswo kennen gelernt hatte, auch wenn das ein seltsamer Zufall war.

»Wolltest du nicht nach Hause gehen?«, fragte Ring.

»Ich war schon unterwegs.«

»Aber du hast den Mantel doch wieder aufgehängt.«

»Ich wollte nur warten, bis …« Plötzlich schrillte das Telefon in Bixes Zimmer durch den schlafenden Gang.

Sie wusste sofort, wer es war, noch ehe sie seine Stimme gehört hatte.

»Hallo, Nils«, sagte sie.

»Woher weißt du, dass ich das bin?«

»Es hallt noch immer.«

»Es geht um den Knopf«, sagte Fridén.

Noch durch den störenden Hall konnte sie seinen Eifer hören.

»Ich hab es auf den ersten Blick geahnt«, sagte er. »Aber ich wollte erst ganz sicher sein. Der Knopf ist identisch mit den Knöpfen an Jonas Sjögrens Jacke.«

»Was zum … bist du sicher?«

»Und wie. Aber er stammt nicht von der Jacke, da fehlt nämlich kein Knopf. Aber er sieht genauso aus. Außerdem hängt daran noch ein Rest Faser. Es *kann* sich um den gleichen Stoff handeln wie bei seiner Jacke. Wo habt ihr den Knopf gefunden?«

»Auf der Veranda eines Ferienhauses in Tönnersjö.«

»Die sollten wir uns mal genauer ansehen. Kann irgendwer von euch ein paar Techniker mitnehmen und den Weg zeigen?«

»Wann?«, fragte Bixe.

»Sowie ich welche aufgetrieben habe.«

»Sicher. Ich sag Janne Bescheid. Ich wollte bald nach Hause.« Aber, dachte sie, als sie aufgelegt hatte, sie würde doch wohl noch eine ganze Weile bleiben. Auf dem Weg zu Ring schaute sie im Personalzimmer vorbei. Eine innere Stimme sagte ihr, dass sie den Rest Pizza noch dringend brauchen würde.

Und dann, genau drei Minuten später, als sie ihre Zähne in den unter der Mikrowelle geschmolzenen Käse bohrte, klingelte in ihrem Zimmer zum dritten Mal innerhalb einer Viertelstunde das Telefon.

»Das ist doch Wahnsinn«, murmelte sie und lief hinüber, um sich mit vollem Mund zu melden. Ihre Kopfschmerzen waren jetzt in den Magen gewandert, sicher war der Hunger daran schuld. Sie schluckte den Bissen hinunter. »Bixe.«

»Ist dort die Polizei?«

»Worum geht es?«

»Ich weiß nicht, ich ...«

Es war eine sehr helle Frauenstimme, die jeden Moment zu brechen schien. Bixe sah einen Faden vor sich, der im Luftzug zitterte.

»Ich weiß nicht, es ist ja vielleicht nicht wichtig, aber ...«

Ruhe, dachte Bixe. Entweder ist das eine Verrückte, oder es ist wichtig. Oder beides. »Nun sagen Sie schon. Dann kann ich entscheiden, ob es wichtig ist oder nicht.«

»Ich weiß nicht, wie ich anfangen soll«, sagte die Frau, jetzt mit festerer Stimme.

»Bleiben Sie einfach ganz ruhig und erzählen Sie.« Wenn sie gekonnt hätte, dann hätte sie die Frau durch die Leitung hindurch aufmunternd angelächelt.

»Ich will versuchen ... das war heute Morgen.«

»Ja?«

»Jemand hat die Katze meiner Tochter ermordet.«

Ach was, dachte Bixe. Eine ermordete Katze. Als ob sie nicht schon Probleme genug hätten.

»Ihr Hals ist aufgeschlitzt worden.«

Und vielleicht hatte sie auch noch zwei Schüsse in die Stirn bekommen? Aber ganz ruhig, wie gesagt, sie würde schon erfahren, worum es hier ging. Und sie musste die wichtigsten Details aufschreiben, wie immer die aussehen mochten. Bestimmt hatte sie es hier mit einer nachbarlichen Meinungsverschiedenheit zu tun.

»Wo ist das passiert?«

»Auf unserem Grundstück. Heute Nacht. Ich konnte nicht schlafen, ich glaubte, draußen im Garten Geräusche zu hören, und dann, heute Morgen …«

»Warum rufen Sie erst jetzt an?«

»Das ist noch nicht alles …« Die Frau unterbrach sich. Vielleicht auch noch der Hamster entlaufen? Bixe warf einen Blick auf die Uhr. Bald würden Fridéns Techniker auftauchen.

»Ja, also, mein Mann ist nicht zu Hause.«

Katze, Ehemann. Ob der die Katze umgebracht hatte? Versuchte die Frau, ihr das zu sagen?

»Ach, und wo ist er?«

»Das weiß ich doch nicht«, sagte die Frau. »Als ich gestern Abend zu seinem Arbeitsschuppen gegangen bin, war er nicht da. Er war weggefahren, ohne mir ein Wort zu sagen. Sie müssen dazu wissen, dass wir schon seit einigen Nächten hier seltsame Geräusche gehört haben. Ich und meine Tochter, während mein Mann das für pure Einbildung hielt. Aber heute Morgen war wirklich jemand im Garten gewesen. Ich habe doch die Katze gefunden.«

»Und wo genau ist das alles passiert?«

»Auf dem Land, in unserem Sommerhaus. Aber da bin ich jetzt nicht. Ich habe einfach nicht gewagt, noch dort zu bleiben. Jetzt bin ich in unserer Wohnung in der Stadt. Und meine Tochter ist bei ihrem Vater. Ich habe sie hingeschickt, mir kommt das sicherer vor, ich habe nämlich Angst, ich glaube, dass …«

Die Frau schluchzte auf. Bixe machte sich keine Notizen

mehr, sie hatte in diesem wirren Bericht einfach den Faden verloren. Die Frau schluchzte noch immer.

»Darf ich vielleicht um Ihren Namen bitten?«, schlug Bixe vor.

»Ich weiß nicht, ich …«

»Wenn ich Ihre Anzeige aufnehmen soll, falls Sie denn eine erstatten wollen, dann brauche ich Ihren Namen und Ihre Adresse.«

»Naja, aber …«

»Sonst kann ich nichts unternehmen, so sind unsere Vorschriften.«

Einige Sekunden Schweigen. »Ich wohne hier in der Stadt in der Georgsgata Nr. 11«, sagte die Frau leise. »Und ich heiße Karin Nederli.«

Eva-Britt Bixe, die zwar in Erwartung der Techniker ab und zu einen Blick zum Korridor hinübergeworfen hatte, ansonsten aber ziemlich ruhig und zurückgelehnt in ihrem Stuhl gesessen hatte, fuhr dermaßen auf, dass der verblüffte Nils Fridén, der in diesem Moment über die Schwelle trat, sich wunderte, dass der Schreibtisch noch stand.

38

Der Körper war schwer gewesen. Schwerer, als sie erwartet hatte. So viel Muskelkraft, so viel in ihr, das sie aufbieten konnte, um ihn aus dem Weg zu schaffen. Der Mann von der Veranda, der Irrtum, er musste verschwinden. Nicht eine Spur durfte noch übrig bleiben. Alles wurde weggefegt und gereinigt. Woher das Blut gekommen war, wusste sie nicht, anfangs war alles sauber und rein gewesen. Ein Schlag. Zwei, vielleicht drei. Die Muskeln in ihr hatten gearbeitet. Ihre Arbeit war nicht schmutzig gewesen, etwas anderes hatte hier alles beschmutzt, auch wenn nichts zu sehen war. Man konnte einem Menschen nicht ansehen, was er mitgemacht hatte. Aber manchmal kam es ihr so vor. Im Anstreicherladen zum Beispiel, da hatte der Verkäufer sie auf eine gewisse Weise besonders eindringlich angesehen, als ob er, nachdem er seine schmale Brille nach unten geschoben und sie über den Brillenrand hinweg gemustert hatte, etwas entdeckt hatte, das ihm vielleicht Angst machte. Nicht ich bin gefährlich, hatte sie sagen wollen, nein, das ist jemand anders, aber dem kann man es nicht ansehen.

Sie hätte gern gewusst, was in dem Laden gesagt worden war, an dem Samstag nach der Nacht, als alles vorbei gewesen war. Der Schmetterling, so leicht über dem Tresen, unter der Neonröhre, wie der geflattert war.

Ein Stein. Die Frau hatte an einem Lederriemen einen hellrosa Stein um den Hals getragen. Der Stein hatte geblitzt. Ein Stein, der auf ihrer zugeknöpften Bluse gebaumelt hatte, wenn sie sich vorbeugte, und ihre Bluse hatte sommersprossige Haut versteckt, die sichtbar wurde, als sie so dort stand, über dem Glastresen, wo sie etwas gesehen hatte.

Und sie hatte sich gefragt, was diese Frau wohl wusste, ob sie überhaupt etwas wusste, vielleicht ahnte sie nicht einmal etwas. Sie hatte sich gefragt, wie eine so leben konnte, mit einem Mann mit dermaßen üppigen Haaren und einem Schmetterling auf dem Arm, der nachts umherflog.

In der Tasche des unschuldigen Mannes hatte sie ein Schlüsselbund gefunden. Und eine Brieftasche. Das Geld hatte sie dort gelassen, was hätte ihr das schon bringen können, abgesehen von einem vagen Schuldgefühl, weil sie nicht nur sein Leben genommen hatte, sondern auch sein Geld? Sie wollte es nicht, schmutziges Geld, das ihr nicht gehörte. Nur die Schlüssel hatte sie an sich genommen, denn die brauchte sie.

Nachdem sie die Papiere in der Brieftasche durchgesehen hatte, wusste sie, wer der Mann war, und wozu die Schlüssel gehörten. Jetzt lagen sie auf dem Grund, tief im Wasser. Sie hatte sie dorthin geworfen, hatte am Flussufer gestanden, ganz allein in der Stadt, es war drei Uhr gewesen, und die Einsamkeit hatte sie umgeben wie eine schützende Haut. Sie hatte ihn dort abgelegt, das Gesicht von ihr abgewandt, es war kein Gesicht mehr, sondern nur ein Klumpen. Sie hatte ihn geschleift, hatte sein ganzes Gewicht gezogen, mit Kräften, die es nicht hätte geben dürfen.

Die Flamme hatte gezischt, als sie das Streichholz angerissen hatte. Die kleine Schale aus Folie stand auf dem Boden. Sie hatte die Kerze in die Mitte gestellt und sie mit Zündflüssigkeit übergossen. Danach hatte sie den Docht angezündet. Die Kerze sollte langsam herunterbrennen. Sie blieb eine Weile stehen und sah sie an. Vielleicht war sie einfach zu lange stehen geblieben und hatte in die Flamme geschaut. Denn plötzlich merkte sie, dass nur noch ein kleiner Stumpf übrig war. Auf einmal musste alles ganz schnell gehen. Bald würde die Flamme die Zündflüssigkeit erreichen, die sie bisher wie ein glitzernder Teich umgab. Und dann, wenn es hier richtig losging, musste sie wieder im Haus draußen sein. Der Schlüsselbund würde auf dem Grund des Flusses liegen und es würde aussehen, als sei der Brand von jemand ganz anderem gelegt worden.

39

Karin Nederli saß in einem Sessel aus dunkelrotem Plüsch, sie hatte den Kopf gesenkt und hielt ein zerknülltes Taschentuch in der Hand. »War das so wichtig?«, fragte sie.

Ihr Blick war ehrlich überrascht, als sie ihn zu Bixe hob. Ihre dünnen, zu einer Pagenfrisur geschnittenen Haare schlugen gegen ihre Wangen. Bleich und mit schmalem Hals saß sie mit geradem Rücken da, wie ein verletzlicher Vogel sah sie aus. Ihre zurückhaltenden Bewegungen waren ruckhaft, ein seltenes Mal hob sie die Hand, um sich die Haare aus der Stirn zu streichen oder an ihrem bereits geröteten Ohrläppchen zu zupfen.

»Ach, ich hätte nie gedacht, dass es so wichtig sein könnte. Dass Sie deshalb sofort herkommen.«

Eva-Britt Bixe stand vor ihr, es gab keinen Stuhl in der Nähe. Weiter hinten im Wohnzimmer sah sie ein zweisitziges Sofa, aber die Frau schien ihr keinen Platz anbieten zu wollen. Bixe hätte natürlich vorschlagen können, in die Küche zu gehen, aber Karin Nederli schien so fest in dem Sessel verankert zu sein, dass ein Platzwechsel unmöglich wirkte. Deshalb ging Bixe vor ihr in die Hocke. »Ich würde Ihnen gern ein paar Fragen stellen«, sagte sie. »Meinen Sie, Sie könnten mir die beantworten?«

»Ich werde mir alle Mühe geben.«

»Gut. Sie und Ihr Mann wohnen also hier in dieser Wohnung?«

Karin Nederli nickte.

»Wohnen Sie schon lange hier?«

»Etwas mehr als zwei Jahre.«

»Und vorher?«

»Da habe ich allein hier gewohnt. Ingvar ist gleich nach unserer Hochzeit hier eingezogen.«

»Sie haben auch etwas von einem Sommerhaus gesagt.«

»Das gehört eigentlich Ingvar. Er hat es von seinem Vater geerbt. Wir waren aber nie sehr viel zusammen da. Ich bin nicht so schrecklich gern auf dem Land. Da ist es so dunkel und es gibt keine Nachbarn und keine Straßenlaternen. Ich bin das einfach nicht gewöhnt. Und dann, nachdem diese Sache passiert ist, ich meine, nachdem die Polizei dort gewesen war und wissen wollte, ob wir irgendwen gesehen hätten, ja, da kam mir alles so gefährlich vor.« Die Frau verschränkte die Arme vor der Brust. »Wir haben doch auch diese Geräusche im Garten gehört, und da denkt man doch, dass vielleicht irgendwer in der Gegend unterwegs ist und … Ich meine, wen hat die Polizei denn eigentlich gesucht?«

»Mein Kollege Erik Sander hat mit Ihnen gesprochen«, sagte Bixe. »Wir suchen einen Mann, der sich in Ihrer Gegend aufgehalten hat, und bei so etwas befragen wir eben die Anwohner. Aber diese Katze, die Sie heute Morgen gefunden haben – haben Sie irgendeine Vorstellung, wer das getan haben kann?«

Karin Nederli schüttelte den Kopf.

»Haben Sie ein gutes Verhältnis zu Ihren Nachbarn?«

»Ich weiß kaum, wer sie sind.«

»Aber Ihr Mann, ist er dort mit irgendwem zerstritten?«

»Wir haben zu niemandem Kontakt.«

»Ich verstehe«, sagte Bixe. »Aber was Ihren Mann angeht, haben Sie denn gar keine Vorstellung, wo er sich aufhalten könnte?«

»Ich war davon ausgegangen, dass er in der Wohnung ist.«

»Ist er auch früher schon manchmal weggefahren, ohne Ihnen vorher Bescheid zu sagen?«

Karin Nederli sah Bixe an, ohne ihr eine Antwort zu geben.

»Ist das schon einmal vorgekommen?«

»Ja …« Sie rutschte verlegen hin und her. »Einige Male schon.«

»Wissen Sie noch, wann es zuletzt passiert ist?«

Wieder rutschte die Frau hin und her. Sie schlug die Augen nieder und richtete sie auf den Boden auf der anderen Zimmerseite.

»Wissen Sie das noch?«

»Ich glaube, es war … äh, am Mittsommerabend.«

Am Mittsommerabend, dachte Bixe. »Wann genau an diesem Tag?«

»Abends, glaube ich.«

Glaubt sie, dachte Bixe. Verdammt, das weiß sie doch ganz genau. Ganz sicher.

»Um welche Zeit abends?«

Karin Nederli schaute sie wieder an, diesmal mit weniger unsicherem Blick, vielleicht sogar mit einem Hauch von Zorn in den hellblauen Augen. »Was hat das mit der Sache zu tun?«

»Das weiß ich auch nicht«, erwiderte Bixe wahrheitsgemäß.

»Aber was sollte es mit Ingvar zu tun haben? Ich habe Sie doch angerufen, weil jemand Elins Katze umgebracht hat.«

»Und weil Sie keine Ahnung haben, wo Ihr Mann stecken könnte«, fügte Bixe hinzu.

»Aber das ist doch eigentlich nicht so seltsam. Mir ging es um die Katze, als ich …«

»Sie finden es also normal, dass Ihr Mann das Haus verlassen hat, ohne Ihnen etwas zu sagen?«

Die Frau schwieg. Wenn Wände sprechen könnten, dann würden die hier ganz schön was zu erzählen haben, dachte Bixe. Sie würden den Mund aufmachen und mit der Sprache herausrücken. Ein Mann wie Ingvar Nederli hatte es nicht verdient, dass eine Frau schwieg, um ihm den Rücken freizuhalten.

»Können Sie mir erzählen, was am Mittsommerabend passiert ist?«, fragte sie leise.

Karin Nederli hob die Schultern und verkroch sich noch tiefer hinter ihrem gebrechlichen Schutz aus Armen. Bixe hatte einen Moment lang Lust, mit der Hand über ihre dünnen Haare zu streichen, sie sah so verloren aus wie ein schuldiges Kind. Bixe hatte solche Frauen schon oft gesehen, in zahllosen Gestalten, aber immer mit dieser selten sturen Verbissenheit, die den schützen sollte, mit dem sie zusammenlebten.

Plötzlich fing Karin Nederli an zu weinen, nicht laut, es war eher ein Schluchzen, wie kurz zuvor am Telefon. »Ingvar war wütend. Das kommt manchmal vor, und dann läuft er weg. Ich glaube, dass muss er, um nicht …«

»Um nicht was?«

Schweigen.

»Weshalb war er wütend?«

»Das lag an Elin. Das hört sich komisch an, normalerweise wird er nur wütend auf mich.«

»Können Sie mir mehr über diesen Abend erzählen?«

»Elin hatte auf dem Küchentisch ein Glas Milch umgestoßen. Und als Ingvar das sah, geriet er völlig außer sich und schrie sie an. Und danach hatte er diesen Blick, diesen …« Sie wischte sich mit dem Jackenärmel über die Nase. »Ach, ich habe Angst vor ihm, wenn er diesen Blick bekommt. Er scheint sich zu verändern, zu einem anderen zu werden. Deshalb habe ich Elins Vater gebeten, sie für alle Fälle zu sich zu nehmen, falls …«

»Zu Mittsommer«, mahnte Bixe. »Was ist dann passiert?«

»Mehr nicht, nur, wie ich gesagt habe, er ist verschwunden.«

»Wissen Sie noch, wie lange er dann weg war?«

»Einige Stunden. Oder ungefähr eine Stunde. Ich weiß es nicht mehr so genau.«

»Wie war er, als er zurückgekommen ist?«

»Wie immer. Da war er wieder er selbst.«

»Und gestern Abend? Was ist da passiert, weshalb ist er gegangen?«

»Das ist ja gerade das Seltsame. Es ist nichts passiert. Er ist einfach verschwunden. Ich bin zu seinem Arbeitsschuppen gegangen, da sitzt er und schleift seine Schmucksteine. Früher hat er als Bautischler gearbeitet, aber da ist irgendetwas passiert, ich weiß nicht, was, und danach hat er aufgehört. Er sagt, es habe damals einfach keine Arbeit mehr gegeben, aber ich habe den Verdacht, dass er mit irgendwem aneinander geraten war, denn er hat aufgehört, als das Haus, das sie bauten, noch gar nicht fertig war. Danach hat er sich seinem Schmuck gewidmet, den ganzen Tag und manchmal auch nachts. Außerdem streicht er seinen Schuppen neu an. Deshalb dachte ich gestern also, er sitze wieder dort. Aber da war er nicht.«

»Gibt es irgendeinen anderen Ort, zu dem er vielleicht gefahren sein kann?«

Als Antwort kam ein Kopfschütteln.

»Freunde? Bekannte?«

»Er ist am liebsten allein.«

Eva-Britt Bixe erhob sich mit lautlosem Knurren. Ihr eines Bein war eingeschlafen. »Nur noch eins«, sagte sie. »Haben Sie vielleicht ein Foto von Ihrem Mann?«

Auch Karin Nederli erhob sich. Sie ging zu einem Schreibtisch und zog eine Schublade heraus. »Hier«, sagte sie. »Das stammt aus dem vergangenen Jahr. Seine Haare sind jetzt etwas länger, sonst hat er sich nicht verändert. Was wollen Sie damit?«

Bixe gab keine Antwort, sie dankte nur und nahm das Foto an sich. Ging zur Diele und legte dort die Hand auf die Türklinke.

»Es gibt noch etwas«, sagte plötzlich die Frau, »was ich vielleicht noch erwähnen sollte.«

»Ja?«

»Etwas, das mich ein wenig beunruhigt hat. Wahrscheinlich ist es einfach albern. Aber ich muss immer wieder daran denken. Ich sollte vielleicht …« Sie sah Bixe an, als könne sie dem Blick ihrer Besucherin ansehen, wie weit sie sich ihr anvertrauen konnte. »Als Ingvar am Mittsommerabend nach Hause gekommen ist …«, sie legte eine Pause ein und biss sich auf die Lippe. »Während er weg war, kam ein Gewitter, aber als er nach Hause kam, war es schon vorübergezogen. Wir haben uns in den Garten gesetzt, ich weiß nicht, warum, wir konnten wohl beide nicht schlafen. Er braucht immer Stunden, um zur Ruhe zu kommen, wenn er sich so aufgeregt hat …« Sie schaute verstohlen zu Bixe hinüber, als habe sie vielleicht zu viel gesagt, und holte dann tief Luft. »Und da … ist mir etwas aufgefallen.«

Sie stand jetzt mit ernstem Gesicht vor Bixe und hatte beide Hände tief in die Jackentaschen geschoben, die sich dadurch ausbeulten und dehnten. »Ich habe gesehen, dass er Schmutz unter den Nägeln hatte. Das war so dumm, ich weiß nicht, wie ich auf die Idee gekommen bin, auf dem Tisch brannte nur eine kleine Kerze und es war ziemlich dunkel, aber ich hatte trotzdem ganz deutlich das Gefühl, dass dieser Schmutz eigentlich

Blut war. Ich habe ihm nichts gesagt, sondern nur gefragt, ob er angestrichen habe. Er sagte nein, und als ich fragte, wo er gewesen sei, sagte er, unten im Schuppen. Aber das glaube ich nicht, da war es die ganze Zeit doch dunkel gewesen. Es war so unangenehm, ich kam einfach nicht darüber hinweg, dass es aussah wie Blut. Ich weiß wie gesagt nicht, warum ich da so sicher war. Und am nächsten Morgen war es verschwunden, und ich fand das komisch, denn die Farbe vom Anstreichen wäscht er sich nie so sorgfältig ab.«

☆

Erik Sanders Bartstoppeln sahen aus wie kurze Grashalme auf einer Eisdecke. Das fiel Eva-Britt Bixe auf, als sie im Auto zu Sander nach Hause fuhren. Sie saß am Steuer, er fühle sich nicht imstande dazu, hatte er gesagt, war mit der Hand über die Grashalme gefahren und hatte ein noch viel besorgteres Gesicht gemacht.

Es war auch Bixe, die als Erste die Treppe zu Ann-Sofi Perssons Tür hochlief, sie war es, die an der Tür klingelte und wartete, dass jemand öffnete, während Sander wie ein bleicher grauer Schatten hinter ihr stand.

»Sonst können wir auch zu uns nach oben gehen«, sagte er leise. »Rebecka ist ja da. Nett von ihr, dass sie …«

Die Tür wurde geöffnet. Ann-Sofi Perssons Gesicht erschien im Türspalt. Erst nach einigen Sekunden entdeckte sie ihren Nachbarn, der sich hinter der hochgewachsenen Frau, die an der Tür geklingelt hatte, verkrochen hatte.

»Aber hallo, wieso versteckst du dich denn?«, fragte sie und schaute Sander überrascht an.

Aus der Wohnung war der Fernseher zu hören. Bixe streckte die Hand aus. »Ich sollte mich vielleicht vorstellen. Kommissarin Eva-Britt Bixe. Ich arbeite mit Erik zusammen. Es geht um den Mann, den Ihre Tochter hier vor dem Haus in einem Auto gesehen hat.«

»Der hier auf der Treppe war? Wissen Sie schon mehr über ihn?«

Bixe zog das Foto aus der Tasche und hielt es der Frau hin. »Kann es dieser Mann hier gewesen sein?«

Ann-Sofie Persson griff mit zittriger Hand nach dem Bild. Nach einem kurzen Blick reichte sie es Bixe zurück und nickte. »Ja«, sagte sie fast andächtig. »Das war er.«

»Sind Sie sich sicher?«

»Ich glaube, hier auf dem Foto sind seine Haare etwas kürzer, aber ich erkenne ihn trotzdem. Wie konnten Sie so schnell herausfinden, wer …«

»Haben Sie vielen Dank, aber wir müssen weiter«, sagte Bixe. »Sie wissen nicht zufällig, ob er heute Abend noch einmal gesehen worden ist?«

»Nein, nicht dass ich wüsste.« Sie biss sich nervös auf die Lippe. »Müssen wir uns vorsehen? Ich meine, dieser Kerl … ist er gefährlich?«

»Sie können ganz beruhigt sein«, sagte Bixe voller Überzeugung. »Der wird sich hier nicht mehr sehen lassen.«

☆

Beim Haus in Tönnersjö war es kühl und windig. Janne Rings Hosenbeine wurden im Gras ein wenig feucht. Seine Sohlen gluckten, als er auf das Tor zuging. Vor ihm her liefen Fridén und zwei weitere Kollegen. Hohe Stiefel, kontrollierte Bewegungen. Alles, um keine Spuren zu zerstören. Ring, der erst am Vortag auf der Veranda dort oben gestanden hatte, blieb brav unten am Tor stehen.

Es war friedlich hier, und das ging ihm auf die Nerven. Warum, wusste er nicht so genau, jedenfalls machte es ihn nervös. Er sah sich um. Das Haus wirkte heruntergekommen, verlassen. Weiter hinten im Garten waren Farbdosen zu erkennen, und an der einen Hauswand lehnte eine Leiter, aber bisher war nur die Haustür gestrichen worden. Das frische Braun glänzte und hob sich grell von der abblätternden Farbe der Fassade ab.

Nein, hier war jetzt bestimmt niemand. Alles kam ihm ganz anders vor als bei seinem ersten Besuch. Da hatte er das Gefühl gehabt, dass da jemand war, sich innen im Haus bewegte, auch wenn alles verlassen wirkte. Noch einmal ließ er seinen Blick über das Grundstück wandern. Er sah eine alte rostige Pumpe, einen ungepflegten Obstbaum und ein Stück von einer alten Steinmauer. Auf der Veranda sprachen die Techniker leise miteinander, während sie jeden Zentimeter untersuchten.

Dann ging ihm plötzlich auf, was es war. Es stand kein Auto mehr im Gebüsch. Er ging am Zaun entlang, um bessere Sicht zu haben. Nein, der Wagen, der dort gestanden hatte, war verschwunden. Aber im Gras waren frische Reifenspuren zu sehen.

Reifenspuren. Ein Auto, weiß, ja, ganz bestimmt. Er kniff die Augen zusammen und sah etwas vor sich, das er schon anderswo gesehen zu haben glaubte. Was? Und wo? Er wusste es nicht, durchwühlte seine Erinnerung, ging eine Art riesige Karthotek durch, auf der Suche nach dem fehlenden Bild.

Ein Bild. Er schaute zu der kleinen Lichtung hinüber, auf der die Äste schwer zu Boden hingen, und auf der die Reifen das Gras platt gedrückt hatten.

Und plötzlich wusste er es.

☆

»Scheiße, Scheiße, Scheiße ...«

Erik Sander fluchte leise vor sich hin, als er da neben Bixe im Auto saß und sich immer wieder mit der Hand über den Schädel fuhr.

»Warum habe ich Henrietta nicht gefragt, ehe es zu spät war? Warum? Ich verdammter feiger Trottel.«

»Es bringt nichts, wenn du dir Vorwürfe machst, Erik. Im Moment geht es darum, Ingvar Nederli zu finden. Wie lange kann die Kleine bei deinen Kindern bleiben?«

»Ann-Sofi sagt, die ganze Nacht, falls das nötig werden sollte.«

»Gut. Du hast ihr also Bescheid gesagt?« Bixe schaute kurz zu ihrem Kollegen hinüber, während sie vor einer roten Ampel hielten.

»Nicht so ganz. Ich habe gesagt, dass Henrietta noch nicht zu Hause ist, und dass ich Dienst habe, weil wir den Mann suchen, den sie auf der Treppe gesehen hat. O verdammt, dieser Dreckskerl. Wohin kann er sie bloß verschleppt haben? Was glaubst du …«

»Wir wissen doch gar nicht, ob es so ist, Erik.«

»Was glaubst du denn dann? Ich habe sie zusammen im Restaurant gesehen, und jetzt haben wir es Schwarz auf Weiß, dass er in unserem Treppenhaus herumgelungert hat. Klar, verdammt, dass er es auf sie abgesehen hatte. Bestimmt hat er rausgekriegt, wer ich bin. Und sich dann an sie herangemacht.« Sander schien plötzlich wütend zu sein.

»Wir können noch immer nicht sicher sein«, sagte Bixe.

»Sind wir das denn je?«

Nein, das sind wir eigentlich nie, überlegte sie. Die gesamte vergangene Woche war ein Wust aus Annahmen gewesen. Aus Zweifeln. Aus ungeschickten Versuchen, etwas zu fassen zu bekommen, was sich nicht einkreisen lassen wollte. Und jetzt hatte plötzlich Ingvar Nederli die Bühne betreten, ganz und gar unsichtbar zwar, aber mit Details, die einige Stücke zusammenfügen konnten. Wir haben einen Anfang, dachte sie. Dass Nederli mit ins Spiel gehörte, war eine Tatsache, nun mussten sie noch feststellen, welche Rolle er spielte.

»Glaubst du, er hat Jonas Sjögren umgebracht?«, fragte Sander, als sie später im Fahrstuhl der Wache standen.

»Er hatte doch offenbar Blut unter den Nägeln«, sagte Bixe. »Und er war zum fraglichen Zeitpunkt nicht zu Hause. Aber welches Motiv könnte er denn bloß haben?«

»Ein Verrückter braucht nicht unbedingt ein Motiv.«

Die Fahrstuhltür glitt auf, sie gingen hinaus auf den Flur.

»Das natürlich nicht, aber ...«

»Wut«, sagte Sander. »Oder sonst irgendetwas.«

Sie betraten Bixes Zimmer. Rasch ließ sie ihren Mantel fallen, er glitt von der Stuhllehne zu Boden, aber sie machte sich nicht die Mühe, ihn wieder aufzuheben. »Wir informieren die Bezirkszentrale«, sagte sie, »und lassen ihn im ganzen Landesteil suchen. Er kann ja noch nicht sehr weit gekommen sein.«

»Ich glaube, ich muss kotzen«, sagte Sander. Er stand mitten im Zimmer, seine Arme hingen senkrecht nach unten. »Das hier ist so ungefähr das Scheußlichste, was ich je erlebt habe.«

In diesem Moment erschien Janne Ring in der Tür. Er war offenbar gerannt, denn er schnappte nach Luft.

»Die Fotos«, stieß er hervor. »Ich muss die Fotos sehen. Ich glaube, ich weiß, was es war, Eva-Britt, das, was du gesucht hast.«

40

Nur, bis sie mit dem fertig war, was sie tun musste, würde sie sich verstecken müssen. Danach konnten sie es gern erfahren, alle konnten es erfahren, wenn sie erst ihre Pflicht getan hätte, und dann würde sie ihre Strafe mit der Gelassenheit einer Frau auf sich nehmen, die sich verteidigt hatte, mehr nicht. Sie hatte nur den Mann fortschaffen wollen, der ihr im Weg gestanden hatte.

Einen Mann. In ihrer Aufregung hatte sie nie darüber nachgedacht, dass so ungefähr jeder einen dunklen Pferdeschwanz haben und sich auf ihrer Veranda vor dem Regen unterstellen könnte. Sie hatte überhaupt nicht nachgedacht, sondern alles als selbstverständlich hingenommen.

Die Stunden, die Tage danach waren kalt gewesen. Sie hatte in einer dicken Strickjacke frierend unter der warmen karierten Decke gesessen. Und nicht gewusst, was sie tun sollte. Die Tage waren ihr beängstigend vorgekommen, unwirklich. Was hatte sie getan? Etwas, das sich niemals ungeschehen machen ließ. Es war der Falsche gewesen, ein ganz und gar Unschuldiger, der nichts mit ihr zu tun hatte. Nur der Schlaf hatte ihr geholfen, denn da waren die Bilder doch wenigstens für einen Moment verschwunden, und sie hatte kurze Ruhepausen einlegen können. Und dabei war ihr immer deutlicher geworden, dass die einzige Hilfe darin liegen würde, aktiv zu werden. Den richtigen Mann in dem Moment niederzuschlagen, wenn er am wenigsten damit rechnete. Ihm zuerst Angst zu machen, das zu zerstören, was ihm gehörte, und danach von hinten richtig zuzuschlagen.

41

Eva-Britt Bixe sah von ihrem Büro aus, wie das Licht vor dem Fenster zu Boden sank. Zwischen zwei Wolken, ganz weit im Westen, hatte sich ein schmaler Spalt aufgetan, in dem die grellgelbe Abendsonne auftauchte. Es konnte höchstens zehn sein. In einigen Minuten würde sie die Kirchturmglocke auf dem Marktplatz hören. Auch gegen den Wind konnte sie das hören, jedenfalls abends, wenn alle anderen Geräusche verstummt waren.

Sie ließ sich im Sessel zurücksinken, verschränkte die Hände im Nacken und schloss die Augen. Zwei Minuten wohl verdiente Pause. Kurze Momente, in denen ihr Kopf einen Gedankenschwall durchschwimmen musste wie in einem Wachtraum. Halb freiwillig sah sie Ingvar Nederlis Gesicht vor sich, mit etwas längeren und vielleicht auch ungebärdigeren Haaren als auf dem Foto. Sie sah Karin Nederlis angespannte, hochgezogene Schultern. Sie dachte an die Jacke, die bis zu den Knien hinuntergezogen worden war, als die Frau die Hände in die Taschen gesteckt hatte, und sie fragte sich, ob sie dabei wohl die Fäuste geballt hatte.

Dann sah sie einen Mann, der ganz plötzlich von zu Hause weggegangen war, und das nicht nur einmal, ja, vermutlich häufiger. Einen Mann mit Farbe unter den Nägeln, die wie Blut aussah, an einem späten Mittsommerabend, nachdem er zwei Stunden nicht zu Hause gewesen war. Was war während dieser Stunden passiert? Und woher stammte das Blut, wenn es denn welches gewesen war? Von Jonas Sjögren? Der hatte um diese Zeit ein Fest verlassen, das in einem einige Kilometer weitergelegenen Haus stattgefunden hatte. Waren die beiden Männer einander unvermutet unterwegs begegnet, und hatte Ingvar Nederli den Fremden in einem Anfall unkontrollierbarer Wut angegriffen? Aber wie war dann Sjögrens Knopf auf der Treppe zu diesem Ferienhaus gelandet? Wenn es denn seiner war. Und was hatten er und möglicherweise auch Ingvar Nederli dort überhaupt gewollt? Schutz vor dem Regen suchen? Konnte es so einfach gewesen sein?

Das Telefon klingelte. Bixe nahm den Hörer ab, es knackte und rauschte.

»Fridén hier. Wir sind wieder auf dem Weg in die Stadt.«

Das erklärte die schlechte Verbindung.

»Habt ihr etwas gefunden?«

»Setz dich, Eva-Britt. Wir haben etwas gefunden, das dich bestimmt interessiert. Auf der Veranda gab es nämlich Blutspuren.«

»Was sagst du da?«

»Ich hab doch gesagt, du sollst dich setzen. Es waren keine besonders großen Mengen. Und wir wissen natürlich noch nicht, woher dieses Blut stammt, das müssen wir noch untersuchen, aber da dort ja auch der Knopf gefunden worden ist, ist das doch zweifellos interessant.«

»Wie schnell könnt ihr feststellen, ob das Blut von Jonas Sjögren stammt?«

»Wir haben schon gesagt, dass es sehr eilig ist. Wir bekommen jedenfalls noch heute Abend Bescheid.«

»Vielen Dank erst mal, Nils. Das ist wirklich eine wertvolle Information.«

Eine Sekunde darauf stand Janne Ring mit aufgeregter Miene in Bixes Zimmertür. »Sieh dir das an«, rief er. Er legte zwei Fotos auf ihren Schreibtisch. »Was siehst du?«, fragte er dann.

Sie sah sich die Fotos an, wenn auch nicht sonderlich aufmerksam, sie hatte sie doch schon so oft betrachtet.

»Dasselbe wie bisher auch immer«, sagte sie. »Eine Hausecke, zwei Autos und …«

»Sieh dir die Autos ein wenig genauer an.«

»Na gut. Ein blaues, vielleicht ist es auch grün, und ein weißes.«

»Genau. Und sonst noch?«

»Jetzt komm ich nicht mehr mit, Janne. Die Bilder sind verschwommen. Da ist nichts mehr drauf zu sehen. Wenn du den Hintergrund meinst, der ist doch fast nicht zu erkennen.«

»Das meine ich nicht.« Er tippte das eine Foto mit dem Zeigefinger an. »Was ist aus deinem scharfen Blick geworden, Eva-Britt?«

Sie folgte seinem Finger, kniff die Augen leicht zusammen und hob das Bild eine Armeslänge von sich weg. »Meinst du das, was auf der Rückscheibe des einen Autos steht?«

»Genau.« Ring stemmte die Hände in die Seiten und streckte seinen Rücken ein wenig durch.

»Ich versteh nicht so ganz«, gestand Bixe. »Kannst du erklären, was du meinst?«

»Das Auto mit dem Aufkleber, das hast du gesucht, als du nicht richtig wusstest, was dich hier an den Fotos gestört hat. Denn dieses Auto haben wir noch anderswo gesehen. Und weißt du noch, wo?«

Bixe schüttelte den Kopf.

»Das stand neben dem Haus, wo wir Jonas Sjögrens Jackenknopf gefunden haben.«

»Herrgott«, sagte sie nur und blieb dann einfach stehen.

»Wir haben einen Zusammenhang«, sagte Ring. »Knopf und Auto.«

»Wir haben noch einen«, sagte Bixe.

»Ja?«

»Fridén hat angerufen. Sie haben auf der Veranda Blutspuren gefunden.«

Danach waren die vier Schläge zu hören, mit denen die Kirchturmuhr auf dem Marktplatz die volle Stunde anzeigte.

»Zehn«, stellte Bixe fest. »Und ich habe den Verdacht, dass wir plötzlich alle Hände voll zu tun haben.«

☆

Evelina Palm ließ sich auf dem Sofa zurücksinken, mit der Fernbedienung in der einen und einem Glas Wein in der anderen Hand. An diesem Abend konnte sie sich einen kleinen Luxus gönnen, denn das hatte sie ja wohl verdient, wo sie kurz vor Ladenschluss an diesem Tag zum ersten Mal seit einer Ewigkeit etwas verkauft hatte, noch dazu ein Kleidungsstück, das schon viel zu lange bei ihnen herumgelegen hatte. Nicht, dass sie nach Verkauf bezahlt wurde – Gott sei Dank dafür, übrigens – aber ihre Chefin würde das zu schätzen wissen. Und das steigerte auch ihre Chancen, den Job noch ein halbes Jahr behalten zu können.

Sie nippte an dem Wein und drückte auf der Fernbedienung herum. Blieb bei der letzten Viertelstunde einer Soap hängen. Doof, aber lustiger als die Nachrichten. Sie dachte noch einmal an das Kleidungsstück, das sie verkauft hatte. Ein heruntergesetztes zwar, aber immerhin. Es war eine elegante Bluse, sie hatte genau die gleiche, auch wenn sie im Korb für schmutzige Wäsche lag, da sie nach dem vergangenen Abend allzu sehr nach Kneipe stank.

Die Frau, die die Bluse gekauft hatte, hatte verängstigt ausgesehen. Als habe Evelina ihr Angst gemacht. Sie wusste nie, wie sie mit solchen Kundinnen umgehen sollte, und begriff auch nicht, warum diese Begegnung ihr immer noch zusetzte. Sie trank noch einen Schluck Wein, diesmal einen größeren. Aber sicher fürchteten alle sich vor irgendetwas. Sie selbst hatte doch seit dem Brand dauernd Panik verspürt, seit …

Sie setzte sich auf, leerte das Glas auf einen einzigen Zug und schaltete den Fernseher aus. Dunkel im Zimmer, Dämmerlicht draußen. Sie fröstelte. Und in demselben Moment, in dem das Schicksal – oder wer auch immer – ihre Gedanken gelesen hatte, hörte sie die Türklingel.

☆

»Herrgott«, rief die Frau, die in irgendeinem groß geblümten Kleidungsstück in die Tür trat.

Dann riss sie die Tür sperrangelweit auf und Janne Ring sah, dass es sich bei dem Geblümten um eine Art Kimono handelte. Er sah auch, dass die Frau durchaus keinen unangenehmen Anblick bot. Vor allem nicht in diesem Kimono, in den sie sich da gehüllt hatte.

»Herrgott«, sagte sie noch einmal.

Und das nur, weil Ring seinen Dienstausweis zeigte und sagte: »Evelina Palm? Ich komme von der Polizei. Verzeihen Sie die späte Störung, aber ich würde Ihnen gern ein paar Fragen stellen.«

Er zog eine kleine Plastiktüte aus der Tasche. Evelina Palm starrte ihn misstrauisch an und kniff die Augen zusammen. In der Wohnung roch es nach Wein. Und sie war barfuß. Ob sie wohl Besuch hatte?

»Ich hoffe wirklich, dass ich nicht störe«, sagte Ring.

»Durchaus nicht, ich habe einfach mit einem Glas Wein vor dem Fernseher gesessen. Darf ich Ihnen auch eins anbieten?«

»Nicht im Dienst«, sagte Ring lächelnd. Und dachte: aber später gern.

»Ein andermal vielleicht«, sagte sie und ließ ihren Blick von seinem Gesicht zu seinen Schultern und dann zu seinem offenen Jackett hinuntergleiten. »Also, was kann ich für Sie tun?«

»Ich möchte Ihnen gern etwas zeigen.«

Sie machte kehrt und ging ins Wohnzimmer, wo sie hinter einem hohen Sofarücken verschwand. Dann war ein leises Glucksen aus einer Flasche zu hören.

Er setzte sich neben sie, als sie gerade das Glas auf den Tisch stellte.

»Geht es wieder um Jonas?«, fragte sie und fuhr sich mit zwei Fingern über die Oberlippe.

»Es geht um …«

»Es sieht vielleicht nicht so aus, als ob ich um ihn trauere«, fiel sie ihm ins Wort. »Und ehrlich gesagt, ich tue das auch nicht, so gut habe ich ihn nun auch wieder nicht gekannt, aber ich bin … ich bin …« Sie schleuderte ihre Haare nach hinten. »Total geschockt. Ja, das bin ich. Mir geht's beschissen. Verzeihen Sie.«

»Das ist doch ganz natürlich«, sagte Ring. »Haben Sie jemanden, mit dem Sie sprechen können?«

Sie zuckte mit den Schultern, wobei der Kimono ein wenig über die eine Schulter rutschte; sie zog ihn wieder hoch. »Aber was wollen Sie nun eigentlich? Oder wollen Sie die ganze Nacht hier herumsitzen und ein dummes Gesicht machen?« Sie lächelte ihn an. »Das war aber nicht so gemeint. Zigarette?«

»Nein, danke, ich rauche nicht.«

»Ach, Sie sind für's gesunde Leben.« Evelina Palm steckte sich lachend eine Zigarette in den Mund. »Na?«

Ring reichte ihr die Plastiktüte. »Kennen Sie vielleicht diesen Knopf hier?«

Evelina Palm beugte sich so weit vor, dass er ihre Brüste sehen konnte. Er zwang sich dazu, ihr Gesicht zu mustern. Als sie den Blick hob, sah sie entsetzt aus.

»Herrgott«, rief sie ein weiteres Mal, diesmal viel lauter und schriller als zuvor. »Herrgott!«

Sie ließ sich zurücksinken und kniff die Augen zusammen. »Woher haben Sie den?«

»Sie kennen ihn also?«

»Ja. Wie haben Sie ihn gefunden?«

»Gehört er Jonas Sjögren?«

»Wollen Sie sich über mich lustig machen?«

Janne Ring wurde leicht gereizt. »Wollen *Sie* sich vielleicht über *mich* lustig machen?«, fragte er zurück.

»Durchaus nicht. Aber das ist wirklich ein wenig komisch. Dieser Knopf war abgesprungen, verstehen Sie, und wir haben eine Ewigkeit danach gesucht, ehe wir ihn finden konnten. Jonas hat ihn in die Tasche gesteckt, das weiß ich noch. Und jetzt kommen Sie und legen ihn mir in die Hand.«

»Es ist also sein Knopf?«

»Mein Auto ist keine Limousine, und auf dem Rücksitz ist es verdammt eng, und ich war vielleicht ein wenig zu eifrig ...« Sie lachte auf. »Und da habe ich ihm ganz einfach den Knopf von der Hose gerissen.«

»Wann ist das passiert?«

»Am Mittsommerabend. Unterwegs zu dem verdammten Fest. Und danach war er sauer auf mich, weil er mit offener Hose zu diesem Fest musste. Als ob ich daran schuld gewesen wäre. Wo haben Sie ihn gefunden, haben Sie gesagt?«

»Das habe ich durchaus nicht gesagt.« Er hielt die Plastiktüte in der einen Hand. Er wusste nicht so recht, was er sonst noch sagen sollte.

»Das ist eigentlich meine letzte richtige Erinnerung an ihn«, sagte Evelina Palm. »Seltsam. Und jetzt kommen Sie mit diesem Knopf. Schade. Ich meine, dass er ihn nie wieder festnähen konnte.«

»Ich danke Ihnen jedenfalls sehr für diese Auskunft.« Ring steckte die Plastiktüte wieder in die Tasche.

»Das ist doch nichts«, sagte Evelina Palm. »Oder nein, das ist sehr viel. Es ist einfach schrecklich.«

Und als er schon im Treppenhaus stand und die Tür hinter sich zuziehen wollte: »Ach, übrigens.« Ihre ohnehin schon laute Stimme hallte im Treppenhaus wider. »Können Sie nicht Ihren Kollegen von mir grüßen? Den mit den schütteren Haaren und den schönen Augen, der beim letzten Mal hier war. Ich habe seinen Namen schon wieder vergessen, aber grüßen Sie ihn, ich würde ihm gern für den schönen Abend gestern danken.«

»Sicher.« Janne Ring begriff nicht gerade viel, oder er war unsicher, wie viel er überhaupt verstehen wollte.

»Oder eher für die Nacht«, sie kicherte. »Und vergessen Sie nicht, ihm zu sagen, dass es wirklich ganz reizend war.«

☆

Der mit den schönen Augen, dachte Janne Ring und sah seinen Kollegen vorsichtig an. »Was hast du gestern Abend eigentlich gemacht?«, fragte er.

Erik Sander drehte sich auf seinem Stuhl um. »Was soll das denn heißen? Dass ich gestern etwas getan habe, und dass Henrietta deshalb nicht nach Hause gekommen ist? Es ist fast elf«, stöhnte er. »Wo um Himmels willen kann sie nur sein?«

»Aber was hast du gemacht? Und wo warst du?«

»Im Henrys«, murmelte Sander. »Anfangs. Danach weiß ich es ehrlich gesagt nicht mehr genau. Ja, ich weiß, das ist ziemlich übel.«

»Das ist mir auch schon passiert«, sagte Ring.

»Dir ist aber nicht passiert, dass deine Frau nicht nach Hause kommt, obwohl es fast schon Mitternacht ist«, sagte Sander.

Und dazu konnte Ring natürlich nichts sagen. Er überlegte einige Sekunden lang, aber wirklich nur einige wenige, ob er Sander diesen Gruß von Evelina Palm ausrichten sollte. Und verzichtete darauf. Jetzt war wirklich nicht die richtige Gelegenheit. Außerdem wäre es sicher besser, Erik mit seinen verschwommenen Erinnerungen in Ruhe zu lassen.

»Immerhin war es ein Glück, dass du so schnell eine Babysitterin auftun konntest«, sagte er deshalb.

»Ich muss noch mal bei ihr anrufen.«

»Aber sie meldet sich doch sicher, wenn Henrietta auftaucht.«

»Ich will aber trotzdem anrufen. Für alle Fälle …« Erik Sander stand auf und ging zum zehnten Mal während dieser endlosen Stunden zum Telefon auf dem Schreibtisch.

☆

Das Telefon in der Diele schrillte schon wieder. Rebecka wurde jetzt müde, ihr fielen die Augen zu. Es gab hier auch nicht viel zu tun, die mitgebrachten Zeitschriften hatte sie schon hundertmal durchgeblättert, und im Fernsehen gab es nichts Brauchbares. Außerdem hätte es die Kinder geweckt. Mitten am Tag auf Kinder aufzupassen, war das eine, aber nachts, wo sie jeden Moment nach ihrer Mama rufen konnten, etwas ganz anderes. Was sollte sie dann machen?

Sie lief hinaus in die Diele. Auch das zum hundertsten Mal an diesem Abend. »Bei Sanders.«

Es war wieder Erik, der Vater der Kinder. Warum war der bloß so verdammt nervös? Hing das mit dem alten Kerl zusammen, der im Auto vor dem Haus gesessen hatte? Erik musste offenbar arbeiten, also war es vielleicht ein richtig schwieriger Fall. Ja, warum sollte er sich sonst mitten in der Nacht den Arsch abschuften, wo nicht einmal seine Frau zu Hause war und sich um die Kinder kümmern konnte? Und warum rief er alle zehn Sekunden an, hatte er denn keine andere Sorge, als die, ob seine Frau zu Hause war?

»Ist Henrietta noch nicht da?«

Jetzt fragte er schon wieder. Und sie antwortete auf ihre eintönige Weise. »Nein.«

»Und dieser Mann auf dem Hof, hast du den noch mal gesehen?«

»Draußen ist es jetzt dunkel.«

»Ich weiß, aber …«

»Warum fragst du eigentlich?«, fragte Rebecka. »Ist er gefährlich?«

Am anderen Ende der Leitung blieb alles still.

»Also?«

»Nein.«

»Hängt das mit dem Friseur zusammen, der verbrannt ist? Hat der nicht hier gegenüber gewohnt? Das sagt jedenfalls meine Mutter.«

»Er ist völlig ungefährlich, Rebecka.«

»Oder hat das etwas mit … uns zu tun?«

»Mit euch?« Erik schien überrascht zu sein, leicht überrascht. »Warum sollte das etwas mit euch zu tun haben?«

Rebecka schluckte. Sollte sie ihm erzählen, was sie wusste? Was wenn … ja, was wenn dieser alte Kerl erfahren hatte, dass Andrea während des Brandes vor dem Friseursalon gestanden und dass sie vielleicht auch das Auto gesehen hatte. Und vielleicht war es auch dumm gewesen, sich um die Katze zu kümmern, denn als Drea auf dem Heimweg gewesen war, um nach der Katze zu sehen, war ihr dieses Auto wieder begegnet und …

»Ich weiß etwas«, sagte sie. Die Wörter strömten ihr so schnell aus dem Mund, dass sie sie nicht aufhalten konnte.

»Du weißt etwas?«

»Ja, also meine Freundin, die in der Brandnacht das Auto gesehen hat?«

»Ja. Was ist mit der?«

»Sie hat es noch einmal gesehen, sie hat es nur deshalb erkannt, weil es so einen blöden großen Aufkleber auf dem Rückfenster hat. Und sie hat mir davon erzählt, weil sie Angst hatte, die Frau im Auto könnte sie erkannt haben, sie war vor dem Zebrastreifen stehen geblieben, um Drea hinüberzulassen.«

»Und in dem Auto saß eine Frau?«

»Ja.«

»Hat deine Freundin erzählt, wie die aussah?«

»Nein, sie hat nur gesagt, dass auf dem Aufkleber *I like to drive my car* stand – oder so. Deshalb hat sie es doch erkannt.«

»Ein Aufkleber. Danke, dass du das erzählt hast.«

Aus irgendeinem Grund hörte er sich jetzt gelassener an. »Aber der Kerl war doch sicher nicht deshalb hier?«

»Weshalb?«

»Weil er vielleicht weiß, dass Drea das Auto gesehen hat?«

»Nein, bestimmt nicht.«

»Ja, dann.«

»Glaubst du übrigens, dass Andrea jetzt noch wach sein kann?«

»Tja, vielleicht. Ist das denn wichtig, was ich erzählt habe?«

»Vielleicht. Hast du ihre Telefonnummer?«

Sie leierte die Ziffernfolge mechanisch herunter. Verdammt, würde er dort anrufen? Andrea würde stocksauer sein, weil sie den Mund nicht gehalten hatte.

»Vielen Dank, Rebecka. Ich melde mich wieder.«

Das würde er ganz bestimmt tun. An diesem Abend würde sie hier auf dem Sofa nicht eine einzige Sekunde schlafen können.

42

Das Haus am Ufer war leer. Der Mann mit dem Schmetterling auf dem Oberarm war gekommen und gegangen, hatte das Haus betreten und wieder verlassen, hatte den Schlüssel unter der Treppe hervorgezogen. Das hier war sicher sein Zufluchtsort, sein Versteck, eins von vielen, es gab so viele Nischen und Winkel. Versteckter Schlüssel unter der Treppe. Sie war an dem Mann drangeblieben, und an diesem Nachmittag, als sie ihn aus den Augen verloren hatte, hatte sie deshalb trotzdem geahnt, wo er war. Und sie hatte es richtig getroffen, hatte den richtigen Moment abgewartet, alles war Zeit und Zufall, aber sie hatte ihn eben am Samstag im Laden gesehen und seither seine Bewegungen verfolgen können. Was er tat. Wohin er ging. Sogar jetzt, wo er sich versteckt hatte, war sie in der Nähe, und er hatte nicht den geringsten Verdacht. Sie wusste, wohin die Zeit ging und wohin der Zufall sie führte.

Sie lief über einen kleinen Weg im Gestrüpp. Bestimmt war er dort, hinter dem Fenster brannte Licht. Sein Wagen stand zwar nicht da, aber den hatte er sicher woanders abgestellt. Sie fragte sich, welches Gesicht er hier haben mochte, er hatte unzählige Gesichter, eins in der Stadt, eins im Ferienhaus, und dann hier noch eins, in diesem Haus am Meer, wo es nach Erde und Gras duftete, nach Salzwasser und Sand.

Über das Gras, unter die Bäume. Das Geräusch des Meeres, wenn die Wellen sich brachen. Das Rauschen des Wassers: eine Wand am Ende des Weges.

Das Licht von etwas, das ein Feuer sein konnte, huschte über das Gras, drückte gegen die Fensterscheibe. Das Warten war lang, wie nur Zeit das sein kann, wenn sie verschwindet, so wie in der Nacht, als er ihr in den Weg getreten war. Die Minuten waren aufgesaugt worden. Es gab sie nicht. Auch sie selbst gab es nicht mehr, jedenfalls nicht so, wie es sie vorher gegeben hatte, ehe das alles passiert war.

Jetzt war sie an der Reihe. Das war die Stunde, auf die sie gewartet hatte. Sie wusste jetzt, warum sie diese dünne Angelschnur gekauft hatte. Wie seltsam, dass ihr das erst jetzt aufgegangen war. Sie hatte sie bei sich, wie die ganze Zeit seit jenem Tag, sie hatte sie bei sich und trug den Mut damit an ihrem Körper wie einen Schutzpanzer. Ja. Der Panzer war hart, diesmal sollte niemand ihn durchdringen können.

Langsam ging sie über das Gras unter den Bäumen. Näherte sich der Steintreppe und der zerkratzten Tür.

☆

Auf der Wache von Laholm leuchtete ein einziges Fenster. Normalerweise war hier so spät abends nach elf alles dunkel. Die Polizei an diesem Ort hatte am Wochenende und abends geschlossen. Dinge, die nicht an Werktagen zwischen acht und fünf passierten, fielen ins Ressort der Nachbarstadt.

Hinter dem Fenster, wo diese einsame Lampe heute noch immer brannte, saß Polizeiassistent Mattias Fransson, neunundzwanzig und eben mit der Ausbildung fertig. Er legte gerade letzte Hand an einen Bericht. Drehte ihn um, legte ihn zu den Akten und seufzte.

Mattias Fransson hatte seinem Kollegen in einem schwachen Moment versprochen, ihm bei einigen Berichten zu helfen. Der Kollege hatte die Unsitte, bei allem, was mit der Papierarbeit zu tun hatte, herumzuschlampen, weshalb der Neue eingreifen und zeigen musste, was er konnte. Und dagegen hatte er ja nichts. Es machte sich auch gut in seinen Akten. Aber sie hatten immer so wenig Zeit, und deshalb saß Mattias Fransson an diesem späten Abend noch immer hier und schrieb alles ins Reine.

Jetzt war er müde. Er hatte die Papierarbeit satt, war erschöpft und außerdem ausgehungert. Mit seinen neunundachtzig Kilo, von denen die meisten aus Muskeln bestanden, musste er mehrmals am Tag Nahrung zu sich nehmen. Und das letzte Mal – eine Portion Geschnetzeltes mit Zwiebeln in einer der lokalen Pizzerien – war schon über fünf Stunden her. Ihm wurde geradezu schlecht, als er sich ungeduldig in den Motorradschuppen zwängte, um zu seinem Reihenhaus in Skummeslöv zu fahren. Frisch verheiratet und angehender Vater war er, mit Reihenhaus und fester Stelle. Es war schnell gegangen, da konnte er sich nicht beklagen. Nur fühlte sein Magen sich gerade so verdammt leer an.

Er hielt auf dem Marktplatz an und kaufte sich an einer Imbissbude zwei riesige Grillwürste und eine doppelte Portion Pommes. Saß zwischen Spiegeln und Plastikstühlen unter Neonröhren. Am Nachbartisch hockte ein Mann und murmelte vor sich hin. Fransson erkannte ihn. Sie nickten einander zu, als Fransson aufstand, um zu gehen.

»Gutes Wetter«, sagte der Mann.

»Sicher, auf jeden Fall«, stimmte Fransson zu.

Er warf den leeren Pappteller in den Mülleimer und ging dann hinaus in den Nieselregen. Gutes Wetter, Himmel. Er klappte seinen Lederkragen hoch, setzte den Helm auf und stieg auf das Motorrad. Glitt langsam durch den schlafenden Ortskern, der Motor surrte dumpf wie eine Fliege. Jetzt war das Leben wieder angenehm, der Regen warm und das Metall unter ihm funkelte. Was konnte er sonst noch verlangen?

Ruhig und friedlich war es in der Stadt. Kein Mensch unterwegs. Hinter dem Wohnviertel floss schwarz der Fluss. Sicher passierte auch hier so allerlei, er hatte selbst an diesem Abend allerlei Berichte geschrieben. Einbrüche und Schlägereien, aus einer für den Sommer geschlossenen Schule waren Computer gestohlen worden, die Stadtbibliothek vermisste ihre Kaffeekasse, hundertneunzig Kronen. Aber jetzt war alles ruhig. Die wichtigen Dinge passierten nicht hier. Ab und zu träumte er davon, einen richtigen Verbrecher festzunehmen und nicht einfach nur einen minderjährigen Ladendieb.

Mattias Fransson hatte, als er sich an diesem Abend über seine Berichte gebeugt hatte, ein wenig zerstreut dem Polizeifunk gelauscht. Er hatte unter anderem gehört, dass drei Autos gesucht wurden. Es ging um einen Mann, der für gefährlich gehalten wurde. Er hatte zugehört, aber nicht übertrieben aufmerksam, da er ja wusste, dass ihn das alles nicht betraf. Hier war es friedlich wie auf einer Kuhweide, es roch sogar noch mitten im Ort nach Dung. Er gab Gas und das Motorrad jagte davon. In die schwarze Nacht hinaus, über die Brücke, hinunter zum Meer. Das Licht der Straßenlaternen huschte über seinen Rücken.

☆

»Das Haus gehört einem Freund«, sagte er.

»Da draußen ist jemand«, sagte sie. »Da hat jemand geklopft.«

»Das Haus gehört einem Freund«, sagte er noch einmal. »Verstehst du das? Es gehört guten Freunden von mir. Hier sind wir wirklich sicher. Nur du und ich, um einander kennen zu lernen.«

»Da draußen geht jemand vorbei.« Sie fing an zu schluchzen, fuhr sich mit dem Pulloverärmel über die Augen, kniff unter dem dünnen Stoff die Augen zusammen.

»Blödsinn«, sagte er. Starrte wütend den Boden an. »Da ist niemand. Was sollte denn irgendwer hier wollen?«

»Ich will nach Hause«, sagte sie.

»Du kannst dich hier ganz wie zu Hause fühlen«, sagte er. »Hier ist alles ganz ungefährlich.«

Er stand auf, drehte eine Runde durch das Zimmer, ging zum Fenster. Kam zum Sofa zurück. »Wieso weinst du?«, fragte er.

»Ich muss nach Hause.«

»Deine Scheißangst«, sagte er, »geht mir auf die Nerven.«

☆

Im Nachhinein ging Ring auf, dass sie so ein schönes Schmuckstück um den Hals getragen hatte. Einen uneben geschliffenen roten Stein, der an einem dünnen Silberdraht befestigt war. Er hatte in die Haut gedrückt und war offenbar ein wenig, aber wirklich nur ganz wenig, zu klein gewesen.

Janne Ring musste einfach immer wieder an Evelina Palm denken. Aber das lag sicher nur daran, dass er müde war, die Müdigkeit schien sich durch Haut und Knochen zu fressen, und in seinem Kopf verwandelte sie sich in schlaftrunkene Bilder.

Ein rotes Schmuckstück an einem Silberdraht. Der rote Stein auf ihrer Haut, er hatte sich bewegt, als sie sich vorgebeugt hatte.

Nun beugte er sich selbst vor, legte den Kopf in die Hände,

stützte die Ellbogen auf den Tisch. Das war einfach alles zu viel, zu hart für den Magen, und er redete hier nicht von der Pizza, auch wenn die mit Chili gewürzt gewesen war.

Im Nebenzimmer saß Bixe. Dort war alles still, Sander war bei ihr. Ihre Schicht war schon seit Ewigkeiten zu Ende, aber trotzdem blieben sie da. An diesem Tag war eben alles anders. Und wie leise sie waren, waren sie dort eingeschlafen, alle beide? Hingen sie in ihren Stühlen über den Armlehnen?

Ein rotes Schmuckstück. Ein braun gebrannter Hals, und ein geblümter Kimono. Janne Ring seufzte. Er hätte gern ein wenig geschlafen, einfach eine Runde vor sich hin gedöst. Er hatte das Warten satt, sein Hemd klebte und seine Füße waren geschwollen. Er hörte vage, wie Sander jammerte, es war ein leises Wimmern, wie von einem Schmerz verursacht, der in seiner Seele wütete.

Er schaute zum Fenster hinüber. Es war jetzt dunkel. Irgendwo dort draußen war Henrietta. Und irgendwo war auch Ingvar Nederli. Vielleicht waren sie beide am selben Ort. Ring schauderte es, er wollte nicht daran denken. Plötzlich stand Erik Sander in seiner Zimmertür.

»Ich muss weg hier«, sagte er. »Verdammt, ich muss weg hier.«

»Ich komme mit«, sagte Ring. »Ich schlafe ein, wenn ich mich nicht bewege. Was macht Eva-Britt?«

»Die wartet auch. Sie hat dieses Mädel erreicht, das den Wagen mit der Frau gesehen hat. Die Details stimmen überein. Der Aufkleber und alles. Aber ich wage noch nicht so recht, darüber nachzudenken.« Sanders Lippen waren trocken und noch dünner als sonst.

Natürlich, dachte Ring. Er kam sich ungeschickt vor, unbeholfen, wusste nicht, wie er sich verhalten sollte. Wusste nicht, ob er dem Kollegen die Hand auf den Rücken legen dürfte, einfach als Stütze, auch, wenn es eine verdammt jämmerliche wäre, als sie durch den Flur gingen. Deshalb schwebte seine

Hand einige Zentimeter von Sanders Hemd entfernt. Große Schweißflecken unter den Armen sah Ring. Seine Handfläche schwebte in der Luft. Sie gingen im Gleichschritt, sogar Sanders Unregelmäßigkeiten konnte er sich an diesem Abend anpassen. Kommt sicher vom Job, dachte er, dieses angelernte Einfühlungsvermögen. Nur ungewohnt, wenn es einem Kollegen galt, das hatte er wirklich noch nie erlebt.

Endlich landete seine Hand auf Erik Sanders Schulter. Der zuckte nicht einmal zusammen. Sie standen vor dem Eingang, unter der Decke sausten die Ventilatoren, auf der Straße fuhr ein Wagen vorbei.

»Willst du fahren?«, fragte Ring.

Sander schüttelte den Kopf. »Ich kann nicht. Ich möchte mich lieber umsehen.«

Er stand noch immer vor der Tür, als Ring schon eingestiegen war und den Motor angelassen hatte. Ließ seine Blicke über die Straße wandern.

Jeden Millimeter der Stadt durchkämmen, dachte Ring. Was für eine mühsame Arbeit. Aber vielleicht würde ihnen ja nichts anderes übrig bleiben. Die ganze Stadt würden sie durchkämmen, und nicht nur die Stadt.

Ein Schmuckstück, dachte Ring. Ein Stein, eine Perle, ein Blutstropfen. Er vertiefte sich in das Bild von Evelina Palm, dort fühlte er sich geschützt, als sinke er etwas Weichem entgegen, und er konnte zumindest so tun, als dürfe er dort verharren.

»Wohin fahren wir?«, fragte er.

Sander schüttelte den Kopf.

»Gibt es denn keinen Ort«, fragte Ring, »von dem du weißt, dass sie ihn aufsuchen wollte?«

»Die Bibliothek«, sagte Sander.

»Aber da war sie doch heute gar nicht. Das ist doch erst morgen.«

»Morgen«, wiederholte Sander.

»Und einen anderen? Überleg doch mal.«

Sander saß da mit zitternder Hand, wie ein Greis, mit langsamen Bewegungen und Fingern, die sich zu gehorchen weigerten. Immer wieder fuhr er sich über die Stirn. Langsam. Furchen, die Ring noch nie zuvor gesehen hatte, hatten sich unterhalb seines Haaransatzes ausgebreitet.

»Sie wollte den Wagen holen«, murmelte Sander.

»Wo?«

»Aus der Werkstatt.«

»Aber wo ist die?«

»In Linehed.«

»Warum sagst du das erst jetzt?«

»Hab ich das noch nicht gesagt?«, murmelte Sander.

Das hier war wirklich ein Fall, dachte Ring. Ein Fall aus höchster Höhe.

43

Noch ehe Ingvar Nederli aufwachte, wusste er, was er sehen würde. In seinem oberflächlichen Schlaf hatte er registriert, dass jemand das Zimmer betreten hatte.

Deshalb war er auch nicht überrascht, als er die Augen öffnete und die verschwommene Gestalt vor der Wand Form annahm. Im Gegenteil, er hatte mit dieser schmalen Erscheinung gerechnet, sie sah aus wie ein Teil der Tapete, wie ein Relief, das in den Raum hinaustrat und menschliche Form gewann. Es war nicht seine Schuld, es lag an den Wänden in diesem Zimmer, sie lebten und hielten ihn zum Narren, lebende Wesen wohnten in den Wänden und bewegten sich über den Boden, unruhige Seelen, die Frieden suchten.

Alles ließ sich voraussehen, aber nicht mit Hilfe der Vernunft. Widerwillig hatte er sich eingestehen müssen, dass der Zufall ihn hierher geführt hatte, zusammen mit ihr, sein Gefühl hatte ihm den Weg gezeigt. Er besaß die Fähigkeit, vorauszusehen, auf dieselbe Weise, wie er ihre Gedanken erfasste.

An diesem Abend hatten sie eine Zeit lang miteinander geredet, sie waren auf dem richtigen Weg gewesen. Sie hatte sich ihm anvertraut und Fragen gestellt, hatte den Kopf schräg gelegt und ein verständnisvolles Gesicht gemacht. Und so hatte er sich das alles auch vorgestellt. Ruhige Gespräche, kleine Worte. Auch er hätte dann vertrauensvoll seine tiefsten Gedanken preisgeben können, hätte ihr klarmachen können, wer er war. Ja, er hätte sich geöffnet, wenn nicht …

Wann es schief gelaufen war, wusste er nicht. Aber er hatte Weste und Hemd ausgezogen, und sie hatte ihn entdeckt.

»Ein Schmetterling«, sagte sie. »Warum hast du so einen auf dem Arm?«

»Der fliegt an meiner Stelle.«

»Möchtest du das gern?«

»Was denn?«

»Fliegen.«

Wie meinte sie das? Wenn sie ihn damit verführen wollte, würde ihr das nicht helfen. Sie saßen hier zusammen, so, wie es bestimmt war.

»Würdest du gern wie ein Schmetterling fliegen?«

Er starrte wütend den Boden an.

»Warum nicht lieber wie ein Vogel?«, fragte sie. »Schmetterlinge haben so gebrechliche Flügel.«

»Wie meinst du das?«

»Die Flügel sind schön«, sagte sie und beugte sich vor, um den Schmetterling zu betrachten. »Sie sehen aus wie zarte Netze. Hast du den schon lange?«

Was zum Teufel? Wollte sie sich über ihn lustig machen, oder was sollte das hier?

Er richtete sich auf. »Ich bin dir doch scheißegal«, sagte er.

Sie machte ein überraschtes Gesicht, schien noch mehr sagen zu wollen. Aber das würde er nicht gestatten. Der Schmetterling gehörte ihm, und er besaß seine unsichtbaren Flügel. Und zwar seit diesem einen Tag, zwei Wochen, nachdem er endgültig von zu Hause weggegangen war. Als er ihn in einem Keller in der Kungsgata bekommen hatte. Er hatte ihn gebraucht. Wie wäre es mit einem Schmetterling?, hatte der Mann da unten gefragt. Einen mit richtig starken, robusten Flügeln. Nein, der hatte nichts Gebrechliches, er war wie seine Haut. Und niemand, wirklich niemand, sollte das in Frage stellen dürfen.

»Ich will allein sein«, sagte er. »Verstehst du? Lass mich in Ruhe.« Er packte ihren Arm, zog sie vom Sofa und zerrte sie durch das Zimmer. Es gab einen fensterlosen Verschlag. Eine lichtlose Kammer. Dorthin schleppte er sie, stieß sie hinein. Knallte die Tür zu. Er hörte, dass sie leise jammerte. Aber das spielte keine Rolle, er befand sich außerhalb ihrer Reichweite. Sollte sie doch mit ihrer Angst dort drinnensitzen.

Die miese Schlampe. Und der Schmuck, den sie angespuckt und irgendwo hingeschmissen hatte, das hatte er doch sofort kapiert. Sie hatte ihn nicht ernst genommen.

Und jetzt saß er hier und fuhr mit der Hand über das Sofa. Sie war nicht mehr da. Und dann fiel es ihm wieder ein. Er war verwirrt. Offenbar war er eingeschlafen, sein Kopf war nach hinten gekippt und tiefes Schweigen war über ihn hinweggespült, eine Welle. Es war angenehm gewesen. Aber dann hatte er etwas gesehen, jemanden, der langsam ins Zimmer kam. Die Tür war zugefallen, durch einen Windstoß. Sie waren nicht mehr allein.

Er hob die Hand, wie um sich zu schützen. Er war nicht überrascht, nein, er staunte nur darüber, dass die Person, die ins Zimmer getreten war, so zart und klein war. Er hatte etwas Großes erwartet, mit Muskeln und Kraft, warum, wusste er nicht, aber im Traum war diese Person mindestens zehn Zentimeter größer gewesen als er. Jetzt, in der Dunkelheit, in wachem Zustand, konnte er nicht erkennen, wen er da vor sich hatte, die Gesichtszüge waren verschwommen.

Draußen sang jetzt eine Schwarzdrossel eine traurige Melodie zwischen den Bäumen. Der Schatten auf der Tapete kam langsam wie in einem Traum auf ihn zu, lautlos. Nur die Schwarzdrossel war zu hören. Die Gestalt kam näher, rasch, sehr rasch. Und jetzt sah er, dass er eine Frau vor sich hatte.

Er hob den Arm zum Schutz, aber das half nichts, die Gestalt wurde immer größer. Sie löste sich von der Wand, kam auf ihn zu, trat ganz dicht an ihn heran, er spürte ihren Atem an seinem Hals. Und ihm war plötzlich klar, dass es kein Entkommen gab.

☆

»Erkennst du mich?«, fragte sie.

Sie wusste jetzt, dass er sie gesehen hatte. Aber er wirkte durchaus nicht überrascht. Als habe er sie erwartet, genau hier, an seinem Zufluchtsort in dem braunen Häuschen.

»Nein«, sagte er. »Sollte ich das?«

Seine Stimme. Die hörte sie jetzt zum ersten Mal. Als es geschehen war, war er stumm gewesen. Sie hatte sich diese Stimme nur vorgestellt, und sie hatte mit einer dumpfen, tiefen gerechnet. Nicht mit dieser hellen, leichten.

»Wirklich übel, dass du mich nicht erkennst.«

»Was willst du hier?«, fragte er. »In meinem Haus?«

»Der Schmetterling«, sagte sie, »wird nie wieder fliegen.« Zum ersten Mal sah sie etwas Ängstliches in seinem Blick, etwas darin funkelte auf. Er war ein feiger Wicht, ein Mistkerl, ein Jammerlappen.

»Willst du nicht wissen, wer ich bin?«

Er schwieg. Aber in ihm schien es zu arbeiten.

»Ich bin …«, setzte sie an.

Dann verschwanden die Worte, und alles, was danach geschah, ging unausweichlich schnell. Es war durchaus nicht so, wie sie es geplant hatte, aber als er sich plötzlich umdrehte, sah sie den Schmetterling auf seinem Oberarm. Und ihr wurde schlecht, und Beine und Arme schienen nachzugeben.

Sie starrte den Schmetterling an, sah, wie die Flügel vibrierten, wie zum Abheben. So lange sie das kleine Insekt ansah, würde es nicht fliegen können, wie eine dünne Nadel hatte ihr Blick es durchbohrt.

Und dann tat sie, was sie tun musste. Sie trat schräg hinter seinen Rücken, straffte die Schnur, hob sie und legte sie um seinen Hals, ehe er reagieren konnte. Griff zum Messer, langsam und vorsichtig, bei der Arbeit mit kleinen Dingen war Präzision gefragt, ließ die Messerspitze den Flügel streifen und dann jählings durchbohren. Sie wollte hacken, zerstören, zerfetzen. Nun tropfte das Blut heraus. Sie schnitt den Schmetterling in der Mitte durch.

☆

Und dann stand da plötzlich eine Frau, eine fremde Frau hatte das Zimmer betreten, von woher, wusste sie nicht. War sicher die ganze Zeit dort gewesen. Stand da und starrte sie an. Bleich und zitternd, mit bebenden Lippen. Ihr Mund blieb einfach stumm. Dann schaute die Frau zum Sofa hinüber, zu dem Leichnam, der dort lag, dem Abschaum, und dann kam der schrille Schrei, sie schlug die Hände vor die Augen und schrie und schrie. Der Schrei hörte sich unwirklich an, schien nicht wirklich zu passieren, nichts geschah noch wirklich.

Die Frau kam auf sie zu, mit dem Schrei im Hals und den Händen vorm Gesicht, zwischen den Fingern war ihr verängstigter Blick zu sehen, die Fremde kam auf sie zu, und sie wäre weggelaufen, wenn dieser schrille Schrei nicht gewesen wäre. Deshalb trat sie breitbeinig vor die Wand, was hätte sie denn sonst tun sollen? Die Frau nach draußen stürzen und dort wie eine Besessene weiterbrüllen lassen?

Ja, was sollte sie tun? Die Zeit wartete nicht, sie hatte es eilig und wollte fort von hier, keine Verzögerungen mehr, sie hatte lange genug gewartet.

»Lass mich raus«, rief die Frau mit schriller Stimme. »Ich muss raus hier.«

Das musste sie auch, aber was würde dann passieren? Die Frau würde hinter ihr herkommen, rufen, brüllen, schreien.

Sie brauchte ja eigentlich nicht zu fliehen, jetzt nicht mehr, sie könnte alles zugeben, könnte zu dem stehen, was sie getan hatte. Was zerstört war, war schon längst zerstört. Aber sie konnte diesen Lärm aus dem Mund der Frau nicht ertragen, der draußen alles durchdringen würde, der durch den Wald und das Ufer entlangjagen würde. Und jede Seele in der ganzen Gegend erreichen. Unbeholfen schlug sie die Frau auf die Wange, aber das laute Gejammer wollte nicht verstummen, die Frau starrte einfach ins Leere.

»Bitte«, flehte sie. »Beruhige dich doch. Es ist nicht gefährlich, wirklich nicht gefährlich ...« Nicht gefährlich. Er lag leblos auf dem Sofa, das Blut tropfte zu Boden. Sie wandte sich ab, wollte ihn nicht mehr sehen. Die Zunge, die aus seinem Mund gequollen war, als sie die Schnur angezogen hatte, das scheußliche Röcheln aus seinem Hals.

»Jetzt kann er dir nichts mehr tun.«

Aber die Fremde versuchte, sich an ihr vorbeizuzwängen.

Sie musste die Frau zum Schweigen bringen. Die starren, weit aufgerissenen Augen mussten sie ansehen, mussten begreifen ...

Aber wie? Wie um alles in der Welt?

Plötzlich packte die Frau sie am Ärmel, versuchte, sich an ihr vorbeizudrücken, zur Tür. Sie hielt sie fest, ihr Zugriff war ebenso unerbittlich wie vorher ihr Schrei, sie riss und zerrte an ihren Haaren, zerkratzte ihr die Wange, den Hals, und als sie einen Schritt zurücktrat, folgte ihr die Frau.

Was sollte sie tun?

Das Messer in der Tasche, da steckte es, sie musste es herausziehen, sie hielt es schon in der Hand, es war ihre einzige Chance, obwohl sie das nicht wollte, sie wollte es auf keinen Fall, aber sie musste diese kreischende, hysterische Frau, die sich an sie klammerte, um jeden Preis zum Schweigen bringen. Sie begriff nicht, woher deren schmaler, kleiner Körper diese Kraft nahm.

Aber auch sie konnte stark sein, wenn Wut und Angst sie überwältigten. Sie zog das Messer aus der Tasche, die Frau sollte nichts merken, es sollte schnell gehen, damit tröstete sie sich, denn sie hatte keine Wahl. Mit einer raschen Bewegung presste sie die Messerklinge gegen die Haut der Frau, in der Eile und dem Handgemenge war es schwer zu erkennen, was das Messer traf, den Hals, die Brust, vielleicht nur die Wange.

Endlich verstummte die Frau. Erst jammerte sie noch etwas, leise und anhaltend, dann sank sie zu Boden.

44

Mattias Fransson merkte sofort, dass mit dem Auto, das am Straßenrand im Skummeslövsväg stand, etwas nicht stimmte. Ein auf diese Weise abgestelltes Auto war entweder gestohlen oder aus irgendeinem Grund überstürzt verlassen worden. Und dieser Grund war nicht selten von der lichtscheuen Sorte.

Er stellte den Motor aus und stieg vom Motorrad. Der Wagen stand sehr weit am Straßenrand und war halb unter hängenden Zweigen versteckt. Der Fahrer dieser Karre hatte sich wirklich Mühe gegeben, sie so gut wie möglich unsichtbar zu machen.

Fransson zog sein Telefon hervor. Er hätte seinen Kopf darauf verwettet, dass der Wagen gestohlen war. Bestimmt von irgendwelchen Jugendlichen, die schneller zum Strand kommen wollten, als ihre Füße gehen konnten. Und jetzt würde irgendwer sich sehr darüber freuen, dass sein Auto wieder aufgetaucht war. Es wurden so viele Autos gestohlen, diese Anzeigen waren Alltagskost und wurden in weniger als einer halben Mittagspause abgehakt.

Er las die Autonummer vor und wartete dann ab. Vager Nieselregen hing in der Luft, seine Lederkleidung glänzte, das Visier seines Helms war beschlagen, und deshalb musste er es beim Fahren hochklappen. Seine Finger waren steif, denn die kühle Luft war sogar durch seine dicken Handschuhe gedrungen.

»Ja, der wird vermisst«, sagte der Mann von der Zentrale.

»Hab ich mir schon gedacht.«

»Aber das ist noch nicht alles. Der Wagen gehört einer Frau, die heute Abend nicht nach Hause gekommen ist.«

Franssons Zwerchfell schien Feuer zu fangen.

»Ist der Wagen leer?«, fragte sein Gesprächspartner.

Fransson trat näher heran, ließ den Strahl seiner Taschenlampe über die Sitze gleiten. Zwei Kindersitze und eine Plastiktüte auf der Rückbank, das war alles.

»Ganz leer.«

»Und kein anderes Auto in der Nähe?«

Er schaute sich um. »Nein, keins zu sehen jedenfalls.«

»Na gut. Das ist immerhin eins von den drei Autos, die heute Abend zur Fahndung ausgeschrieben worden sind.«

»Das hier ist eins davon?« Und er hatte nur mit halbem Ohr zugehört! »Ich war eigentlich unterwegs nach Hause«, sagte er, sah aber ein, dass solche Entschuldigungen nicht angebracht waren. Weshalb wollte er sich überhaupt entschuldigen? Er war doch nicht einmal im Dienst.

»Wo bist du jetzt genau?«, fragte der Mann am anderen Ende der Leitung. »Wir schicken sofort einen Wagen.«

Schicken sofort einen Wagen. Mattias Fransson dachte, ach verdammt, wenn endlich etwas passiert, so ganz richtig, dann bin ich nicht voll dabei. Es ärgerte ihn, dass er die Vermisstmeldung verpasst hatte, er hatte sie zwar wahrgenommen, hatte aber nicht zugehört.

Jetzt lief er ein wenig hin und her und parkte das Motorrad an einer besseren Stelle. Vom Strand her waren vage die Wellen zu hören. Es roch nach Salzwasser und Tang. Er bog auf einen Weg zum Wasser ein. Er durfte nicht zu weit gehen, musste an der Fundstelle stehen, wenn der Streifenwagen eintraf. Auf dem immer schmaler werdenden Weg gab es keine Laternen, und es war so dunkel, dass er gerade mal die Hand vor Augen sehen konnte, mehr nicht. Deshalb fiel ihm der gelbe Lichtschein weiter vorn zwischen den Bäumen ja so auf. Ein Viereck mitten im Schwarzen. Er beschloss, sich die Ursache dieses Lichtscheins anzusehen, in der Gegend lagen zwar hunderte von Sommerhäusern, aber dieses war das dem abgestellten Auto nächstgelegene.

Der Weg wurde immer beschwerlicher. Es war kaum noch ein Weg, lehmig und sumpfig, und Mattias' Motorradstiefel verschwanden im Dreck. Er geriet sogar ein wenig außer Atem, als er über die knackenden Zweige stieg und immer wieder das Gefühl hatte, im feuchten Boden stecken zu bleiben.

Eine Lichtung und ein Haus. Ein schwach erleuchtetes Fenster. Aber verdammt, dachte er und wischte sich den Schweiß aus der Stirn, dort konnte ja nun wirklich alle Welt hausen.

Er machte auf dem Absatz kehrt und ging zurück. Die Zweige tropften, und er hörte ein Knacken im leichten Wind. Fuhr zusammen und drehte sich um. Zog die Taschenlampe hervor und ließ ihren Schein über das Gras wandern. Tagsüber, im Hellen, hörte man solche Geräusche nie. Aber wenn man sich per Gehör orientieren musste, dann nahm man noch den leisesten Mucks war. Seltsam, dachte er, wie man die Eindrücke, die einen erreichen, aussiebt.

Er wollte die Taschenlampe gerade wieder ausknipsen, als er zwischen den Bäumen etwas leuchten sah. Er lenkte den Strahl der Lampe dorthin, und was er sah, überraschte ihn. Ein heller Wagen, noch irrsinniger abgestellt als der andere. Er wich zwischen die Bäume zurück, die Zweige peitschten ihm ins Gesicht, die Blätter schlugen schlaff gegen seine Wangen.

Es war ein kleines weißes Auto. Von Schlamm und Kies verschmutzt. Er ging einmal um den Wagen herum. Das vordere Nummernschild war durch eine dicke Schmutzschicht unleserlich, deshalb ging er nach hinten. Da war es auch nicht anders. Er wollte sich schon bücken und das Schild mit einem Grasbüschel abwischen, als er aus dem Augenwinkel etwas anderes registrierte, einen Aufkleber an der Heckscheibe, mit dem Text *I love my car.*

Mattias Fransson fuhr herum und lief zur Straße zurück, ohne den feuchten Schlamm unter seinen Füßen auch nur zu registrieren.

☆

»Es riecht nach Rauch«, sagte der hochgewachsene Polizist, der als Erster aus dem Auto stieg.

Er schnupperte und schaute zum Himmel hoch.

»Irgendwo brennt ein Feuer.«

»Mitten in der Nacht?«, fragte der Kleinere, der die Tür zum Beifahrersitz öffnete. »Ja, verdammt, wie kann man die Luft nur so verpesten.«

»Offener Kamin«, erklärte der erste. »Wir haben auf der Hütte auch einen. Ist verdammt toll. Vor allem jetzt im Sommer.«

»Ich grille meine Würstchen lieber im Backofen. Ich hab auch keine Hütte.«

»Du hast ja auch keine Frau.«

»Das Junggesellenleben«, sagte der, der nicht gefahren war, »ist besser als alle offenen Kamine auf der Welt.«

Sie hatten das schräg abgestellte Auto am Straßenrand erreicht. Leuchteten es mit ihren Taschenlampen an. Ehe die

Hundestreife und die anderen Kollegen eintrafen, konnten sie nur feststellen, dass der Wagen wirklich leer war.

»Verdammt«, der Lange stieß ein bitteres Lachen aus. »Das ist angeblich die Karre von diesem Kripotypen. Seine Alte ist damit verschwunden. O Scheiße. Was hier wohl los ist, was glaubst du?«

»So, wie sich das anhört, ist die Lage ziemlich ernst. Wo ist eigentlich der Knabe, der uns informiert hat?«

Vom Weg her waren eilige Schritte zu hören. Und da kam er, der Knabe, in schwerer Motorradfahrerkluft. Er rief irgendetwas, was halb vom Regen verschluckt wurde. »Eins von den anderen vermissten Autos steht weiter unten.« Keuchend kam er auf sie zu. Sein eiliger Atem war in Form von weißen Wölkchen zu sehen.

»Wirklich?«, rief der Lange. »Hast du das schon mitgeteilt?«

Der Typ nickte. »Verstärkung ist unterwegs.«

Der Kleine schnupperte plötzlich wieder in der Luft.

»Scheiße«, sagte er. »Riecht ihr das? Das ist mehr als ein blöder offener Kamin.«

45

Mehr als ein offener Kamin, dachte Eva-Britt Bixe. Sie stand am Straßenrand und rauchte. Eine einzige Zigarette, nur eine. Sie hatte sie von einem der Kollegen von der Streife geschnorrt. Einem feschen, wenn auch ein wenig klein geratenem Typen mit einer verblichenen Narbe auf der Stirn, wie sie bemerkt hatte.

Weiter unten war über den Wipfeln der Feuerschein zu sehen. So dicht am Wasser sollte so ein Feuer unmöglich sein, dachte sie, es ist doch eigentlich zu feucht. Aber die Flammen züngelten zum langsam heller werdenden Himmel hoch. Es funkelte und knisterte, aber glücklicherweise wehte der Wind in Richtung Wasser, deshalb war der Rauch auf der Straße nicht so stark zu spüren.

Sie lehnte an einem Zaun und rauchte die Zigarette ganz herunter. Wollte lieber nicht daran denken, was um sie herum passierte. Erik Sander war zu dem brennenden Ferienhaus hinuntergerannt. Der Anblick seines Autos am Straßenrand hatte ihm einen fast betäubenden Schock versetzt.

»Geh nicht hin«, hatte sie gesagt. »Du kannst ja doch nichts tun. Feuerwehr und Krankenwagen sind schon eingetroffen, die kennen sich damit besser aus als du. Warte lieber hier oben.«

Er war aber trotzdem in Richtung der Flammen losgerannt. Ring blieb hinten im Auto sitzen und schüttelte den Kopf. Aber zum Teufel, dachte sie, natürlich konnte sie Erik verstehen, sie hatte alles Verständnis auf der ganzen Welt für ihn.

Alles kam ihr seltsam vor. Wie ein Film, unwirklich. Das Feuer loderte jetzt nicht mehr ganz so heftig. Sie hatten es unter Kontrolle. Es war auch nicht mehr so laut. Vom Wagen her war nur das Piepen des Polizeifunks zu hören, ab und zu kamen rufende Stimmen dazu. Auch einige neugierige Anwohner hatten sich eingefunden, sie standen in kleinen Gruppen zusammen, die meisten waren in Bademantel und Pantoffeln gekleidet.

Sie wollte nicht denken, jetzt nicht. Sie machte den letzten Zug, warf die Kippe auf den Boden und trat sie mit dem Absatz aus. Der mit der Narbe auf der Stirn war jetzt neben sie getreten. Die Narbe wurde von einer besorgten Falte und einer feuchten Haarsträhne versteckt. Er roch nach Rasierwasser, wie Bixe bemerkte, so eine seltsame Mischung, Brandgestank und Parfüm.

»Was ist hier eigentlich los?«, fragte er. »Worum geht das hier alles?«

Er hatte eine leise, angenehme und leicht nasale Stimme, die seiner Gesprächspartnerin sehr nahe zu kommen schien.

»Eine seltsame Geschichte«, sagte Bixe. »Und ich weiß nicht, ob ich ihr Ende schon kenne.«

»Aber der Mann, dem das Auto da oben gehört, ist einer von euch, ja?«

»Ja, das ist mein nächster Kollege.« Bixe zögerte. »Hast du noch eine Zigarette?«

Er zog eine zerknüllte Packung aus der Jackentasche.

»Danke. Eigentlich rauche ich nicht mehr.«

»Das sagen alle.«

»Ich hab schon vor über einem halben Jahr aufgehört.«

»Aber jetzt …«

»Das hier ist ja auch eine besondere Situation.« Bixe nickte dankend, als der Mann ihr sein Feuerzeug hinhielt. »Erik … ja, so heißt er, mein Kollege. Seine Frau ist da unten in der Hütte gefunden worden.«

»O verdammt … wie grauenhaft.«

»Wir haben den Verdacht, dass sie von einem Mann dahin verschleppt worden ist, der auf irgendeine Weise, wir wissen noch nicht genau wie, mit einer Mordgeschichte zu tun hat, an der wir gerade arbeiten. Sein Wagen wurde bei einer Werkstatt gefunden, wo Eriks Frau das Auto abgeholt hatte, das dann hier unten gelandet ist. Ich weiß, dass sich das chaotisch anhört, aber das ist es auch. Wir nehmen an, dass sie zusammen hergefahren sind. Außerdem wurde in der Hütte noch jemand gefunden. Wahrscheinlich ist er das.«

Der junge Polizist war jetzt viel bleicher geworden, und das lag nicht an der immer stärker werdenden Dämmerung.

»Wie geht es denn der Frau?«, murmelte er.

»Sie haben sie offenbar ziemlich schnell aus dem Haus holen können.«

»Was für ein Glück.«

»Aber …« Bixe drückte ihren Absatz auf Zigarette Nr. 2. »Sie ist offenbar mit einem Messer verletzt worden. Sie wissen noch nicht, wie schwer.«

Er starrte jetzt den Boden an, obwohl da nur die Kippen zu bewundern waren.

»Was für ein Arsch«, sagte er. »Dieser Kerl.«

»Allerdings glauben wir, dass noch eine dritte Person dort gewesen sein kann. Der helle Wagen, der näher am Haus steht, gehört einer Frau, die …« Sie legte eine Pause ein. »Du, kann ich noch eine schnorren? Ich verspreche, dass das die Letzte ist.«

»Aller guten Dinge sind drei. Bitte sehr. Ich heiße übrigens Sigge.«

»Eva-Britt …«

»Bixe, Kommissarin. Ich weiß.«

☆

Sie machte es nicht zum ersten Mal, sie hätte also nichts empfinden dürfen. Noch einmal, Wiederholung, so, wie sich alles wiederholte. Aber diesmal war es wirklich nicht geplant, es war einfach ein Einfall, sie hatte die schwelende Glut im Kamin gesehen, das fast erloschene Feuer, das noch immer an den schwarzen Holzscheiten nagte, und eine Stimme schien sie aufgefordert zu haben. Pack sie, reiß sie hoch, noch einmal streue glühende Vögel auf den Boden.

In einem Versuch zu entkommen, vielleicht dem einzigen. Um Spuren zu verwischen. Ein Funke aus einem Kamin konnte so leicht auf dem Boden landen. Sie hatte ihre Pflicht erfüllt, hatte ihn dahingebracht, wohin sie ihn haben wollte, hatte sogar die Angst in seinem Blick gesehen, und auf die hatte sie doch gewartet. Diesmal war sie an der Reihe gewesen, und er hatte am Ende doch begriffen, wer sie war, davon war sie wirklich überzeugt.

Also hätte es eigentlich reichen müssen.

Diesmal ging alles sehr viel schneller. Sie sah, wie das Feuer loslegte. Das hatte sie beim letzten Mal nicht getan. Und sie begriff, dass sie sich beeilen musste, dass sie hier wegmusste, ehe die Anwohner den Geruch bemerkten und Alarm schlugen.

Flieg, fieser Schmetterling. Und er flog.

Durch die Tür und die Treppe hinunter.

Aber dort war jemand. Schritte bewegten sich leise zwischen heruntergefallenen Zweigen. Sie wich aus, zum Meer hinunter, folgte keinem ausgetretenen Weg, sondern dem Geräusch der Wellen. Ihr Wagen stand vor dem Haus, das war ihr Fehler, und schon jetzt hätte sie sich zu erkennen geben, zur Straße hochgehen und sich stellen können. Aber aus irgendeinem Grund wollte sie noch warten, nur noch eine kleine Weile, sie sollten suchen, vielleicht würden sie sie ja niemals finden.

46

Sie fanden sie am Strand. Sie saß ganz unten im feuchten Sand und schaute aufs Meer hinaus. Sie saß einfach da, ganz still, leistete keinerlei Widerstand, als der eine Polizist sie aufforderte, aufzustehen und mitzukommen.

Sie sagte auch nichts. Stumm ging sie neben den Polizisten her. Klein, zierlich und mit bleichem, schmalem Gesicht.

Als sie an der Hütte vorbeikamen und ihr Auto mit dem Aufkleber jetzt deutlich im Morgenlicht zu sehen war, schaute sie in die andere Richtung. Sie folgte, noch immer schweigend, dem Schatten des Mannes.

☆

»Was haben Sie um drei Uhr nachts am Strand gemacht?«

Die Polizistin stellte ihr Glas Wasser auf den Tisch. Eine Lippenstiftspur ganz oben am Rand, wie ein Stempel. Sie klopfte mit den Nägeln gegen das Glas und produzierte einen leichten Trommelwirbel, Regentropfen, knisternde Funken. Bixe, hatte sie gesagt, ich heiße Bixe. Es wird leichter, wenn Sie sich kooperativ zeigen. Leichter für wen, hatte sie gedacht.

Die blutroten Nägel einer Kommissarin. Ihre eigenen waren abgeknabbert, mit Trauerrändern, bei denen es sich um Farbe oder um Blut handeln konnte.

Die Frau hatte ihr mitgeteilt, dass es jetzt vier Uhr nachts sei. Aber was spielte das für eine Rolle? Das Licht der Neonröhre unter der Decke bohrte sich in ihre Augen, sie schaute die Tischplatte an. Die sah aus wie ein Spiegel.

»Sehen Sie da etwas?«

»Wo?«

»Auf der Tischplatte.«

»Nein.«

»Warum sagen Sie nichts?« Die Stimme der Frau klang noch immer sanft.

»Ich habe nichts zu sagen.«

»Wir haben auf Ihrer Veranda Blutspuren gefunden. Was ist am Mittsommerabend dort passiert? Haben Sie sich mit jemandem gestritten?«

»Gestritten?«

»Ist Ihnen auf dem Fest vielleicht jemand begegnet, mit dem Sie sich später aus irgendeinem Grund gestritten haben?«

»Nein.«

»Ich glaube Ihnen nicht, Lisa Petrén.«

Vorname, Nachname. Es klang förmlich. Sie steckte fest in einem Papier. Sie steckte fest, ja, sie steckte noch immer fest.

Etwas stieg in ihren Mund, es war die Stimme, die vorher im Haus gesprochen hatte, eine glatte Blase in ihrem Hals. Sie platzte, wie am Ende immer alles platzen musste.

»Ich stelle mir vor, dass er ziemlich gut aussah.«

Die Polizistin schien zusammenzufahren. Schlaf in den Augen dieser Frau. Ob sie die ganze Nacht wach gewesen war?

»Wer denn?«

»Der Mann, den ich aus Versehen umgebracht habe. Der sah gut aus. Ich habe ihn mit einem Stein aus der Gartenmauer umgebracht. Ich habe ihm damit auf den Kopf geschlagen. Er hatte mir den Rücken zugekehrt und konnte mich deshalb nicht sehen. Ich glaube, er war sofort tot.«

»Wann ist das passiert?«

»In der Mittsommernacht. Ich wusste nicht, was ich mit dem Leichnam machen sollte, ich habe ihn dann erst einmal ins Haus geschleppt. Keine Ahnung, wie ich das geschafft habe, er war sehr schwer. Ich hatte geglaubt, ungeschoren davonzukommen, dachte, alles würde in Vergessenheit geraten und ich selbst würde auch vergessen können. Aber das konnte ich nicht, und jetzt spielt es keine Rolle mehr, denn ich musste ja doch das tun, was ich getan habe.«

»Könnten Sie das ein bisschen genauer erklären?«

»Ich habe meinen Irrtum zu spät entdeckt, ich meine, dass ich den Falschen umgebracht hatte. Ich war doch so sicher, als ich in der Nacht dort ankam. Ich wollte ihn nicht umbringen. Ich wollte mich nur verteidigen, er sollte mir das nicht noch einmal antun dürfen.«

»Was hatte er Ihnen denn angetan?«

»Er stand auf dem Weg, als ich nach Hause wollte, und er ließ mich nicht vorbei, er stand einfach da.«

»Und was ist dann passiert?«

Sie spürte, wie sie zitterte. »Das, was eben passiert ist. Was ich gesagt habe. Aber das war viel später, ich weiß nicht, wie viel. So etwas kann man nicht berechnen, man zählt doch die Sekunden nicht, man ist einfach nicht da. Als ich zu mir kam, waren meine Kleider zerrissen, und ich bin zurückgegangen, es regnete, und da stand er, auf der Veranda, und ich hob den Stein auf, ich hatte Angst. Aber später, als es schon zu spät war, sah ich, dass er es nicht war. Ich begriff gar nichts mehr. Als ich ihn umdrehte, da, wo er gefallen war, da war er es nicht. Der, der vorher auf dem Weg gestanden hatte. Ich war so sicher gewesen, wer hätte denn sonst vor meinem Haus stehen und aussehen sollen, als ob er auf mich wartete? Und das Schlimmste war ... dass ich danach festgestellt habe, wer er war. Ich habe ihn erkannt. Er war auf demselben Fest gewesen wie ich, wo ich gelandet war, einfach, weil ... Ich fuhr zufällig vorbei und hatte doch nichts anderes zu tun. Im Garten brannten so schön die

Lampen, und die Tür stand offen, und ich konnte drinnen Kerzen sehen und hatte plötzlich schreckliche Lust hineinzugehen. Ich glaube nicht, dass irgendwer mich bemerkt hat, es war ein solches Gewühl. Aber als ich dann nach Hause ging, ist es passiert, als ich fast mein Haus erreicht hatte. Da stand er plötzlich da. Die Tage danach waren das Schlimmste. Ich träumte von diesem Mann, der nicht er war, und davon, was ich ihm angetan hatte. Wie ich seinen Kopf mit dem Stein schlug, wie ich den Stein in die Hand nahm und zuschlug. Jeden Morgen, wenn ich aufwachte, hoffte ich, ich hätte das alles nur geträumt, aber ich wusste doch, dass das nicht stimmte. Ich dachte zuerst, ich könnte es vergessen, aber es wurde immer nur schlimmer.«

»Aber wer war der andere? Der, den Sie verwechselt hatten?«

»Der, den ich getötet habe, war unschuldig. Er hatte nichts mit der Sache zu tun. Er war es gar nicht. Der, der es wirklich war, hatte einen Schmetterling auf den Arm tätowiert. Ihn habe ich am Samstag gesehen, über eine Woche darauf. Als ich dachte, alles sei vorbei. Ich wollte Farbe kaufen, und er kam in den Laden, er und seine Frau, ich erkannte den Schmetterling und wusste sofort, dass er es war, es war gespenstisch, so ein seltsamer Zufall, dass er mir einfach so über den Weg lief. Es war dieser Teufel, der, der den Tod verdient hatte. Sein Wagen stand vor der Tür und ich fand heraus, wer er war, und ich wurde so wütend, ich dachte, ich würde den Verstand verlieren, das Wissen, dass er einfach auf der anderen Seite des Waldes lebte, mit seiner Familie, als ob nichts passiert wäre. Ich habe an diesem Tag sein Auto zerkratzt, das musste ich einfach, und ich dachte, ich könnte es gleich noch einmal machen, und diesmal richtig. Es war ja doch alles zerstört.«

»Wer war er?« Die Polizistin strich sich ihre grauen Haare aus der Stirn, groß war diese Frau, energisch, ihre Augen waren traurig, rote Nägel und roter Mund, mitten in der Nacht. Ihre Stimme war wie ein Echo: Wer war er? War er? Er?

»Der Mann in dem abgebrannten Haus. Das war er. Wer hätte es denn sonst sein sollen? Was glauben Sie denn, was ich dort gemacht hätte, wenn nicht er dort gewesen wäre?«

»Sie haben auch ihn umgebracht.«

»Ich bin ihm gefolgt. Danach habe ich ihn umgebracht.«

»Warum?«

»Das habe ich doch schon erzählt.«

»Aber was hat er denn so Schreckliches getan? Was war so schrecklich, dass er dafür den Tod verdient hatte?« Die Frau griff wieder zu ihrem Glas und trank einen Schluck. Sie hinterließ noch eine Lippenstiftspur, diesmal auf der anderen Seite.

☆

Das Weiße war so weiß. Abgenutzt und weiß. Weiße Wände und weißes Krepppapier auf der Pritsche.

Die rote Bluse sah aus wie ein Blutstropfen im Schnee. Ein Ketchupfleck auf einem Ärmel, roter Lippenstift an einem Hemdkragen.

Unter dem Krepppapier, das runzlig und zerfetzt war, nachdem Erik Sander dort zuerst gelegen und dann viele Stunden lang gesessen hatte – wie viele, wusste er nicht –, war es grün. Grüner Kunststoff, abgenutzt, zerkratzt. Grüne Decke über den Instrumenten weiter hinten auf einem blanken Stahltisch.

Jetzt hatte er die Bluse auf die Pritsche gelegt, hatte sie vor sich ausgebreitet wie eine Tischdecke auf einem Esstisch. Er hatte sie mit der Handfläche glatt gestrichen, er hatte den rauen Stoff gespürt, aber vielleicht war auch seine Haut rau. Genau wie alles andere in dieser Nacht rau war, sogar die Zeit, und das alles geräuschlos, in einer fast gespenstischen Stille. Abgesehen von den schlurfenden Sandalenschritten, die ab und zu vom Gang her zu hören waren.

»Wir sagen Ihnen Bescheid, sowie wir etwas wissen«, hatten sie gesagt.

Die beruhigenden, weiß gekleideten Stimmen. Grüner

Mundschutz, so dass nur die Augen zu sehen waren, deshalb brauchten sie nicht zu lächeln, nur zu trösten.

Aber das hatte nicht geholfen. Er hatte nur gesagt, er wolle allein sein, die Tür solle geschlossen werden.

»Sie hatte Glück«, sagten sie. »Das Messer hat an einer weniger gefährlichen Stelle getroffen. Aber sie hatte schon viel Blut verloren. Und wir mussten doch operieren.«

»Wie viel?«

So viel Blut wie eine rote Bluse? Mehr?

Das mit der Bluse war seltsam. Sie war ihm in einer Tüte ausgehändigt worden, nagelneu, frisch gefaltet, Ladengeruch. Das Einzige, was auf dem Rücksitz gelegen hatte, hatten sie ihm mitgeteilt. Aber der Wagen musste doch von der Technik untersucht werden, sie mussten Spuren sichern. Was für verdammte Spuren? Er war doch verbrannt und tot, der Idiot, der sie entführt hatte.

Oder was, wenn sie nicht entführt worden war – sondern freiwillig mitgekommen? Sander wollte nicht daran denken.

Andererseits wollte er auch nicht so recht an diese Bluse glauben, die da vor ihm lag, ausgestreckt in ihrer ganzen Hilflosigkeit, der eine Ärmel hing von der Pritsche. Wie hatte Henrietta nur ... Das hier war ein teures Kleidungsstück, das konnte sogar er sehen, Erik Sander, der sonst nicht sehr auf Kleider achtete. Und was war mit ihr? Sie doch auch nicht. Er hatte sie immer nur in Jeans und Pullover gesehen. Und jetzt ovale schwarze Knöpfe und ein Preisschild, das, als er es umdrehte, ihn fast rückwärts von der Pritsche geworfen hätte, an die knallweiße Wand. Er hatte geschluchzt und auf den Boden gekotzt. Die Frau in Weiß, oder vielleicht war es auch ein Mann, war hereingekommen und eine Weile bei ihm geblieben. Der Boden war grün, ein wenig meliert, da hatte er gesessen, und der Kittel neben ihm war weiß und aus glatter, fester Baumwolle. Und saß einfach da. In der Brusttasche steckten einige Kugelschreiber.

Die Bluse war tiefrot und aus Leinen. Die Knöpfe waren aus dünnem Glas.

Aber das war nicht alles.

Wieder fuhr er mit der Hand über den Stoff. Seine Finger waren rau, der Stoff war glatt und ebenso anonym wie das Geräusch der klappernden Schuhsohlen auf dem Gang.

Nein, da war noch etwas anderes.

Denn er kannte diese Bluse. Er hatte sie gesehen, ehe er sie gesehen hatte, gewissermaßen, hatte sie vielleicht vorausgesehen. Hatte in der Zukunft gesehen, dass sie hier liegen würde, in diesen Minuten, die Warten waren und sonst gar nichts. Ihm wurde schon wieder unwohl, als er den bunten Stoff musterte und die Finger über die kalten glatten Knöpfe streichen ließ. Als ob er …

Aber es war nicht möglich, dass er wusste, wie sich der Stoff anfühlen würde, noch ehe er ihn gesehen und noch ehe er ihn überhaupt aus der Tüte gezogen hätte. Das war ganz einfach ein Ding der Unmöglichkeit.

Aber dennoch.

Er faltete die Bluse zusammen, achtlos und überstürzt, und stopfte sie wieder in die Tüte. Legte die Tüte vor der Pritsche auf den Boden. Wieder wurde alles weiß. Nein, natürlich konnte er keine Ahnung davon gehabt haben, dass Henrietta sich eine solche Bluse kaufen würde. Was für ein Unsinn.

Blut.

Aber er hatte sie gesehen.

Eine Bluse aus Blut.

☆

»Einen Kratzer«, hatte die Frau gesagt. »Das hat er mir verpasst, den wird es immer geben. So einen, der nicht geheilt werden kann.«

Draußen war es jetzt ganz hell. Die Sonne lugte über eine Schicht aus weißen Wolken. Eva-Britt Bixe gähnte. Sie war allein im Zimmer. Einige Minuten zuvor war Lisa Petrén in den Arrest abgeführt worden. So viele Fragen, dachte sie, und vor allem auch etliche Antworten. Aber einiges stand noch aus. So war es immer. Warum war es passiert? Und wie hatte es alles angefangen? Mit Ingvar Nederlis plötzlich aufflammender Wut angesichts eines Glases verschütteter Milch?

»Bist du müde, Eva-Britt?«

Janne Ring stand in der Tür, mit offenem Hemd und schief hängendem Schlips. Zerzausten Haaren und einer Andeutung von Bartstoppeln an Wangen und Kinn. So hatte sie ihn noch nie gesehen.

»Müde ist nur der Vorname. Wir hätten schon längst nach Hause gehen sollen. Und du?«

Er zuckte erschöpft mit den Schultern. »Tja ... ich habe versucht, ein wenig zu schlafen, aber ich kann meine Gedanken nicht ausschalten.«

»Hat Erik sich schon gemeldet?«

Ring schüttelte den Kopf.

»Ist er noch im Krankenhaus?«

»Ich habe angerufen«, sagte er. »Sie wissen noch nichts. Ich versuch es noch einmal. Aber ich wollte warten, bis du fertig bist.«

»Ich weiß nicht, ob ich jemals fertig werde. Lisa Petrén ist ein Mysterium.«

»Wieso das?«

»Ach«, sagte Bixe. »Wahrscheinlich bin ich einfach nur zu müde. Aber ich glaube nicht, dass ihr Bericht mir weniger wahnsinnig vorkommen wird, wenn ich ausgeschlafen habe.«

»Ist der zu phantastisch, um wahr zu sein?«

»Im Gegenteil. Zu unglaublich, um erfunden zu sein. Aber auf jeden Fall gibt es mehr als genug Beweise, um sie zu überführen.«

»Hat sie also Jonas Sjögren und Ingvar Nederli umgebracht?«

»Ja.«

»Bist du sicher?«

Bixe seufzte. »Ja. Leider. Denn ich habe das deutliche Gefühl, dass sie einfach nur verdammtes Pech gehabt hat. Dass es im Grunde gar nicht ihre Schuld war.«

»Wessen Schuld war es denn?«

»Die der Umstände«, sagte Bixe. »Ein Streit über ein Mittsommeressen, ein aus dem Ruder gelaufenes Fest, ein plötzliches Regenwetter und ein umgestoßenes Glas Milch.«

»Was sagst du da? Ich meine, das Letzte ...«

»Darüber reden wir später, ja? Aber in aller Kürze – der wirkliche Schuldige ist Ingvar Nederli. Überrascht dich das?«

Ring schüttelte den Kopf. »Er hat seine Strafe ja schon erhalten.«

»Der auch«, sagte Bixe und erhob sich.

Sie wurde davon geweckt, dass Hausmeister Simonsson eine Mülltüte über den Hof zog, und schaute auf die Uhr. Erst sieben. Der pure Wahnsinn.

Eva-Britt Bixe hatte von einem Mann mit einer Narbe auf der Stirn geträumt. Sie hatte gefragt, was er mache. Kartoffeln schälen, sagte er.

Jetzt stand sie auf, ging zum Fenster und zog das Rollo hoch. Und richtig. Simonsson mühte sich dort unten ab, zog einen Sack nach dem anderen über den Kiesweg zwischen den Rasenflächen, Säcke mit Papier, Konservendosen und leeren Milchkartons. Der Mann gab sich alle Mühe, jedes Stück Abfall in die richtige Tonne zu stecken. Er schien das offenbar zu genießen oder zumindest zu glauben, auf diese Weise die Welt retten zu können.

Aber eigentlich war nichts und niemand zu retten, überlegte Bixe. Bestenfalls konnte man vielleicht die eigene Haut retten. Sie war schon zu viele Jahre in dieser Branche, um sich etwas anderes einzubilden. Aber naja, vielleicht sah sie das doch zu eng.

Immerhin war in der vergangenen Nacht Henrietta Sanders Leben gerettet worden. Erst nach Eriks Anruf hatte Bixe ins Bett gehen können. Sie hatte dicke Socken angezogen, war unter die Decke gekrochen und hatte endlich aufgehört zu frieren.

Draußen sang jetzt eine Schwarzdrossel, ebenso pflichtbewusst, wie der Hausmeister Müll sortierte.

Ihr Traum war angenehm gewesen, und sie wäre gern ein weiteres Mal darin versunken. Wenn nur Simonsson nicht so viel Krach gemacht hätte. Sie ging zurück ins Bett und streckte sich auf dem kühlen Laken aus. Vielleicht sollte sie ja aufstehen, ein Bad nehmen und ausnahmsweise einmal in aller Ruhe die Zeitung lesen. Draußen schien ja offenbar schon die Sonne.

Aber ehe sie eine Entscheidung treffen konnte, war sie wieder eingeschlafen. Und als drei Stunden darauf das Telefon auf ihrem Nachttisch klingelte, wusste sie nicht, ob das wirklich passierte. Nicht einmal, als sie die Stimme im Hörer erkannte, konnte sie entscheiden, ob sie wach war oder ob es sich einfach um die Fortsetzung des angenehmen Traums von vorhin handelte.

»Bist du das?«, fragte sie.

Und kniff sich hart in den Handrücken.

»Ja, ich bin das«, sagte er.

In der Haut war eine Kerbe zu sehen, und sie tat ein bisschen weh. Sie wusste, alles andere war Wahnsinn gewesen.